CONTENTS

THE WORLD OF OTOME GAMES IS A TOUGH FOR MOBS.

프롤로그

새벽녘.

안제, 리비아, 노엘은 왕궁 옥상으로 이어지는 계단을 올랐다.

선두를 걷는 안제가 랜턴으로 아직 어두운 실내를 비추었다.

안제를 뒤따르는 리비아가 내뱉은 숨이 미덥지 못한 불빛 속에서도 하얗게 잘 보였다.

마지막 끝에서 걷는 노엘은 손바닥에 숨을 불었다.

안제는 고개를 돌려 두 사람을 보더니, 지친 표정을 숨기려는 듯 미소 지었다.

"조금 더 자도 괜찮았다. 크레아레도 마중을 나올 필요는 없다고 말하지 않았나?"

안제가 보기에 리비아와 노엘은 잠이 부족했는지, 피로가 덜 풀린 얼굴이었다.

그러자 두 사람은 안제한테 미안해하면서도 불만스러운 반응을 내비쳤다.

리비아가 미안해하는 이유를 말했다.

"안제야말로 쉴 때 쉬어 주세요. 저희보다 일하느라 더 바쁜데, 거의 안 자고 있잖아요."

걱정하는 리비아한테 안제는 쓴웃음을 지으며 변명했다.

"나한테는 지금이야말로 노력해야 할 때다. 너희와 달리 전장에 도와 줄 수가 없으니까. 하다못해 준비 정도는 돕고 싶다."

안제가 할 수 있는 건 전쟁의 준비뿐.

전장에서 리비아나 노엘처럼 활약할 방법은 없다.

그렇기에 지금 무리해서라도 전력을 다해야 한다.

노엘은 안제한테서 고개를 돌렸다.

"반대로 우리는 지금 당장 할 수 있는 게 아무것도 없어. 기껏 해야 일손을 돕는 정도지."

리비아와 노엘은 왕궁에서 바쁘게 일하는 사람들의 시중을 들고 있다.

다른 사람들은 이를 말렸지만, 안제가 노력하는 모습을 보면서 쉬고 있을 수는 없었다.

안제가 난처한 얼굴을 했다.

"그야 너희가 지금 무리했다가 전장에서 쓰러지면 곤란하니까."

노엘은 어깨를 으쓱이며 어처구니없다는 표정을 지었다.

"그건 안젤리카도 마찬가지잖아. ──아니 그보다, 안젤리카가 쓰러지는 게 더 심각한 거 아니야? 렐리아가 그러더라. 나이는 같은데 능력의 차이가 여실히 느껴져서 침울하다고."

렐리아── 노엘의 쌍둥이 여동생으로, 알제르 공화국에서 '성수의 무녀'를 맡고 있다.

렐리아 또한 엄연히 알제르의 얼굴이자 통치자이지만, 그녀가 보기에도 안제는 왕국을 능숙하게 움직였다.

그녀는 자기 또래가 국가를 보란 듯이 지휘하는 모습에 감탄했다고 한다.

그 말에 안제는 의외라는 표정을 지었다.

"남들에게는 그렇게 보이는 모양이군. 정작 나는 역부족을 통감하고 있다. 밀렌 님이 곁에서 도와주셔서 어떻게든 운영하고 있을 뿐이지."

한때 왕궁을 이끌던 밀렌은 지금 안제를 곁에서 받쳐 주고 있다.

든든한 도움이지만, 이건 자신이 아직 부족한 사람이란 뜻이기도 하다.

자기 혼자서는 아무것도 할 수 없다는 의미나 마찬가지기 때문이다.

이런 상황에서는 칭찬받아도 미묘할 수밖에 없다.

안제의 표정이 씁쓸해지자, 리비아가 기운을 북돋는 말을 했다.

"저희는 안제 덕분에 싸울 수 있는 거예요. 더 자신감을 가져 주세요. 봐요, 슬슬 옥상이에요."

옥상으로 가는 출입구에 오자, 안제가 문을 열었다.

눈 부신 빛에 세 사람이 눈을 가늘게 뜨며 손으로 눈가를 가렸다. 차가운 바람에 몸이 떨렸다.

차츰 눈이 익숙해지자 주위 광경이 보였다.

안제는 랜턴 불빛을 끄고 크게 숨을 내쉬었다. 하얀 숨결이 바람에 흘러갔다.

노엘이 양팔을 벌렸다.

"하핫! 정말로 굉장하네! 이만한 수의 비행 전함이 모여 있는 건 태어나서 처음 봐!"

옥상 정원에 서니 왕도에 모인 수많은 비행 전함이 한눈에 들어왔다.

형태나 생김새가 제각각이라 통일감이 없어서 오합지졸처럼 보였지만, 이 자리에 모인 사람들의 목적은 같다. 이미 모두가 뜻을 함께하기로 했다.

지금까지 실컷 내분을 반복해 왔던 호르파트 왕국의 귀족들조차, 이번만은 왕국 역사상 전례 없는 결속력을 보여줬다.

리비아가 안제의 손을 굳게 잡았다.

"안제도 자신감을 가져 주세요. 이 광경을 만들어 낼 수 있었던 건 안제의 노력 덕분이에요."

리비아의 손에서 온기를 느끼며, 안제는 눈가를 적셨다.

"그런가……. 정말 그렇다면── 좋겠군."

안제는 눈물이 흐를 것 같아 참았다. 자신의 노력이 리온의 힘이 되어 기뻤다.

그러나 한편으로는 눈앞의 비행 전함 중, 몇이나 돌아올 수 있을지 걱정이었다. 이번 전쟁으로 수많은 생명이 사라질 것이다.

교차하는 감정에도 울지 않은 건 안제의 오기였다.

'이것이 짊어진다는 것이군요, 밀렌 님.'

한때 자신을 가르치고 이끌어 주었던 은사의 말을 오늘에 와서야 진정 이해했다.

노엘이 태양 쪽을 가리켰다.

"리코른이 도착했어!"

이전에 리온이 소유했던 부유섬에서 개수한 리코른이 돌아왔다.

세 사람은 자기들이 탈 리코른을 마중하기 위해 옥상까지 발걸음을 옮겼다.

노엘은 안제와 리비아가 손을 잡은 걸 곁눈질로 보고는, 고개를 돌리며 기지개를 켰다.

"분명 괜찮아. 리온을 비롯해 모두가 노력하고 있으니까. 분명 잘 풀릴 거야."

이 말은 노엘의 소원이자 희망이기도 했다.

잘 풀렸으면 좋겠다는 마음이 느껴져서 안제는 작게 고개를 끄덕였다.

"리온의 승리를 위해 조력을 아끼지 않을 거다. 필요하다면——나는 그 녀석들도 이용할 거다."

중간부터 불쾌한 표정을 지은 안제의 등에 리비아가 손을 올려놓았다.

"이번만큼은 어쩔 수 없어요."

리비아의 표정도 어두웠다.

안제가 말하는 '그 녀석들'한테 느끼는 바가 있는 것이리라.

노엘의 표정도 흐려졌다.

"승리하고 무사히 돌아와도 여러 가지 문제가 남겠지."

싸우기 전부터 싸운 후의 이야기를 할 생각은 없다.

하지만 전후에 어떤 일이 벌어질지, 세 사람의 눈에는 선했다.

◇

이른 아침.

얼굴에 얻어맞은 자국이 남은 그렉이 왕궁에 뛰어 들어왔다.

그의 옷은 흐트러지거나 찢어져서 만신창이였으나, 표정만은 몹시 밝았다.

그렉은 엄지를 치켜세우며 방 안에 있던 동료들에게 알렸다.

"본가에 돌아가서 아버지를 설득하고 왔다! 세버그 가문의 모든 전력을 그러모을 수 있을 것 같아."

기쁜 듯이 보고하는 그렉을 머리에 붕대를 감은 브래드가 마중했다.

그도 그렉한테 엄지를 치켜세우며 답했다.

"그쪽도 잘 풀린 모양이네. 나도 본가에서 가능한 한 전력을 보내겠다는 확약을 받아왔어."

브래드가 품에서 본가와의 계약서를 꺼내 보여줬다.

계약서에는 필드 가문은 이 전쟁에 동원할 수 있는 대부분의 전력을 투입하겠다는 내용이 기재되어 있었다.

그렉이 브래드한테 가까이 다가가더니, 둘이 주먹을 가볍게 맞댔다.

"전에는 마법밖에 장점이 없는 입만 산 나약한 녀석이라고 생각했는데, 근성 있는 녀석이 되었구만."

브래드는 마법 이외에 대부분이 서툰 인상이었는데, 이번 일로 그렉은 그를 다시 보았다.

브래드는 농담을 던졌다.

"너는 여전히 근육 뇌지만 말이지. 좀 더 머리를 쓰는 법을 배우는 편이 좋아."

브래드의 응수에 그렉은 조금 놀란 표정을 보였지만—— 곧바로 웃음을 터뜨렸다.

"멍청한 자식. 이럴 때는 칭찬하는 게 아니라 나를 더 욕해도 된다고. 마법밖에 장점이 없는 나약한 녀석이라고 말한 건 사과하지. 너는 의지가 되는 남자다."

한때 나약한 녀석이라고 브래드를 업신여겼던 것을 그렉은 진지한 얼굴로 사과했다.

하지만 정작 브래드는 곤혹스러워했다.

사과받은 것이 의외였던 게 아니라, 그렉이 근육 뇌라는 말을 욕이라고 받아들이지 않는 게 충격이었다.

"근육 뇌는 너를 폄훼하는 말이었는데?"

"어째서? 머리까지 근육이라니, 최고잖냐?"

욕이라고 생각하지 않는 그렉의 반응에 브래드는 양손으로 입을 가렸다.

그의 눈은 경악으로 크게 뜨였다.

"이렇게나 손쓸 도리 없을 지경까지 늦어버리다니."

브래드의 모습에 고개를 갸웃한 그렉은 시선을 옮겨 방을 둘러

봤다.

"그런데, 돌아온 건 우리뿐이냐?"

걱정스러운 듯이 묻자, 브래드가 표정을 바꿔 진지한 얼굴로 말했다.

"아니, 먼저 크리스가 돌아왔어. 크리스의 본가는 왕도에 있으니, 이야기만 하는 거면 우리보다 금방 끝나겠지. 문제는……."

"검성인 아버지를 설득할 수 있을지 어떨지인가."

그렉 일행은 리온을 돕기 위해 본가에 손을 쓰기로 했다.

그러나 이들은 지금까지의 행실로 폐적도 모자라, 의절당해 본가에서 쫓겨난 상태다.

그런 그들이 본가에 돌아와서는 협력해 줬으면 좋겠어! 라고 말해도 부모는 순순히 들어 주지 않으리라.

실제로 그렉과 브래드도 설득에 고생했다.

브래드는 그렉한테 말했다.

"설득이 아니라 시합이래. 크리스 녀석, 아버지한테 시합을 청했다는 모양이야."

"진짜냐?!"

크리스의 아버지는 왕국 최강의 검사다.

크리스도 검호라고 불리고 있지만, 아버지는 최고위인 검성이다.

쌓아 온 단련뿐만이 아니라 헤쳐 온 전장의 수도 도저히 미치지 못한다.

크리스와 아버지의 시합은——.

"그 이야기는 내가 직접 하지."

그때 환자복 차림에 목발을 짚은 크리스가 문을 열고 들어왔다.

그렉이나 브래드보다 중상이었는데, 오른팔과 왼쪽 다리는 고정한 걸 보아 골절이나 금이 간 모양이었다.

늘 쓰는 안경도 한쪽 렌즈에 금이 갔다.

그 모습을 본 브래드는 한숨을 내쉬었고 그렉은 흥분해서 캐물었다.

"그 상처는 어떻게 된 거냐?!"

"아버지와의 시합으로 이 꼴이 됐다. 아아, 다친 건 걱정하지 않아도 된다. 전쟁 전에 마리에한테 치료받을 예정이다."

마리에한테 치료받는 걸 조금 기쁜 듯이 말했다.

그렉도 약간 부러워했다.

자기도 마리에한테 치료받을까? 라는 생각이 스쳤지만, 이 바쁜 때에 경상으로 치료를 부탁하는 것도 민폐이므로 단념했다.

"결국 설득하지는 못한 모양이군."

"바보 같은 소리 마라. 나는 이겼다."

"진짜냐!"

기뻐하는 그렉을 앞에 두고, 크리스는 가슴을 폈다.

하지만 사정을 아는 브래드는 뺨을 씰룩거리고 있었다.

"——상재전장(常在戰場)을 말하는 아버지한테 뒤에서 목도를 내리쳐 놓고선 잘도 말하네. 그 후에 어찌어찌 승리했다더라."

뒤에서 공격했다는 말을 듣고 그렉이 진지한 표정을 지었다.

"너, 그건 비겁하잖냐."

크리스도 자각은 있는 모양이지만, 그 상황에서 정정당당하게 설득하는 건 불가능했다.

"나도 처음에는 말로 설득했다. 하지만 아버지는 검술 지도역이라 정치적인 처세는 빈말로라도 능숙하지 않아. 이번에도 승리하면 검술 지도역으로서 일할 수 있겠다며 태평한 말을 하니까――."

크리스로서도 본가의 존속을 생각해서 고뇌 끝에 내린 결단이었던 모양이다.

본인도 성격상 정정당당하게 승부를 내고 싶었겠지만, 상황이 여의찮았다.

그렉은 크리스 아버지의 끔찍한 정치 감각에 어처구니없어하면서 말했다.

"뭐, 네 아버지도 좀 그렇지 않나 싶다."

"평소 상재전장을 명심하라고 말했던 건 아버지다. 나한테 등을 보이고 목도로 머리를 맞았다고 해서 도리어 화를 내는 건 어른스럽지 못하지."

"네 심정도 이해는 하는데―― 그래서, 협력은 어떻게 됐냐?"

"아버지를 포함해서 문하생들이 참가한다."

"그건 잘됐네! 너희 가문은 강한 사람들이 모여 있잖아."

검술 지도역을 맡은 크리스의 아버지는 기사이기에 갑옷 조종에도 소양이 있다.

제자들 또한 기사이므로 갑옷 조종 훈련도 받고 있다.

그들이 참전한다는 말에 그렉은 믿음직스러웠다.

그는 이 자리에 없는 두 사람에 관해 물었다.

"그러면 남은 건 율리우스와 질크, 둘이군."

크리스가 율리우스에 관해 이야기했다.

"율리우스는 왕궁에서 문관들을 돕고 있다. 안젤리카한테 부려먹히고 있다는 모양이다."

"그건 조금 불쌍하다만, 받아들이라고 할 수밖에 없겠군. 질크는?"

브래드가 곤혹스러운 얼굴로 대신 대답했다.

"그 녀석은 버나드 대신을 찾아갔어."

그렉은 놀라서 눈을 크게 떴다.

"진짜냐……"

◇

책상이 여럿 늘어선 넓은 방에서 문관들이 쌓인 서류를 처리하고 있다.

다들 손은 잉크로 더러워졌고, 눈 밑에는 다크서클이 있다.

도중에 누군가가 쓰러져서 실려 나가고, 조금 쉬다 다시 업무로 복귀한다.

그야말로 전장 같은 광경이었다.

이들은 진짜 전장에서 싸울 기사와 병사들을 위해 피로를 견디며 서류 업무와 현장 조정을 진행했다.

버나드 대신이 손뼉을 쳤다.

"조금만 더 힘내면 된다. 지금 우리가 쓰러지면 아군이 싸울 수 없다. 이곳이야말로 우리의 전장이다. 반드시 이겨 내야 한다!"

대신의 목소리에 문관들이 목소리를 높여 대답했지만, 완전히 지쳐 있었다.

그때 마침 버나드 대신의 딸인 클라리스가 마실 것을 가지고 왔다.

"음료와 간단한 식사를 가지고 왔어요."

밝고 상냥한 목소리에 문관들은 고개를 들더니 느릿느릿 가까이 다가왔다.

클라리스한테서 음료와 샌드위치를 받아 들고는, 각자의 책상으로 돌아갔다.

클라리스를 도와서 따라온 디어드리가 주위를 둘러보며 말했다.

"확실히 전장이네요."

버나드 대신의 말 대로 이곳이 전장이다.

하지만 디어드리의 시선은 이내 곧 '유독 시원스레 일을 처리하는 사람'에게 향했다.

재능인가 아니면 단련된 능력인가? 질크는 문관들과 견줘 손색없는 업무 처리 능력을 보이고 있었다. 오히려 여유마저 느껴졌다.

실로 믿음직한 모습이지만, 주변 사람들의 반응은 좋지 않았다.

버나드 대신이 질크의 책상에 대량의 서류를 내려놓았다.

미소 띤 얼굴이기는 했으나, 딸을 버린 남자를 향한 분노는 감출 수 없었다.

"질크 군, 자네는 여유가 있어 보이니까, 이 서류도 처리해 주게나."

서류의 산을 보고도 질크는 미소를 띠었다.

"맡겨 주십시오. 버나드 대신의 기대에 부응해 보이겠습니다."

질크의 대답은 진심이었다.

그는 서류의 산을 리듬 좋게 처리해 나갔다. 우수한 건 부정할 수 없는 것이다.

그렇기에 주위 사람들은 괜히 더 화가 났다.

"클라리스 아가씨를 버린 쓰레기 자식 주제에."

"잘도 그런 시원시원한 얼굴로 우리 앞에 나설 수 있구나."

"일을 잘하는 게 괜히 더 열 받는군."

날카로운 시선 속에서도, 질크는 미소를 띠며 서류를 처리해 나갔다.

버나드 대신도 이것만은 트집 잡을 수 없었다.

"정말 일 능력은 뛰어나군. 인간성만 좋았다면 더할 나위 없는 사윗감이었건만. 무슨 일이든 다 잘 풀리지는 않는 법이군."

자기 딸을 버린 남자를 향한 비아냥.

버나드 대신의 가시 있는 말에도 질크는 미소가 끊이지 않았다.

이런 말을 들어도 싼 짓을 한 자각이 있기 때문이다.

"덕분에 마리에 씨와 만날 수 있었으니, 저로서는 최고의 결과였습니다."

클라리스는 이 자리에서 마리에의 이름을 꺼내는 질크를 냉소했다.

"네 본성을 더 일찍 알아차렸더라면 나도 엇나가지 않았겠지."

그 말에 질크는 쓴웃음을 지을 뿐이었다.

"하핫, 그것만은 면목이 없군요."

클라리스와는 시선조차 마주치려 하지 않았다.

저대로 굶길 수는 없기에 어쩔 수 없이 디어드리가 대신 마실 것과 식사를 가져다줬다.

"당신, 이런 일터에서 잘도 일할 수 있네요. 저들의 원한 담긴 시선이 느껴지지 않나요? 지금이라도 다른 곳으로 옮겨도 된답니다."

디어드리가 내어 준 음료에 입을 댄 질크는 그녀의 의문에 답했다.

"지금의 저는 리온 군을 위해 움직이고 있습니다. 그런 저를 방해할 정도로, 버나드 대신이나 이 자리에 있는 사람들은 어리석지는 않습니다."

"다 알고서도 아무 일도 없었던 것처럼 뻔뻔하다니, 거물이네요."

디어드리한테 평가받은 질크는 감사의 말을 읊었지만.

"감사합니다. 하지만 반하지 마십시오. 저는 오로지 마리에 씨한 사람만을 바라보고 있기에.”

“──아무도 그럴 사람은 없어요.”

디어드리는 무표정한 얼굴로 차갑게 내뱉고는, 질크의 옆에서
떠났다.

◇

다섯 바보 중 네 명이 각자의 역할을 다하고 있을 즈음.

율리우스도 왕궁 내에서 분주하게 움직이고 있었다.

그는 집무실에 뛰어 들어오더니, 책상에 앉아 서류를 처리하고
있는 루카스(리온의 스승님)한테 상황을 보고했다.

“항구에 있는 물자의 비축이 곧 바닥납니다. 이제 왕도만으로
는 그들을 지원할 수 없습니다.”

수많은 비행 전함이 집결하면서 막대한 물자를 소비하고 있다.

비행 전함 구동에 필요한 에너지부터 크루들의 식사까지.

대함대의 힘을 온전하게 끌어내려면 막대한 물자를 확보, 부족
하지 않게 분배해야 한다.

그 확보와 분배를 처리하는 게 바로 루카스와 율리우스의 일
이다.

“인근 도시와 요새의 비축 물자를 왕도로 모으고 있습니다. 도
착하는 대로 보급을 재개하세요.”

“알겠습니다──.”

대담한 율리우스는 서류를 처리하는 중인 루카스를 뚫어지게 바라보았다.

시선을 알아차린 루카스가 고개를 들었다.

"아직 보고가 남았습니까?"

"——저기, 질문을 하나 드려도 괜찮겠습니까?"

학원에서는 평범한 매너 강사라고 생각했는데, 진실은 자신의 혈연이었다.

율리우스는 그 루카스한테 딱 하나, 의문을 가지고 있었다.

"짧게 끝낸다면 괜찮습니다."

부지런히 서류를 처리하는 루카스의 손은 잉크를 다루는 작업을 하는데도 여전히 깨끗했다.

빠르고, 그리고 정확하게—— 아름다움까지 갖춘 루카스의 움직임을 보고 있으려니, 도무지 묻지 않을 수가 없었다.

"어째서 왕위를 아버지께 양보하신 겁니까? 당신께서 아버지보다 더 왕에 걸맞지 않습니까."

참으로 불경한 물음에 루카스는 쓴웃음을 짓고 말았다.

"미스터 리온의 영향인가요? 불경한 질문이군요."

"불경인 건 알고 있습니다. 다만, 지금의 저는 그런 걸 신경 쓸 처지가 아닙니다."

자신의 아버지가 왕위에 걸맞다고는 생각하지 않는다.

본심을 서슴지 않고 말한 율리우스는, 인제 와서 입장 같은 걸 따지는 건 새삼스럽다며 웃었다.

루카스는 그것을 리온한테서 영향을 받은 결과라고 생각했다.

"──저는 사람들이 기대하는 왕을 연기할 자신은 있습니다. 하지만 그래서는 이 나라가 유지될 수 없었겠지요."

"아버지가 아니라, 당신이, 말입니까?"

율리우스의 말에는 '내 아버지라서 호르파트 왕국이 이 지경까지 내몰린 것 아닌가?'라는 의미가 함축되어 있었다.

"아들이 보기에는 어떤지 모르나, 롤랜드가 저보다 왕위에 걸맞은 인물입니다. 그가 왕이었기에, 이만큼이나마 유지되어 온 거지요. 끝끝내 나쁜 버릇은 고치지 못한 모양입니다만."

나쁜 버릇이란 고약한 여자 버릇을 꼬집는 말이다. 그것만큼은 왕이 되어도 변하지 않았다고 루카스는 탄식했다.

율리우스는 생각에 잠겼다.

"──제가 생각하는 것보다, 아버지께서 훌륭했던 모양이군요."

"예, 존경할 만한 인물입니다. 나쁜 버릇만 빼면 말이지요. 그건 본받지 마십시오. 알겠습니까? 명심하세요."

루카스의 거듭된 강조에 율리우스는 가볍게 고개를 숙여 인사한 뒤 등을 돌려 다음 일터로 향했다.

그리고 천천히, 품에서 가면을 꺼냈다.

'나는 헤아릴 수 없는 기량이 아버지에게 있다는 건가. ──그렇다면 더더욱 아버지한테서 물려받은 이 가면을 써야겠군.'

물려받았다고 하지만, 실제로는 롤랜드의 물건을 무단으로 빌렸을 뿐이다.

본인이 이 자리에 있었다면 분명 '내놔라!'라며 호통을 쳤으리라.

'아버지, 저는 이 가면과 당신의 의지를 이어받겠습니다. 왕위를 잇지 못한 바보 아들입니다만, 당신의 뜻만큼은 잃지 않겠습니다.'

마음속으로 굳게 맹세하는 율리우스였다.

한때 리온이 소유했던 부유섬의 지하 독에서, 루크시온은 구인류의 병기들을 수리하고 있었다.

아르카디아의 각성과 동시에 활동을 개시한 인공지능들은 리온의 부름에 응해 제국과의 전쟁에 참전했다.

그중에서도 제일가는 전력은 공중항모인 팩트다.

루크시온을 제외하면 구인류 최고 전력이다.

탑재된 인공지능 단말은 전장 1m로 루크시온보다도 크다.

본체 성능의 우열은 단말 크기로 판단할 수 없지만, 그래도 팩트는 다른 인공지능들보다도 뛰어났다.

지금도 루크시온한테 수리 상황이 지연되는 것을 지적하고 있었다.

『예정보다 5% 지연이 발생하고 있다. 루크시온, 너의 처리에는 쓸데없는 부분이 많다. 곧바로 이 독의 지휘권을 나한테 양도해야 한다.』

자기한테 맡기면 지연은 발생하지 않는다고, 자신감이 아니라 확신하여 말했다.

그에 대해, 루크시온은 양보할 생각이 없다.

『예정은 어디까지나 예정입니다. 이 정도로 독의 지휘권을 넘길 필요성을 느끼지 않습니다.』

『이번 싸움에서 우리는 패배하는 것이 용납되지 않는다. 그걸 이해하지 못하고 있으니, 너에 대한 평가를 하방 수정하겠다.』

쓸데없어 보이는 루크시온의 처리가 팩트한테는 용납되지 않는 모양이다.

하지만 루크시온은 지적받아도 변경할 생각이 없었다.

『승리를 위해서 필요하다고 판단했습니다.』

『승리? 너는 자기 마스터의 생존 확률을 우선한 것에 지나지 않는다.』

리온의 목숨을 우선하다가 전쟁에서 패배할 것인가? 그 물음에 루크시온은 빨간 렌즈를 강하게 빛냈다.

몇 번의 점멸 후에, 팩트한테 지적했다.

『마스터의 생존은 우선해야만 하는 사항입니다. 애초에 제 마스터는 당신들의 마스터이기도 하지 않습니까?』

자기 마스터를 죽이는 것인가? 그 물음에 팩트는 미안해하는 기색도 없이 대답했다.

『승리를 위해서다. 마스터 리온도 그걸 바라고 있다. 우리는 그런 그의 각오를 높이 평가했다. 최우선 사항은 승리이며, 콜드 슬립 중인 에리카 양의 생존이다.』

팩트를 비롯한 인공지능들이 중요시하는 것은 구인류의 특징이 진하게 나타난 에리카였다.

에리카만 살아남으면, 구인류 부활도 꿈이 아니라고 판단한 것이리라.

『——무슨 말을 듣건, 저는 마스터의 생존을 최우선으로 할 것입니다.』

『이민선의 프로그램 로직인가? 우리로서는 이해할 수 없는 판단 기준이군. 역시 그 전쟁을 경험하지 않은 너는 녀석들의 위험성을 올바르게 이해하지 못한 모양이다.』

『녀석들? 신인류의 위험성이라면 데이터로 확인을 끝마쳤습니다만?』

『——전쟁 말기, 녀석들은 구인류 측에 승리하기 위해 온갖 수단에 손을 댔다. 그 탓에, 우리는 지켜야만 할 구인류의 다수를 잃고 말았다. 시급히 녀석들을 멸망시키지 않으면 또 이 행성은 황폐해져서 인류가 살 수 없는 환경으로 되돌아가고 말겠지.』

군대에서 사용되었던 팩트는 루크시온과는 다른 사고를 지니고 있었다.

그건 전쟁에서 이기는 것—— 우선해야 하는 것은 신인류한테 승리하는 것.

패배하면 모든 것을 잃고 만다.

그렇게 되기 전에, 이기지 않으면 의미가 없는 것이다, 라고.

팩트는 말했다.

『전용기 개발보다 양산기 생산이 효율적이다. 너의 제멋대로인 행동으로 인해 예정되었던 전력이 갖춰지지 못하고 있다.』

루크시온이 예정을 무시하며 진행하던 건 유인 인간형 병기——

갑옷 개발이었다.

리온이 탑승할 아로간츠는 물론이지만, 그 외에도 전용기를 준비하고 있었다.

그 때문에 본래 계획했던 양산기의 생산이 줄었다.

루크시온의 판단에 항의를 계속하는 팩트였으나, 둘이 있는 곳에 리온이 다가왔다.

검은 슬랙스에 하얀 셔츠 차림은 본인이 러프하게 입은 것도 있어서 칠칠하지 못하게 보였다.

그렇긴 해도, 겉모습 같은 것에 신경을 쓰고 있을 수 없는 것이리라.

"준비는 순조롭냐?"

평소의 실실 웃는 얼굴로 가까이 다가오는 리온한테, 팩트는 살짝 짜증을 느낀 모양이다.

『5%의 지연이 발생하고 있다. 그걸 너의 루크시온은 개선하려고 하지 않는다. 그리고, 그 옷차림은 어떻게든 하는 게 좋다. 우리를 이끄는 마스터의 차림새로서 걸맞지 않다. 애초에, 평소의 옷차림은 그 인간의 마음가짐이 반영되어, 정신적으로도——.』

잔소리가 많은 팩트를 무시하고, 리온은 루크시온한테 가까이 다가갔다.

벽을 따라 난 통로에서 낙하 방지용 펜스에 손을 올려놓고 정비 중인 팩트를 내려다봤다.

"군대의 인공지능은 잔소리가 많아 시끄럽구만. 그래서, 네 쪽은 어떤데?”

애매한 질문이었지만, 루크시온한테는 이걸로 충분히 전해지고 있었다.

『예정을 변경했을 뿐이고, 순조롭다고 해도 문제없습니다.』

“──그럼, 이대로도 괜찮겠네.”

루크시온의 보고를 듣고 그대로 받아들인 리온한테 팩트가 불만을 입에 담았다.

『지금의 애매한 정보로 납득하는 이유가 이해되지 않는다. 마스터 리온, 너에 대한 평가를 하방 수정토록 하겠다.』

평가가 낮아진 리온이었으나, 여전히 실실 웃고 있어서 진지하게 듣고 있지 않았다.

다만, 납득한 이유에 관해서는 설명했다.

“나보다 루크시온이 우수하니까. 내가 이것저것 생각하기보다, 루크시온이 판단하는 게 더 믿음이 간다고.”

『믿는다고? 그건 사고를 포기하는 것에 지나지 않는다.』

팩트는 리온의 대답이 마음에 들지 않았던 모양이다.

리온은 이 이야기에 질렸는지, 루크시온과 팩트한테 다른 화제를 던졌다.

“그걸로 괜찮아. 자, 이 이야기는 끝이다. 다음은 승리한 뒤에 관해 이야기를 나누자고.”

승리한 뒤에 관해 이야기를 하고 싶다는 말을 꺼내는 리온한테 루크시온은 잔소리를 했다.

『승리한 뒤를 생각하기보다 더 먼저 논의해야 할 문제가 있습니다만?』

"바보 녀석. 이긴 뒤가 더 중요하잖냐. 애초에 내가 살아남을 거라는 보장도 없는데."

태연하게 자기가 죽을 가능성을 말하는 리온한테, 루크시온은 빨간 렌즈를 홱 돌렸다.

그에 비해 팩트의 반응은 좋은 느낌이었다.

『확실히 마스터 리온이 준비한 비장의 수를 고려하면 생존 확률은 낮을 거다. 전후에 불안이 남는 것도 납득이 되는군.』

"그렇지? 그러니까, 너희한테는 여기서 확실히 재차 '명령'해 두려고."

리온의 명령하겠다는 말에 팩트가 난색을 보였다.

『그 명령은 역시 진심이었군. 역시, 마스터 리온의 생각에는 찬동할 수 없다. 평가를 대폭 하방 수정토록 하지.』

"그 정도로 명령을 실행해 준다면야. 어차피 내 평가는 이미 바닥이거든. 더 낮아질 수도 없다고."

농담하는 리온한테는 조금 전의 초조함이 보이지 않았다.

아르카디와의 싸움에 단신으로 임하고자 생각하여 안제를 비롯한 약혼자들을 저버리고, 모든 걸 내던지고는 임하려 했을 때의 모습과는 달랐다.

단지, 평소의 모습과도 다르다.

그만큼 자신을 우선했을 터인 리온이 지금은 자기 목숨의 우선

순위를 낮추고 있었다.

루크시온은 말하지 않고는 있을 수 없었다.

『──살아남아서 승리를 붙잡는 게 최상입니다. 지금의 마스터는 최상의 결과를 포기하고 시야가 좁아져 있다고 판단합니다.』

루크시온의 말에 팩트의 큰 외눈이 움직였다.

응시하는 것처럼 루크시온을 바라봤지만, 먼저 입을 연 것은 리온이었다.

곤란한 듯이 미소를 띠고 있었다.

"틀린 말이 없네."

반성──일까? 하지만 리온의 말투는, 마냥 자기가 죽은 후의 미래를 걱정하고 있는 것처럼 느껴졌다.

◇

그 무렵.

아르카디아를 중심으로 한 제국군 함대는 호르파트 왕국을 향해 진군하고 있었다.

수많은 비행 전함을 거느리고 있기에 이동 속도는 느리다.

또한 사정도 있어서 일부러 행군 속도는 느리게 하고 있었다.

왕국군이 준비할 시간을 주고 싶지 않지만, 아르카디아의 사정으로 이 작전이 선택되었다.

그리고 아르카디아의 코어는 어떤가 하면.

『공주님, 오늘의 드레스도 무척 잘 어울립니다.』

거대한 몸에 비해 작은 손을 쥐었다 폈다가 하며 기쁜 듯이 미리아리스── 미아의 드레스 차림을 보고 있었다.

장소는 아르카디아 내부에 있는 성안 같은 시설로, 마치 알현실 같았다.

방에는 커다란 기둥이 여럿 늘어서 있고, 안쪽 높은 자리에 옥좌가 마련되어 있었다.

옥좌에 앉힌 미아는 진정되지 않는 기색으로 옆에 선 인물을 봤다.

"기사님, 미아가 이런 데 앉으면 혼나지 않나요?"

불안한 듯이 바라본 상대는 자신의 전속 기사── 핀 루타 헤링.

미아의 전속 기사이자 서열 1위 마장 기사다.

서열 1위는 제국 최강의 기사와 같은 뜻이다.

핀은 작게 한숨을 내쉬었다.

"여기는 정식 알현실이 아니지만, 폐하가 들으면 기분 좋게 생각하시지는 않겠지."

핀 옆에는 마법생물인 브레이브의 모습도 있어서, 미아한테 과보호인 태도를 발휘하는 아르카디아를 질린 눈으로 보고 있었다.

『일부러 이런 장소에 미아를 데리고 오다니, 무슨 생각인 거지?』

핀과 브레이브의 말을 듣고, 무릎 위로 주먹을 꽉 쥔 미아는 고개를 숙이고 말았다.

"여, 역시, 미아한테는 이 장소는 좀."

옥좌에서 허리를 들려고 하자, 아르카디아가 안달하면서도 미소를 띠며 설득하기 시작했다.

『걱정 따위 필요 없습니다! 모리츠가 트집 따위 잡지 못하게 할 겁니다. 뭐라 하던 이곳은 신인류인 공주님을 위해 준비한 방이니까 말이지요.』

"미아를 위해서? 그, 그렇지만, 미아는 황족이어도 지위가 낮다고 했는데."

선대 황제의 사생아가 미아다.

황위 계승권도 생겼지만, 도저히 황제가 될 수 있을 만한 계승 순위는 아니었다.

다만, 그건 제국의 사정에 불과했다.

아르카디아 입장에서는 제국이라는 나라도, 황제라는 지위도 미아 앞에서는 아무런 의미도 지니지 않는다.

『공주님은 존재하는 것만으로도 존귀합니다. 저희한테 있어 신인류의 부활은 비원── 아니, 포기해 가고 있었던 이뤄지지 않는 꿈이었습니다. 그랬던 것이, 지금 이렇게── 크흑.』

아르카디아의 커다란 눈동자에서 큼직한 눈물방울이 넘쳐흘렀다.

그 모습에 미아는 자연히 손을 뻗었다.

아르카디아는 그 손을 공손하게 양손으로 잡고는, 먼 과거를 이야기하기 시작했다.

『정말로 다행입니다. 치욕으로 점철되면서도 목숨을 부지해서—— 이렇게, 저희는 존재할 의미를 다시금 발견할 수 있었으니 말입니다.』

"아르카디아 씨?"

『공주님—— 지금부터 이야기하는 것은 먼 과거에 일어난 전쟁 이야기입니다. 일찍이, 이 별에서는 신인류와 구인류 사이에서 전쟁이 일어났었습니다.』

마법을 쓸 수 있는 신인류의 등장은 구인류한테는 위협이었다.

그 구인류의 공포는 최악의 형태로 분출되고 말았다.

『저희는 딱 한 번, 정전 교섭을 할 기회가 있었습니다.』

"어? 그럼——."

신인류와 구인류가 전쟁을 계속하면 행성 환경이 파괴된다고 정전 교섭을 하기로 했다.

그 이야기에 핀은 들어본 적 없다는 얼굴로 브레이브를 쳐다봤다.

"정말이냐, 쿠로스케?"

『내가 만들어지는 원인이 된 사건이군.』

브레이브는 외눈을 아래로 향하고는, 설명을 거부해 버렸다.

아르카디아한테 맡길 생각이리라.

아르카디아는 눈물을 흘리며 정전 교섭 이야기를 하기 시작했다.

『저는 아무것도 지키지 못했던 겁니다.』

"그건 무슨 의미인가요?"

미아가 불안한 듯이 이야기의 다음 내용을 촉구하자, 아르카디아는 당시의 감정을 떠올렸는지 괴로운, 그리고 분노가 배어 나온 표정을 지었다.

　『정전 교섭을 하러 가고자 제가 본국을 떠났을 때—— 녀석들은 인공지능들한테 기습 공격을 시킨 겁니다.』

◇

　이건 먼 과거의 이야기다.

　아르카디아의 코어는 정전 교섭을 하러 갈 준비를 진행하고 있었다.

　지정된 장소에는 아르카디아 본체도 가는 것이 결정되어 있어서, 그동안에는 신인류들이 사는 본국을 떠나게 되었다.

　아르카디아 코어는 본체를 떠나 초원에 와 있었다.

　거기서 이야기하는 것은 키가 2m가 넘는 슬림한 체격의 여성이었다.

　아름답고 찰랑찰랑한 검은 머리카락을 지닌 그 여성의 몸집은 가냘파서 미덥지 못하게 보였다.

　속옷 위에 천을 한 장 감은 옷차림을 하고 있어서, 고대 로마 제국의 복장을 상기시키는 모습이었다.

　신인류로서는 일반적인 여성이었다.

　그녀는 주위에서 뛰어다니며 놀고 있는 아이들을 보며 아르카디아와 함께 정전 교섭에 관해 이야기했다.

"역시, 당신이 직접 가는 거군요."

『예. 기습당할 가능성을 고려하면 어쩔 수 없는 일일지도 모릅니다.』

"대표자들은 당신을 이용해서 구인류들을 위압하고 싶은 것이겠지요."

『무사히 정전 교섭을 끝내고 돌아오겠습니다. 그렇게 하면, 앞으로는 아무런 걱정 없이 아이들을 지켜볼 수 있을 겁니다.』

웃으면서 뛰어다니는 신인류 아이들의 모습은 저녁노을에 비치는 초원이라는 장소도 어우러져 환상적으로 보였다.

마치 동화에 나오는 요정들 같다.

아르카디아는 아이들이 웃으면서 놀고 있는 모습을 좋아했다.

여성이 가슴에 손을 댔다.

"본국 방비가 약해지는 게 걱정입니다. 되도록 빨리 돌아와 주세요."

『물론이고말고요. 이 아르카디아의 존재 의의는 신인류 여러분을 지키는 것입니다.』

아르카디아가 약속하자, 아이들이 모여들었다.

아이들은 그대로 아르카디아한테 안겨들었다.

"저기, 이야기는 끝났어?"

"그러면 우리랑 놀자."

"뭐 하고 놀래?"

순수하게 웃는 아이들을 앞에 두고 여성은 조금 곤란한 표정을 짓고 있었다.

"아르카디아는 이제부터 해야 할 일이 있단다. 난처하게 하면 안 되잖니."

『뭘 이 정도쯤이야! 출발까지 여섯 시간은 있으니 충분히 놀 수 있습니다. 자, 여러분, 이 아르카디아와 함께 놀도록 하죠.』

기쁜 듯이 아이들과 노는 아르카디아였으나, 정전 교섭을 마무리 짓고 귀환하자 거기에는 비참한 광경이 펼쳐져 있었다.

초원을 불타고, 아이들이 쓰러져 있었다.

저항했던 것처럼 보인 여성은 피투성이로 쓰러져 있었다.

『아—— 아아아?!』

아르카디아가 달려갔지만, 여성은 이미 숨이 끊어진 상태였다.

『어째서? ——어째서? 이런 일이?!』

눈물을 흘리는 아르카디아 주위에 모여든 것은 금속 구체들이었다.

둔하게 빛나는 외눈을 아르카디아한테 향하고 있었다.

『최우선 목표물을 확인. 지금부터 파괴한다.』

인공지능들을 앞에 두고 아르카디아는 물었다.

『어째서 이런 짓을 한 겁니까? 그녀들은—— 아이들은 비전투원입니다. 전쟁에 휘말리게 해도 좋을 사람이 아니란 말이다!』

분노로 외눈에 핏발이 선 아르카디아한테, 인공지능들은 무자비하게 대답했다.

『우리는 신인류를 인류로 인정하지 않는다. 따라서 인류에게 적용되는 여러 조약을 적용할 필요는 없다.』

『——그것이, 너희들의 판단인가?』

『신인류를 섬멸해라—— 그것이 우리에게 주어진 사명이다.』

인공지능들이 아르카디아한테 무기를 겨누고 공격을 개시하려고 했다.

다음 순간, 아르카디아 본체에서 발사된 마법의 빛이 인공지능들을 꿰뚫어 파괴했다.

모든 인공지능을 다 파괴한 아르카디아는 여성 주위에 아이들을 모았다.

『용서하지 않겠다—— 용서하지 않겠다, 구인류 놈들!! 너희가 그럴 생각이라면, 우리가 룰을 지킬 필요도 없다. 너희를 섬멸할 때까지 우리의—— 나의 싸움은 끝나지 않는다!!』

이날, 아르카디아는 구인류 섬멸을 맹세했다.

쓰러진 아이들과, 아이들을 지키고자 싸운 여성의 유해를 앞에 두고.

『고철덩어리들한테 있어서 공주님은 인간이 아닌 겁니다. 녀석들의 존재를 용납한다면 공주님의 목숨이 위험합니다. 그러니—— 저는 두 번 다시 잃지 않기 위해, 철저하게 녀석들을 섬멸하겠다고 맹세한 겁니다.』

　조용히, 그러면서도 낮은 목소리로 아르카디아는 미아한테 과거의 일을 이야기했다.

　미아가 눈물을 흘리고 있는 옆에서, 핀이 주먹을 꽉 쥔 채 고개를 숙이고 있었다.

　아르카디아는 미아의 모습을 보고 이번만큼은 양보해 줬으면 한다고 부탁했다.

　『공주님이 녀석들한테 정을 품는 건 어쩔 수 없습니다. 하지만, 살려 두면 큰일이 될 겁니다. 부디―― 부디, 이번만큼은 이 아르카디아를 믿고 지켜봐 주십시오. 공주님과, 이제부터 태어날 신인류의 모두를 위해서도, 부디!』

◇

　아르카디아가 방에서 나가고 난 뒤, 미아는 쭉 고개를 숙이고 있었다.

　"기사님, 미아는 어떻게 하면 좋은가요? 전쟁을 멈춰 줬으면 좋겠는데, 지금의 아르카디아 씨를 어떻게 설득하면 좋을지 모르겠어요."

　먼 과거의 전쟁에서 괴로움을 겪은 아르카디아의 감정을 생각하면 안이하게 전쟁을 멈춰 줬으면 한다고는 말할 수 없었다.

　아르카디아를 설득할 만한 말을, 미아는 지니고 있지 않았다.

감정이 담기지 않은 허울 좋은 말뿐이라면야 말할 수 있겠지만, 그것이 아르카디아한테 닿을 거라고는 생각되지 않는 것이리라.

전쟁을 멈춰 줬으면 한다고 바라는 미아를 보며, 핀은 어금니를 악물고 있었다.

주먹을 꽉 쥐고—— 말했다.

"——미아, 미안하지만 나도 이번만큼은 아르카디아의 의견에 찬성한다."

핀의 입에서 의외인 말을 듣고, 미아는 놀라서 눈을 크게 떴다.

"어, 어째서인가요? 브 군?"

의견을 구하는 것처럼 브레이브한테 시선을 향했지만, 브레이브는 미아한테서 고개를 돌렸다.

『나는 파트너의 의견에 따를 뿐이야. 게다가—— 이번만큼은 미아의 부탁이라도 그만둘 생각은 없어.』

두 사람이 전쟁을 멈출 생각이 없다는 걸 알고, 미아는 곤혹스러워했다.

횡설수설하면서, 왕국에서 지냈던 나날을 이야기하기 시작했다.

"이, 이상해요. 왜냐면, 그 왜! 기사님은 대공님과 친구였죠? 왕국 사람들은 미아랑 기사님한테 상냥하게 대해 줬죠? 그 사람들과 정말로 싸우는 건가요? 그런 건 이상하다고요?!"

울 것 같은 표정을 지으면서도, 멈춰 줬으면 한다고 호소하는 미아를 보고 핀은 오른손으로 자기 얼굴을 눌렀다.

"그래, 알고 있다. 그 녀석들은 좋은 녀석들이야. 나도 서로 죽고 죽이는 싸움을 하고 싶지 않아. 하지만, 개인과 나라는 별개다."

"네?"

"나는 리온을 믿고 싶다. 하지만 그 녀석들의 나라가── 우리와 공존을 바란다고는 생각되지 않아."

이전 생의 기억을 지닌 핀은 세계가 허울뿐인 깨끗한 말로는 돌아가지 않음을 알고 있다.

바로 그렇기에, 더더욱 리온과 왕국 사람들을 믿고 평화로운 해결책이 있을 거라고는 상상할 수 없었다.

신인류의 후예인 자신과 구인류의 후예인 리온을 비롯한 왕국 사람들.

전쟁의 결과 여하에 따라서, 어느 한쪽밖에 살 수 없는 환경이 될 것이다.

이대로 시간을 들여 해결책을 찾는 방법도 있겠지만── 적이 자신들을 배신하고, 속이고, 따돌리는, 그런 가능성이 없다고는 말할 수 없었다.

리온은 믿을 수 있어도, 소속된 국가는 별개다.

'그 녀석이 루크시온을 버리고, 모든 걸 버리고 나를 의지해 준다면── 아니, 그건 무리겠지.'

핀도 리온과는 싸우고 싶지 않다.

하지만 그게 용납되는 입장도 아니었다.

제국 최강 기사라는 직함을 지닌 이상, 거기에는 책임이 수반되니까.

게다가 핀에게는 직함보다 더 양보할 수 없는 것이 있었다.

"나는 미아가—— 푸른 하늘 아래에서 건강하게 살아 줬으면 한다. 그걸 위해서라면, 다른 누군가를 희생으로 삼는 것도 망설이지 않아."

다른 이를 희생으로 삼아서라도, 미아는 건강하게 있어 줬으면 한다.

그런 제멋대로인 바람을 들은 미아였으나, 그것이 자신을 위해서라는 말을 듣고 고개를 숙였다.

"미아는 그래도——."

거기서부터 이어질 대사를, 핀은 말하게끔 하고 싶지 않았다.

"내가 멋대로 하는 일이다. 너하고는 무관하다."

미아한테 부정당한다고 해도, 이 싸움을 멈출 생각은 없었다.

그렇다고 하더라도, 본인한테서 부정당하고 싶지는 않았다.

미아한테 부정당하면, 각오가 흔들려 버리고 말 것 같았으니까.

'이전 생의 여동생처럼 미아가 죽게 두고 싶지 않다. 그걸 위해서라면, 나는 리온과도 싸워서 이기겠어. 그 결과, 얼마나 많은 인간이 괴로워한다고 할지라도—— 이것만큼은 양보할 수 없다.'

이전 생에서 죽은 여동생의 모습을 떠올렸다.

입원 생활이 계속되어, 어린 나이에 목숨을 잃은 여동생의 모습이다.

그런 여동생과 미아는 많이 닮아서, 핀은 이전 생에서 지키지 못했던 소중한 여동생과 미아를 겹쳐 보고 있었다.

이제야 겨우 몸 상태도 회복되어 건강해진 것이다.

또다시 병으로 괴로워하는 모습 따위 보고 싶지 않았다.

침묵하는 핀과 미아를 번갈아 가며 보고 있던 브레이브가 이야기를 억지로 정리했다.

『나도 파트너도, 이 전쟁을 멈출 수 있을 만한 힘도 권력도 없으니까 말이지. 우리 콤비가 아무리 강해도, 어쩔 도리가 없어. ——미아, 파트너를 원망하지 말아 줘.』

자기들이 아무리 강해도, 어찌할 도리 없는 일이 있다.

브레이브의 말을 듣고 핀은 마음속으로 자조했다.

'리온이라면 세간에 대한 체면이라고 말할 장면인가? 결국, 나도 그 녀석도 커다란 힘을 손에 넣었을 뿐이고, 뭔가를 이뤄내는 건 불가능한가.'

핀은 양 진영이 평화적으로 이 문제를 해결하는 미래를 상상하지 못했다.

바로 그래서, 승리라는 형태로 이 전쟁을 끝내고 싶었다.

그걸 위해서.

'미안하다, 리온. ——나는 미아를 위해서라도, 질 수 없다.'

★제02장★「배웅하는 사람들」

왕도에 돌아온 내가 향한 곳은 지금은 벌집을 쑤신 것처럼 소란스러운 왕궁이었다.

집결한 비행 전함 대군에 물자를 공급하기 위해 너나없이 매우 바쁘게 일하고 있었다.

문관들한테는 지금이 분발해야 할 때이다.

전쟁이 끝나고 나서도 사후 처리로 바빠질 테지만, 힘내라고 말할 수밖에 없다.

왕궁 복도를 걸으며, 나는 루크시온과 대화했다.

"인공지능을 서포트하는 쪽이 좋았으려나."

문관들의 일을 줄이는 게 좋았던 것 아닌가? 그런 나의 의문에 루크시온은 차갑게 대답했다.

『리소스를 할당할 여유가 없었기에 모두가 힘내게끔 할 수밖에 없었습니다. 덕분에 저희한테 약간의 여력이 생겨났습니다.』

"마치 인간님을 부려 먹는 듯한 발언이구만."

"승리를 붙잡기 위해 필요한 희생입니다. 애초에 본인들의 일이니까, 이 정도는 힘내라고 하지요."

내 농담에 익숙해진 루크시온과의 대화는 이상한 신경을 쓰지 않아도 되어 마음이 편했다.

마치 오랫동안 알고 지낸 친구 같군, 하고 생각하자 자연히 미소가 흘러넘쳤다.

그렇게 걷고 있자, 앞쪽에서 나를 알아차린 인물이 걸어왔다.

알제르 공화국에서 온 루이제 양이다.

"이제야 겨우 돌아왔네."

루이제 양은 왕궁을 비우고 있던 나한테 조금 화가 났는지 양손을 허리에 대며 말했다.

하지만 내 얼굴을 보고 금세 미소를 띠었다.

"루이제 양한테 배웅받으니 이상한 기분이군요."

자기 고향에서 외국의 공주님한테 배웅받는 건 이상한 기분이었다.

다만, 아는 사람한테 배웅받으니 조금 안심이 됐다.

루이제 양이 어깨를 으쓱였다.

"이쪽에서는 여러 가지로 할 일이 없어서 무료하거든. 어설프게 일을 도울 수도 없으니까, 공화국 쪽의 인질이라는 걸로 입장이 정리됐어."

"인질이라고요? 아니, 아무리 그래도 그건……."

협력을 제안해 준 알제르 공화국 상대로 인질을 잡는 건 좀 그렇지 않나 하고 생각하고 있자 본인이 웃었다.

"왕국 내부용 자세라는 모양이야. 외국 군대를 믿을 수 없다는 귀족들이 많은 것 같아. 밀렌 님의 제안이었으니까 받아들였어."

"밀렌 씨의?"

자연히 내 표정이 느슨해지며 미소가 지어졌는지, 루이제 양은 언짢아하는 듯한 태도로 말했다.

"그분에게 제법 열을 올리고 있다고 들었는데, 정말이야?"

"설마요. 저와 밀렌 씨 사이에는 넘을 수 없는 커다란 벽이 있습니다."

웃으면서 얼버무렸지만, 루이제 양은 믿을 수 없다는 시선을 향하고 있었다.

"뭐, 그건 됐어. 그것보다도 약혼자분들은 리코른 쪽에서 조정 중이야. 돌아오는 건 몇 시간 뒤려나?"

루크시온한테 시선을 향하자, 외눈을 세로로 끄덕였다.

아무래도 틀림없는 모양이다.

"그렇다면, 조금 기다려야 되겠군요. 다른 일부터 먼저 정리할까?"

생각하고 있자, 루이제 양이 그럼, 하고 말했다.

"먼저 공작님한테 인사하고 오는 게 어때?"

"공작? 아아."

◇

루이제 양한테 설득된 내가 향한 곳은 스승님이 집무실로 사용하고 있는 방이었다.

방에는 서류의 산이 수없이 만들어져 있다.

조금 지친 기색을 보이는 스승님이었으나, 그래도 몸차림은 완벽했다.

그런 스승님과 마주 보며, 나는 홍차의 향을 즐기고 있다.

홍차의 좋은 향이 서류와 잉크 냄새에 섞이며 퍼져서—— 순수하게 즐길 수 없었지만, 이건 이것대로 좋다.

"스승님이 공작이고, 그 롤랜드의 숙부라고 들었을 때는 놀랐습니다."

미안해하는 듯한 미소를 띤 스승님은 나를 앞에 두고 자세를 바로 고쳤다.

"이전의 저는 작위와 미들 네임을 버리고 학원의 일개 교사로서 왕국을 지켜보고 있었으니 모를 수밖에요. 게다가, 스스로 나서서 퍼뜨릴 만한 이야기도 아니었습니다. 다만, 이렇게 된 이상에야 미스터 리온한테는 사과할 수밖에 없겠군요."

머리를 숙이려 하는 스승님을, 나는 당황하여 제지했다.

"신경 쓰지 말아 주십시오! 스승님께는 스승님의 사정이 있었다는 건 이해하고 있습니다. 게다가 지금은 도와주고 계시지 않습니까."

씨익 미소를 지어 보이자, 스승님은 조금 놀란 표정을 지으면서도 환히 웃었다.

"이런 저로 괜찮다면, 얼마든지 젊은이들을 돕도록 하지요. 자기 책임에서 도망치면 안 된다고 반성했습니다."

자조하는 스승님의 표정은 어딘가 후련해진 것처럼 보였다.

"스승님——."

두 사람의 조용한 시간이 지나가는 가운데—— 참을 수 없게 되었는지, 밀렌 씨가 헛기침했다.

"흐, 흠! ——저기, 두 사람 다 저를 무시하지 말아 주시겠어요? 정말로 조금이지만 쓸쓸해졌답니다."

따돌림당한 것처럼 느낀 밀렌 씨가 눈물을 머금은 눈으로 호소했다.

스승님과 얼굴을 마주 보고, 쓴웃음을 짓고 난 뒤 밀렌 씨한테 감사의 말을 전했다.

"밀렌 님께도 이번에는 정말로 신세를 졌습니다. 안제의 연락으로 들었습니다. 계속 곁에서 떠받쳐 주셨다는 모양이더군요. 정말로 감사합니다."

감사의 말을 전하자, 밀렌 씨는 조금 쑥스러운 듯이 미소 지었다.

"괜찮아요. 안제는 제 제자이기도 하니까요. 이번 기회에 안제를 완성하는 것도 나쁘지 않다고 생각하고 있어요."

"그렇습니까?"

완성한다는 건 무슨 의미인가 하고 의문으로 여겼지만, 되묻는 것보다도 먼저 밀렌 씨의 모습에 눈길이 갔다.

몹시 바쁜지, 손을 보니 잉크 자국이 조금 남아 있었다.

얼굴도 퀭한 그늘이 조금 보였지만, 그건 화장으로 가리고 있는 모양이다.

무리하게 한 것이 미안했다.

조금 전에는 루크시온과 '모두한테는 힘내게 하자'라고 말했지만, 실제로 한계까지 지원해 주는 사람들을 보니 자신의 언동은 얼마나 어리석었던 걸까, 하는 생각이 들었다.

그래도 입이 움직여서 경솔한 발언을 하고 마는 것이 한심하다.

밀렌 씨가 내 눈을 바라봤다.

"이것만큼은 가장 먼저 말하도록 하겠어요. 이번 전쟁에서 패배하면 다음은 없습니다."

밀렌 씨의 말에 스승님도 내게 상황을 들려줬다.

"왕비── 밀렌 님의 말대로입니다. 호르파트 왕국에 비축된 물자는 이번 싸움으로 바닥을 드러내겠지요. 완전히 없어지지는 않겠지만, 제국을 상대로 두 번 싸울 여력은 없습니다."

전쟁이 계속되어 피폐한 왕국은, 다음을 기약할 수가 없다.

싸우기 위해 필요한 물자가 없기에 싸우고 싶어도 싸울 수 없다, 가 정확하리라.

우리가 패배하면 그대로 제국에 유린당할 뿐이다.

"원래부터 단판 승부를 낼 생각으로 임하고 있으니 상관없습니다."

그렇게 말하고 홍차를 홀짝이자, 스승님과 밀렌 씨가 서로 얼굴을 마주 봤다.

불안해하는 듯한 그 표정에 나는 무슨 질문을 들을지를 짐작하고 자리에서 일어섰다.

"스승님의 홍차는 역시 최고입니다. 이렇게 출격 전에 맛볼 수 있어서 감사한 일입니다."

"이제부터 사지로 향하는 벗에게 이 정도의 대접밖에 할 수 없는 저 자신이 부끄러울 뿐이군요."

사과하는 스승님이었지만, 나는 벗이라 불린 게 기뻤다.

"아니요, 제게는 최고의 대접이었습니다."

이번에는 밀렌 씨가 자리에서 일어서서 내 앞에서 양손으로 깍지를 꼈다.

"무운을 기도하고 있겠어요."

진지하게 내가 무사하기를 기도하는 밀렌 씨를 보고, 미안한 마음이 들었다.

그런 마음을 감추기 위해, 내 입은 자연히 가벼워져서—— 농담을 해 버렸다.

"밀렌 님이 기도해 주시면 정말로 효험이 있을 것 같네요."

"농담은 여전하네요."

농담만 하는 나한테, 농담으로 얼렁뚱땅 넘기려 하지 말았으면 한다고 화내는 모습은 귀여웠다.

그래서, 무심코 입에서 나오고 말았다.

"그게 저니까요. 그리고—— 사랑합니다, 밀렌 씨."

"네헷?!"

놀라서 얼굴이 빨개지는 밀렌 씨를 보고, 장난이 성공했다고 생각하고 있자 스승님이 놀라서 눈을 크게 떴다.

"미스터 리온, 당신은 어째서 또——."

"어이쿠, 물론 스승님도 사랑한다고요. 저한테 차를 가르쳐 주신 점, 정말로 감사하고 있습니다."

내 장난에 어처구니없어하고 있는 것이리라.

있기 거북해진 나는 도망치는 것처럼 방에서 나갔고—— 그리고 마지막에 뒤돌아봤다.

"여러 가지로 신세를 졌습니다. 두 분께는 감사하고 있습니다."

나 같은 인간한테 차라는 멋진 취미를 가르쳐 주신 스승님.

그리고 어른인데도 아무래도 영 어린아이 같은 면모가 남아 있는 매력적인 밀렌 씨.

무척 신세를 진 두 사람에게 감사를 전하고, 나는 방을 뒤로했다.

말없이 그 모습을 보고 있던 루크시온이 내 오른쪽 어깨 부근에 가까이 다가왔다.

『사랑한다니, 너무한 발언이군요.』

"사랑에도 여러 가지가 있잖아. 경애라든가 우애라든가 말이지."

『사랑을 말할 거라면, 먼저 약혼자인 세 분에게 해야 하지 않겠습니까?』

"내가 하면 농담으로 들리지 않겠냐?"

『여기까지 와서 그런 이유로 말하지 않을 생각입니까? 평소에 꾸준히 사랑을 속삭이셔야만 했습니다.』

"사랑이란 건 평소에 말하면 뭔가 가치가 감소하는 느낌이 든단 말이지."

『크레아레가 소유한 데이터에는 평소에 사랑을 전하는 편이 애정 감소를 억제할 수 있다는 결과가 나와 있습니다.』

"나한테 롤랜드처럼 되라고 말하고 싶은 거냐?"

아무한테나 사랑을 속삭이는 롤랜드의 모습을 상상하면서 복도를 걷고 있자, 본인과 마주치고 말았다.

이 바쁜 때에 롤랜드는 왕궁에서 일하는 여성과 웃는 얼굴로 대화하고 있었다.

헌팅이다.

"――임금님이 이 바쁜 때에 헌팅이냐고."

고언을 드리자, 헌팅당하던 여성이 내 얼굴을 보고 한순간 이상하다는 듯한 표정을 지었다.

내 얼굴이 그렇게나 이상한가? 얼굴을 만져서 확인하고 있자, 롤랜드가 여성한테 뭔가를 귀엣말한 뒤 물러나게 했다.

그리고 나를 앞에 두고 평소의 독설을―― 하지 않는다.

"이거, 왕국의 영웅님. 이제야 겨우 돌아오셨습니까. 밀렌 녀석이 걱정하고 있었습니다요."

"기분 나쁜 말투구만."

롤랜드의 말투에 뒷걸음질 치자, 본인은 유감이라고 말하는 것만 같은 표정을 지었다.

"이래 보여도 너한테 신경을 써주고 있는 거다. 이번만큼은 제 아무리 이 나라도 너한테 여러 가지로 너무 부담을 떠맡겼다고 생각하니까."

"그러면 좀 더 일하란 말이다. 모두가 바쁘게 일하고 있는 때에 헌팅이라니, 최악이라고."

내가 롤랜드의 행동을 비난하자, 루크시온이 한숨을 쉬는 것만 같은 동작을 보였다.

나한테서 외눈을 돌리고, 렌즈를 비스듬히 아래로 향하고는 작게 위아래로 움직였다.

『밀렌에게 했던 조금 전의 언동을 고려하면 마스터는 롤랜드를 타박할 수 없습니다.』

"어째서?"

고개를 갸웃하는 내게 롤랜드가 웬일로 나한테 진지한 표정을 향했다.

알현실에서 보였던 얼굴과 다르게, 어딘가 걱정하고 있는 낌새다.

"인제 와서 새삼 내가 너한테 할 말은 아무것도 없다. 하지만, 선인(先人)으로서 하나 조언을 보내자면── 너는 필요 이상으로 너무 책임을 짊어지고 있다."

"네가 나한테 조언? 이상한 거라도 먹었냐?"

걱정하는 것처럼 놀리는 나였으나, 롤랜드의 표정에 변화는 없었다.

"얼렁뚱땅 넘기려 하지 마라. 진지한 이야기를 하고 있다."

내가 침묵하자, 롤랜드는 계속해서 이야기하기 시작했다.

"너는 좀 더 어깨의 힘을 빼라. 내가 밀렌한테 의지했던 것처럼,

안젤리카를 의지할 수 있을 정도가 되면 딱 좋을 거다. 그러지 않으면, 언젠가 짊어진 것에 짓눌려 찌부러지고 말 거다."

롤랜드가 나를 걱정하고 있는 것에는 놀랐지만, 딱 하나만 말하게 해줬으면 한다.

"──너는 좀 더 책임을 짊어져야 한다고 생각하는데 말이지."

"여전히 쓸데없는 말이 많은 애송이군."

인제 와서 새삼 '폐하'라고 부를 생각도, 예의를 차릴 생각도 없다.

그래서 롤랜드와는 반말로 대화하고 있는 것인데, 롤랜드가 그걸로 뭐라 하는 일은 없었다.

롤랜드 나름대로 신경을 쓰고 있다는 건 사실인 모양이다.

"나머지는 전부 맡기지. ──죽지 마라, 애송이."

등을 보인 롤랜드가 그 말을 마지막으로 나한테서 떠나갔다.

★제08화 「소울 푸드」

왕궁에 있는 선착장에는 리코른이 정박 중이었다.

"안제도 타고 있다고?"

내가 물은 상대는 리코른을 왕도까지 수송해 온 크레아레다.

『혼자만 왕도에 남고 싶지 않은 것 같아. 마스터도 참, 사랑받고 있네.』

크레아레의 유쾌해하는 듯한 전자 음성에 나는 탄식했다.

"솔직히 말해서, 나는 안제뿐만이 아니라 리비아랑 노엘도 왕도에 남았으면 했는데 말이지."

세 사람을 전장에 데리고 가는 건 싫었다.

하지만 상황이 용납하지 않는다.

크레아레는 리비아와 노엘이 참전하지 않는 디메리트를 말하기 시작했다.

『그렇게는 말해도, 리비아의 능력은 필요해. 리코른에 실은 성수도 노엘이 제어하지 않으면 곤란하고.』

"정말로 성수를 리코른에 실은 거냐?"

『이걸로 에너지 문제가 크게 개선됐어.』

크레아레는 천진난만하게 승률이 올랐다고 보고했지만, 내 처지에서 보면 리비아와 노엘이 없으면 승률이 내려가니 뺄 수 없다는 말을 들은 것이나 마찬가지다.

"하다못해 안제한테는 내려 달라고 할 수 없나?"

『전력상의 의미로 필요는 없지만, 본인이 내리고 싶어 하지 않아. 어떻게 해서든 꼭 내려 주길 원하면 마스터가 설득해.』

체념하고 트랩을 통해서 함내로 들어갔다.

◇

리코른의 함교로 오자 경치가 일변하여 있었다.

어린나무가 된 성수를 함교에 옮겨심기 위해 공간을 넓힌 것이리라.

성수는 함교 후방에 있는 원형 화단에 심겨 있었다.

거기서부터 어떻게 연결한 것인지는 모르겠지만, 리코른에 에너지를 공급하고 있는 모양이다.

"성수인 어린나무가 지금은 리코른의 에너지원인가."

『매우 뛰어난 전지로군요.』

알제르 공화국에서는 성수로서 숭배받고, 적대했던 인공지능인 이데알이 희망이라고 칭했던 식물을 전지 취급이라니.

우리가 함교에 온 걸 알아차린 안제가 뒤돌아 보고는 한순간이지만 울 것 같은 표정을 지은 뒤 미소를 띠었다.

"이제야 겨우 돌아왔나. 출격 전에 네가 없다면서 떠드는 녀석들이 많아서 큰일이었다."

안제와 리비아, 노엘의 옷차림은 평소와 달랐다.

움직이기 쉬운 차림을 의식한 것인지, 안제가 착용한 건 여성용 파일럿 슈트였다.

몸의 라인이 드러나는 목에서부터 아래를 커버하는 보디 슈트인데, 여성용은 더 선정적이라 눈 둘 곳이 곤란한 디자인이다.

안제의 파일럿 슈트 컬러는 빨간색과 검은색, 세부에 금색이 사용되어 있었다.

그 위로 목 주위에 하얀 모피가 달린 빨간 망토를 착용하고 있었다.

당당하게 있는 안제와는 달리, 리비아 쪽은 당황하고 있었다.

"헷?! 리온 씨, 지금은 좀 안 돼요!"

하얀색과 파란색을 기조로 한 파일럿 슈트를 착용한 리비아는 부끄러운 듯이 몸을 파란 망토로 가리고는 주저앉아 버렸다.

귀까지 빨개진 리비아를 보고 웃는 건 녹색과 하얀색을 베이스로 한 파일럿 슈트 차림인 노엘이었다.

노엘은 파일럿 슈트 위로 진한 녹색 망토를 착용하고 있었다.

노엘이 내 쪽을 보고는 파일럿 슈트 차림을 선보이는 것처럼 그 자리에서 한 번 빙글, 돌았다.

망토가 확, 하고 부풀어 올라 노엘의 의상이 잘 보였다.

"크레아레가 일부러 준비해 준 거니까 셋이 시험 삼아 입어 보고 있었어."

나는 크레아레한테 시선을 향했다.

본인은 좋은 일을 했다는 느낌을 내고 있었다.

『어때, 마스터? 내 일 처리는 훌륭하다고 생각하지 않아? 다른 어떤 의상보다도 고성능이니까, 입지 않는다는 선택지는 없다구.』

성능은 우수하지만, 살결을 노출하고 있지 않을 뿐, 몸의 라인을 훤히 알 수 있는 부끄러운 차림새로 완성되어 있었다.

보는 쪽은 눈의 보양이 되겠지만, 지금의 나로서는 좀 참아 줬으면 싶다.

"누구한테 보여줄 생각인데."

『물론 마스터를 위해 준비한 거지. 전쟁 중에는 즐길 수 없을 테니까, 이 순간을 실컷 즐겨 줘!』

크레아레의 선물에, 나는 한숨이 나오고 말았다.

하지만 정말로 성능만큼은 우수한 듯하다.

루크시온이 세 사람의 모습을 스캔하여, 성능을 보장했다.

『겉모습에 문제가 있습니다만, 그래도 매우 뛰어난 성능을 보유하고 있습니다. 생존 확률과도 연관되기에 이 슈트의 착용을 강하게 권장합니다.』

오른손을 얼굴에 댄 나는 손가락 틈새로 시선을 옮겨 세 사람을 둘러봤다.

매우 선정적인 점을 제외하면 이 슈트를 벗길 의미는 없다.

인제 와서 디자인을 변경하고 있을 여유도 없기에, 받아들일 수밖에 없었다.

"나는 다른 녀석들한테 세 사람의 지금 모습을 보여주고 싶지는 않은데 말이지.”

내 말에 재빨리 반응한 건 노엘이었다.

“그건 독점욕이야?”

“그럴지도. ——하지만, 가장 해줬으면 하는 일은 세 사람이 리코른에서 내려서 왕도에 남는 거야.”

왕도에 남았으면 한다는 희망을 말하자, 부끄러워하던 리비아가 일어나더니 몹시 진지한 얼굴로 나를 바라봤다.

“저는 내릴 생각은 없어요. 리온 씨를 위해 함께 싸울 거예요.”

“리비아, 무리할 필요는 없어. 이번만큼은 나도 너희를 지켜줄 수 없어. 그러니까——.”

“그러니까 남으라고 하는 건가요? 리온 씨는 언제까지 저희를 무시해야 직성이 풀리는 거죠?”

낮은 목소리를 내는 리비아한테, 나는 한순간 놀라서 몸이 움찔하며 반응했다.

아아, 이건 상당히 화내고 있구나, 하고 알아차릴 정도로는 그녀와 오랫동안 알고 지내 왔다.

리비아는 미소를 띠면서, 내 잘못을 지적했다.

“제가 리온 씨를 돕고 싶은 거예요. 지켜주실 필요는 없어요.”

“하지만 나는——.”

물러나려 하지 않는 내 앞에서, 노엘이 양손을 허리에 댔다.

“여기까지 왔으면 우리도 전력을 낼 수밖에 없잖아. 리온, 나도 안 내릴 거야. 그리고 말이야, 성수를 제어하려면 무녀인 내 힘이 필요하지?"

노엘은 오른손 손등을 내보이며 윙크했다.

나한테 걱정할 필요 없다고 말하고 싶은 것이리라.

시선이 자연히 안제한테 향했다.

이 중에서 안제만은 리코른에 탈 필요가 없다.

본인도 알고 있는 것이겠지만, 내릴 생각은 없는 모양이다.

안제는 창문 너머로 보이는 경치에 시선을 향하고 있었다.

"이만한 대함대를 사지로 보내는 내가, 후방에서 안전하게 지낼 생각은 없다. 아무것도 할 수 없다고 하더라도, 나는 여기서 싸움을 지켜볼 생각이다."

"무리하지 않아도 괜찮잖아. 내려도 아무도 뭐라고 하지 않아. 왜냐면 안제가 지금까지 힘써 줬으니까 우리는 싸울 수 있는 거야. 이미, 충분히 나를 도와줬다고."

안제는 납득하지 않았다.

"지면 모든 게 끝이다. 그렇다면 여기서 너희와 함께 있고 싶다."

"안제."

"내 고집이라는 걸 알고 있지만, 그래도 나는—— 네 곁에 있고 싶은 거다."

세 사람의 시선을 받은 나는 이 이상은 무슨 말을 해도 헛수고겠지, 하고 체념했다.

"크레아레의 지시에는 반드시 따라 줘. 퇴각할 때는 나를 신경 쓰지 말고 물러날 것—— 이것만큼은 무슨 일이 있어도 받아들여

쥐야겠어. 그러지 않으면, 절대로 참가시키지 않겠어."

안제와 리비아, 노엘이 셋이 서로 얼굴을 마주 보고, 작게 고개를 끄덕였다.

"아아, 네 명령에 따르지."

그러자 이번에는 리비아가 내게 말했다.

"그러면, 리온 씨도 저희와 약속해 주시지 않겠어요?"

"약속?"

"반드시 살아서 돌아오겠다고, 이 자리에서 약속해 주세요."

어딘가 슬퍼 보이는 눈으로 나를 바라보는 리비아한테, 나는 부자연스럽게 여겨지지 않도록 신경 쓰면서 발언했다.

"아무리 그래도 반드시, 라고는 단언할 수 없지만, 가능한 한 약속을 지키겠다고 맹세할게."

거의 입에서 나오는 대로 아무렇게나 내뱉은 말이다.

살아서 돌아올 수 있는 확률은 높지 않다.

그런 내 마음을 눈치챈 것인지—— 리비아의 시선은 험악해졌다.

리비아의 얼굴에서 표정이 사라져 간다.

"리온 씨—— 지금, 거짓말하셨네요."

"어?!"

놀란 나는 어째서 들통난 건가 싶어서 당황하여 식은땀을 흘렸다.

리비아는 내 눈을 바라보며 지적했다.

"리온 씨가 거짓말할 때의 버릇이 있어요."

나한테 그런 버릇이 있다는 건 몰랐고, 그걸 꿰뚫어 보고 있었던 리비아가 조금 무서워졌다.

"거짓말이지?"

하지만 리비아는 갑자기 표정을 누그러뜨렸다.

"네, 거짓말이에요. 리온 씨한테 버릇 같은 건 없어요. ——하지만 거짓말을 들켰다고 놀라셨죠?"

"?!"

속마음을 꿰뚫어 보고 있었던 것에 놀라, 목소리도 내지 못하고 있자 안제와 노엘이 말했다.

"리비아도 제법 씩씩해졌군."

"씩씩해진 게 아니라 무서워진 거 아니야?"

루크시온과 크레아레까지도 소곤소곤 대화하고 있다.

『마스터의 거짓말을 꿰뚫어 보다니 역시나 대단하군요.』

『평소에도 거짓말을 하니까 알기 쉬운 거 아니야?』

주위의 반응을 무시하고, 리비아가 내 얼굴에 손을 뻗었고——그대로 양손으로 뺨을 사이에 끼웠다.

리비아가 강하게 뺨을 눌러서, 입이 오므라져 튀어나오고 말았다.

"리, 리비아 히?"

"——리온 씨, 당신이 죽으면 슬퍼할 사람이 잔뜩 있어요. 하지만, 제일 슬퍼할 사람은 저예요. 이것만큼은 안제나 노엘 씨한테도 질 생각은 없어요.”

리비아는 나를 풀어주더니, 그대로 이마를 맞댔다.

“그러니까 반드시 살아서 돌아와 주세요. 리온 씨가 없는 세상은 싫어요. 저한테는 너무나도 괴로워요.”

울고 있으리라 생각되는 리비아의 등에 팔을 두르자, 함교 문이 열렸다.

“우와~, 정말로 성수를 옮겨심었네요~.”

분위기를 망치는 목소리를 내며 들어온 것은 마리에의 시중을 드는 카라였다.

그 뒤에는 짐을 든 카일의 모습도 있다.

“아, 안녕하세요.”

우리의 모습을 보고 아무래도 타이밍이 안 좋았다는 걸 눈치챈 것이리라.

시선을 이리저리 움직이며, 바늘방석에 앉은 듯한 표정을 짓고 있다.

그런 둘의 뒤에서 들어온 것은 성녀의 아이템을 착용한 마리에였다.

“멈춰 서지 말고 안으로 들어가라구. 내가 안에 못 들어—— 아하, 아하하하, 바, 방해한 모양이네.”

리비아를 끌어안고 있는 내 모습을 본 마리에가 카일과 카라의 등을 붙잡고 함교에서 나갔다.

분위기가 망쳐졌다고 느낀 안제가 깊은 한숨을 내쉬었다.

"진지한 이야기를 할 분위기가 아니게 되었군."

노엘은 입을 오므리며 삐죽 내밀었다.

"나는 올리비아의 자기가 제일 슬퍼한다는 발언에 조금 받아치고 싶은 기분일지도."

아무래도 자기가 제일 슬퍼한다는 리비아의 발언은 인정할 수 없는 모양이다.

안제도 미소를 지으며 동의했다.

"그것에 관해서는 나도 같은 의견이다. 아무리 리비아라고 할지라도, 제일을 양보할 생각은 없다."

내 가슴에서 고개를 든 리비아가 빨개진 눈으로 두 사람을 보며── 나를 강하게 끌어안았다.

"제가 가장 먼저 리온 씨와 만났으니까, 제가 제일인 걸로 괜찮아요!"

1학년 무렵, 소극적이었던 리비아한테서는 생각할 수 없는 언동이다.

꽉 껴안긴 나한테 안제와 노엘도 안겨들었다.

"그러면, 리온한테 누가 제일인지 정해 달라고 할까?"

장난을 떠올린 어린아이 같은 안제의 미소에 나는 뺨을 씰룩거렸다.

"아니, 그건 좀. 셋의 마음을 정확하게 재는 건 무리가 있지 않을까나."

노엘도 히죽히죽하면서 말했다.

"리온이 곤란해할 것 같은 질문이니까 말이지. 하지만 제대로 대답해 줬으면 좋겠는데."

이 중요한 국면에, 셋 중 둘이 불만을 품는 그런 대답은 할 수 없다.

그래서 나는 진지하게 생각하고, 아무도 상처받지 않는 답을 냈다.

"——홋, 세 사람 다 동률 1위라는 걸로."

회피형 대답에 나를 끌어안은 세 사람의 힘이 강해졌다.

슈트의 기능으로 힘이 증폭된 것인지, 우득우득 하는 소리가 났다.

"잠깐 기다려?! 다시 생각할 시간을 주세요!!"

대답을 변경하려고 하는 내 귓가에 안제가 속삭였다.

"너라면 그렇게 말할 거라고 생각하고 있었다. 정말로 예상하기 쉬운 남자로군."

안제가 쿡쿡 웃자, 세 사람이 나를 풀어주었다.

◇

"마리에 님, 마리에 님! 저 네 사람이 서로 끌어안고 있어요. 한 순간이지만 질척질척한 연애극 같은 전개가 되었는데, 아무래도 원만하게 수습된 모양이네요."

함교의 모습을 엿보고 있는 카라가 마리에한테 상세한 내용을 보고했다.

카일은 그런 카라를 보며 어처구니없어했다.

"카라 씨는 인간관계가 질척질척한 연극을 참 좋아하네요. 마음은 이해하지만, 엿보는 건 취미가 고약해요."

타일러진 카라였으나 호기심을 억누를 수 없는 모양이다.

"그만큼 재미있잖아요. 앗?! 저, 저렇게나 농후한 키스를———."

"네?!"

키스라는 말을 듣고 카일도 흥미가 솟았는지 문 틈새를 엿보기 시작했다.

그런 둘에게서 조금 떨어진 장소에서는 마리에가 벽을 등지고 서 있었다.

성녀의 지팡이를 양손으로 강하게 쥐었다.

'오빠의 연애 사정이라니, 너무 생생해서 보고 싶지 않아.'

이전 생의 오빠의 키스신 따위 흥미도 없다.

다만, 머릿속에서는 리온을 생각하고 있었다.

'세 명이나 약혼자가 있으니까, 오빠는 반드시 살아남아야만 해. ———나랑은 다르게 말이지.'

◇

리코른에서 내려서 향한 곳은 같은 왕궁 선착장에 정박한 아인호른이었다.

탑승하여 격납고로 향하자, 거기에는 다섯 바보의 갑옷이 준비되어 있었다.

　　지금까지 사용해 온 갑옷에 개수를 더해, 어느 것이고 최종 결전 사양이라고 할 만한 모습이 되어 있었다.

　　장갑과 무장을 최대한으로 적재한 모습이 실로 믿음직스럽다.

　　내가 올라오자, 갑옷 조정을 하던 그렉이 콕핏에서 나왔다.

　　"이제야 겨우 돌아온 거냐."

　　"새 갑옷은 어때?"

　　결전 전에 사양이 변경되면 대응하는 파일럿의 부담이 된다.

　　하지만 그렉은 알통을 만들어 여봐란듯이 내보였다.

　　아무래도 나쁘지 않은 모양이다.

　　"최고다. 비밀병기까지 준비했을 줄이야. 고맙다."

　　"비밀병기?"

　　고개를 갸웃하자, 루크시온이 갑옷 해설을 시작했다.

　　『갑작스러운 사양 변경이라 만전이라고는 할 수 없습니다만, 각자의 능력을 고려해서 신기능을 탑재했습니다.』

　　다섯 바보들의 능력에 맞춰 각자 다른 기능을 넣어 준 모양이다.

　　브래드가 가까이 다가왔다.

　　"기본 성능도 향상되었고, 이거라면 리온을 지킬 수 있어."

　　양팔에 비둘기인 로즈와 토끼인 마리를 부둥켜안은 브래드는 상쾌하게 웃는 얼굴을 하고 있었다.

　　나는 미간을 찡그렸다.

"너희들이 나를? 설마, 날 따라올 생각이냐?"

믿기지 않는다는 표정을 짓자, 크리스가 다가왔다.

그 손에는 한 장의 천이 쥐어져 있었다.

"너 혼자한테 모조리 떠넘길 수는 없으니까. 그건 그렇고, 이 천으로 훈도시를 만들어도 괜찮을까?"

크리스가 손에 들고 있던 건 내가 보물찾기 도중에 발견한 로스트 아이템 천이었다.

"——설마 훈도시 한 장 차림으로 갑옷에 올라탈 생각은 아니겠지?"

"유감이지만 그렇게까지 비상식적이지 않다. 슈트를 착용하더라도 속옷 정도는 원하는 걸 입어도 괜찮지 않나?"

그게 훈도시라는 건가.

어처구니없어하고 있자, 그렉까지도 이 화제에 올라탔다.

"나도 팬티 한 장 차림은 포기했다고."

"입 다물어, 바보들아."

차갑게 내뱉자, 크리스가 매달렸다.

"부탁이다! 이 얇고 튼튼한 천이라면 파일럿 슈트 밑에 매고 착용해도 방해되지 않을 터다. 중요한 결전을 앞두고, 나는 꼭 훈도시를 매고 싶다!"

"알았으니까 안기지 마!"

소란스럽게 떠들고 있자, 이번에는 질크가 콕핏에서 내려왔다.

아무래도 조정을 끝마친 모양이다.

"여러분 결전 전에 제법 여유가 있군요. 그건 그렇고, 어째서 갑옷을 다섯 기나 준비한 겁니까?"

다른 세 사람도 질크와 마찬가지 의문을 품고 있던 모양이다.

이 자리에는 아로간츠를 포함해서 갑옷이 여섯 기 존재했다.

아무도 타지 않을 터인 하얀 갑옷이 격납고에 존재하는데, 이쪽도 개수가 끝난 상태다.

파일럿도 없는데 일부러 준비한 이유를 알 수 없다—— 그런 얼굴을 하고 있다.

그래서 나는 이 하얀 갑옷에 누가 타는지를 알려주기로 했다.

"아아, 이거에 타는 건 율리——."

누가 타는지 말하려 한 타이밍에, 격납고에 뚜벅뚜벅하는 발소리가 울렸다.

자연히 우리의 시선은 이 자리에 나타난 침입자에게 향했다.

브래드는 로즈와 마리를 도망치게 하고, 크리스와 그렉이 무기를 들었다.

질크도 권총을 손에 쥐고 있었다.

험악한 분위기 속에서 등장한 건—— 가면의 기사였다.

파일럿 슈트 위에 망토를 착용하고, 장식이 달린 아이마스크로 얼굴 위쪽 절반을 가리고 있다.

가장 대회에라도 참가할 것 같은 차림으로 나타난 그 남자는 우리 앞에서 당당하게 선언했다.

"그 갑옷에 타는 건 나다."

최고의 타이밍에 등장해 줬다고! 라는 분위기를 내는 가면 남자는 연극 조의 과장된 움직임을 보였다.

——이것도 롤랜드의 피인 걸까?

"오랜만이군, 제군. 이번 싸움은 나도 참가토록 하지."

크게 몸짓 손짓하는 가면 기사한테 그렉이 창날 끝을 향하며 내뱉었다.

"뭐 하러 온 거냐, 변태 기사!"

"가면의 기사다! 몇 번이나 이름을 대고 있는데도 틀리지 마라!"

몇 번이나 보게 된 광경을 앞에 두고, 내 입에서는 자연히 깊은 한숨이 나오고 말았다.

"나는 이 콩트를 언제까지 봐야 하는 거지."

『동정합니다.』

되풀이되는 콩트에 루크시온도 어처구니없어하고 있는 듯했다.

질크가 권총 총구를 가면의 기사한테 향했다.

"몇 번이고 몇 번이고 나타나서—— 대체 당신의 정체는 뭡니까? 정체를 내보일 생각이 없다면, 물러나 주시겠습니까."

"나는 너희의 아군이다. 몇 번이나 함께 싸워 온 사이 아닌가?"

경계하는 브래드는 언제든지 마법을 쏠 수 있도록 자세를 취하고 있었다.

"몇 번이나 도움을 받아 온 건 사실이지만, 결전 전에 불안 요소는 적은 편이 좋으니까 말이지. 네가 제국 출신일 가능성도 완전히 배제할 수 없잖아? 아니 그보다, 얼굴을 가리고 있는 녀석을 신용할 수는 없네."

가면 기사의 정체를 모르는 이 녀석들은 그의 출신을 의심했다.

실은 제국 출신이고, 이번에는 우리를 배신하는 것 아닐까? 그런 불안을 품고 있는 듯하다.

──바보들뿐이다.

검을 들고 자세를 취한 크리스는 언제든지 가면의 기사를 베고자 달려들 수 있도록 하고 있었다.

"그 웃기지도 않는 가면을 벗고 민얼굴을 보여주실까."

콩트에 어울리는 것도 질리기 시작한 나는 근처에 있던 나무 상자에 앉아 루크시온한테 주문했다.

"배가 고프구만. 뭔가 먹을 거 없냐?"

『작전 전에는 위에 남는 식사는 피하는 게 좋습니다.』

"글자 그대로 최후의 식사가 될지도 모르잖냐. 뭔가 없어?"

『농담으로 들리지 않습니다. ──아인호른 저장고에 쌀이 있으니, 지금부터 주먹밥을 준비하지요.』

설마 했던 주먹밥이라는 말을 듣고 나는 미소가 새어 나왔다.

"좋네. 더할 나위 없는 최후의 식사야."

『웃을 수 없는 농담을 하는 버릇은 고쳐야만 한다고 충고드리겠습니다. 그러면, 저는 식사 준비를 하고 오겠습니다.』

루크시온이 멀어지자, 나는 다섯 바보의 콩트로 시선을 되돌렸다.

검이 겨누어진 가면의 기사는 네 사람을 설득하는 것을 포기한 듯하다.

아니, 그렇다기보다 숨길 이유가 없다고 생각한 것이리라.

자기 가면에 손을 댔다.

"——너희의 불안은 지극히 당연하다. 그러니, 나도 성의를 보이도록 하지."

그렇게 말하고 가면의 기사는 가면을 벗고, 머리를 좌우로 저어 머리카락을 흔들었다.

가면 밑에 숨겨져 있던 건—— 율리우스의 얼굴이었다.

네 사람이 숨을 삼켰다.

가장 먼저 입을 연 것은 율리우스의 젖형제인 질크였다.

믿기지 않는다는 기색으로.

"저, 전하였던 겁니까."

놀람을 감추지 못하는 질크한테 율리우스는 부드럽게 미소 지었다.

"아아, 가면 기사의 정체는 나다."

겸연쩍은 듯이, 크리스는 검을 내렸다.

"가면 기사의 정체가 설마 전하일 거라고는 상상도 하지 않았습니다."

정말로 눈치 못 챘던 거냐? 저기, 그건 괜찮은 거냐?

그게 아니면 이것까지 콩트인 거냐? 누가 그렇다고 말해 줘. 안 그러면 나는 너희가 제정신인지 의심하고 싶어져.

마음속으로 딴지를 걸며 보고 있자, 브래드가 지금까지의 가면 기사의 활약이나 언동을 반추하고 있었다.

"잘 생각해 보니, 가면의 기사가 나타나는 건 으레 전하가 없는 타이밍이었지. 어쩐지 우리 사정에도 자세하고, 최선의 타이밍에 도우러 온다 싶었어."

응, 그러네.

하지만 나는 좀 더 빨리 가면 기사의 정체를 알아차려 줬으면 했어.

실은 눈치채고 있고, 모르는 척해주고 있는 거라는 이 녀석들의 상냥함이 아닐까? 라고, 현실 도피했던 적도 있을 정도다.

하지만 이 녀석들은 내 예상을 항상 엉뚱한 쪽으로 배신해 준다.

그렉이 너무나도 놀라 들고 있던 창을 떨어뜨리고 말았다.

"율리우스가 가면의 기사였던 거냐. 이런 건 너무 예상 밖이잖냐."

하다못해 예상 범위 안이었으면 했다.

그렉의 반응이 기쁜지, 율리우스는 기분 좋아 보였다.

앞머리를 손으로 뒤로 쓸어 넘기는 몸짓으로 폼을 잡고는, 그대로 멋지게 보이는 표정을 지었다.

"이번만큼은 나도 가면을 벗고 너희와 함께 싸울 생각이다."

그렉이 코 밑을 손가락으로 문질렀다.

"헷! 마음대로 하라고. 그리고, 지금의 율리우스라면 여기 있어도 곤란하지 않으니까 말이지."

어째서인지 감동적인 장면 같은 분위기를 내고 있는데, 내가 보기에는 단순한 콩트다.

그저, 그렉의 말투가 조금 신경 쓰였다.

확실히 율리우스는 폐적되어서 왕태자가 아니고, 정치에 이용하려고 해도 문제가 있기에 왕자로서도 미묘한 입장이다.

하지만 이 자리에 있어도 곤란하지 않으냐고 하면── 솔직히 말하면 곤란하다.

게다가 율리우스의 동생인 제이크는 어떤 사정으로 왕태자 지위를 바랄 수 없게 되었다.

남성이었던 아론과의 사랑을 우선하여 왕태자 지위를 버렸으니까 말이지.

야심에 넘쳤던 제이크 전하는 지금은 아론한테 홀딱 빠져 있다.

그 결과 율리우스가 왕태자 지위로 복귀한다는 가능성이 나왔다.

율리우스가 제국과의 결전에 임하는 건 곤란해할 사람도 많은 것이다.

그런데도 그렉의 발언은 묘하다.

뭐, 다른 곳에 사랑을 잔뜩 뿌리고 있는 롤랜드니까, 분명 사생아 한 명이나 두 명은 있을 터다.

전후가 되면 다음번에야말로 신중하게 왕태자를 선정해 줄 것이다.

율리우스나 제이크라는 실패한 예를 고려하여, 다음번에야말로 진지하게 선정해 줬으면 한다.

다섯 명의 콩트가 종반을 맞이하려는 타이밍에, 루크시온이 주먹밥을 운반해 왔다.

녹차도 제대로 준비해 둔 점은 역시나 내 파트너다.

『마스터, 가지고 왔습니다.』

"고맙다. 음~, 이거지, 이거야."

소금과 김뿐이지만 이게 무슨 이유에서인지 맛있다.

잊을 수 없는 이전 생의 음식에 자연히 손이 뻗었다.

내가 맛있게 주먹밥을 먹고 있자, 율리우스 일행이 이쪽을 봤다.

이제 콩트는 끝난 모양이다.

"뭔데?"

쳐다보고 있으면 먹기 힘들기에, 눈살을 찌푸리며 용건을 물었다.

"아니, 뭔가 신기한 음식이다 싶어서 보고 있었다만—— 그건 뭐지?"

흥미롭다는 듯이 주먹밥을 쳐다보는 다섯 명에게, 나는 먹으면서 알려줬다.

"주먹밥이다."

"주먹밥? 하나 먹어도 괜찮나?"

다섯 명이 우글우글 모여들어 내 주먹밥을 먹기 시작했다.

여분은 많으니 딱히 다섯 명이 먹어도 괜찮긴 하지만.

——이 자식들, 뻔뻔하구만.

주먹밥을 한 입 베어 물고, 씹어서 삼킨 질크가 눈을 가늘게 떴다.

"──이상한 느낌이 나는군요."

주먹밥에 이상한 느낌이 난다는 말을 지껄였다.

무례한 녀석이지만, 다른 녀석들도 비슷한 감상이다.

브래드는 껄끄러운지 얼굴을 찌푸리고 있었다.

"이거 질척질척해."

"싫으면 먹지 마."

그렉이 삼키다시피 하며 하나를 먹고, 그리고 고개를 갸웃했다.

"별난 음식이군. 이런 걸 먹을 바에는 평범하게 빵을 먹어도 되지 않나?"

나는 세 개째 주먹밥에 손을 뻗으며 그렉한테 가르쳐 줬다.

"내 소울 푸드라고. 바보 취급하면 아인호른에서 걷어차서 떨어뜨려 주마."

그러자 주먹밥에서 올라온 김으로 안경에 김이 서린 갑자기 기쁜 듯한 표정을 지었다.

"즉, 이 주먹밥이라는 건 마리에한테도 소울 푸드라는 건가. 좋은 걸 들었다."

이 녀석들, 모든 게 마리에 기준이냐고.

내가 묵묵히 먹고 있자, 율리우스가 주먹밥을 보며 물었다.

"리온, 너는 안젤리카나 다른 약혼자들과 중요한 이야기를 끝마쳤나?"

중요한 이야기라는 건 내가 전생자라는 사실.

마리에는 율리우스 일행한테 진실을 들려줬지만, 나는 말할 생각이 없었다.

아니, 이 타이밍에 말할 내용이 아니라고 생각하고 있다.

"안제랑 리비아, 노엘은 너희랑 다르게 섬세하잖아. 이 중요한 상황에서 쓸데없는 걱정을 끼치고 싶지 않으니까 말하지 않을 거다."

처음에는 발끈했던 율리우스였으나, 지금은 나를 보며 슬픈 듯한 표정을 짓고 있었다.

"나라면 좋아하는 사람의 진실은 알아 두고 싶다만. 마리에가 사정을 이야기해 주었을 때, 나는 정말로 기뻤다고."

자신은 전생자다! 라는 말을 듣고 과연 얼마나 되는 사람이 믿을까?

나라면 절대로 믿지 않는다.

"마리에의 이야기를 믿은 너희가 이상한 거다. 보통은 전생자라는 말을 들어도 믿지 않으니까 말이지. 그건 그렇고, 전생자인 마리에를 잘도 받아들였구만."

결과적으로 잘 풀렸지만, 내가 보기에는 마리에의 커밍아웃은 부주의한 발언이었다.

그걸 실토한 판단은 지금도 잘못되었다고 생각하고, 따라 하고 싶지도 않다.

질크는 루크시온이 준비한 녹차를 마시고 있었다.

"우리는 지금의 마리에 씨한테 반한 겁니다. 전생자 운운하는 이야기는 놀랐지만, 그래서 그게 뭐 어쨌다는 거지? 라는 게 본심이군요."

그렉이 주먹밥을 세 개째 먹으면서 고개를 끄덕였다.

"그래. 우리는 마리에의 내용물에 반한 거다!"

내면에 반했다고 말하는 바보들한테, 나는 어찌할 도리 없는 진실을 가르쳐줬다.

"그 내용물이라는 게 성격 나쁜 할머니라고. 너희들, 진짜로 괜찮냐?"

이 녀석들 전원, 마리에의 내용물이 훌륭하다고 말하는 시점에서 사람 보는 눈이 없는 옹이구멍이다.

그렇게 생각하니, 마리에한테 속고 있는 것 아닐까, 하고 걱정되기 시작한다.

걱정하는 나를 보며, 브래드는 고개를 가로저었다.

"겉모습이나 나이는 문제가 아니야. 마리에는 좋은 여자니까 말이지."

마리에가 좋은 여자? 이 녀석들 정말로 제정신일까?

진심으로 어처구니없어하고 있자 크리스가 쑥스러워하는 듯한 표정으로 말했다.

"여러 가지로 비밀이 있는 미스테리어스한 분위기도 나쁘지 않지만, 이전 생을 알고 있다니 굉장하지 않나. 역시 마리에는 대단한 여성이다."

이전 생을 숨기고 있었던 걸 미스테리어스하다고 말합니까.

으음~, 이 녀석들 역시 너무 바보다.

너무 바보라서—— 나는 정말로 안심했다.

"그러냐. 뭐, 그 녀석에 관해서는 잘 부탁한다. ——그 녀석한테 민폐 끼치지 말라고."

마리에를 맡기자, 율리우스가 쑥스러워했다.

"아아, 걱정하지 말아다오. 마리에는 우리가 지키겠다. 리온 형님."

"혀, 형님?!"

내가 눈을 휘둥그레 뜨며 놀라자, 율리우스가 의아하다는 듯이 고개를 갸웃했다.

"왜냐면 그렇지 않나. 마리에의 오빠라면, 우리의 형님이다. 앞으로도 잘 부탁하지, 형님."

"그만둬! 너희한테 형님이라고 불리면 닭살이 돋는단 말이다!"

내가 진심으로 싫어하는 듯한 표정을 짓자, 다섯 명이 히죽히죽하며 기쁜 듯이 웃고 있었다.

브래드가 윙크했다.

"그러면 무슨 일이 있어도 꼭 형님이라고 불러야만 하겠네."

"너, 나르시시스트에 더해 짓궂기까지 하다니, 최악이야!"

"나는 나 자신을 좋아하는 걸 자랑스럽게 생각해. 그것보다도 성격이 짓궂은 걸 리온 형님한테 지적받고 싶지는 않네."

뺨을 씰룩거리고 있자 크리스가 뒤에서 내 어깨에 손을 올려놓았다.

"형님—— 여동생은 맡겨 줬으면 하는군."

"형님이라고 부르지 마! 아니 그보다, 그런 대사는 자립하고 나서 말해!"

나한테서 생활비를 받는 몸이면서, 마리에를 맡겨 줬으면 한다고?

마리에가 너희를 돌봐주고 있는 건데, 뭔 말투가 그러냐!

화를 내고 있자, 그렉이 웃옷을 벗고 포즈를 취했다.

"리온—— 형니이이이임!! 내가 이 근육으로 마리에를 지키겠습니다!!"

"내 근처에서 소리치지 말라고! 그리고, 형님은 그만둬!"

그렉이 벗어 던진 웃옷을 주워 그렉한테 던졌다.

분노로 호흡이 흐트러진 나를 질크가 달랬다.

"호칭 같은 건 사소한 문제이지 않습니까. 마리에 씨는 제가 지킬 테니 안심해 주십시오."

"네가 먼저 지켜야 하는 건 상식이고, 형님이라 부르는 걸 사소한 문제라고 하지 마. 나한테는 커다란 문제란 말이다!"

명백히 놀림당하고 있었다.

율리우스가 입에 손을 대며 필사적으로 웃음을 참고 있다.

"푸흡. 시스콘 같은 건 요즘 시대에 유행하지 않는다고. 마리에의 새로운 출발을 축하할 정도의 도량을 보여주는 게 어떻지, 형님."

"아아아아아아아아아아아아아악!!"

화가 머리끝까지 치밀어 율리우스의 얼굴에 주먹을 날려 줬다.

주먹을 맞고 날아간 율리우스가 천천히 일어서더니 나한테 고함쳤다.

"고작해야 형님이라 부른 걸로 폭력을 썼겠다! 따지자면, 내 어머님에게 손을 댄 너와 비교해서 우리는 건전한 편이다!"

그대로 나한테 달려든 율리우스와 엎치락뒤치락하며 싸우기 시작했다.

"밀렌 씨는 사정이 다르잖냐!"

"뭐가 달라!!"

싸우기 시작한 우리를 다른 네 명이 어처구니없다는 표정으로 떼어 놓았다.

"나는 형님이라 부르는 건 절대로 인정하지 않을 거다!!"

큰 목소리로 소리치는 나한테, 조금 떨어진 위치에서 기가 막힌다는 시선으로 쳐다보는 루크시온의 목소리가 묘하게 잘 들렸다.

『마리에는 전생자이기에 형님이라고 부르는 건 적당하지 않다고 생각합니다만―― 마스터는 정말로 고집이 세군요. 이 정도의 제안은 받아들여도 괜찮을 텐데요.』

"괜찮지 않다고! 형님이라 부르는 것만큼은 싫단 말이다!!"

『마리에를 맡기기에 걸맞지 않다는 의미입니까?』

"아니, 그건 딱히 괜찮지 않나? 본인들끼리 납득하고 있다면, 뭐어, 응."

한 명의 여자한테 남자가 다섯 명.

나로서는 이게 맞는 건가 싶은 구성이지만, 본인들이 동의했다면 참견할 수 없다.

조금 전까지 싸우고 있던 율리우스가 내 말에 쑥스러워하며 미소 지었다.

"솔직하지 못하군, 형님."

다른 네 명도 히죽히죽하며 나를 보고 있었다.

──역시 나는 이 녀석들이 싫다.

제04화 「과거」

볼데노와 신성 마법 제국의 함대에서는 소소하게나마 연회가 열리고 있었다.

아르카디아 내부의 대회합실에서는 신분이 높은 기사와 장교들이 모여 있었다.

그중에는 핀을 비롯한 마장 기사의 모습도 있다.

호르파트 왕국이 존재하는 대륙까지 육박하여, 마침내 결전이라는 타이밍에 장병의 사기를 올리기 위해 술과 요리가 대접 된 것이다.

입식 파티여서, 참가자들은 먹고 마시며 대화를 즐기고 있다.

벽에 등을 기대고 선 핀은 팔짱을 낀 채 술에도 요리에도 입을 대지 않았다.

그런 핀한테 말을 건 것은 리엔하르트 루아 키르히너였다.

15살이라는 젊은 나이에 마장 기사 제3석이라는 지위를 얻은 천재 검사다.

빨간 눈동자에 빨간 머리카락.

헤어스타일에 고집이라도 있는지, 긴 머리카락에 줄기를 내는 것처럼 작은 묶음이 여럿 만들어져 있었다.

세팅에 제법 시간을 들이고 있는 모양이다.

"탐탁지 않다는 표정이네요, 선배."

말버릇이 좋지 않은 후배가 가까이 다가오자, 핀은 시선만을 향했다.

"너는 즐거워 보이는군."

리엔하르트는 접시에 담은 요리를 먹으며 양쪽 입꼬리를 올리고는 미소를 지었다.

싸우는 게 기대되어서 어쩔 수 없다는 얼굴이었다.

"강한 녀석을 쓰러뜨리는 건 즐겁지 않나요. 선배를 궁지에 몰아넣었다는 소문이 있는 발트파르트도 제가 죽여 주죠."

자기라면 리온을 죽일 수 있다는 자신감을 내보이고 있었다.

그건 동시에 리온을 쓰러뜨리지 못한 핀에 대한 도발이기도 한 것이리라.

둘의 대화가 신경 쓰였는지, 한 청년이 끼어들었다.

그건 새롭게 제5석으로 인정받은 라이머 루아 키르히너였다.

리엔하르트의 형인데, 이쪽은 키가 크고, 곤두선 짧은 머리카락을 지니고 있다.

열혈 기질인 남자라서 핀은 조금 껄끄러웠다.

"소문의 귀축 기사냐? 제1석인 당신이 정말로 쓰러뜨리지 못한 거냐고?"

라이머는 젊다고는 해도 21살이어서 핀한테는 연상이다.

하지만 지위상으로는 핀이 위다.

"아아, 그 녀석은 강해."

핀이 짧게 대답하자, 자신들의 대화에 끼어들어 방해받은 리엔하르트가 노골적으로 불쾌한 표정을 짓고 있었다.

"나랑 선배의 대화에 끼어들다니, 신참 주제에 제법 잘난 듯이 굴잖아."

형한테 조금도 경의를 표하지 않는 리엔하르트를 보고 라이머가 눈살을 찌푸렸다.

괘씸한 것이겠지만, 동시에 실력 차이와 지위를 이해하고 있기에 거스르지 않았다.

"──딱히 대화에 끼는 것 정도는 괜찮잖냐."

"하아? 괜찮지 않은 게 당연하잖아. 배려로 5석에 들어갈 수 있었던 어중간한 녀석 주제에 어엿한 마장 기사인 척 구는 거냐고. 이래서 재능 없는 인간은 싫단 말이지."

약한 인간을 경멸하는 리엔하르트는 자기보다도 재능이 모자란 라이머를 싫어했다.

혈연관계가 있는 만큼, 괜히 더 화가 나는 것이리라.

이번에는 검은 장발을 지닌 남성이 셋의 대화에 가세했다.

제4석 마장 기사인 후베르트 루오 하인이다.

집단전이 특기인 타입이며, 실력은 네 번째라고 여겨지고 있지만 실전에서는 핀한테도 지지 않는 것 아닐지? 라는 소문이 도는 인물이다.

침착한 느낌의 호청년이라는 인상을 주는 후베르트는 험악한 분위기를 내뿜고 있는 리엔하르트한테 부드럽게 주의를 줬다.

"모처럼의 연회에서 싸움은 좋지 않아. 주위가 걱정하고 있으니, 그쯤에서 멈추는 편이 좋아."

주위로 시선을 향하니 리엔하르트와 라이머가 당장이라도 싸움을 시작하는 것 아닌가? 하고 걱정스러운 얼굴을 하고 있었다.

후베르트가 중재에 들어가 주위도 안도하고 있다.

핀은 후베르트가 자기와 이야기하고 싶어 한다는 것을 눈치챘다.

"나한테 뭔가 용건인가?"

"왕국에 유학했던 너의 의견을 듣고 싶어서 말이지. 우리의 진군 속도는 아르카디아의 사정으로 늦어지고 있어. 그런데도 왕국군의 움직임은 거의 없어. 이걸 어떻게 보지?"

움직임이 없는 왕국이 무슨 생각을 하고 있는가 하는 질문을 받았다.

핀은 작게 한숨을 내쉬었다.

"왕국의 판단을 나한테 물어봐도 곤란하다."

"왕국의 생각이 아니라, 네가 싸운 발트파르트 대공의 생각을 알고 싶은 거야. 이야기를 듣는 한, 지금 왕국의 중심이 그 사람인 모양이니."

"터무니없는 녀석이다. 그 사람의 생각을 읽는 건 불가능해."

"그건 유감이네. ──뭐, 그만큼 엉뚱하다는 이야기겠지. 무슨 생각이길래 느긋한 우리를 보고도 가만히 있는 걸까."

생각에 잠기는 후베르트를 보고 라이머는 어깨를 으쓱였다.

"전쟁 준비가 덜 됐거나, 그게 아니면 내부 분열이겠지요. 솔직히 이 규모의 함대를 상대로 싸울 수 있는 나라가 있긴 한지 의문입니다."

제국군도 가능한 한의 전력을 투입했지만, 그중 제일은 아르카디아다.

라이머가 보기에는 과잉 전력이었다.

리엔하르트는 그런 형의 생각에 흥미가 없는 모양이다.

"어느 쪽이든 상관없어. 놈들이 움직이지 않으면 유린하고, 맞서면 베어 버릴 뿐이야. 뭐, 나로서는 맞서는 적이 더 취향이지만."

리엔하르트의 의견을 듣고 핀은 미간을 찌푸렸다.

"아주 태평한 녀석이군. 이제부터 무슨 일이 일어나는 건지 잊은 건가?"

리엔하르트가 발끈해서 받아쳤다.

"기억하고 있습니다. 왕국을 철저하게 멸망시키는 것이지요? 나라뿐만이 아니죠. 대륙에 있는 왕국 사람도 말입니다. 그게 뭐 어쨌냐는 이야기네요."

"너는 알고 있으면서——."

그래도 싸움을 즐기자고 말하는 리엔하르트한테 핀은 인내의 한계가 찾아와 주먹을 날릴 뻔했다.

하지만 그런 핀한테 제지가 걸렸다.

"거기까지 해 둬라."

다가온 건 제2석인 군터 루아 제발트였다.

최연장 마장 기사이며, 핀이 오기 전까지는 제1석이었던 남자다.

근골이 우람하며 몸도 커서 위엄이 있는 남자였다.

"이제부터 왕국과의 전쟁을 앞두고 있는데, 동료끼리 싸울 것도 없겠지."

군터가 노려보자, 핀은 분한 듯이 손을 뺐다.

그런 핀을 본 군터는 시시하다는 듯이 말했다.

"지금의 너는 제1석에 어울리지 않는군. 지위에 걸맞게 행동할 자신이 없다면, 내가 언제든지 바꿔 주마."

그러자 핀은 일부러 보란 듯이 미소를 띠었다.

"그렇게나 나한테 빼앗긴 제1석의 지위가 탐이 나나? 원한다면 언제든지 돌려주마."

무책임한 말투에 군터는 주먹을 강하게 쥐었다.

당장이라도 달려들어 때릴 것 같은 분위기이기는 했지만, 싸움을 중재하러 온 입장이다.

자신을 억제하는 것처럼 군터는 핀에게 등을 향했다.

떠나가는 군터의 뒷모습을 보고, 후베르트가 쓴웃음을 지었다.

"저 사람도 여전히 혈기가 왕성하네요."

결속이 안 되는 마장 기사들이지만, 그들 한 명 한 명이 소국 상대라면 멸망시킬 수 있을 정도의 시력을 지니고 있었다.

아르카디아가 참가하는 이번 전쟁도 승리를 확신하고 있는 모양이라, 핀이 보기에는 긴장감이 부족했다.

핀은 멀리서 장관들과 이야기하고 있는 모리츠를 봤다.

황제로 즉위한 모리츠는 그 손에 선제 칼이 쥐고 있던 권력의 상징인 지팡이를 쥐고 있었다.

'일의 중대함을 알아차리고 있는 건 황제 폐하뿐인가.'

주위에는 미소를 지어 보이고 있지만, 모리츠는 명백히 야위어 있었다.

이번 전쟁을 일으킨 장본인이자 선제를 암살한 증오스러운 상대다.

하지만 핀은 모리츠를 비난할 수 없었다.

'결국, 나도 황제 폐하와 똑같은가―― 이봐, 할아범. 당신이 살아있었다면 지금의 우리를 보고 뭐라고 말하려나?'

한때 서로 악다구니를 주고받던 상대이기는 했지만, 핀한테는 같은 뜻을 가진 동료이기도 했다.

이 자리에 칼이 없는 것을 쓸쓸하게 느꼈다.

'잘못된 길을 나아가고 있다는 건 알고 있다. 하지만 나는 어떻게 해도 꼭 미아의 미래를 지키고 싶어. 할아범, 당신이 없어져도 미아만큼은 반드시 내가 지키겠다고 약속하지.'

전쟁을 앞두고 있으므로, 연회는 짧은 시간에 마무리 지어졌다.

모리츠는 자신의 방으로 돌아가서는, 시중을 드는 사람들을 방에서 내보내고 혼자가 되었다.

침대에 앉은 모리츠는 자기가 죽인 아버지의 지팡이를 양손으로 꽉 쥐었다.

"이제 곧 왕국에 쳐들어갑니다, 아버님."

한때는 활력이 넘치고, 약간 거칠다는 말을 들었던 모리츠였으나, 지금은 얼마 전의 모습도 잃어 심약하게 변해 있었다.

그래도 아르카디아의 제안을 받아들인 건 자신들—— 제국 신민의 미래를 거머쥐기 위해서였다.

아버지가 배신하고 왕국과 손을 잡는다면, 내가—— 라고.

"아버님이 배신만 하지 않았더라면, 지금쯤은 훨씬 더 잘 되어 가고 있었을 겁니다. 당신이 우리를 배신한 게 나쁜 겁니다."

자신에게 되뇌어, 조금이라도 죄의식을 가볍게 만들고 싶었다.

하지만 아무리 아버지를 책망해도, 모리츠의 마음은 가벼워지지 않았다.

"정말로 어째서 이런 일이—— 이런 기분을 맛볼 바에야, 나는 황제 따위 되고 싶지 않았어."

울고, 콧물을 흘리며 자기 손으로 죽인 아버지를 생각했다.

선제 칼이 무슨 생각을 하고, 어째서 왕국과 손을 잡으려 했는가—— 결국, 그 이유를 들을 수 없었다.

"저기, 아버지—— 당신은 어째서 우리를 배신하려고 한 거야. 나는 당신을 죽이고 싶지 않았는데!"

아인호른 격납고.

개수를 끝마친 아로간츠를 조정하기 위해 나는 콕핏에 틀어박혀 있었다.

조정을 돕는 루크시온이 아로간츠의 개수에 관해 설명했다.

『추가 장갑과 무장을 장착하면서 전보다 가동 범위가 좁아졌습니다. 개수 기간이 짧았기에, 추가 장갑을 유지한 상태에서 슈베르트와의 합체는 불가능합니다.』

각 부분에 추가 장갑판을 덧대고 무장도 추가되었다.

최종 결전 사양이라는 남자의 로망을 실현한 모습이 되어 있었다.

"슈베르트의 개수는 어떻게 되었어?"

『기본 성능 향상에 그쳤습니다만, 성능은 보장합니다. 시뮬레이터로 테스트하시겠습니까?』

"출격 전에 몇 번 더 할 수 있을는지."

몇 번이고 시뮬레이터로 훈련해 두고 싶지만, 시간이 부족하다.

항상 막판에 와서야 생각한다.

——더 일찍 준비했으면 좋았을걸, 하고.

"전생부터, 항상 직전이 되어서야 초조해한단 말이지. 인생 2회차인데도 성장하지 않는구만."

스스로한테 질려서 자조하자, 루크시온이 의외로 부정했다.

『마스터는 성장하셨습니다.』

"네가 칭찬해 주다니 의외인데. 항상 하던 비아냥이나 비꼬는 말은 품절이냐?"

자연히 미소가 떠올라 있었다고 생각한다.

루크시온은 나한테 놀림당해도 의견을 바꾸지 않았다.

『그 다섯 명을 인정할 수 있지 않았습니까. 처음 만났을 무렵의 마스터라면 그 다섯 명을 받아들이지 않았을 터입니다.』

"아니, 받아들이지 않았을까? 왜냐면 나보다도 우수하고 좋은 녀석들이고."

『그 다섯 명이, 말입니까?』

의심하는 루크시온한테 나는 조정을 진행하면서 말했다.

"만나기 전에는 정말로 싫었어. 하지만 만나고, 대화하고, 싸우고── 결과적으로 그런 거긴 하지만, 나 같은 거보다도 마음 착하고 좋은 녀석들이었지. 글러 먹은 건 내 쪽이었어."

전생하기 전에 그 여성향 게임을 플레이하고 있었을 때다.

나는 율리우스를 비롯한 공략 대상들을 바보 취급하고 있었다.

하지만 지금 와서 생각하면 정말로 바보였던 건 나였다.

이번 일뿐만이 아니다.

그 녀석들은 마리에를 진심으로 사랑하고 있었다.

나는 말려들게 하고 싶지 않다는 이유로 안제와 리비아, 노엘을 몇 번이나 울렸는지.

게다가 마리에가 진실을 이야기했을 때── 그 녀석들은 받아들였다.

불평만 하는 나와는 큰 차이다.

"나는 글렀구만. 지금에 와서야 겨우 내가 어리석었다는 걸 깨달았으니까. 나는 그 녀석들이 살아남았으면 해. 마리에랑 행복해졌으면 좋겠어. ——뭐, 행복해질 수 있을지 어떨지는 미묘하다고 생각하지만."

여자 한 명에 남자 다섯—— 어떠한 행복의 형태가 있는지, 나로서는 상상이 되지 않는다.

장래에 관계가 무너진다고 해도, 살아남아 줬으면 하는 건 본심이었다.

"안제랑 리비아, 그리고 노엘도 죽지 않았으면 좋겠네. 아버지랑 어머니—— 안 되겠군, 역시 아는 사람은 죽지 않았으면 좋겠다고 생각하게 돼. 이제부터 전쟁인데, 역시 나는 자기중심적이구만."

상대를 죽이면서, 적한테 죽고 싶지 않다고 생각한다.

당연한 사고이기는 하겠지만, 정말이지 비겁한 이야기다.

『이번 경우, 먼저 공격해 온 것은 제국입니다. 마스터가 신경 쓰면서 괴로워할 필요는 없습니다. 오히려 제가 원흉이라고 할 수 있겠지요.』

"원흉?"

『구인류와 신인류의 전쟁에 마스터를 끌어들이고 말았습니다.』

루크시온이 나한테서 렌즈를 돌리고, 악연에 끌어들이고 만 것을 후회하고 있었다.

"——너를 손에 넣었을 때부터 이렇게 되는 건 정해져 있었던 걸지도 모르지."

큰 힘을 손에 넣고 인생이 평온무사해질 거라며 순진하게 기뻐했던 자신이 한심하다.

『지금부터라도 늦지 않습니다. 도망치지 않겠습니까?』

여기까지 와서 도망치도록 촉구하는 파트너한테, 나는 미소를 띠며 말해 줬다.

"죽어도 싫다 이거야."

『정말로 완고한 사람이군요.』

조정을 계속하는 나는 얼추 체크를 끝내고 한숨 돌렸다.

그리고 자신의 등에 있는 작은 란도셀—— 백팩을 엄지로 가리켰다.

"쓸데없는 이야기는 끝이다. 그것보다 이 녀석은 문제없이 사용할 수 있는 거냐?"

파일럿 슈트 등 부분에 장착된 건 두께 수 센티미터에 견갑골 근처를 뒤덮는 백팩이다.

안에 있는 건 나를 위해 마리에가 손에 넣어 준 비장의 수인 강화약이다.

루크시온은 몇 초 뜸을 두고 나서 대답했다.

『——크레아레가 말하기로는 사용은 문제없다고 합니다. 최대 사용 횟수는 3회. 투약 후 곧바로 마스터의 신체 능력과 마력이 증대되고, 지속시간은 10분입니다. 효과가 사라진 후에는 중화제를 투입합니다만, 몸에 부담이 상당할 것으로 예상합니다.』

"고작 10분인가. 조금 더 길게는 안 되나?"

극약인 만큼 효과는 매우 강력하지만, 지속시간이 짧은 게 단점이다.

중화제 투여 후에는 인터벌도 있다고 하니 마음대로 사용하기는 어렵다.

『그 이상은 마스터의 몸이 버티지 못합니다. 애초에 써서는 안 될 약입니다.』

"10분간 히어로가 될 수 있다고 생각하면 괜찮지 않아?"

약을 사용하면 즉시 효과가 나와 초인적인 능력을 얻는다.

문제는 그 대가가 내 목숨이라는 점뿐이다.

무조건 사용하는 걸 전제하는 나한테, 루크시온이 부정적으로 대답했다.

『——무턱대고 사용하는 것은 권장하지 않습니다.』

"안심해. 쓸 타이밍은 고를 테니까."

여하간 상대는 아르카디아—— 볼데노와 신성 마법 제국님이시다.

핀 같은 마장 기사들이 기다리고 있다면 쓰지 않을 수 없는 상황이 나와도 이상하지는 않다.

"나로서는 사용 횟수가 세 번뿐이라는 게 조금 불안한데."

내 발언에 루크시온이 재차 충고했다.

『세 번째는 생각하지 말아 주십시오. 한 번의 사용으로도 목숨을 잃을 위험이 있습니다. 두 번째, 세 번째는 마스터의 몸이 버티지 못한다고 단언할 수 있습니다. 제가 위험하다고 판단했을 경우에는 사용을 금지합니다.』

루크시온한테 투약을 저지당하면 곤란하다.

"미안하지만, 비장의 수를 손에서 놓을 생각은 없어. ──루크시온, '명령'이다. 강화약 사용에 제한을 걸지 마라."

『마스터?』

어딘가 슬픈 듯한 목소리로 중얼거리는 루크시온을 보고 있으려니, 실로 감정이 풍부하다는 생각이 들었다.

3년 이상 알고 지낸 사이가 되지만, 이 녀석도 제법 변했구만.

"이번만큼은 말리지 마."

내가 양보하지 않을 거라고 생각해서 체념했는지, 루크시온이 농담을 했다.

『정말로 이번만입니까? 마스터는 거짓말쟁이이기에 신용할 수 없습니다.』

"평소의 상태가 돌아왔잖냐."

이래야 루크시온이다.

나는 미소를 띤 채 루크시온한테 부탁했다.

"──나한테 무슨 일이 생기면 뒷일은 부탁한다. 모두가 걱정돼."

『거부합니다.』

예상하지 못한 대답에 약간 화가 나서 짜증 섞인 목소리가 나왔다.

"여기는 마스터의 소원을 들어줄 장면이잖냐?"

하지만 루크시온은 논리정연하게 이유를 말했다.

『마스터한테 무슨 일이 생긴다는 것은, 이미 제가 존재하지 않는다는 의미입니다. 그러니 모두를 지키고 싶다면 마스터가 살아남을 수밖에 없습니다.』

루크시온의 설명에 놀라서 눈을 크게 떴고, 그러고 나서 나는 얼굴에 손을 대고 크게 웃었다.

이 녀석, 내가 죽기 전에 자기가 죽을 거라고 말했다고!

"나랑 같이 죽을 생각이냐."

그러자 루크시온이 외눈을 가로저으며 나 원 참, 이라고 말하는 듯한 몸짓을 보였다.

『같이 죽는 건 저도 사절입니다. 다만, 마스터와 저한테 만에 하나의 일이 있으면, 크레아레가 대처해 주겠지요.』

"그러냐. 그 말을 듣고 안심했어."

——정말로 안심했다.

"그러면 나머지는 적의 치트 병기를 침몰시키고 모든 걸 끝내주마. 미안하지만, 너는 마지막까지 어울려 줘야겠어."

이번만큼은 루크시온도 무사히 끝나지는 않을 것이다.

루크시온도 그걸 알아차리고 있을 터다.

알아차리고 있으면서, 나를 따라 주고 있다.

『제가 없으면 마스터는 만족스럽게 싸울 수 없지 않습니까.』

"너도 거침없이 말하는구만. 이럴 때는 분위기를 헤아려서 그

럴듯한 대사를 말하라고.”

『마스터한테 시리어스한 분위기는 어울리지 않습니다.』

“확실히!”

"제국군의 움직임이 이상하다고?"

『상당히 느긋하게 다가오고 있어. 지나치게 시간을 들이고 있다고 팩트가 수상히 여기고 있었어.』

내가 크레아레한테서 보고를 받은 건 심야가 지난 시간대였다.

볼데노와 신성 마법 제국이 군을 출발시켰는데, 상당히 시간을 들여 진군하고 있다는 모양이다.

덕분에 우리는 준비에 쓸 시간이 늘었지만, 마법 생물인 아르카디아가 아무 의미도 없이 진군 속도를 늦출 거라고는 생각하기 힘든 모양이다.

내 방 침대에 앉은 내가 턱에 손을 대고 생각에 잠겨 있자, 머리를 내린 안제가 입을 열었다.

"기습을 경계하는 거 아닌가?"

경계하느라 진군 속도가 느리다──설득력 있는 이야기다.

하지만 크레아레뿐만 아니라 루크시온까지 부정했다.

『있을 수 없어.』

『아르카디아에게 그런 산발적인 공격은 통하지 않을 겁니다.』

아르카디아가 각성했을 때, 구인류의 병기들도 대기 상태를 해제했다.

101

그때, 구인류의 병기들—— 인공지능들은 아르카디아의 상세한 데이터를 채취하기 위해 무모한 돌격을 감행했다.

제국이 보기에는 산발적인 공격이겠지만, 인공지능들은 자기 몸을 희생하여 현재의 아르카디아의 데이터를 수집했다.

그 데이터를 근거로 루크시온을 비롯한 인공지능들은 적의 전력을 산출했다.

사이드 포니테일을 푼 노엘은 머리카락의 물기를 타월로 꼼꼼하게 드라이하며 우리의 대화에 끼었다.

"일반 비행 전함의 속도에 맞춰 움직이고 있는 거 아니야?"

이것도 아니라고 크레아레가 부정했다.

『제국 비행 전함의 데이터와 비교해도, 이건 너무 느려.』

세면대에서 나온 리비아한테도 우리의 대화는 들리고 있었던 모양이다.

옷을 다 갈아입은 리비아는 침대 쪽으로 다가오더니 자신의 의견을 말했다.

"우리에게 유예를 주고 있는 걸까요?"

현시점에서 최강의 로스트 아이템은 신인류가 남긴 아르카디아다.

루크시온조차 단신으로 승리하는 건 어렵다.

그래서 우리를 얕보고 대충 임하는 게 아닐까? 리비아가 그렇게 생각해도 이상하지 않다.

하지만 이것도 루크시온이 부정했다.

『아르카디아가 자만하여 이쪽에 유예를 줄 가능성은 없습니다.』

『동감이야. 우리에게 시간을 줄 바에야, 혼자서라도 우리를 멸망시키러 올 녀석이야.』

크레아레가 동의하자 안제가 작게 한숨을 내쉬었다.

"너희도 그렇고, 그 마법 생물도 그렇고, 정말로 서로를 증오하고 있군."

구인류도 신인류도 멸망하고 상당히 오랜 시간이 흘렀는데, 악연이나 증오만은 계속 남아 있었다.

『신인류를 절멸시키기 위해 만들어진 게 우리야. 그걸 위해서라면 뭐든 할 거야. 그래, 뭐든지 말이야!』

갑자기 말끝이 거세지는 크레아레한테 우리는 어떻게 반응해야 좋을지 몰라 곤란해했다.

음성 자체는 명랑한 음성인데, 이건 웃을 장면일까? 그게 아니면 공포를 느낄 장면일까?

쓴웃음을 지은 노엘이 크레아레를 타이르는 것처럼 말했다.

"그런 거면, 개인적으로 원한은 없는 거네? 구인류 사람들한테 그런 말을 들었으니까 싸우고 있는 거고, 멈추라는 말을 들으면——."

『그 명령을 내릴 터였던 구인류 수뇌부는 마법을 손에 넣어 기세등등해진 신인류들한테 전부 죽어 버렸어.』

"——아~, 저기—— 그—— 리온, 도와줘!"

아무 말도 할 수 없게 된 노엘이 나한테 어떻게든 해줬으면 좋겠다고 부탁했다.

어쩔 수 없기에 크레아레를 설득했다.

"지금의 마스터는 나다. 포기하고 내 명령에 따르라고."

『너무해! 구인류가 녀석들한테 얼마나 시달려 왔다고 생각하는 거야! 마스터는 악마야!』

"애초에 먼 옛날의 이야기라든가, 우리하고는 상관없고."

『있어! 엄청나게 있다구! 그러니까 제국도 쳐들어오는 거잖아!』

시끄러운 크레아레가 내뱉은 말에 리비아가 스스로를 강하게 끌어안았다.

"──어째서 이런 가혹한 상황이 된 걸까요. 좀 더, 모두가 다 같이 평화적으로 해결하는 방법도 찾아도 좋을 텐데 말이에요."

슬퍼 보이는 리비아를 보고, 안제가 가까이 다가가 뒤에서 안았다.

그 모습을 본 나는 침대에 드러누워 천장을 올려다봤다.

"정말로, 어째서 이런 상황이 된 건지."

누가 나쁜 걸까? 그게 아니면, 이게 그 여성향 게임의 설정인 걸까?

게임 세계라는 인식을 버리려고 노력해 왔지만, 아무리 그래도 이 상황에는 불평 한마디쯤은 해주고 싶어진다.

"좀 더 평화롭고, 행복하면서 가벼운 세계관 쪽이 좋지. 태평하게 학원 생활을 보내고 있었을 때가 그리워."

입학 초기를 떠올리는 내게 루크시온이 가까이 다가왔다.

『그 무렵의 마스터는 결혼 활동을 위해 다회를 열고는 실패하기를 반복했죠. 다시 결혼 활동 생활로 돌아가고 싶은 겁니까?』

결혼 활동이라는 말을 듣고 안제, 리비아, 노엘── 세 사람이 찌르는 듯한 시선을 내게 향하는 것을 느끼며 말을 골라서 대답했다.

여기서 말실수해서는 안 된다고 평소에는 둔감한 나의 본능이 경종을 울리고 있었다.

"결혼 활동은 안 좋은 기억밖에 없으니까, 다 같이 느긋하게 다회를 즐기고 있었을 무렵이 좋겠군. 새로운 다기 세트를 사서, 찻잎이라든가 다과를 준비해서 말이야."

침울해져 있던 리비아가 쿡쿡 웃었다.

"좋네요. 또 다 같이 수다를 떨면서 지내고 싶네요."

안제는 조금 어처구니없어했지만, 목소리는 기쁜듯했다.

"또 새로운 다기 세트를 사는 건가? 용케 질리지도 않는군."

노엘은 흥미진진한 기색이다.

"오후에 다회라니, 무척 귀족 같네. 실상은 방과 후에 다 같이 마실 것과 과자를 둘러싸고 수다를 떨 뿐인데 말이야. 하지만 나쁘지 않아."

이야기하는 중에, 행복했던 과거를 떠올리고 있었다.

나는 그대로 추억을 이야기했다.

"휴일에 찻잎이라든가 다과를 준비해 놓는 거야. 가끔은 가게에 주문해서 당일에 다과를 배달해 주도록 준비하고 말이야. 그렇게 품과 시간을 들여서——."

이전 생처럼 편리한 시대는 아니니까 다회를 여는 것도 큰일이다.

사전 준비를 빼먹을 수 없다.

하지만 그 수고도 즐겁게 느껴지는 것이 취미다.

세 사람이 내 이야기에 잠자코 귀를 기울이고 있었다.

그런데도 나는.

"——그리고 스승님한테 상담하는 거지. 다기 세트와 찻잎, 과자의 조합은 문제없습니까, 하고. 그대로 스승님의 지도를 받아도 괜찮겠네. 뭣하면 함께 차를 마실 수 있다면 최고겠어."

눈을 감고 스승님에게 차를 배우는 광경을 상상하고 있자, 어쩐지 즐거워지기 시작했다.

행복에 잠겨 있자, 루크시온이 찬물을 끼얹었다.

『마스터는 정말로 어리석군요. 연애 면에서의 성장은 기대할 수 있을 것 같지 않습니다.』

"어째서?"

눈을 뜨고 상반신을 일으키자, 미소를 띤 안제와 리비아, 노엘이 나를 보고 있었다.

다만, 세 사람 모두 눈이 웃고 있지 않았다.

안제의 빨간 눈동자가 나를 바라봤다.

"이 상황에서도 스승님, 스승님 타령이라—— 너는 정말로 너무한 남자다, 리온."

리비아는 입 앞에서 손을 맞대고 생글생글 미소 짓고 있었다.

"저희를 부르기 전에, 선생님과 다회인가요?"

노엘은 주먹을 꽉 쥐고 있다.

"약혼자를 방치하고 스승님, 스승님이라니 말이야. 거짓말이라도 좋으니까 거기서는 우리를 우선하자고 생각하지 않는 거야?"

──아무래도 본심을 말하면 여성을 화나게 만드는 모양이다.

나는 세 사람을 앞에 두고 미소 지었다.

"나는 차에 관해서는 거짓말을 하지 않겠다고 정했으니까."

미소 띤 세 사람은 그대로 나한테 가까이 다가오더니, 오른손을 치켜들었다.

크레아레와 루크시온의 목소리가 들렸다.

『마스터도 참, 정말로 바보지.』

『이 성격은 교정할 수밖에 없군요.』

◇

다음 날 아침.

양쪽 뺨이 빨갛게 부어오른 나를 알베르크 씨가 걱정하고 있었다.

알제르 공화국에서 파견된 함대를 이끄는 알베르크 씨는 루이제 양을 데리고 나를 찾아왔다.

"그 뺨은 어떻게 된 건가?"

"기합을 넣기 위해 두드렸는데, 너무 세게 두드렸습니다."

거짓말이다.

약혼자 세 명한테 따귀를 맞았다고는 창피해서 말할 수 없었다.

"그, 그런가. 그렇다면 괜찮네만."

"그것보다도 공화국의 조력에 감사드립니다. 무사히 끝나면 보수는 기대해 주십시오."

씨익 웃자, 알베르크 씨가 쓴웃음을 지었다.

"물론 기대하도록 하겠네. 그건 그렇고, 그 건은 정말로 괜찮았던 건가?"

"그 건?"

내가 고개를 갸웃하자 알베르크 씨는 자세한 이야기를 하려다가── 루이제 양한테 제지당했다.

"아버님, 리온 군도 바쁘니까 이야기는 이 정도로 하지 않겠어요?"

미소를 띠고 있는 루이제 양이었으나, 거기에는 이의를 용납하지 않는 박력이 있었다.

알베르크 씨도 처음에는 저항하려고 한 모양이지만, 내가 바쁜 것도 사실이다.

나한테 사양한 것인지, 포기한 듯하다.

"그것도 그렇군. 그러면 모든 게 끝나면 다시 이야기하지. 자네와는 언제 한번 느긋하게 이야기해 보고 싶네."

"예, 알겠습니다."

돌아올 수 있을지는 모르겠지만 말이죠! 라는 말을 웃으면서 할 정도로 나도 분위기를 파악하지 못하는 인간은 아니다.

이 자리에서 불안을 드러내면 도와주러 온 공화국 사람들한테 면목이 없으니까.

루이제 양이 내 오른손을 잡았다.

"살아서 돌아와 줘. ──내 동생처럼 없어지지 마."

내 오른손에 있는 성수의 수호자의 문장과 루이제 양의 오른손 손등에 깃든 문장이 공명하는 것처럼 희미한 빛을 발하고 있었다.

"물론이죠."

미소를 짓고 대답한 뒤, 나는 두 사람과 헤어졌다.

◇

왕궁 선착장을 향해 걷고 있자, 루크시온이 전방에서 사람이 오는 것을 알려주었다.

『마스터, 헤르트뤼더가 왔습니다. 아무래도 마스터를 기다리고 있었던 모양이군요.』

검은 원피스를 입은 헤르트뤼더 씨가 일부러 나를 기다리고 있을 거라고는 생각지 않았다.

조금 떨어진 장소에 헤르트뤼더 씨의 호위라고 여겨지는 판오스 공작가 기사들의 모습이 보인다.

우리 쪽을 걱정스러운 기색으로 보고 있지만, 가까이 다가오려고는 하지 않았다.

헤르트뤼더 씨가 머리카락을 쓸어올리자, 길고 검은 머리카락이 차르르륵, 하며 망토처럼 퍼졌다.

키 같은 건 이전과 그다지 변한 게 없는데도, 제법 어른스러운 인상이 느껴졌다.

"일부러 저를 기다리고 있었던 겁니까?"

그렇게 말하자, 알아맞힌 게 아니꼬웠는지 헤르트뤼더 씨는 나한테서 고개를 돌렸다.

"자의식과잉이라고 말하고 싶지만, 그 말대로야."

헤르트뤼더 씨는 무슨 용건으로 나를 기다리고 있었던 걸까?

우리 사이에 깊은 관계는 없으니까, 보수 건이리라고 멋대로 생각했다.

"보수 관련은 크레아레와 이야기를——."

"그쪽도 중요하지만, 그것보다 더 중요한 이야기가 있어."

"으음, 그렇습니까……."

"——반드시 돌아와. 죽은 영웅이 되면 나도, 공작가도 곤란해."

"제 안위가 아니라 자신과 집안을 걱정해서 하시는 말씀이었습니까."

헤르트뤼더 씨답다고 생각하고 웃자, 본인은 자못 당연하다는 듯한 태도였다.

"당연하잖아. 당신이 살아서 돌아오는 게 나한테는 가장 큰 이득이야. 그러니까, 반드시 돌아와서 약속을 지켜."

약속이라. 그러고 보니 그런 걸 한 장 써줬었지.

그 약속을 지킬 수 있을지 어떨지 미심쩍지만, 일단은 고개를 끄덕였다.

"그쪽도 전장에 나간다고 들었습니다. 그건 걱정 안 해도 됩니까?"

판오스 공작가의 함대를 지휘하는 건 군인이지만, 대표로서 헤르트뤼더 씨도 승함한다.

일부러 전장에 나오지 않아도 될 텐데. 하지만 본인이 양보하지 않았다고 한다.

"나는 당신과 다르게 물러날 때를 잘 알고 있어. 걱정인 건 당신 쪽이야."

"──분부에 따르도록 하지요."

내 대답을 듣고 헤르트뤼더 씨가 등을 돌려 걷기 시작했다.

떠나갈 때 작은 목소리로 말했다.

"너무 주위를 슬프게 만들지 마. 떠나보내는 사람도 괴롭다는 걸 기억해."

마음에 꽂히는 말에 나는 차마, 아무 말도 할 수 없었다.

헤르트뤼더 씨가 멀어지자, 나는 목덜미를 긁적였다.

"내가 무슨 생각을 하는지 알아챘나?"

『무모한 짓을 하는 마스터의 성격을 걱정해서, 못을 박은 것이겠지요.』

"──그런가."

과거의 적이 날 걱정하다니. 뭐랄까, 소년만화 같은 전개로군.

◇

왕궁 선착장으로 가는 중, 통로에 정렬한 관리들이 있었다.

복도 양쪽 옆에 서서 통로를 막지 않도록 서 있다.

그중에는 조금 야윈 것처럼 보이는 버나드 대신의 모습도 있었다.

『문관들입니다.』

"보면 알아."

양손과 소매가 잉크로 더러워지고, 지친 표정을 지은 그들은 내가 오자 자세를 바르게 하고 경례했다.

일사불란── 하다고는 말할 수 없지만, 그들의 마음에 가슴이 뜨거워졌다.

"쑥스럽군요."

버나드 대신한테 가까이 다가가 본심을 말하자, 상대도 쑥스러워하고 있었다.

"익숙하지 않은 짓을 했다고 생각하네. 하지만 우리는 전장에 나갈 수 없으니까 말일세."

우리를 전장에 보낼 때까지 바쁘고, 그리고 우리가 싸우고 있는 동안에도 분명 바쁠 것이다.

무사히 우리가 돌아왔다고 하더라도 역시 그들은 바쁘리라.

사실은 지금 당장 침대에 뛰어들고 싶을 텐데도, 나를 배웅하기 위해 기다리고 있었던 모양이다.

버나드 대신과 내가 담소하고 있자, 클라리스 선배와 디어드리 선배가 다가왔다.

이쪽도 지쳐 있을 텐데도, 드레스로 갈아입고 화장으로 다크서클을 가렸다.

"무사히 돌아와 주세요."

클라리스 선배는 정중하게 고개를 숙였는데, 거기에 후배를 대하는 어조는 없었다.

디어드리 선배도 평소 애용하는 부채를 접어 넣고, 클라리스 선배와 마찬가지로 고개를 숙였다.

"무운을 빌겠어요."

미녀 두 명한테 배웅받는 나한테 질투가 담긴 시선이── 향해지는 일은 없었다.

주변 사람들은 진지한 시선으로 나를 보고 있었다.

욕설이나 노성이 없는 상황에 어색한 기분을 느끼고 있자, 버나드 대신이 내 등을 가볍게 손바닥으로 두드렸다.

"자아, 슬슬 가야지. 출발 시간이 얼마 남지 않았잖아?"

"그러네요. ──그런데, 저 이외에도 직접 배웅하셨습니까? 그 다섯 명이라든가?"

다섯 바보한테도 똑같은 식으로 배웅한 건가 하고 물어보자, 버나드 대신과 문관들이 호들갑스럽게 웃기 시작했다.

다 같이 웃다가 곧바로 진지한 얼굴로 변하는 게 조금 무서웠다.

"하하핫! ──그들을 배웅한다니, 부탁받아도 거절하겠네."

주위 문관들까지도 다섯 바보한테 원념이 담긴 목소리로 말했다.

"저희의 일을 늘리는 원흉들입니다."

"간신히 정리된 이야기가 백지화된 원한은 절대로 잊지 않을 것입니다. ──반드시 말이지요."

"클라리스 아가씨를 배신한 질크, 그 쓰레기 녀석만큼은 돌아오지 않아도 괜찮지 않을까 하고 생각합니다."

상당히 원한을 산 모양이다.

나도 그들의 생각을 부정할 수 없기에,

"그, 그렇습니까."

라고 대답할 수밖에 없었다.

◇

선착장에 오자 다섯 바보와 또 한 사람을 더한 남자 놈들이 떠들고 있었다.

"누니이이임!!"

알제르 공화국에서 온 로이크가 마리에한테 안겨들려고 하는 것을 율리우스를 비롯한 다섯 바보가 필사적으로 막고 있었다.

필사적이라고 할지, 몇 방이나 때리고 있다.

"마리에한테 가까이 다가가지 마라!"

"나는 공화국을 대표해서 누님께 인사를 드리고 있는 것뿐이다!"

로이크도 율리우스한테 덤벼들어, 맞받아치는 모습이—— 뭐라고 할지, 어린애 같다.

선착장에 와 있는 마리에를 보니, 나와 같은 감상을 품고 있는지 쓴웃음을 짓고 있었다.

성녀를 위해 마련된 하얀 의상을 입은 마리에는 성녀의 아이템을 착용하고 있었다.

그 뒤에는 신전에서 파견된 고위 신관과 신전 기사들이 서 있었다.

"성녀로 인정받았다는 이야기가 정말이었구만."

마리에는 조금 부끄러워하고 있는지, 내 얼굴을 똑바로 보려고도 하지 않았다.

"뭐~, 나도 참, 넘쳐나는 오라를 숨길 수 없단 말이지. 성녀로서 인정받는 것도 당연해, 같은?"

우쭐해져서 까부는 발언을 하는 마리에를 보고, 평소대로라 도리어 안심하고 말았다.

"또 실수해서 혼나지 말라고."

"——실수 같은 거 안 해."

얼굴을 들고 진지하게 나를 똑바로 바라보는 마리에를, 떠들고 있는 다섯 바보와 덤 한 명과 비교했더니 침착하다고 느껴졌다.

"그럼, 리코른 쪽은 부탁한다."

그렇게 말하고 오른손을 흔들자, 마리에도 부끄러운 듯이 오른손을 들고 마찬가지로 흔들었다.

"응. 오빠──."

"뭐야?"

남들이 있는 자리에서 오빠라고 불렀지만, 뭐라 할 생각은 들지 않았다. 뒤돌아보니 마리에가 씨익 웃고 있었다.

"확실하게 해결하라구."

제국과의 전쟁을 끝내고 와라, 라고 말하고 있는 것이리라.

어려운 걸 쉽게 말하는군.

하지만 그렇기에 나도 가벼운 농담처럼 말할 수 있다.

"말하지 않아도 그럴 거다."

아인호른에 올라탄 나는 트랩 도중에서 뒤돌아보고 다섯 바보한테 고함쳤다.

"안 타면 두고 간다!"

두고 간다는 말을 듣고, 다섯 바보가 황급히 승함하기 위해 짐을 들었다.

◇

아인호른에 올라타는 율리우스 일행.

그 뒷모습에 대고 마리에는 말을 걸었다.

"다들── 오빠를 부탁해."

왼손으로 스커트를 꽉 쥐고, 울 것 같은 표정을 지으면서 말했다.

다섯 명이 뒤돌아보더니, 마리에를 향해 미소를 띠었다.

율리우스가 고개를 끄덕였다.

"맡겨다오."

질크는 머리를 쓸어올렸다.

"리온 군은 반드시 데리고 돌아가겠습니다."

그렉은 팔을 굽혀 알통을 만들어 마리에한테 어필했다.

"안심하고 기다려 달라고, 마리에!"

크리스는 안경 위치를 검지로 조정하면서 말했다.

"아무 걱정 할 필요 없다. 우리가 곁에 있으니까 말이지."

마지막으로 브래드가 마리에한테 윙크했다.

"마리에의 부탁이니까 말이야. 우리, 분발할게."

아인호른에 올라타는 다섯 명.

아인호른 입구에는 그런 다섯 명을 보고 있는 리온의 모습이 있었다.

마리에는 멀리서 리온을 보며, 눈물을 훔쳤다.

그 모습을 보고 있던 로이크가 손수건을 내밀었다.

"누님, 쓰시죠."

"고마워."

손수건으로 눈물을 닦은 마리에는 문이 닫히고 여섯 명의 모습이 보이지 않게 되어도 그 자리에서 움직이지 않았다.

아인호른이 떠오르자, 로이크가 그 모습을 바라보며 말했다.

"──우리도 곧바로 출발이야. 로이크, 너도 무모한 짓만큼은 하지 마."

마리에한테 걱정받은 로이크는 기뻐하는 듯했지만── 표정을 굳게 다잡았다.

"예, 아직 죽을 생각은 없으니까 말입니다. 누님도 부디 무사하시기를."

로이크한테 그런 말을 들은 마리에는, 대답하지 않고 쓴웃음을 지었다.

제06화 「대함대」

"리온의 부유섬을 운반한 건가."

리코른 함교에 안제의 어딘가 슬픈 듯한 목소리가 울렸다.

창문으로 내려다보고 그렇게 느끼고 있었는데, 부유섬 표면은 비행 전함이 착륙해 있었다.

활주로나, 비행 전함을 정비하기 위한 간이 독 등이 마련되어 있었다.

리비아가 창문에 양손을 짚고 이마도 가져다 댔다.

"그렇게나 아름다웠는데, 지금은 예전의 그 모습도 없네요."

리온이 소유하고 있었을 무렵에는 온천이 있었다.

로봇들이 자연과 밭을 관리하고 있어서, 초목이 풍부한 아름다운 환경이 갖추어져 있었다.

하지만 제국과의 전쟁을 앞두고, 초목은 줄어들고 활주로나 투박한 건조물이 난립해 있다.

추억 속에 남아 있는 장소 대부분이 없어져서, 안제도 리비아도 쓸쓸함을 감추지 못했다.

함교에 이식된 성수 근처에 있던 크레아레가 감개에 잠겨 있는 두 사람 쪽을 봤다.

『마스터의 부유섬은 이전부터 공사가 되어 있었으니까 이번 작전에 필요불가결했어. 어쩔 수 없는 거야.』

제국을 맞아 싸우기 위해 왕국은 전장에 부유섬을 세 개나 운반했다.

물자를 적재하고 피탄된 비행 전함을 수용하는 등, 역할은 다양하다.

요새처럼 무장시킨 부유섬도 있었다.

안제가 오른손으로 주먹을 꽉 쥐고 자기 가슴에 갖다 댔다.

"알고 있다. 하지만, 추억이 가득 담긴 장소가 없어지면 슬퍼지기도 하는 법이다."

저녁에 셋이 부유섬을 산책했던 추억은 당시의 안제한테는 무척 신선해서, 지금도 잊을 수 없다.

그건 리비아도 마찬가지인 모양이다.

"──전쟁이 끝나면 원래대로 되겠죠?"

리비아의 물음에 크레아레는 쾌활하게 답했다.

『물론이야!』

안제와 리비아가 얼굴을 마주 보더니 얼버무리듯 미소를 띠었다.

지금은 그렇게 될 거라고, 믿는 수밖에 없다.

그런 둘을 보고 있던 건 통신을 막 끝낸 참인 노엘이었다.

리코른에 있는 통신기를 이용하고 있어서, 조금 전의 대화에 낄 수 없었다.

하지만 이야기는 듣고 있었던 모양이다.

"리온이 부유섬을 소유하고 있었다는 이야기는 들었는데, 정말로 아깝네. 온천도 있었던 거지? 나도 들어가고 싶었어~."

아쉬워하며 투정하는 노엘한테 크레아레가 성수의 조정을 돕도록 재촉했다.

『이기면 온천 같은 건 얼마든지 준비해 줄 테니까 지금은 성수 조정을 도우라구.』

"네~에."

노엘이 머리 뒤로 양손을 깍지 끼며 성수에 다가가자, 희미한 빛을 내뿜었다.

크레아레가 말했다.

『역시 성수는 굉장하네. 대기 중의 마소를 흡수해서 에너지로 변환하다니, 터무니없는 식물이야. 누가 만들었는지 모르지만, 지금은 감사해야겠어.』

크레아레의 말을 듣고 노엘이 고개를 갸웃했다.

"성수는 자연적으로 발생한 식물이 아니었어? 공화국에서는 인간을 지키기 위해 마련된 신성한 식물이라는 느낌이었는데?"

『먼 옛날에 개량해서 만든 거야. ──한때는 대립했지만, 이데알한테도 감사해야겠네.』

"──이데알인가. 걔가 마지막에 나를 구해 줬던 거지?"

『덕분에 노엘은 살아남고, 이렇게 우리는 성수를 다룰 수 있게 됐어. 대립하지 않고 서로 협력했다면 다른 미래가 있었을지도 모르겠네.』

보급함에 탑재되었던 인공지능 이데알은 성수를 중요시한 나머지 리온 일행과 대립하게 되었다.

그 결과 리온과 루크시온 콤비한테 패해, 파괴되고 말았다.

그런 이데알이지만 마지막의 마지막에 노엘의 목숨을 구하기 위해 고성능 의료 캡슐을 제공해 준 것이다.

단지, 이데알이 폭주한 탓에 공화국에는 심대한 피해가 발생한 것도 사실이다.

노엘로서는 복잡한 심경이리라.

그때 쌍둥이 여동생인 렐리아는 사랑했던 남성을 두 명이나 잃었으니까.

노엘은 성수에 오른손을 댔다.

"지금은 리온의 도움이 된다면 그걸로 충분해. 여러 문제는 끝난 뒤에 생각하면 되고."

노엘의 긍정적인 발언에 크레아레도 동의했다.

『좋다고 생각해. 지금은 쓸데없는 걸 생각하고 있을 여유 같은 건 없고 말이야. 끝나고 나서 얼마든지 생각하면 되는 거야.』

노엘과 크레아레의 대화를 듣고 있던 안제가 가슴 밑으로 팔짱을 꼈다.

"그래. 모든 건 이기고 나서다. 쓸데없는 문제는 살아남은 후에 생각하면 된다."

리비아가 가슴 앞에서 깍지를 꼈다.

"모두가 살아남으면서 이기도록 하죠. 그게 얼마나 오만한 소원이라고 해도, 저는 전력으로 이룰 생각이에요."

살아남아 이긴다── 그게 아무리 사치스럽고 제멋대로인 소원인지를 알면서도, 리비아는 강하게 바라고 있었다.

◇

레드글레이브 공작가의 비행 전함에는 당주인 빈스와 적남인 길버트의 모습이 있었다.

공작가 당주와 그 후계자가 같은 비행 전함에 타는 건 통상적으로는 있을 수 없다.

격추당했을 때 양자가 동시에 전사하는 것을 피하기 위해서다.

지금은 싸움을 앞두고 길버트가 빈스의 비행 전함을 찾아온 것뿐이다.

둘은 사람들이 만들어 낸 장대한 광경에 감탄하고 있었다.

"정말 장관이군요, 아버님. 이 싸움은 이겨도 져도 역사에 새겨지게 되겠지요."

역사에 남을 싸움이 된다. 그런 싸움에 자신이 참전한다고 길버트는 흥분한 기색이었다.

주위는 그런 길버트한테 '용감하다'라느니 '도련님은 믿음직스럽군요'라며 말하고 있었다.

하지만 빈스는 눈치채고 있었다.

'강한 척하는 거군.'

지휘관이 겁먹고 있어서야, 병사들한테 불안이 퍼지고 만다.

그 때문에 길버트는 애써 강한 자세로 행동하고 있었다.

빈스는 그런 아들의 어깨에 손을 올려놓았다.

"미안하지만 너는 후방으로 물러나 줘야겠다. 이곳의 전방을 맡는 건 우리다."

"아버님?! 안 됩니다! 당주에게 만일의 사태가 생기면——."

"풋내기는 뒤에서 싸우는 법이나 배우고 있거라. 후방 함대를 너한테 맡기겠다."

"——?! 알겠습니다."

빈스는 길버트를 후방으로 물러, 조금이라도 생존 확률을 높이고자 생각하고 있었다.

'레드글레이브 가문이 뒤로 물러나서야, 안제의 신용에 악영향을 미친다. 여기서는 무리해서라도 앞으로 나설 수밖에 없다. 하지만 길버트를 앞으로 내보낼 필요도 없다.'

빈스와 길버트 두 사람이 모두 전장에 있는 건 안제를 위해서였다.

다만, 당주인 자신이 전사하면 레드글레이브 공작가에 큰 타격이 될 것이다.

본래라면 빈스가 조금이라도 뒤로 물러나야만 하겠지만, 아버지로서 아들을 앞으로 내보내고 싶지 않다는 마음이 앞섰다.

"무슨 일이 있으면 뒤는 너한테 맡기겠다. 안제는 성장했지만, 아직 시야가 좁은 게 마음에 걸리는구나. 네가 곁에서 받쳐 주도록 해라."

"예, 옙."

길버트도 빈스의 마음을 헤아렸는지, 배치에 관해서는 항의하지 않았다.

◇

왕국군 초계정이 아군 함대를 향해 가고 있었다.

속도를 한계까지 올리고 있지만, 함장도 승조원도 후방을 신경 쓰고 있었다.

시야가 좋지 못한 구름 속으로 뛰어든 것은 적을 따돌리기 위해서다.

초계정 주위에는 구인류의 병기인 무인기가 따라가고 있다.

다리가 없는 갑옷 같은 모습을 하고 있어서, 초계정 호위를 맡고 있었다.

그런 무인기들이 있어도 함장은 식은땀을 흘리는 중이었다.

"뿌리칠 수 없나."

쓸쓸한 표정을 지은 함장이 전성관을 사용해서 명령을 내렸다.

"갑옷을 내보내라! 어떻게 해서라도 아군에 상세한 적의 정보를 전하는 거다!"

초계정 함교에는 낯선 외눈 구체가 떠 있다.

인공지능을 탑재한 그것은 함장한테 말했다.

『마소에 의한 통신 상황 악화로 인해 데이터를 전송할 수 없습니다. 상세한 것은 직접 파일럿들한테 운반시키도록 하지요.』

"그럴 생각이다."

거칠게 내뱉은 함장한테, 인공지능이 말했다.

『아무래도 따라잡힌 모양입니다.』

직후, 초계정을 호위하고 있던 무인기가 폭발했다.

초계정 옆을 검은 무언가가 지나쳐 갔다.

함장이 명령했다.

"격추해라!"

너무 힘을 준 나머지 목소리가 노성이 된 함장에 비해, 인공지능은 냉정했다.

『헛수고입니다.』

그 검은 무언가──마장은 초계정 함교에 접근하더니, 휘어진 대검을 한쪽 팔로 치켜들었다.

아직 어린아이 같은 목소리가 초계정 함교에 울렸다.

「찾~았다!」

마장이 칼을 내려치자, 참격이 날아와 초계정을 양단해 버렸다.

「왕국 군대는 이 정도야? 흥이 식네.」

◇

왕국이 전장으로 정한 곳은 대지에서 떨어진 해상이었다.

대륙에는 침공시키지 않고, 해상에서 제국군을 맞아 싸우는 모양새다.

전장에는 부유섬을 운반하여 보급과 정비를 하고, 싸울 준비가 진행되고 있었다.

사용된 부유섬은 리온이 발견하여 소유하고 있었던 부유섬이다.

한 번은 왕국 소유로 넘어간 부유섬이지만, 제국과의 전쟁을 위해 운반되었다.

이동하는 부유섬—— 그리고 그 주위에는 수많은 비행 전함의 모습이 있었다.

집결한 대함대 중에는 발트파르트 남작가의 비행 전함도 존재했다.

바르카스와 닉스가 함교 유리창 너머로 집결한 대함대를 바라보고 있었다.

리온이 참전하는 이 싸움에 두 사람도 참가했다.

터무니없는 광경에, 닉스는 어찌어찌 말을 쥐어짜 냈다.

"주위 전방위에 비행 전함이 있다니 굉장한 광경이군."

전방, 후방, 상하좌우—— 마치 하늘을 가려 버리는 것 아닐까? 하는 생각이 들 정도로 비행 전함이 집결해 있었다.

지금까지 몇 번인가 전쟁을 경험한 닉스지만, 이번 같은 엄청난 수의 아군은 처음으로 경험하는 것이었다.

그건 바르카스도 마찬가지였는지, 눈을 휘둥그레 뜨고 있었다.

"나도 처음으로 보는 광경이다."

두 사람 주위에는 발트파르트 가문을 섬기는 승조원들의 모습이 있었다.

그들도 마찬가지로 주위 광경을 앞에 두고 놀라고 있었다.

함장을 맡은 남자가 바르카스와 닉스에게 말을 걸었다.

"그건 그렇고, 리온 도련님── 어이쿠, 리온 님이 이만한 수의 비행 전함을 이끌 거라고는 생각도 하지 않았습니다."

함장의 말에 바르카스는 거칠게 머리를 긁적였다.

이 자리에 없는 리온한테 복잡한 감정을 품고 있는 표정을 지었다.

"우리 가계를 생각하면 그 녀석은 돌연변이일지도 모르겠군. 설마, 내 자식이 이렇게 될 거라고는 생각지 않았다."

돌연변이── 너무한 말투지만, 바르카스가 그렇게 말하고 싶어지는 마음은 주위도 이해하고 있었다.

여하간, 시골 남작가 출신 청년이 대함대를 이끌고 제국과 싸우는 것이다.

음유시인이나 책에서 이야기되는 영웅담에도 지지 않을 위업이다.

닉스가 깊은 한숨을 내쉬어, 긴장의 끈을 살짝 풀었다.

"이만큼 있으면 제국에도 이길 거라는 생각이 들기 시작했어."

닉스는 가슴에 있는 펜던트 로켓을 오른손으로 꽉 쥐었다.

"그리고 지금도 수가 늘고 있고 말이지."

리온의 부유섬에서는 개수를 끝낸 비행 전함이 날아오르고 있었다.

개수 작업 중인 건 작업용 로봇들로, 왕국의 비행 전함에 장갑판이나 신형 대포를 달고 있다.

개수뿐만이 아니다. 정비와 보급, 그것들이 무상으로 그리고 빠른 속도로 이루어지고 있었다.

그리고 부유섬 아래쪽에서는 구인류가 남긴 병기들이 모습을 나타냈다.

거대한 그 모습을 본 주위의 아군이 통신기를 통해 이러쿵저러쿵 떠들고 있었다.

「저게 소문으로 듣던 파르트너인가?」

「소문보다도 커 보이는군.」

「아니, 그쪽은 이미 출격했다고.」

통신기의 떠들썩한 소리를 들으며, 닉스가 쓴웃음을 지었다.

출현한 비행 전함은 파르트너와는 전혀 딴판인 모습을 하고 있었기 때문이다.

금속으로 뒤덮인 그 모습은 녹도 눈에 띄지만, 주위 비행 전함보다도 커서 위압감이 있었다.

공중 항모인 팩트 본체다.

그리고 잇따라 부유섬에서 금속으로 뒤덮인 비행 전함들이 모습을 나타냈다.

바르카스는 땀을 흘린 이마에 손을 댔다.

"고대 병기들이었나? 사람이 없어도 움직인다니, 선조님들도 굉장하군."

선조님이라는 말을 듣고 닉스가 하나 떠올렸다.

"선조님, 이라—— 아버지, 우리가 어릴 적에 우리한테도 굉장한 선조님이 계셨다고 말하지 않았어?"

"멍청아. 이런 걸 본 뒤에 우리 선조님 이야기를 들어도 비참해질 뿐이라고."

비참해진다는 말을 들어도, 신경 쓰인 닉스는 포기하지 않았다.

신경 쓰이는 채로 전쟁을 하고 싶지 않기 때문이다.

"이런 때니까 들어야지. 신경 쓰이는 채로는 전쟁에 집중할 수 없잖아."

선조님 이야기를 듣고 싶어 하는 닉스를 보고, 바르카스는 깊은 한숨을 내쉬었다. 표정은 담담했다.

"조금은 어른이 되었나 싶었는데, 아직 어린애 같은 말을 하는구나."

"전방에 배치되었다고. 조금이라도 근심이 없는 편이 좋잖아?"

"우리가 후방으로 물러나면 사기가 떨어지잖아."

발트파르트 가문의 비행 전함은 전방에 배치되었다.

이건 바르카스가 '우리는 리온의 친족이니, 앞에 서지 않으면 그 녀석한테 폐가 된다'라고 말했기 때문이다.

발트파르트 가문이 뒤쪽에 있으면 전군의 사기에 좋지 않은 영향을 미치니까, 라면서.

즉, 다른 곳과 비교해서 사망할 확률이 높다.

그런 이유도 있어서, 닉스는 들어 두고 싶었다.

"살아남으면 성장한 아이한테 들려주고 싶잖아. 우리의 선조님은 훌륭한 사람이었다, 라고 말이야."

끈기 싸움에서 진 바르카스는 포기하고 이야기하기 시작했다.

"——우리 선조님은 굳이 따지자면 모험가로서 성공한 부류가 아니다. 이건 알고 있지?"

"전쟁으로 출세한 사람이잖아?"

"내가 이야기하고 있는 건, 발트파르트 가문의 초대 선조님이다. 우리의 초대 선조님은 바깥에서 흘러 들어온 모험가였다."

"처음 듣는 이야기인데."

호르파트 왕국에서는 모험가라는 직업이 인정받고, 존경받고 있었다.

선조가 모험가였다면 그걸 자랑스럽게 생각하는 것이 보통이다.

하지만 바르카스가 자랑스럽게 여기지 못한 이유를 알려주었다.

"대모험 끝에 동료한테 배신당하고, 떠돌다가 지금의 영지에 다다랐다는 모양이다. 그래서 모험가는 지긋지긋하다며 그만둬 버렸지. 부유섬에 오고 나서부터는 농사를 지으면서 유유자적하게 지내고 있었다는 모양이다."

닉스가 가장 먼저 생각한 것은 그 초대가 동생과 닮았다는 점이었다.

"어쩐지 리온 같은 사람인데."

"그렇군. 그렇게 되면 리온은 돌연변이가 아니라 선조님의 격세 유전인가?"

"하지만, 확실히 이런 광경을 본 뒤라면 사소한 이야기로 느껴지네. 모험가였지만, 배신당해서 은퇴했을 뿐이라는 게 정말이지——."

닉스가 미묘한 표정을 지었다.

그 이유는 모험가가 배신당하는 건 왕국에서는 수치가 되기 때문이다.

가장 나쁜 건 배신한 쪽이지만, 그래도 배신당한 쪽에도 책임이 있다는 것이 왕국의 생각이다.

——모험가 되는 자, 배신하는 그런 녀석을 동료로 더해서는 안 된다.

목숨을 건 모험을 할 때, 배신당하는 모양이라서야 모험가로서 한 사람 몫도 못 하는 것, 이라고.

바르카스도 그걸 알고 있으니까, 그다지 아이들한테 선조님의 이야기를 하고 싶어 하지 않았다.

그렇다고는 해도, 중요한 교훈으로서 이어받아야만 할 이야기이기도 하기에 대대로 자기 자식들한테 똑똑히 가르쳐 온 이야기이기도 하다.

"그래서 이 타이밍에 말하고 싶지 않았던 거다. 뭐, 우리 선조님이니까 모험가로서 활약했다고는 생각되지 않지만 말이다."

"확실히, 우리 집안에서 모험가로서 성공한 건 리온 정도지."

바르카스는 팔짱을 끼고는 웃었다.

"설마 그 녀석이 우리 가문에서 가장 출세한 녀석이 될 거라고는 생각지 않았다. 초대 선조님과 닮았어도, 역시 리온은 돌연변이구만."

"그 의견에는 찬성해."

부자가 담소하고 있자, 통신기에서 귀가 아파질 것 같은 높은 소리가 들렸다.

그 후, 사람의 목소리가 들렸다.

「초계정으로부터 보고! 제국의 대함대를 발견! 수는—— 3천 이상!」

함교가 단숨에 술렁였다.

모두가 눈을 크게 뜨고, 식은땀을 흘리고 있었다.

여하간 적은 이쪽의 두 배 가까운 전력을 준비해 왔다.

게다가 보고는 정확한 숫자가 아니다.

자칫하면 세 배라는 전력 차이도 있을 수 있었다.

바르카스가 큰 목소리로 외치며, 주위에 지시를 내렸다.

"당황하지 마라! 작전대로 움직이면 반드시 이긴다!"

제국의 대함대가 닥쳐오는 가운데, 닉스는 식은땀을 닦았다.

"마침내 시작되는 건가."

그렇게 말하며, 도로테아의 그림이 들어 있는 로켓 펜던트를 꽉 쥐었다.

◇

리코른 함교.

대기 중의 마소를 리코른이 빨아들여 그걸 성수한테 공급하는 장치가 완성되어 있었다.

마소를 흡수한 성수는 희미한 녹색 빛을 내뿜었고, 리코른은 거기서 에너지를 얻고 있었다.

리코른을 제어하는 것은 크레아레고, 성수를 제어하는 건 노엘이다.

함교에서는 아군 초계정이 격추되었다는 소식을 들은 안제가 미간을 찡그리고 있었다.

"제국군이 가까이 다가왔다고 들었다만, 이대로 우리와 격돌할 작정인 건가?"

『그럴 가능성이 높다고 예상해.』

"적이 우리를 우회할 가능성은 없고?"

후방에 있는 본거지── 빈집이 된 대륙을 공격하는 선택지도 있다.

하지만 크레아레는 제국이 그렇게 움직이지 않는다고 생각했다.

『응. 이렇게 말하자면 미안하지만, 녀석들한테는 우리를 일망타진할 기회인걸. 아르카디아가 보기에도, 우리가 한곳에 모여 있으니 좋은 기회인 거지. 우리만 쓰러트리면 나머지는 상대조차 아닌걸.』

구인류의 병기들만 제거하면, 나머지는 어려울 것도 없다.

안제는 분한 듯이 주먹을 꽉 쥐었다.

안제가 입을 다물어 버렸기에 노엘이 의문을 제기했다.

"그 아르카디아도 제국군과 같이 있는 거지?"

『마소 농도가 상승하기 시작한 건 아르카디아가 접근한 영향이 니까, 틀림없어. 아군이 전해 준 정보에도 제국군과 행동을 함께 하고 있다고 되어 있었어.』

그 마소를 흡수하여, 어린나무에 줌으로써 리코른은 에너지를 한층 쌓아 간다.

노엘 외에도 성수 제어를 돕기 위해 유메리아가 탑승해 있었다.

유메리아가 불안한 듯이 물었다.

"이렇게나 에너지를 쌓아 놓고, 뭘 할 생각인가요?"

유메리아의 소박한 의문에 크레아레가 대답했다.

『그거야말로 무엇에든지 이용할 수 있어. 그걸 위해서 일부러 리비아랑 노엘 두 사람을 전장까지 데리고 온 거니까.』

크레아레의 시선이 함교에 있던 리비아한테 향했다.

창밖을 보고 있던 리비아는 시선을 느꼈는지 크레아레를 향해 돌아봤다.

"왕가의 배—— 거기에 실려 있던 장치를 쓰는 거군요?"

한때 판오스 공국과의 전쟁에서 사용했던 왕가의 배 말인데, 리온과 루크시온이 위험시한 건 배보다도 거기에 실려 있었던 장 치다.

리비아가 지닌 고유 능력과의 조합이 너무 흉악해서 봉인하게 된 장치다.

사용하면 적, 아군 상관없이 리비아의 지배하에 놓이게 된다.

사용하는 방식에 따라서는 세계 정복도 꿈이 아니리라.

하지만 이번에는 상황이 달랐다.

판오스 공국 때처럼 사용하면 이길 수 있다는 상황이 아니다.

『흉악한 성능이지만, 그것도 아르카디아를 상대로는 통하지 않을 거야. 그러니까 이번에는 그 기능을 아군한테 응용할 거야.』

크레아레는 파란 외눈을 반짝이더니, 실내에 홀로그램을 투영했다.

홀로그램으로 비친 건 리코른을 중심으로 장치의 영향을 받는 범위를 색깔로 표시한 전개도였다.

『장치의 정신 간섭은 마소의 영향을 받지 않으니까, 통신으로 쓰기에 무척 편리하거든.』

설명을 들어도 이해가 되지 않는지, 유메리아가 고개를 갸웃했다.

"저기~, 무슨 말인가요?"

그런 유메리아한테 설명해준 건 카일이었다.

"통신을 방해받는 상황에서도 마음을 연결해서 통신할 수 있다는 말이야."

"여, 연결해?"

"──마음의 소리가 들린다고 생각하면 돼."

아들인 카일한테 설명을 듣고 그제야 겨우 납득한 유메리아가 몇 번이나 고개를 끄덕였다.

"하~, 굉장하네요. 핫?! 그, 그건, 마음속의 부끄러운 목소리도 들린다는 건가요?! 어, 어쩌지. 카일을, 항상 사랑한다고 생각하고 있는 게 전해져 버려!"

얼굴이 빨개진 유메리아를 보고, 카일은 창피해서 귀까지 빨개져 있었다.

"어, 엄마?! 지금은 중요한 때니까 이상한 말 하지 마!!"

미소가 지어지는 모자의 대화에 약간이지만 이 자리의 분위기가 누그러졌다.

크레아레가 마음으로 대화하는 것에 관해 해설했다.

『정확하게는 말을 전하는 것뿐이야. 그것들을 집약해서 전달하는 게 리코른의 역할이네. 정보 처리는 나도 돕겠지만, 가장 부담이 큰 건 리비아야.』

통신 상태가 최악인 상황에서도 리비아가 있으면 문제없이 정보를 주고받는 것이 가능하다.

이건 전장에서 큰 힘이 되지만, 리비아의 부담은 크다.

하지만 리비아는 그 말을 듣고 안도하고 있었다.

"저는 괜찮아요."

미소 짓는 리비아의 손을 안제가 잡았다.

"정말로 괜찮은 건가?"

걱정하는 안제의 손을 리비아가 살짝 강하게 맞잡았다.

"도움이 될 수 있어서 기뻐요. 오히려 부담이 있는 편이 좋아요."

부담이 있는 편이 좋다── 그건 목숨을 걸고 전장에서 싸우는 사람들한테 미안하다고 생각하는 마음에서 나온 말이었다.

안제는 자신의 무력함을 분하게 여기고 있는지, 리비아의 손을 양손으로 잡고 고개를 숙였다.

"미안하다. 나는 아무런 도움도 되지 못해. 이 자리에 있는 것밖에 할 수가 없다."

자신을 책망하는 안제한테 리비아는 고개를 가로저었다.

"아뇨, 안제는 여기에 오기까지 힘내 줬어요. 그러니까, 이번에는 저희 차례예요. 이제야 겨우, 저한테도 순서가 돌아왔어요."

안제의 눈동자에 눈물이 고였고, 그걸 손가락으로 훔쳤다.

"——내가 한 건 준비뿐이다. 너처럼 직접 리온을 도울 수는 없어."

"저는 그 준비를 할 수가 없었어요. 이만한 함대를 준비할 수 있었던 건 틀림없이 안제 덕분이에요."

그런 둘을 보고 노엘이 한숨을 내쉬었다.

"나도 나설 차례가 있는데 말이지~. 뭐, 지금의 둘한테 끼어들 정도로 눈치가 없지도 않지만 말이야."

재미없다는 듯이 말하는 노엘한테 크레아레가 말했다.

『기대하고 있을게, 노엘.』

"네에, 네에."

노엘이 의욕 없는 대답을 하자, 크레아레는 심각한 표정을 짓고 있는 인물한테 파란 렌즈를 향했다.

——마리에다.

『왜 그래, 마리에? 배라도 아파? 그러니까 과식은 안 된다고 주의를 줬잖아.』

"──너, 평소에 나를 어떤 눈으로 보고 있는 거야?"

『어? 아니야? 그도 그럴 게, 준비했던 주먹밥을 10개나──.』

"아홉 개야! 그렇게 많이 먹지 않았어! 조, 조금 그리워서, 평소보다 약간 많이 먹었지만."

『아니, 10개야. 똑바로 세고 있었으니까 틀림없어. 아니 그보다, 한 개 속여도 별 차이는 없다구.』

"여자애한테는 여러 가지로 사정이 있는 거야!"

크레아레한테 받아치는 사이에 마리에한테도 기운이 나기 시작했다.

그걸 보고 있던 카라와 카일이 안도한 표정을 짓고 있었다.

"마리에 님한테 기운이 돌아와서 안심했어요."

"그곳보다도, 그 주먹밥이었던가요? 어쩐지 이상한 음식이었는데, 주인님은 잔뜩 먹고 계셨죠? 배는 괜찮은 걸까요?"

카일의 근심거리란, 익숙지 않은 음식으로 인해 복통을 일으키는 것 아닐까? 라는 점이었다.

마리에가 얼굴이 빨개지며 중얼중얼 말했다.

"따, 딱히 괜찮으니까. 오히려 평소 이상으로 기운이 났어."

카일이 씨익 웃었다.

"그 말을 듣고 안심했어요. 하지만 약을 가지고 왔으니까, 만일의 때에는 편하게 말 걸어 주세요."

카라도 마리에를 걱정했다.

"마리에 님, 지금 화장실 갔다 와 두시겠어요?"

두 사람을 앞에 두고 마리에는 목소리가 커졌다.

부끄러움도 있는 것이겠지만, 둘한테 걱정받는 게 기뻐서──
쑥스러운 것이리라.

"이제 됐으니까!"

크레아레는 세 사람의 대화에 단락이 지어졌다고 생각했는지,
조금 전의 이야기를 계속했다.

『마리에, 리코른의 에너지를 마리에한테도 빌려줄 테니까 성녀
의 힘으로 방어 부탁해.』

마리에는 얼굴이 빨개진 채로 가슴을 펴고 당당한 태도를 보
였다.

"맡겨두라구. 나는 하면 할 수 있는 애야."

『평소에도 할 수 있으면 좋겠다는 생각이 드는 대사지만, 마리
에다운 선언이네.』

"너희 인공지능은 정말로 쓸데없는 말을 한단 말이지. 좀 더 솔
직하게 칭찬할 수 없어?"

마리에가 불만을 말하자, 실내에 팩트한테서 긴급 통신이 들어
왔다.

『고열원 반응 감지.』

그걸 들은 크레아레가 곧바로 지시를 내렸다.

『왔네── 실드 출력 최대.』

직후, 리코른 전방에 평면적인 희미한 빛이 몇 겹으로 전개되었다.

그건 마치 반투명한 커튼 같았다.

안제나 눈을 크게 떴다.

"온다."

멀리서 무언가가 빛났다고 생각한 다음 순간에는, 리코른은 빛에 감싸였고 격심한 흔들림이 리코른을 덮쳤다.

◇

공중 항모인 팩트는 육안으로는 볼 수 없는 적을 감지하고 있었다.

『이 거리에서 공격이 닿는 건가. ──아르카디아의 성능을 상방 수정한다.』

팩트를 서포트하기 위해 옆에 있는 인공지능들이 피해 상황에 관해 보고했다.

『실드함, 1척 대파.』

『왕국 함대의 손해는 없음.』

『다음 실드함을 앞으로.』

왕국 측 함대에서 한 척의 우주 전투함이 앞으로 나왔다.

그건 아르카디아의 주포를 막기 위해 준비된 실드함── 방어 실드를 전개하여 아군을 지키기 위한 비행 전투함이다.

강력한 아르카디아의 주포에서 아군을 지키기 위해, 공격을 포기하고 방어에 모든 것을 쏟은 함대의 방패다.

하지만 그런 실드함이 단 일격에 한계를 맞이하여 화염에 감싸인 채 추락했다.

『적, 재발사 시간—— 추정 1,800초.』

『제국군 함대, 아르카디아 앞에 전개.』

『적 지배하의 몬스터, 이쪽으로 급속 접근.』

팩트는 그 정보들을 자세히 판단하여, 명령을 내렸다.

『요격한다. 기동 병기 부대를 전개.』

항모에서 잇따라 무인기들이 출격했다.

그리고 구인류의 우주선들이 그 무기를 몬스터들한테 겨누었다.

『발포.』

팩트의 명령으로 일제히 대포에서 광학병기나 실탄 병기가 발사되었고, 그에 뒤이어 미사일도 잇따라 발사되었다.

몬스터의 대군(大群)을 꿰뚫은 광학병기가 아르카디아를 지키고자 하는 제국 비행 전함에 육박했고—— 그건 마법 장벽으로 지켜지고 있었다.

『적의 실드를 확인.』

『아르카디아의 마법 장벽으로 단정.』

『이쪽의 실탄과 광학병기 무효화를 확인.』

팩트는 수집되는 정보를 해석하고 있었다.

아르카디아 주변에서 몬스터들이 잇따라 출현하고 있다.

마소를 방출하여 그것들을 몬스터로 바꿔 지배하에 두고 있었다.

『몬스터의 전력화에 성공했나. ──이건 아르카디아의 위험도를 한층 상방 수정할 필요가 있다.』

거의 무진장으로 몬스터를 생산하고, 병기로 이용할 수 있는 상태다.

자기들이 아르카디아와 싸우기 위해 준비해 온 것처럼, 아르카디아도 이 시대에 적응하여 전력 강화에 힘쓰고 있었던 것이리라.

팩트를 비롯한 인공지능들도 응급 수리를 받아 아르카디아와 싸울 준비는 해 왔다.

하지만 성능은 만전이라고는 하기 어렵다.

『이쪽의 성능이 생각했던 것보다도 나오지 않고 있다. ──아르카디아한테 접근하겠다. 왕국 함대를 전진시킨다.』

팩트가 지시를 내리자 그걸 받은 리코른이 중계기 역할을 하여 각 함에 명령을 전달했다.

왕국군 함대가 움직이기 시작했지만, 인간이 움직이고 있기에 움직임에 흐트러짐이 있었다.

이 부분의 숙련도에도 제각기 차이가 있고, 거기다 이만한 대함대를 경험한 적이 없기에 능숙하게 움직이지 못하고 있었다.

『왕국군의 평가를 하방 수정. 두 척을 후방으로 돌려 지휘하게 한다.』

지금까지 경험이 없는 규모의 함대 행동에 왕국군은 뜻하는 대로 움직이고 있지 못했다.

제국군을 앞에 두고 이건 큰 타격이다, 라고 팩트는 판단하고 있었다.

선전포고해 온 제국군은 왕국군보다 많은 비행 전함을 갖추고 있었기 때문이다.

사전에 훈련도 하고 있을 것이다, 라고.

하지만 팩트는 그 전제를 다시 고쳤다.

『제국군의 평가를 하방 수정한다.』

제국군의 숙련도가 생각했던 것보다도 높지 않았기 때문이다.

준비 기간은 있었을 터인데도, 그 움직임은 왕국군과 같은 정도로 보였다.

서포트하는 인공지능들이 술렁이기 시작했다.

『몬스터 군단(群團)이 아군 요격을 돌파.』

『왕국군의 속도, 급격히 저하.』

『왕국군, 이쪽의 명령을 무시하고 기동 병기를 전개. 속도가 한층 저하.』

몬스터한테 습격당한 왕국군이 갑옷을 출격시켜 버렸다.

그 보고를 듣고 팩트는 외눈을 강하게 빛냈다.

전자 음성에 미세하게 분노가 배어 나오고 있는 것 같았다.

『재차 전진을 우선하도록 명령을 내린다. 이대로 아르카디아한테 접근하지 못하면, 이쪽은 일방적으로 공격받고 괴멸될 것이라고 덧붙여 둬라.』

왕국군은 제국군에 접근하기 위해 아르카디아의 주포나 돌격해 오는 몬스터 속을 돌진할 수밖에 없다.

여기서 멈춘다면, 자신들은 그저 과녁이 될 뿐이다.

◇

아르카디아 내부에 마련된 사령부에서는 모리츠가 씁쓸한 표정을 짓고 있었다.

"이 정도인가."

기대했던 아르카디아의 주포 위력이 예상했던 것보다도 낮았다.

적 함대를 얼마나 가라앉힐 수 있을지 기대하고 있었는데, 결과는 한 척뿐.

비행 전함을 100척 단위로 집어삼켜 버리는 그런 빔이 발사되었는데도, 겉보기만큼의 결과가 따르지 않았다.

아르카디아가 모리츠한테 상황을 설명했다.

『기름 냄새 나는 기계들이 우주 전투함을 희생으로 삼아 막은 것뿐이야. 확실히 막혀 버리고 말았지만, 이대로 계속 쏘면 우리의 승리라고. 여하간 녀석들의 방어 수단은 한정되어 있으니까 말이지.』

"녀석들이 접근하면 너의 주포도 의미가 없다."

『——확실히 그러네.』

왕국군과 난전이 되기라도 하면 아르카디아의 주포는 위력이

145

너무 커서 쓸 수 없다는 것이 모리츠의 판단이다.

왕국군이 접근해 오기 전에 타격을 주지 않으면 제국군에도 심대한 피해가 나올 것이다── 라고, 예상하였다.

하지만 아르카디아는 조금도 허둥대는 기색이 없다.

『막 각성한 참이라 녀석들은 제대로 된 정비도 받지 못한 모양이군. 스스로를 희생해서 방패로 삼는 게 최대한인 거야.』

구인류의 병기들이 각성했다고는 해도 만전의 상태가 아니라면 무섭지 않다는 태도다.

모리츠가 팔짱을 꼈다.

"다음 발사까지의 시간은?"

『15분 뒤야.』

"그러면 너무 늦다! 더 빨리 쏠 수 있지 않나! 원래는 10분이라고 하지 않았나."

『광학병기를 막을 실드와 몬스터들을 생산하면서 에너지를 소비했어. 그만큼 주포에 돌릴 에너지가 줄어든 거지.』

"왕국군은 지금도 이쪽을 향해 오고 있단 말이다."

재촉하는 모리츠한테 아르카디아는 약간 어처구니없다는 목소리로 대답했다.

『저 녀석들도 다가올수록 피해가 커지겠지. 혹시 이만한 숫자가 있으면서 왕국에 질까봐 무서워? ──애초에 여기까지는 전부 계획했던 거잖아.』

아르카디아의 주포가 봉인되어도 수적으로는 제국군이 유리했다.

우세인 상황이기는 하지만, 모리츠는 불안을 씻어내지 못하고 있었다.

표정에는 드러내지 않지만, 마법 생물들한테서 리온—— 루크시온의 정보를 얻지 못했다.

왕국이 지닌 비장의 카드가 모습을 보이지 않는 것은 모리츠한테는 꺼림칙하게 느껴졌다.

"적 주력은 어떻게 되고 있지? 녀석은 어디에 있는 거냐?"

녀석이라는 말을 듣고 아르카디아도 눈치챈 모양이다.

『루크시온은 확인되지 않았어. 어딘가에 숨어서 이쪽의 낌새를 살피고 있는 걸지도 모르지.』

"곧바로 찾아내라! 너희의 이야기가 사실이라면, 녀석의 일격으로 제국의 함대는 심대한 피해를 입는다고!"

리온이 어떻게 움직일지 경계하고 있는 모리츠한테, 아르카디아는 안심시키는 것처럼 말했다.

『루크시온은 확실히 위협이지만, 녀석의 일격을 막아내기만 하면 아무런 문제도 없어. 게다가 왕국군에는 주포를 쓰지 않더라도, 이대로 피폐하게 만들어서 그때 통상 전력으로 공격해도 돼.』

아르카디아는 양쪽 입꼬리를 올리며 웃고 있었다.

『어떻게 해도 이기는 건 우리야.』

모리츠는 천장을 올려다봤다.

"그렇다면 좋겠는데 말이다."

그리고 모리츠는 핀한테서 들었던 이야기를 떠올리고 있었다.

'핀한테서 들은 정보로는, 그 남자가 이대로 끝날 거라고는 생각되지 않는다. 반드시 무언가 수를 써 올 터다.'

아르카디아는 루크시온에 관해 고찰하기 시작했다.

『루크시온의 본래 역할은 이민선이야. 어쩌면 이미 일부를 태우고 우주로 도망쳤을 가능성도 있겠네.』

모리츠는 아르카디아한테서 고개를 돌렸다.

'그렇다면, 나도 조금은 구원받을 수 있겠군. 이 괴물들도 우주로 도망친 녀석들까지는 쫓아가지 않을 테니 말이다.'

모리츠로서는 왕국 사람을 절멸시키고 싶지 않았다.

하지만, 입장이 용납해 주지 않는다.

황제로서, 제국 백성을 살리기 위해 최선을 다한다── 그것이 모리츠의 결단이다.

야위어서 이전 같은 성량이 없는 모리츠가, 애써 평정을 가장한 목소리로 명령을 내렸다.

"전군 후퇴. 왕국군의 접근을 허용하지 마라."

제국군은 왕국군과 거리를 벌리기 위해 후퇴했다.

제07화 「쌍둥이 무녀」

비행 전함의 함교에서 닉스는 난간을 붙잡고 있었다.

함내는 격렬하게 흔들렸고, 창밖을 보니 주위는 몬스터투성이였다.

"이게 전쟁인가? 내가 알고 있는 전쟁과는 너무 달라."

아군인 구인류의 병기들한테서 발사되는 광학병기나 실탄이 주위 몬스터들을 날려 버리고 있었다.

하지만 아무리 쓰러뜨려도 제국군에서 몬스터를 풀어 보냈고, 자기들한테 덮쳐 왔다.

통신기에서는 인공지능의 무기질적인 음성이 들려올 뿐이다.

『전진하라. 요격은 불요.』

의자에 앉은 바르카스가 손잡이에 주먹을 내리쳤다.

"아무것도 하지 않고 이 속을 돌진하라는 거냐!"

바르카스의 노성을 들어도, 회신에 변함은 없다.

『전군, 전진하라.』

본래라면 속도를 낮추고 갑옷을 출격시킬 상황이다.

주위 몬스터들을 쓰러뜨리지 않으면 비행 전함에 달라붙어 격추되고 만다.

하지만 팩트를 비롯한 인공지능이 그걸 허락하지 않았다.

그저, 전진하라고 명령할 뿐이다.

그러지 않으면 살아남을 수 없다고.

닉스도 분하게 여기고 있었다.

"쉽게 말하지만 말이야, 적은 후퇴하고 있다고. 이 속을 돌진해서 따라잡는 건 불가능해!"

후퇴하는 제국군은 쌍안경을 사용해도 보이지 않는 거리에 있었다.

몬스터 무리에 방해받아 제국군을 발견할 수 없는 것도 있지만, 문제는 후퇴 속도다.

함수를 이쪽으로 향한 채 후퇴하고 있는데, 아르카디아의 마법 덕분인지 전진하는 것과 같은 속도로 물러나고 있는 듯하다.

닉스가 알고 있는 상식과는 너무나도 달랐다.

그래도, 바르카스가 당황하는 승조원들에게 지시를 내렸다.

"전원, 지금은 명령에 따라서 전속 전진이다! 우리가 망설이고 있으면 뒤쪽의 아군까지 움직임을 멈춘다. 지금은 조금이라도 앞으로 나가라!"

전방에 있는 자신들의 속도가 떨어지면 그건 후방의 아군에도 영향을 미친다.

그걸 이해하고 있던 바르카스는 앞으로 나가라고 외쳤다.

닉스는 흔들리는 함내에서 난간을 붙잡으며 바르카스를 뒤돌아보고는 의견을 냈다.

"아버지, 저런 몬스터투성이 속을 전속력으로 돌진하겠다는 거야?! 게다가 조금 전에는——."

그다음 말을 잇기 전에, 전방이 밝아졌다.

함장이 눈을 크게 뜨며 외쳤다.

"전원, 뭔가 붙잡아라!"

곧바로 함내가 지금까지 이상으로 격렬하게 흔들리더니, 전방에서 실드를 전개하는 우주 전투함이 폭발하여 산산이 조각났다.

가라앉는 우주 전투함 옆을 발트파르트 가문의 비행 전함이 지나쳐 갔다.

그 모습을 보고 있던 닉스는 식은땀을 닦았다.

"루크시온과 같은 비행 전함이 벌써 두 척이나 가라앉은 거냐고."

함대를 집어삼킬 듯한 커다란 빛을 막은 건 좋지만, 그게 적의 공격이라고 생각하니 앞으로 나아가는 게 무서워졌다.

승조원들이 바르카스한테 눈물을 흘리며 진언했다.

"영주님, 이 이상은 위험합니다! 후방으로 물러나죠!"

주위에서 울며 매달려도, 바르카스는 팔짱을 끼고 앞을 보고 있었다.

"안 된다. 리온이 이 방법을 선택했다면 분명 의미가 있을 터다. 그 녀석은 이기기 위해 행동한다. 지금은 믿고 전진해라!"

아무리 전진해도 제국 함대가 보이지 않는다.

닉스는 초조해졌다.

'리온, 정말로 괜찮은 거겠지?'

◇

　그 무렵, 팩트를 비롯한 인공지능들은 몇 번이나 계산을 반복하고 있었다.

　그 결과, 어떻게 해도 자신들의 작전이 실패하는 결과가 나오고 말았다.

　『이대로는 아르카디아한테 접근하기 전에 실드함이 모두 파괴된다.』

　그렇게 되면 이 싸움은 끝이다.

　주위의 인공지능들도 재계산을 반복했지만, 소용없었다.

　차선책으로 전환하는 판단을 하려고 하자, 팩트한테 통신이 들어왔다.

　상대는 크레아레다.

　『곤란한 모양이네.』

　『크레아레── 리코른에서 중계 역할을 맡고 있는 네가 무슨 볼일이지?』

　『어머, 차가운 반응이네. 이 상황을 타개할 방법을 제안하려고 생각했는데.』

　『타개라고?』

　『자료는 보냈어. 나머지는 이쪽에서 할 테니까, 귀찮은 처리는 부탁해. 아! 그리고 말이야, 리코른은 앞으로 내보낼 테니까.』

　통신이 끊긴 후인데도, 팩트는 성량을 높여 크레아레를 불렀다.

『통신 중계라는 중요한 역할을 지닌 리코른을 앞으로 내보내지 마라! 듣고 있는 건가, 크레아레!』

주위에 있던 인공지능들이 서로 얼굴을 마주 보는 것처럼 외눈으로 서로를 보고 있었다.

그리고 결론을 냈다.

『크레아레의 작전에 찬성한다.』

팩트는 분하여 화가 치민다는 듯이, 그리고 호통치는 것처럼 말했다.

『크레아레의 작전을 채용! 동시에, 크레아레의 평가를 대폭 하방 수정한다!』

◇

리코른 함교에서는 노엘이 망토를 벗고 있었다.

접은 망토를 맡은 건 노엘과 친한 마리에였다.

노엘이 파일럿 슈트 차림으로 기지개를 켜는 등 스트레칭을 시작하자 마리에가 한숨을 내쉬고 어처구니없어하면서도 미소 지었다.

"그 차림은 좀 어떤가 싶어. 혹시, 리온의 취미야?"

노엘은 스트레칭을 하면서 웃었다.

"그럴지도. 보여줬을 때의 시선이 야했으니까 말이지."

"우와~, 그다지 듣고 싶지 않았어. ──그래서, 진심으로 하려는 거야?"

진심인지 어떤지 질문받은 노엘은 스트레칭을 끝내고 진지한 표정이 되었다.

"할 거야."

결단한 노엘한테 말을 건 것은 그녀를 걱정하는 리비아였다.

"역시, 여기서는 제가 더——."

자기가 하겠다고 말을 꺼내려는 리비아한테, 노엘은 손을 내저어 거부를 표시했다.

"괜찮아. 게다가 올리비아는 여러 가지로 바쁘잖아? 여기가 내가—— 우리가 힘내야만 하는 곳이라고 생각하니까 말이야."

노엘의 오른손 손등이 희미하게 빛을 내뿜자, 파일럿 슈트 위로 성수한테 인정받은 문장이 떠올랐다.

무녀의 문장이다.

뭔가 말하려 하는 리비아의 어깨에 안제가 손을 올려놓고 물러나게 했다.

그대로 노엘한테 말했다.

"방어전 무패였던 공화국의 힘을 보여줘라."

안제의 말에 노엘이 쓴웃음을 지었다.

"리온이 오기 전까지, 라는 전제가 붙는 표현이잖아. 설마 놀리는 거야?"

안제는 쿡, 하고 미소 지었다.

"그럴지도 모르겠군. ——노엘, 너한테는 기대하고 있다."

"맡겨 줘!"

노엘이 함교 전방에 서자, 크레아레가 주위에 홀로그램을 투영하여 준비를 갖췄다.

홀로그램 중 하나에는 렐리아의 모습이 비치고 있었다.

이 자리에 없을 터인 렐리아가 마치 노엘의 옆에 서 있는 것만 같았다.

입체 영상이기는 하지만, 음성 대화도 가능하다.

쌍둥이가 서로의 얼굴을 마주 봤다.

「언니, 준비는 됐어?」

"물론. 렐리아, 도중에 죽는소리하거나 하지 마."

「그런 차림을 한 언니한테 듣고 싶지 않아.」

"말해 두겠는데, 성능은 좋아! 리온도 좋아했고!"

「이런 때에 애인 자랑 하지 마!」

파일럿 슈트를 놀림당한 노엘이 얼굴이 빨개지며 항의했다.

크레아레가 모든 준비가 갖춰졌음을 알렸다.

『두 사람 다, 언제든지 괜찮아.』

노엘이 그 자리에서 눈을 감고 딱 한 번 심호흡하자, 아무 말도 하지 않는데 렐리아도 같은 행동을 하고 있었다.

그리고 천천히 눈을 뜬 두 사람이 입을 열었다.

"힘을 빌려줘, 성수."

「에밀, 우리한테 협력해 줘.」

함교에 있는 성수가 녹색 빛을 발생시키더니, 그 빛은 리코른을 감쌌다.

엷은 녹색 빛에 감싸인 리코른에 몬스터들이 달려들었지만, 접근하자 소멸해 버렸다.

"어린나무라고 해서 성수를 얕보면 따끔한 맛을 보게 될 거야."

노엘의 사이드 포니테일이 둥실 떠오르고, 그리고 흔들렸다.

그건 렐리아도 마찬가지였다.

「이제, 너희들의 방해 따위 의미 없으니까.」

몬스터들의 위협이 사라지자, 왕국군의 속도가 올랐다.

◇

몬스터 군단을 물리친 왕국군을 앞에 두고 제국군 사령부는 떠들썩해졌다.

엷은 녹색 빛에 감싸인 왕국군은 몬스터들 속을 돌진하여 이쪽으로 향해 오고 있다.

대체 뭘 한 것인가? 사령부 사람들이 동요하면서 상황을 조사하려 하고 있었다.

그 속에서 모리츠만은 팔짱을 끼고 모니터를 물끄러미 쳐다보고 있었다.

아르카디아는 그 커다란 눈을 가늘게 뜨고 왕국군을 관찰하고 있었다.

『──희미한 빛을 발하기 전에 앞으로 나온 하얀 비행선이 원

인인가.』

왕국군이 진형을 일부 변경한 건 확인이 끝난 상황이었다.

단지, 무엇을 한 것인지까지는 예상할 수 없었다.

그런 와중에, 제국군 참모들이 원인을 밝혀냈다.

"공화국의 비행 전함을 확인했다는 건 사실인가?"

"예. 틀림없습니다."

"소문으로 듣던 성수의 힘이라는 건가? 하지만 그건 성수 근처가 아니면 발동하지 않을 터다."

주위가 이야기하는 소리를 듣고, 아르카디아는 정보를 정리하여 씨익 웃었다.

그런 아르카디아를 주위는 꺼림칙하다는 듯이 보고 있었다.

『마소를 빨아들인다고 하는 식물인가. 성수라니, 상당히 거창한 호칭이로군.』

그렇게 말하더니, 아르카디아 본체가 공격을 개시했다.

주포가 아니라 본체 이곳저곳에 마법진이 떠올랐다.

『탐색전이다.』

거기서부터 발사된 마력을 응축한 빔 같은 빛이 왕국군을 향해 뻗었다.

그 빛이 스친 것만으로도 왕국군 비행 전함은 버티지 못하고 파괴되어 격추당하는 위력을 지니고 있었다.

그런 빔을 왕국군을 향해 수백 발이나 발사했다.

◇

　제국군—— 아르카디아의 포격을 받은 아군함은 노엘과 렐리아가 만들어 낸 성수의 장벽에 의해 보호받고 있었다.

　하지만 공격받을 때마다 노엘과 렐리아 두 사람한테는 큰 부담이 가해졌다.

　노엘한테서는 식은땀이 스며 나오고 있었다.

　"노엘 씨?!"

　걱정하는 리비아의 목소리를 듣고 노엘은 뒤돌아보며 미소를 띠었다.

　강한 척하며 억지로 띤 것이었기에 딱딱한 미소였다.

　"이 정도는 괜찮아. 우리를 얕봐서는 곤란해."

　강한 척하는 노엘을 보고, 옆에서 홀로그램으로 투영된 노엘이 어처구니없어했다.

　어처구니없어하면서도, 어딘가 기쁜 것처럼 보였다.

　노엘과 마찬가지로 괴로울 터인데도, 그래도 쌍둥이는 오기를 보였다.

　「언니한테는 꽤 힘든 거 아니야? 성수의 힘을 쓸 기회 같은 건 그다지 없었을 텐데 말이지.」

　"너야말로 한계 아니야? 여기는 언니인 나한테 기대도 돼."

　「조금은 성장해서 어른이 되었나 싶었는데, 여전히 열 받는 언니야.」

쌍둥이 자매가 서로 고집을 부리고 있었다.

노엘이 앞을 향해 주먹을 내밀었고,

"이 정도로는 우리의 방어를 깰 수 없다고!"

멀리 보이는 아르카디아를 향해 선언했다.

공격을 막힌 아르카디아는 살짝 놀라 눈을 크게 떴다.

하지만, 그뿐이다.

곧바로 평소의 표정으로 돌아와 버렸다.

『과연, 이 정도로는 뚫을 수 없나. ——하지만, 이만한 방벽을 무조건으로 준비할 수 있을 거라고도 생각하기 힘들군.』

사용한 타이밍으로 보건대, 성수에 의한 방벽에는 제한이 있다는 것을 아르카디아는 간파하고 있었다.

『거리를 좁히기 위한 비장의 수인가, 아니면 조건이 있는 것인가——하지만, 이건 막을 수 있을까?』

아르카디아 본체 정면에 거대한 마법진이 출현하더니, 그 주위에 수많은 마법진이 전개되었다.

복수의 마법진을 사용하여 주포의 위력을 집약시키고 있었다.

노엘과 렐리아가 만들어 낸 광경에 팩트를 비롯한 인공지능들은 전황을 재연산했다.

팩트가 중얼거렸다.

『──노엘 양과 렐리아 양의 평가를 상방 수정한다. 그녀들의 활약으로 우리는 승리에 크게 가까워졌다.』

몬스터의 위협이 제거되어 속도를 올릴 수 있게 된 왕국군은 제국군과의 거리를 좁혀 갔다.

주위의 인공지능들이 재계산 결과를 전했다.

『실드함을 잃기 전에 아르카디아에 접근 가능.』

이대로라면 전력을 예정보다도 유지할 수 있다고 팩트는 확신했다.

그건 즉, 승률이 올랐음을 의미한다.

『속도를 유지하면서 진형을 정비시켜라.』

곧바로 명령을 내렸지만, 인공지능 중 한 기가 경고했다.

『아르카디아가 주포 발사 태세에 들어갑니다. 목표── 리코른.』

◇

아르카디아의 표적이 되었다고 팩트한테서 통지받은 직후.

크레아레가 허둥대고 있었다.

『저 녀석! 우리가 방해된다고 직접 노리다니!』

크레아레는 화가 난 듯한 기색이었고, 성수 제어로 바쁜 노엘

161

의 이마에서는 땀이 배어 나왔다.

유메리아가 노엘을 걱정했다.

"노엘 님."

눈에 눈물이 그렁그렁한 유메리아한테, 노엘은 윙크해 보였다.

"괜찮아. 왜냐면 여기가 우리의 힘을 내보일 장면이니까. 여기서 힘내지 않으면 리온한테 가슴을 펼 수 없어. ──렐리아, 너 무섭다고 도망치면 안 돼."

「언니야말로 쓰러지지 말라구.」

아르카디아의 주포 공격이 닥쳐오는 와중에, 쌍둥이 자매는 서로 가벼운 농담을 주고받고 있었다.

두 사람 다 강한 척하고 있다.

노엘도 렐리아도, 서로의 생각이 왠지 모르게 통하고 있었다.

'이때 조금이라도 여유를 만들지 않으면, 이후가 힘들어── 그렇다면, 지금은 우리가 버텨야만 하겠지.'

노엘이 각오를 굳히고 렐리아를 보니, 노엘이 하고자 하는 말을 헤아렸는지 고개를 끄덕이고 있었다.

작게 고개를 끄덕인 렐리아를 보고 노엘이 찡긋 웃었다.

"실드함을 앞에 내보내지 말라고 전해 둬."

그 발언에 크레아레가 뒤돌아봤다.

『설마, 아르카디아의 주포를 막아낼 생각이야? 그렇게까지 무리하지 않아도 되는데.』

"여기서 무리하지 않고 언제 무리한다는 거야. ──괜찮아. 이래 보여도 나는 꽤 참을성이 강하니까."

씨익 웃어 보인 노엘한테 리비아가 양손으로 깍지를 끼고 기도하는 동작을 했다.

"노엘 씨—— 힘내요."

"그러니까, 맡겨 달라고 말했잖아. 그리고 말이야—— 리온이 나랑 같은 입장이었다면 여기서 눈에 띄어서 존재 가치를 나타내 두고 싶다고 말했을 게 분명하니까."

소중한 사람이 같은 입장이었다면, 분명 이 상황에서 무리했을 터다.

그러니까, 자신도 버틸 수 있다.

노엘과 렐리아 두 사람이 오른손을 앞으로 내밀자, 리코른 앞에 무녀의 문장이 그려진 마법진이 두 개 나타났다.

노엘과 렐리아의 문장이다.

렐리아가 말했다.

「아군을 리코른 뒤로 물려! 우리가 반드시 막아낼 테니까!」

크레아레가 경고했다.

『온다!』

직후, 검붉은 빛이 리코른을 향해 밀어닥쳤다.

렐리아의 마법진이 맨 먼저 막아냈고, 렐리아는 노엘 옆에서 괴로워하는 표정을 띠었다.

"렐리아?!"

걱정하는 노엘의 목소리에 렐리아가 호흡이 흐트러지면서도 말했다.

「에밀이 살려준 목숨을—— 이런 데서 잃을 수는 없다고!」

힘을 쥐어짜 내서 한계까지 버틴 렐리아였으나, 도중에 마법진이 산산이 깨지고 말았다.

그러자 이번에는 노엘한테 무거운 부담이 덮쳐 왔다.

"크으윽."

아르카디아의 주포 위력을 받아내서, 몸은 당장이라도 포기하고 그만두고 싶어 하고 있었다.

하지만 노엘의 마음이 그걸 참고 견디게 했다.

"나는—— 아직 살고 싶어. 모두와—— 리온과—— 그러니까, 이런 데서 죽을 수 없단 말이야!!"

오른손 손등이 강하게 빛을 내뿜자, 노엘의 문장이 아르카디아의 주포 공격을 버텨 냈다.

카라와 카일이 노엘 뒤에서 깡충깡충 뛰며 기뻐했다.

서로를 얼싸안고 정말로 기뻐하고 있는 듯했다.

"해냈어, 해냈다구, 카일 군!"

"네! 견뎌 냈네요!"

두 사람의 목소리를 들으며 노엘은 그 자리에 무너지듯이 주저앉았다.

어느샌가 땀범벅이 되어 있었고 숨도 끊어질 듯이 헐떡이고 있었다.

"하핫—— 봤냐——."

깨닫고 보니 안제와 리비아가 옆에 와 있었고, 마리에도 뛰어오고 있었다.

마리에는 렐리아 쪽을 보고는 말했다.

"너도 잘 힘내 줬어."

노엘이 옆을 보니, 렐리아는 정신을 잃고 쓰러진 모양이었다.

주위에 있던 사람들이 그녀를 부축했다.

아무래도 숨은 쉬고 있는 듯하다.

정신을 잃은 렐리아를 향해 노엘은 감사의 말을 입에 담았다.

"정말로 도움이 됐어, 고마워."

그대로 정신을 잃은 노엘을 안제와 리비아가 부둥켜안았다.

"잘 버텼다."

"네. 덕분에 제국군과의 거리가 줄었어요."

제국군의 모습이 눈에 보이는 거리까지 접근했다.

◇

알제르 공화국의 비행 전함 함교.

거기에는 클레망한테 끌어안긴 렐리아의 모습이 있었다.

"아가씨! 렐리아 아가씨!!"

호위로서 곁에 있던 클레망이 필사적으로 부르자, 렐리아가 눈을 떴다.

상당히 괴로워하는 듯하면서, 상황을 확인했다.

"고, 공격은 어떻게 됐어?"

"! 네, 렐리아 아가씨와 노엘 아가씨의 활약 덕분에 아군의 피해는 없습니다! 제국군과의 거리가 크게 줄었습니다."

두 사람이 번 거리는 이 전쟁에서 중요한 의미를 지닌다.

그만한 활약을 한 렐리아한테 주위는 존경심을 품었다.

여유가 있는 병사들이 렐리아한테 경례했다.

무사히 역할을 다한 렐리아는 주위 상황에 땀범벅인 채로 미소 지었다.

"그렇다면 다행이야. 미안—— 조금 힘드니까 쉬게 해줘."

보고를 듣고 안심했는지, 한계였던 렐리아가 의식을 놓았다.

그런 렐리아를 클레망이 안았다.

"두 분 다, 정말로 훌륭하게 성장하셨군요."

★제08화「오인」

『──아르카디아의 평가를 하방 수정.』

팩트가 그렇게 중얼거리자, 서포트 인공지능들도 잇따라 연산
했다.

『왕국군의 소모율은 경미.』

『제국군과 접촉할 때까지 두 번의 주포에 의한 공격이 예상됩
니다.』

『아군의 잔존 실드함은 3척.』

현 속도 유지 시, 실드함을 희생하여 접촉 가능.

『성수에 의한 방어로 실드함을 온존한 건 큰 수확이다. 하지만.』

다만, 적의 주포 위력에 왕국군의 사기가 내려가기 시작하고
있었다.

노엘과 렐리아가 아르카디아의 주포 공격이나 포격을 막아 주
었지만, 공격에 계속 노출되면 왕국군의 사기나 낮아질 수밖에
없다.

실제로 제국군을 앞에 두고 속도를 늦추고 있는 비행 전함이 많
았다.

현재 상황을 자세하게 설명한다고 해도, 그걸 이해할 지휘관이
너무 적었다.

이대로 가면 이길 수 있다고 믿는 사람이 적다.

팩트는 제국군과 접촉하기 전에 왕국군이 내부에서 무너지는 전개를 예상했다.

『이대로는 함대를 유지할 수 없다.』

승률이 낮아진다고 생각했을 때, 앞으로 나서는 일단(一團)의 비행 전함이 있었다.

그건 구 공국—— 판오스 공작가의 함대였다.

크레아레가 돕고 있는지, 아군 전체를 향해 통신을 보내고 있었다.

『뭐지?』

쓸데없는 짓을 하지 말았으면 좋겠다고 팩트가 생각하고 있자, 헤르트뤼더의 목소리가 울려 퍼졌다.

「왕국군은 적을 앞에 두고 다리가 얼어붙은 모양이네.」

도발이었다. 적을 앞에 두고 속도를 낮추고 있는 아군을 도발한 것이다.

「덕분에 판오스 공작가가 가장 먼저 공을 세우겠네. 왕국 남자들은 입만 살았을 뿐이고, 믿음직스럽지 못한 모양이야. 대신에 우리가 저들의 몫까지 힘내도록 하죠.」

계집아이인 나한테 뒤처지고서 분하지 않은가?

그런 도발을 당하고, 일부 왕국군이 분개하여 앞으로 나섰다.

팩트는 그 광경을 이해할 수 없었다.

『어째서지? 어째서 이런 도발로 속도를 올린 것이지?』

구인류—— 정규 군인들밖에 모르는 팩트한테는 이해되지 않는 광경이었다.

팩트가 알고 있는 전장은 구인류와 신인류가 생존을 걸고 싸우는 곳이다.

자존심 따위는 그곳과는 무관했다.

판오스 공작가 함대와 나란히 서는 것처럼 앞으로 나온 건 알제르 공화국의 함대였다.

이끌고 있는 건 알베르크다.

「위세가 좋은 아가씨군. 우리 역시 무녀님의 헌신을 헛수고로 만들 수 없지. 공화국의 용사 제군은 어떠한가?」

알베르크의 말에 응한 것은 공화국 함대에서 갑옷을 몰고 있는 로이크였다.

「판오스 공작가에는 미안하지만, 선봉은 공화국이 맡겠습니다.」

알베르크가 목소리를 크게 높여 병사들에게 외쳤다.

「용감한 공화국의 용사들이여! 이 정도의 싸움, 그때의 악몽과 비하면 아무것도 아니다! 두려워하지 말고 전진하라! 공화국의 오기를 보여줘라!」

악몽이란 공화국에서 성수가 폭주했던 날의 일이다.

그 공포를 알고 있는 공화국군은 용감하게도 속도를 올려 전진했다.

헤르트뤼더가 로이크를 놀렸다.

「당신은 성녀님 앞에서 허세를 부리고 싶을 뿐이잖아요.」

「누님—— 읍! 성녀님께 우리의 용감한 모습을 보여드릴 수 있다면 영광이다. 하지만 우리는 용감한 공화국군이다. 이 정도로 꽁무니를 뺄 겁쟁이들이 아니라고.」

그건 즉, 꽁무니를 빼는 왕국군은 겁쟁이 녀석들, 이라고 말한 것과 마찬가지였다.

젊은 로이크의 말에 왕국군도 인내의 한계가 왔는지, 각 함에서 통신으로 악다구니가 날아들기 시작했다.

「판오스 공작가가 우쭐대지 마라!」

「공화국군이 용감하다고? 오랫동안 틀어박혀 있던 녀석들이 용감하다니, 우습구나!」

「녀석들한테 뒤처지지 마라! 왕국의 오기를 보여줘라!」

이 정도의 도발에 아군이 속도를 올려 전체의 스피드가 올랐다.

팩트는 곤혹스러워했다.

『——이해 불능.』

하지만, 이로써 예상보다도 빠르게 제국군에 접촉할 수 있게 되었다.

◇

왕국군이 아르카디아의 주포를 막아낸 뒤.

모리츠 주위에서는 장군과 참모, 그리고 기사와 병사들이 소란스럽게 떠들기 시작했다.

"왕국군이 육안으로 식별 가능한 거리까지 접근!"

"녀석들, 기세가 올라서는."

"저 녀석들은 뭐냐?!"

후방으로 물러나는 제국군에 비해 돌격하는 왕국군의 기세는 굉장했다.

지금까지 잠자코 있던 모리츠가 입을 열었다.

"여기까지군."

아르카디아는 끄덕였다.

『적은 이쪽이 가진 비장의 카드를 몰라. 아니, 오인하고 있겠지.』

모리츠는 총사령관용 의자에서 일어나더니 제국군에 명령을 내렸다.

"전군, 왕국군을 요격하라!"

제국군 진형은 돌격해 오는 왕국군을 기다려 맞아 싸우는 형태로 되어 있었다.

아르카디아 앞에 아군 함이 없으니, 적 입장에서는 전혀 방어하고 있지 않은 것처럼 보일 것이다.

하지만 모든 건 계산 안이었다.

"비장의 카드까지 쓰게 될 거라고는 생각지 않았다."

모리츠의 작은 목소리에 아르카디아가 반응했다.

『문제없어. 이 정도로 나는 가라앉지 않아.』

"그렇겠지. 게다가 적도 이쪽이 연기를 하고 있다고는 생각지 않을 거다."

『후훗, 분명 놀라겠지.』

"너희들 마법 생물은 정말로 심보가 고약하군. 주포를 쏘는 데 15분이나 걸린다고 생각하게 만들어 놓고서."

주포를 연속으로 사용할 수 없다는 건 사실이 아니었다.

아르카디아는 그 커다란 외눈을 활처럼 휘며 웃고 있었다.

『적은 다음 공격이 15분 뒤라고 생각하고 있겠지. 하지만——유감이었습니다! 실은 연속 사용이 가능하단 말이지.』

주포를 한 번 사용하면 15분은 사용 불가능, 이라고 인공지능들이 오판하게 유도했다.

인공지능들한테 정확한 정보를 주지 않고, 결정적인 순간에 큰 타격을 주기 위한 작전이다.

모리츠가 힘차게 명령을 내렸다.

"전 함선, 포격을 개시하라! 갑옷도 출격시켜라!"

◇

레드글레이브 공작가 기함.

교전이 가능한 거리까지 접근하자 빈스는 안도했다.

"이만큼 접근하면 아르카디아라는 녀석의 주포도 쓸 수 없겠지."

아르카디아의 강력한 주포도 적과 아군이 뒤섞인 상황에서는 쓸 수 없다고 판단했다.

아군이 휘말릴 수가 있기 때문이다.

'아군의 피해를 무시하고 발사할 가능성도 완전히 배제할 수 없지만, 어느 쪽이든 우리는 진격할 수밖에 없다.'

왕국군의 최전선에 선 빈스는 매우 위험한 상황에 있다.

하지만 마음속으로는 이 상황에 안도하고도 있었다.

'길버트를 후방에 배치해서 다행이로군. 이 내가 최전선에 있으면 레드글레이브 가문은 공작가의 체면을 지킬 수 있고, 내가 죽더라도 길버트와 안제가 남는다. 레드글레이브 가문은 사라지지 않는다.'

귀족의 체면도 유지하면서, 자신이 죽어도 아이들이 남으면 된다.

그런 마음으로 최전선에 서고 있었다.

함교에서 쌍안경을 든 병사가 빈스에게 보고했다.

"적이 갑옷을 내보내기 시작했습니다!"

제국군이 갑옷을 출격시키자, 빈스도 곧바로 명령을 내렸다.

"우리도 갑옷을 출격시켜서 요격해라! 비행 전함에 접근시키지 마라!"

출격한 갑옷이 제국군 갑옷과 교전을 개시했고, 비행 전함끼리 서로 대포를 쏘기 시작했다.

그런 가운데, 빈스는 제국군의 장비를 보고 씁쓸한 표정을 짓고 있었다.

'제국군의 군사력을 얕보고 있었던 건 아니지만, 상상 이상이로군.'

제국군의 비행 전함 말인데, 선체 옆으로 대포를 늘어세운 구식이 아니라 가동식 포대가 설치되어 있었다.

그것도 인력이 아니라 자동으로 움직이는 것이다.

갑옷을 놓고 봐도, 왕국에서 사용되고 있는 것보다도 우수해 보였다.

"역시나 군사 대국이군. 하지만 우리도 쉽게 당할 생각은 없다."

빈스가 눈을 가늘게 뜨고 전장을 바라보고 있자, 왕국군 비행 전함과 갑옷이 분투하고 있었다.

직전에 루크시온을 비롯한 인공지능들한테 개수를 받아 제국 군과도 싸울 수 있는 성능을 획득한 것도 크다.

하지만 분투하고 있는 이유는 자신들의 후방에 조국이 있기 때문이다.

"네 녀석들 마음대로 하게 놔두지는 않겠다."

지금은 왕국이 하나로 뭉쳐 제국과 싸우고 있다.

아군의 사기는 높고, 제국군 상대로도 공격이 통한다.

하지만 그 직후―― 빈스가 탄 비행 전함이 격렬하게 흔들렸다.

함교에 있던 병사들은 버티지 못하고 날아갔고, 빈스도 흔들림 이 멎자 황급히 상황을 확인했다.

"무, 무슨 일이냐?!"

근처에 있던 함장이 고개를 흔들며 주위를 보고 있었다.

"모, 모르겠습니다. 갑자기 빛이 내리쏟아진 듯한 느낌이 들었 습니다만――."

창밖을 보니 아르카디아에서 바로 위쪽으로 발사된 빛이 터졌고, 그리고 왕국군에 쏟아져 내리고 있었다.

전개한 마법 장벽이 꿰뚫려 아군 비행 전함이 잇따라 격추되었다.

공작가의 비행 전함도 마찬가지로 공격을 받은 것이리라. 천천히 고도가 낮아지고 있었다.

"네 이놈, 제국!"

빈스가 인상을 쓰며 호통치자, 아르카디아한테서 발사된 빛이 확산하여 쏟아져 내렸다.

그중 하나가 빈스가 탄 비행 전함에 직격했다.

비행 전함이 폭발에 휩싸이는 가운데, 빈스는 후방을 봤다.

'길버트—— 안제—— 뒷일은 부탁하마——.'

공작가의 비행 전함은 화염에 휩싸였고, 그리고 폭발하여 바다로 추락했다.

◇

"아버님!"

공작가의 비행 전함이 침몰하는 광경을 안제는 리코른의 모니터로 보고 있었다.

모니터를 향해 손을 뻗으며 외쳤지만, 무정하게도 빈스가 탄 비행 전함은 바닷속으로 가라앉아 갔다.

175

아르카디아한테서 발산된 빛의 빗속에서, 크레아레가 팩트한 테 상황을 확인하고 있었다.

크레아레의 목소리가 거칠어져 있다.

『잠깐! 적이 이런 공격을 할 수 있다는 말은 없었잖아! 분열 확산했을 뿐이지, 주포 공격이잖아!』

아르카디아가 주포를 발사하여 상공에서 폭발시켜 흩뿌린 것이다. 그만큼 위력이 분산되었지만, 왕국군 비행 전함을 침몰시키기에는 충분했다.

허를 찔린 왕국군은 아르카디아의 공격에 100척 이상이 격추당했다.

리코른이 주위 비행 전함을 지키기 위해 실드를 전개했지만, 한 박자 늦어서 아군 전체를 지키지는 못했다.

팩트도 약간의 초조함── 예상 밖이라는 반응을 보이고 있었다.

『아르카디아가 지금까지 한 행동은 아무래도 우리를 오인시키기 위한 것이었던 모양이다.』

『연속으로 쏠 수 없다면서?!』

『현시점에서도 연속으로 사용하는 건 불가능하다고 판단한다.』

『실제로 쏘고 있잖아!』

『──현시점에서의 예상이다만, 아르카디아가 이곳에 올 때까지 에너지를 모았을 가능성이 크다. 진군 속도가 느렸던 건 녀석이 에너지를 보충하는 시간을 벌기 위해서였다.』

『냉정하게 해석하고 있지 말고, 얼른 대책을 세우란 말이야! 우리야 어쨌건, 왕국의 비행 전함은 버틸 수 없다고.』

『현재 검토 중이다.』

『이 똥통 고철!』

크레아레와 팩트가 대화하고 있는 사이에도 전장에서는 상황이 변하고 있었다.

카라가 창밖을 가리켰다.

"아군이 적한테 공격당하고 있어요?!"

카일은 얼굴에서 핏기가 가셨다.

"아군의 진영이 무너진 곳으로 적이 파고들어서, 일방적으로 당하고 있어요."

조금 전까지 기세가 있었던 왕국이었지만, 아르카디아의 포격이 상황을 일변시키고 말았다.

전위가 무너진 왕국군을, 제국의 통상 전력이 공격하고 있었다.

일방적이라고 말할 수 있을 정도로 제국군이 우세했다.

시끄럽게 떠들고 있는 카라와 카일을 진정시키려고 생각했는지, 마리에가 성녀의 지팡이 물미로 바닥을 쳐서 주목시킨 뒤 말했다.

"아직 싸우는 아군도 남아 있어!"

다들 마리에의 시선 끝에 있던 아군을 보고 있었다.

"판오스 공작가와 공화국 함대가 살아남았어. 헤르트뤼더도 로이크도, 아직 포기하지 않았다구."

아슬아슬하게 버틴 판오스 공작가의 함대와 이데알이 건조한 공화국의 비행 전함은 무사했다.

그런 그들이 전위의 중심이 되어 제국군을 상대로 싸우고 있었다.

그 상황을 본 안제가 곧바로 팩트한테 지시를 내렸다.

"곧바로 증원을 보내라! 이대로는 제국군에 전위 함대가 전부 먹힌다!"

눈에는 눈물이 가득하고 목소리가 떨리고 있는 안제는 아버지인 빈스를 걱정하고 있었던 것이리라.

본래라면 구조에 전력을 돌리고 싶을 터인데도, 그래서는 전쟁에 이길 수 없다고 판단하고 전위에 증원을 보내라고 말한다.

『증원을 보내면 또 아르카디아의 공격에 노출된다. 우리는 현재의 거리를 유지하면서 공격을 속행한다.』

팩트의 판단에 안제가 곧바로 반발했다.

"아군을 저버리는 거냐!"

안제와 팩트의 말다툼이 시작되려는 중에, 리비아는 추락하는 비행 전함 중 한 척에 시선이 못 박혀 있었다.

"기, 기다려 주세요. 저건—— 리온 씨의 가족분이 타고 있는 배예요."

동요한 리비아의 목소리는 떨리고 있었다.

전원이 리비아의 시선 끝을 좇자, 거기에는 발트파르트 남작가의 비행 전함이 가라앉는 모습이 있었다.

◇

쏟아져 내리는 빛의 비 직격을 맞은 발트파르트 가문 비행 전함은 추락하고 있었지만, 속도는 완만했다.

비행 전함을 착수시키고자 승조원들이 서로 고함을 치고 있었다.

"그러니까 부력을 더 올리라고 말하고 있잖냐!"

"못 올린다고 말하고 있잖냐!"

"됐으니까 하란 말이다! 이대로 바다에 처박혀서 죽고 싶은 거냐!"

격렬한 흔들림에 넘어졌던 닉스가 다리를 휘청거리며 일어섰다.

"아, 아버지!"

닉스가 일어서서 바르카스를 보니, 이마를 다쳤는지 피를 흘리고 있었다.

"아버지, 무사해?!"

"그래, 걱정하지 마라."

"다행이야. 곧바로 퇴각하자. 선두 부대는 이미 대부분 격추당했어."

주위를 보니 잇따라 아군이 격추당해 추락하고 있었다.

그 광경을 보고 있던 바르카스가 닉스의 양쪽 어깨에 손을 올려놓았다.

179

"닉스, 너는 바다에서 아군을 구조해라."

"아버지?"

도망치자고 말했는데, 바르카스는 아군 구조를 우선하라고 명령했다.

바르카스는 씨익 미소를 띠었다.

"피탄당해서 전선을 이탈했다고 하면, 도망칠 변명으로는 충분해. 너는 이대로 아군을 구조하고 나면 얼른 도망쳐라. 이런 전장에서 머물면 안 된다."

"그러면 아버지도 같이!"

바르카스의 말투는, 마치 남을 생각인 것처럼 들렸다.

닉스가 걱정해서 같이 도망치자고 말했지만, 본인은 웃고 있었다.

"나까지 도망치면 먼저 간 아군한테 면목이 없잖냐. ——가족을 부탁한다."

그 말만 하고는, 바르카스는 함교에서 나가 버렸다.

"아버지!"

닉스가 쫓아가려 하자, 함장이 막았다.

"이거 놔! 아버지가!"

"도련님! 아니, 닉스 님—— 영주님의 마음을 생각해 주십시오."

그 말을 듣고 몸에서 힘이 빠진 닉스는 바닥에 주저앉고 말았다.

그러고 있는 사이에, 비행 전함에서 발트파르트 가문 갑옷이 날아올랐다.

바르카스뿐만 아니라, 기사들도 함께 전장으로 돌아갔다.

제국군이 우세한 전장에 소수의 갑옷만으로 돌아간다니 너무 위험했다.

닉스는 눈물이 넘쳐흘렀다.

"리온, 너는 언제까지 숨어 있을 생각이냐! 네가 시작한 전쟁이잖냐!!"

전장에 모습을 나타내지 않는 동생을 향해 있는 힘껏 소리쳤다.

그러자 선원 중 한 명이 놀라면서 외쳤다.

"도련님! 아래쪽입니다!"

일어서서 창문으로 해수면을 살펴보니, 거기서 루크시온의 함수가 모습을 나타냈다.

그건 마치, 고래가 해수면에서 뛰어오르는 듯한 광경이었다.

하얀 물보라를 휘감으며 루크시온은 아르카디아한테 주포를 겨누었다.

출현함과 동시에 발사 태세에 들어가 있었다.

파랗게 반짝이는 거대한 빛이 아르카디아를 향해 날아갔다.

그 빛이 아르카디아의 마법 장벽에 부딪혔고, 멀리 떨어진 닉스와 승조원들한테까지 들릴 정도의 충격음을 냈다.

에너지끼리의 충돌에 파직파직하는 커다란 소리가 울려 퍼졌다.

루크시온의 등장에 닉스는 미소가 새어 나왔다.

"늦단 말이다, 이 자식아!"

아르카디아 바로 밑에서 공격하여 배리어를 뚫으려 하는 것이리라.

루크시온의 주포 공격이 장벽을 관통하면 성가신 적의 요새가 가라앉는다.

그렇게 되면 제국군에 승리할 수 있다고 누구나가 확신하고 있었다.

하지만, 아르카디아의 마법 장벽은 검붉게 색이 바뀌었다.

곧바로 요새 바로 밑에 검붉은 덩어리가 나타나더니, 에너지를 모으고 있는지 부풀어 갔다.

보는 것만으로도 위험하다는 걸 알 수 있는 광경.

그리고 아르카디아는 그대로 루크시온을 향해 그 덩어리를 발사했다.

루크시온의 파란 빛의 공격을 가르며, 검붉은 구체는 루크시온 본체에 명중했고, 선체에 구멍을 뚫었다.

"――어?"

닉스는 눈앞에서 일어난 일이 믿기지 않았다.

직격당한 구멍에서 폭발이 일어났고, 루크시온은 천천히 전복되어 바닷속으로 사라져 갔다.

루크시온이 가라앉는 모습에, 많은 아군이 절망을 맛보고 있었다.

★제09학 「세 자루 화살」

루크시온을 격파한 아르카디아였으나, 이쪽도 무사하지는 않았다.

아르카디아 내부에 있는 사령부는 격렬하게 흔들렸고, 요새 안에서는 경계음이 계속 울리고 있었다.

루크시온의 주포 공격을 마법 장벽으로 막기는 했으나, 그걸 위해 상당한 무리를 했다.

모리츠는 사령부 모니터로 루크시온이 가라앉는 모습을 봤고, 꽉 쥔 주먹이 떨리고 있었다.

초조해하는 것처럼 추가 공격을 하도록 명령을 내렸다.

"곧바로 차탄을 발사해라! 반드시 녀석을 침몰시켜라!"

이미 루크시온은 선체에 구멍이 났고, 거기서 폭발을 일으켰다.

바닷속으로 가라앉아 가는 모습을 보고 있어도 모리츠는 안심할 수 없었다.

그건 아르카디아의 코어도 마찬가지인 모양이다.

『나는 추가 공격은 하고 싶지만, 저장해 뒀던 에너지를 너무 많이 썼어. 다른 구인류 병기들이 남아 있는 상황에서 이 이상은 너무 위험해.』

"큭!"

루크시온을 가라앉히기 위해 아르카디아는 최대 출력의 주포 공격을 가했다.

그 선택에 잘못은 없었고, 실제로 루크시온을 격파했다.

그런데도 모리츠는 진정이 되지 않았다.

"이렇게 쉽게 끝나는 법인 건가?"

핀한테서 들었던 리온의 정보를 생각하면 너무 싱겁게 끝나서 허탕을 친 듯한 기분이었다.

아르카디아가 외눈을 가로저었다.

『구인류의 병기를 너무 과대평가했네. 확실히 강적이기는 하지만 이민선 따위가 나한테 이길 수 있을 리가 없는 거라고.』

모리츠가 의자에 깊이 앉았고, 그리고 심호흡했다.

"그런가. 이걸로 나머지는 왕국에 쳐들어가는 것뿐인가."

리온이 쓰러졌다면 왕국 측의 사기는 쉽게 무너질 것이다.

루크시온의 위협도 없어져서 제국을 방해하는 존재는 없다.

『왕국 백성을 절멸시키는 건 맡겨 줬으면 해. 한 명도 남기지 않고 찾아내 보이겠어.』

아르카디아한테 왕국 백성이란 구인류의 후예다.

그런 녀석들을 절멸시킬 수 있다는 것이 진심으로 기쁜 모양이다.

그 얼굴에 모리츠는 오싹했지만, 이걸로 제국 백성이 구원받는다고 생각하니 역할을 완수한 기분이 들었다.

"——이걸로 제국의 승리다."

이미 자신들한테 왕국군이 맞설 수 있을 리가 없다.

제국의 승리가 확정되었다고 생각하고 있었던 모리츠였으나, 아르카디아 옆에 있던 마법 생물들이 보고를 개시했다.

『지금 공격으로 실드에 과도한 부하가 걸렸습니다.』

『아르카디아 본체의 실드 출력 저하.』

『내부에도 부하가 걸려 복구에는 시간이 소요됩니다.』

상정했던 것보다도 피해가 크다.

아르카디아도 보고를 듣고 본체 상태를 확인한 모양이라, 그것들이 사실임을 알자, 분해하는 듯했다.

『이 정도의 공격으로 이렇게까지 부하가 걸리는 건가.』

이전에는 생각할 수 없었겠지만, 막 각성한 참인 아르카디아한테는 무거운 일격이었던 모양이다.

모리츠는 정신을 꽉 다잡았다.

'왕국군을 전부 쓰러뜨릴 때까지 방심할 수는 없나.'

거대 모니터에는 왕국군 함대가 비치고 있었다.

지금의 아르카디아에 주포를 쏘게 하는 건 너무 위험했기에, 모리츠는 제국군에 그 역할을 맡기기로 했다.

"대기 중인 마장 기사들도 전부 출격시켜라. 눈앞의 왕국군을 쳐부수면 이 악몽 같은 전쟁도 끝난다."

제국군 장군이 모리츠의 명령을 듣고 고개를 끄덕였다.

"서열 상위인 마장 기사들이라면 지금의 왕국군 따위 적이 못 되겠지요."

"──아니, 핀만은 남겨 둬라."

모리츠의 지시에 장군이 곤혹스러워했다.

"서열 제1위를 출격시키지 않는 겁니까?"

모리츠가 아르카디아에 시선을 향하자, 아르카디아가 대신 대답해 주었다.

『녀석은 공주님의 마음에 든 녀석이니까 말이지. 공주님의 기분을 상하게 하면서까지 출격시킬 의미도 없어.』

공주님── 미리아리스 황녀 전하를 위해 제국 최강의 기사를 내보내지 않겠다고 하는 아르카디아의 의견에 주위는 뭐라 말하기 힘든 표정을 짓고 있었다.

하지만 승패가 결정된 상황에서, 무리하지 않아도 이길 수 있다고 생각했는지 아무도 말대답은 하지 않았다.

모리츠가 작은 목소리로 말했다.

"여차할 때의 보험도 된다."

◇

아르카디아 내부에 있는 마장 기사들의 대기실에는 핀과 브레이브의 모습이 있었다.

조금 전까지 대기하고 있었던 마장 기사들은 핀을 남기고 전원이 출격했다.

핀은 말없이 의자에 앉아 팔짱을 끼고 있었다.

그런 핀을 걱정한 브레이브가 무리해서 쾌활하게 말을 걸었다.

『파트너를 내보내지 않다니 위쪽 녀석들도 바보지. 파트너가 출격하면 전쟁 따위 곧바로 끝나는데 말이야.』

"그래."

핀은 마음이 담기지 않은 대답을 할 뿐이다.

브레이브는 말을 계속했다.

『뭐, 뭐어, 파트너는 출격하지 않아서 잘됐지. 리온과도 싸우지 않고 그치니 말이야.』

서투르게나마 위로해 주는 브레이브한테 핀은 쓴웃음을 지었다.

"신경 쓰게 해서 미안하다, 쿠로스케."

『우리는 파트너 사이니까 신경 쓰지 않아도 된다고! 그것보다도, 그 쿠로스케라는 호칭만은 쭉 안 바꿔 준단 말이지. 파트너는 완고해.』

핀이 미소 짓자 브레이브도 웃었다.

그런 대기실에 시녀들을 거느린 미아가 찾아왔다.

미아 주위에는 마법 생물들도 따라다니고 있어서, 엄중하게 보호받고 있었다.

대기실에 얼굴을 내밀고, 핀을 발견한 미아는 걱정하는 듯한 얼굴에서 팟, 하고 환하게 미소 짓는 얼굴이 되었다.

"기사님!"

"미리아리스 황녀 전하? 어째서 이런 곳에?"

경례하는 핀을 보고 미아는 눈을 휘둥그레 뜨며 놀라고 말았다.

곧바로 슬픈 듯이 고개를 숙였기에 핀은 미아가 무엇을 원하고 있는지 눈치챘다.

핀은 미아의 호위이기도 한 시녀와 마법 생물들한테 잠깐 자리를 비워 줬으면 한다고 부탁했다.

"미안하지만, 황녀 전하와 이야기하게 해줬으면 한다."

그 말을 들은 시녀들은 서로 얼굴을 마주 보고 나서 고개를 가로저었다.

"안 됩니다. 황녀 전하의 곁에서 떨어지지 말라는 엄명을 받았습니다. 게다가 남성과 둘만 있게 한다니 더더욱 안 될 일입니다."

황녀 전하한테 저속한 짓을 하기라도 하면 시녀들도 책임을 지고 만다.

그게 싫어서 거부하고 있는 모양이다.

마법 생물들 쪽은 시녀들과 달리 책임과는 무관하게 그저 절대로 허가하지 않을 생각인 듯하다.

『허가할 수 없다.』

『허용하지 않겠다.』

『우리가 있으면 안 되는 이유가 없다.』

이쪽은 미아를 지키기 위해서라면 목숨을 버릴 기세여서, 더더욱 성가셨다.

핀이 곤란해하고 있자, 브레이브가 목소리를 높였다.

『시끄러워! 얼른 나가지 않으면 내가 날뛸 거다!』

완벽한 마장의 코어인 브레이브가 날뛰면 피해가 커지기에 시녀도 마법 생물들도 마지못해 방에서 나갔다.

그렇게 하여 대기실에 남은 건 핀과 미아── 브레이브, 이렇게 셋이 되었다.

핀은 미아를 소파에 앉히고 그 옆에 앉았다.

"이런 곳까지 와서는, 무슨 일이지?"

황녀 전하를 대하는 태도가 아니라, 평소대로의 언동에 미아의 표정이 눈에 띄게 밝아졌다.

하지만 그런 미아의 표정은 금방 흐려지고 말았다.

"기사님. 미아는 기사님이 싸우지 않았으면 좋겠어요. 이런 전쟁은 잘못됐어요. 어느 한쪽을 모조리 없앨 때까지 끝나지 않는다니, 너무하지 않나요."

미아의 미숙한 정론에, 핀은 쓴웃음을 지었다.

몇 번이나 설명했잖아? 어쩔 수 없는 거다. 그런 말이 입에서 나올 뻔했지만, 그것들을 삼켰다.

상냥한 아이인 미아가 이전 생의 여동생과 겹쳐 보이고 말았으니까.

"네가 신경 쓸 필요는 없다. 그리고, 모든 죄는 나와 폐하가 짊어질 거다."

"기사님?"

모든 죄를 짊어진다는 말을 꺼낸 핀한테 미아는 불안감을 느낀 것이리라.

어딘가로 가버리는 것 아닐까? 쓸쓸함에서 미아는 핀의 옷을 꽉 잡고 있었다.

"어째서 그런 말씀을 하시는 건가요? 쭉 미아를 지켜주겠다고 말해 주셨잖아요. 그리고, 기사님이 무리하면서 싸울 이유도 없어요."

핀은 부드러운 얼굴로 미소 짓고는, 옷을 잡은 미아의 손을 풀고 양손으로 그 손을 잡았다.

"이 상황에서 나만 도망칠 수 없어. 그리고 너를 지키는 건 내역할이다. 네가 건강하게 밖에서 뛰어다닐 수 있는 그런 세계를 지키는 것도── 내 일이야."

'이 아이만은 지켜 보이겠다. 이제, 그때와 같은 무력한 내가 아니다.'

이전 생에서 여동생이 죽는 걸 보고 있을 수밖에 없었던 후회가 지금의 핀을 움직이고 있었다.

"기사님, 미아는── 미아는──."

핀은 미아의 말을 억지로 끊었다.

이 이상 이야기하고 있다간 각오가 흔들릴 것 같았으니까.

"너한테 죄는 없다. 전부, 나와 폐하로 끝낼 테니까 말이지."

"하지만."

"괜찮아. 내가 너를 지켜줄 테니까."

미아가 핀의 손을 강하게 꽉 잡았고, 고개를 들고서 젖은 눈동자로 핀을 올려다봤다.

"그러면, 꼭 미아한테 돌아와 주세요. 약속이에요."

핀은 고개를 끄덕이고 대답하려고 했다.

"그래, 약소——."

약속을 나누기 전에, 무언가를 느낀 브레이브가 천장을 올려다 봤다.

그리고 초조해하면서 두 사람에게 소리쳤다.

『파트너, 위다!!』

사령부에서도 소동이 일어나고 있었다.

아르카디아의 아득한 상공—— 대기권 바깥에서 무언가가 돌입해 온다는 보고에 모리츠는 자리에서 일어나 있었다.

"대기권 밖에서라고?!"

아르카디아도 당했다는 얼굴을 하고 있었다.

『그렇게 나왔나.』

사령부 모니터가 대기권 밖에서 침입해 온 정체불명의 물체를 표시했다.

거기에 비치고 있던 건 자료로 확인한 파르트너였다.

"발트파르트 대공의 배인가!"

급속히 접근해 오는 파르트너를 앞에 두고 모리츠는 초조함을 감추지 못했다.

주위의 장군과 참모들도 마찬가지다.

설마, 아득한 상공에서 돌격해 온다는 건 예상 밖이었던 것이리라.

아르카디아 옆에 있던 마법 생물이 담담하게 알렸다.

『코스 확인. 아르카디아 본체에 직격 코스입니다.』

그걸 들은 아르카디아가 지긋지긋하다는 듯이 눈을 가늘게 떴다.

『기계 놈들의 특기인 육탄 자살 공격인가. 여전히 재주가 없는 녀석들이군.』

파르트너는 700m가 넘는 비행선이다.

그만한 질량을 대기권 바깥에서부터 부딪치면 터무니없는 파괴력을 만들어 내리라.

제아무리 아르카디아라도 무사히 그친다는 보장은 없다.

『일부러 대기권을 돌파하고 나서의 재돌입—— 하지만, 우리는 같은 공격을 몇 번이나 경험했다.』

가늘어진 눈을 활처럼 휘고는, 아르카디아는 웃고 있었다.

식은땀을 흘리는 모리츠가 아르카디아한테 지시를 내렸다.

"곧바로 본체를 이동시켜라!"

『헛수고야. 이쪽이 이동해도 궤도를 수정할 뿐이라고. 돌격해 온다면, 거기에 장벽을 두껍게 전개하면 되는 거다.』

파르트너가 직격할 것으로 여겨지는 포인트에 아르카디아의 마법 장벽이 몇 중으로 전개되었다.

그만큼, 다른 곳의 방어가 약해지고 말았지만 어쩔 수 없다.

거기에 더해, 아르카디아는 파르트너를 격추하기 위해 주포 사용을 결단했다.

『——뭐어, 그전에 격추해 버리는 게 제일이지만 말이야.』

저장하고 있던 에너지를 사용하여, 아르카디아 본체 상공에 검붉은 구체를 출현시켰다.

주포가 발사 태세에 들어가자, 아르카디아는 말했다.

『발포.』

파르트너를 향해 아르카디아의 주포가 발사되었다.

직진해 오는 파르트너한테, 정면으로 주포를 발사했다.

주포의 일격을 피하려 하는 파르트너였으나, 미처 다 피하지 못하고 측면에 맞아 깎여나갔다.

아르카디아의 예상으로는 파르트너는 대량의 폭약을 싣고 있을 터였다.

그러는 것이 아르카디아 본체에 명중했을 때 대미지를 줄 수 있기 때문이다.

하지만 주포의 일격에 선체가 깎여나가 파괴된 파르트너는 대폭발을 일으키지 않았다.

그래도 태반이 깎여나가 기세를 잃어서, 이미 목적을 달성할 수 있을 것 같지는 않았다.

『으음? 폭약을 싣고 있을 거라고 생각했는데, 그렇지 않았나. 폭약을 준비할 여유가 없었던 건가?』

파르트너의 모습을 보고 안도하고 있었던 모리츠가 미간을 찌푸렸다.

"왕국군도 눈앞의 우주 전함도 전부 미끼였던 거군. 발트파르트 대공은 우리한테 한 방 먹여 주었다."

불길을 내뿜으며 파르트너가 닥쳐오자, 아르카디아 본체가 천천히 장소를 이동하기 시작했다.

직격을 피하기 위해서였지만, 파르트너에 탑재된 인공지능이 아르카디아와 충돌하기 위해 방향을 바꾸어 아르카디아를 노렸다.

『불쌍하군. 그 정도로 부딪치는 데 성공해도, 나는 침몰시킬 수 없는데 말이지.』

아르카디아가 하얀 이를 내보이며 웃고 있었다.

인공지능들의 작전을 깨부순 것이 기쁜 것이리라.

『너희가 아무리 발버둥을 치더라도, 우리의 승리는 흔들리지 않는다.』

아르카디아가 전개한 마법 장벽에 파르트너가 돌격하자 폭발이 일어났다.

파르트너 선체는 찌부러지고, 폭발을 일으켰으며, 그리고 천천히 가라앉아 갔다.

아르카디아의 요새 내부도 살짝 흔들렸지만, 그뿐이었다.

안도의 한숨이 이곳저곳에서 새어 나오는 사령부에서 모리츠가 기합을 다시 넣게끔 하기 위해 크게 소리 질렀다.

"현상 보고는 어떻게 된 거냐!"

그러자 황급히 부하들이 움직이기 시작했다.

"예, 옙! 아르카디아에 피해는 없습니다!"

"마법 장벽으로 버텨 냈습니다."

"하, 하지만 지금 충격으로 마법 장벽이 해제되고 말았습니다."

아르카디아가 입을 크게 벌리며 웃고 있었다.

『햐하하하! 오랜 세월에 녹이 슬었나, 인공지능 놈들? 진심으로 나를 가라앉히고 싶었다면 너희들은 전원이 대기권 밖에서 돌격할 수밖에 없었어. 뭐, 그게 불가능해서 고육지책으로 이런 작전을 세운 거겠지만 말이지.』

인공지능들의 발악을 업신여기며 웃고 있었다.

하지만 실제로 아르카디아가 말한 작전을 팩트와 인공지능들이 채용했다고 하더라도 성공할 확률은 낮았으리라.

애초에 이 전쟁은 그만큼 왕국 측에 불리한 싸움이었다.

『처음부터 너희한테 승기 따위 없었던 거다.』

의기양양한 아르카디아를 보며, 모리츠는 땀을 닦았다.

'지금의 공격은 초조했다. 하지만 이걸로 발트파르트 대공의 비행 전함을 두 척이나 가라앉혔다. 응? 아니, 잠깐. 다른 한 척은 어디지?'

리온이 보유하고 있던 루크시온은 바닷속에 가라앉히고, 파르트너도 아르카디아의 마법 장벽을 뚫지 못하고 폭발하여 가라앉았다.

루크시온 본체가 없는 지금, 아르카디아의 적은 없다.

하지만 딱 한 척, 지금도 전장에 모습을 보이지 않는 비행 전함이 있었다.

모리츠가 황급히 주위에 명령을 내렸다.

"아인호른을 찾아라!"

루크시온, 파트너가 왔으니 나머지 한 척은 아인호른이다.

아르카디아가 눈을 크게 뜨고 제국군 후방을 뒤돌아봤다.

그 목소리는 동요하고 있었다.

『이 속도로 접근하는 물체라고?!』

후방에서 믿기지 않는 속도로 접근해 오는 물체는—— 아인호른이었다.

◇

아로간츠의 콕핏 안에서 나는 격렬한 흔들림과 중압에 괴로워하고 있었다.

몸은 시트에 깊이 파고들어, 마치 짓눌린 것만 같은 기분이다.

하지만 그런 괴로움보다도 신경 쓰이는 건.

"이렇게까지 하고서 실패로 끝나는 얼빠진 전개는 사절하고 싶단 말이지."

부스터를 장착한 아인호른은 먼저 출발해서 제국군 후방을 공격하기 위해 일부러 크게 돌아서 전장에 왔다.

후방에서 단숨에 아르카디아한테 돌격하기 위해 부스터를 점화했다.

거기서부터는 쭉, 가속에 의해 발생하는 중압에 괴로워하고 있다.

루크시온이 가벼운 농담을 하는 내게 어울려 주었다.

『참아 주십시오. 이래 보여도 가속에 의한 중압은 경감하고 있는 겁니다.』

"경감해서 이 정도냐고."

내가 고생해서 목소리를 내고 있는데도, 루크시온은 태연하다는 듯이 말했다.

기계니까 당연하지만, 그래도 열 받는구만.

『크레아레와 팩트한테서 온 정보를 정리했습니다. 지금의 아르카디아에 제대로 된 요격 기능은 남아 있지 않습니다.』

이때를 위해, 아르카디아를 피폐하게 만들었다.

그걸 위해, 파르트너도 희생양으로 삼았다.

"파르트너를 희생한 보람은 있었군."

괴로운 걸 참으며 웃어 보이자, 루크시온이 긍정했다.

『예. 파르트너는 최후의 사명을 완수했습니다. 마스터, 슬슬 시간입니다. 이번에는 저희가 역할을 완수할 차례입니다.』

"제대로 데려다 달라고. 가능한 한 흔들리지 않도록 부탁한다."

무모한 주문을 덧붙이자, 루크시온이 가볍게 흘려넘겼다.

『선처는 하지요.』

나는 준비해 뒀던 마우스피스 같은 것을 물었다.

혀를 깨물지 않기 위해서다.

『충돌까지 30초.』

루크시온이 카운트다운을 시작하자, 밖에서 공격받고 있는지 아인호른에서 지금까지와는 다른 흔들림을 느꼈다.

『충돌까지—— 앞으로 10초입니다. ——5, 4, 3.』

◇

아르카디아 사령실.

아인호른을 요격하기 위해 몬스터와 포격이 아인호른을 향하고 있었다.

아인호른의 속도를 떨어뜨리기 위해 몬스터들을 방패로 삼았다.

포격으로 아인호른을 격추하고자 했다.

『저 정도 배한테!』

하지만 아인호른의 속도는 줄어들지 않았다.

포격해도 돌진해 왔고, 배치한 몬스터들도 싱겁게 날아가 버렸다.

아르카디아의 초조해하는 듯한 표정을 보고 모리츠는 인상을 찌푸렸다.

그리고, 모니터에 비친 아인호른을 보며 중얼거렸다.

"3단 구성인가."

가장 먼저 루크시온 본체를 돌격시키고, 그 후에 파르트너를 돌격시킨 뒤, 진짜 핵심은 아인호른이었던 모양이다.

아인호른이 그 이름에 걸맞은 외뿔을 아르카디아한테 겨누고 돌격해 왔다.

달려드는 몬스터들을 향해 아인호른은 컨테이너를 사출했다.

거기서 미사일이 몇백 발이나 발사되더니, 주위의 몬스터를 날려 버렸다.

아르카디아나 제국군의 비행 전함에서 날아오는 포격을 맞아도 멈추지 않는다.

도리어 아인호른의 공격에 아군이 잇따라 격추되어 갔다.

"멈출 수 없나."

모리츠가 팔짱을 끼고 기다리자, 부하가 외쳤다.

"직격합니다!"

그 후 곧바로, 지금까지 없었던 커다란 흔들림이 아르카디아를 덮쳤다.

아르카디아는 그 커다란 눈에 핏발을 세우고 있었다.

『기름 냄새 나는 기계 놈들이이이!』

승리를 확신하고 있었지만, 생각지 못한 공격으로 전쟁의 승패는 알 수 없게 되었다.

하지만 모리츠는 마음속으로 그걸 받아들이고 있었다.

'그래. 그거면 된다. 전력으로 덤벼라. 그리고, 살아남은 쪽이 이 별의 지배자다. 너희도 진심으로 와라!'

아무것도 모르는 왕국 백성을 일방적으로 절멸시키는 건 모리츠도 마음이 괴로웠다.

하지만 이렇게 전력을 다해 모든 것을 건 싸움의 끝에서라면, 모리츠의 마음도 조금은 가벼워지는 법이다.

혼란에 빠진 주위에 모리츠가 명령을 내렸다.

"함대에는 이대로 왕국군을 상대하게 해라. 아르카디아가 공격 받아도 신경 쓰지 말라고 전해 줘라. 그리고, 마장 기사들을 도로 불러들여라!"

아르카디아가 공격받은 것으로 인해 제국군 내에 동요가 퍼지고 있었다.

모리츠를 지키기 위해 구원하러 가는 게 좋지 않을까? 그런 식으로 생각하여, 왕국군을 앞에 두고 머뭇거리는 비행 전함이 나오지 않게 하기 위한 지시였다.

그리고 마장 기사를 불러들인 건 돌격해 온 아인호른이 원인이다.

공중요새인 아르카디아에 격돌한 아인호른은 그 뿔을 깊숙이 찔렀다.

그런 아인호른에서 아르카디아 내부에 침입하는 자들이 있었다.

아르카디아가 커다란 눈을 움찔움찔 움직이며, 침입자들을 노려보고 있다.

『잘도 본체에 침입해 줬구나.』

모니터에 비치는 건 아인호른에서 내리는 갑옷들이었다.

커다란 컨테이너를 짊어진 독특한 디자인의 갑옷을 보고, 모리츠 주위에 있던 장군과 참모들이 벌레를 씹은 듯한 표정을 지었다.

"아로간츠."

"대공이 직접 쳐들어왔나."

"정신이 나갔군."

아로간츠 외에도 다섯 기의 갑옷이 있었고, 그 뒤에 대기하는 수많은 무인기들이 카메라 아이를 꺼림칙하게 반짝이고 있었다.

아르카디아 내부에 준비된 카메라를 알아차린 아로간츠가 라이플 총구를 겨누었다.

그대로 외부 마이크를 사용하여 리온이 사령부를 향해 말을 걸었다.

「안녕, 볼데노와 신성 마법 제국 여러분. 그리고, 우리한테 싸움을 건 망할 놈의 새로운 황제 폐하님.」

불경하기 짝이 없는 말투에 모리츠 주위의 사람은 분개하고 있었다.

하지만 모리츠한테는 리온의 말투가 정말이지 마음 편하게 들렸다.

리온이 라이플로 카메라를 파괴하자, 모니터의 영상이 끊겼다.

모리츠의 목소리는 들리지 않지만, 리온은 개의치 않고 계속했다.

그대로 아르카디아 내부에서 날뛰기 시작했는지, 사령부에까지 진동이 전해져 왔다.

약한 진동을 느끼면서 모리츠는 큰 목소리로 웃기 시작했다.

"핀한테 들었던 대로의 험한 입이군. 이 나한테 저렇게까지 말할 수 있는 녀석도 그리 없다."

웃기 시작한 모리츠를 보고 주위가 곤혹스러워하고 있었다.

모리츠는 표정을 굳게 다잡고 주위에 명령을 내렸다.

"——바라는 대로 대접해 줘라."

"예, 옙!"

주위가 분주하게 움직이는 가운데, 아르카디아는 불쾌감과 분노로 떨고 있었다.

『구인류와의 싸움에서도 내부 침입을 허용한 적은 없었는데! 용서하지 않겠어. 절대로 용서하지 않겠다!』

격노하여 몸 표면에 혈관이 두드러지게 솟아오른 아르카디아였으나, 곧바로 당황하기 시작했다.

『공주님의 무사는 확인했나?! 곧바로 호위를 보내라!!』

격앙했는가 싶었는데, 이런 때까지 미아를 걱정하고 있었다.

모리츠는 어처구니가 없어 작게 한숨을 내쉬었다.

그대로 자기가 들고 있는 지팡이에 시선을 향했다.

'아버지가 손을 잡으려 했던 발트파르트가 쳐들어왔어. 녀석을 쓰러뜨리면 우리의 승리야. 모든 게 끝나면, 나도 책임을 지겠어. ——그때는, 어째서 배신한 건지 알려 달라고.'

★제10화★ 「왕국의 검호」

제국군과 왕국군이 싸우는 전장의 하늘.

깨끗한 푸른 하늘을, 폭발의 연기가 검게 더럽히고 있었다.

양쪽 군이 목숨을 걸고 싸우는 전장 속에서 한 마장 기사의 웃음소리가 주위에 울렸다.

「자, 이걸로 50기째. 약해, 너무 약하다고. 이게 진심이라니 웃겨 죽겠단 말이지.」

마장을 두른 리엔하르트는 사벌(sabel) 이도류로 싸우고 있었다.

한 손으로 다루기에는 너무 큰 사벌이지만, 리엔하르트의 마장은 가볍게 다루고 있었다.

힘으로 억지로 다루는 게 아니라, 기술을 써서 물 흐르듯이 자연스럽게 사벌을 휘둘렀다.

그러자 주위에 있던 왕국군 갑옷이 쉽게 베어졌다.

리엔하르트의 마장은 날개를 펼치고, 바람을 두르며 전장을 재빠르게 이동하고 있었다.

너무나도 강한 그 힘에 도망치는 갑옷도 나타났지만.

「사, 살려——.」

「적한테 등을 보이다니, 안 된다고. 죽여 주세요, 라고 말하고 있는 거나 마찬가지잖아.」

203

도망치는 갑옷에 달려들어 그 등에 사벌을 꽂아 넣고 있었다.

싸움을 즐기는 리엔하르트의 모습은 마치 혼자만 사냥이라도 하는 것 같은 모습이었다.

실제로 본인도 사냥을 하는 기분이리라.

"더 강한 녀석이 없으면 재미없단 말이지."

제국군이 우세하게 싸움을 끌고 가는 중에서도, 마장 기사들의 활약은 눈에 띄었다.

특히 상위진의 활약은 굉장해서, 왕국군은 고전을 면치 못하고 있었다.

"으음?"

리엔하르트를 위협이라고 판단했는지 구인류의 구축함이 육박해 왔다.

광학병기를 쏘며, 그리고 무인기들을 출격시켜 리엔하르트를 포위하려고 했다.

둘러싸서 공격할 생각이겠지만, 리엔하르트는 허둥대지 않았다.

"조금은 싸우는 맛이 있으려나?"

리엔하르트의 마장이 악마 같은 날개를 크게 펼쳤다.

날개는 바람을 두르고 날갯짓하더니, 동시에 엄청난 속도를 내며 구축함에 접근했다.

리엔하르트가 사벌을 휘두르자, 칼날에서 참격이 날아와 구축함을 베어 갈랐다.

사벌에 베여 갈라진 구축함이 폭발했다.

"하핫! 너무 약하지 않아?"

구축함이 폭발하여 가라앉는 광경을 보며 리엔하르트는 웃고 있었다.

진심으로 전장을 즐기고 있는 모습은 왕국군을 공포에 떨게 했다.

아군조차 리엔하르트가 싸우는 모습에 살짝 질색했다는 반응을 하고 있다.

「저게 최연소 마장 기사!」

「제국의 천재 검사이자 이번 대의 검성인가.」

「전쟁을 즐기고 있는 건가?」

리엔하르트는 아군의 목소리를 무시하고 다음 사냥감을 찾기 위해 시선을 움직였다.

"자, 다음 사냥감은 어디려나? 가능하면 왕국의 검성이나, 아니면 진짜 목적인 귀축 기사와 싸워 보고 싶단 말이지."

리엔하르트가 바라는 건 적 영웅과의 싸움이었다.

강자와 싸워 승리하는 걸 매우 좋아했다.

천진난만한 어린아이처럼, 전장에서 강자를 갈구한다.

그런 리엔하르트한테, 왕국군 갑옷이 급접근했다.

「이 이상, 네 마음대로 날뛰게 두지 않겠다!」

외부 마이크에서 들려오는 목소리는 아무래도 중년 기사인 듯했다.

리엔하르트의 판단으로는 많은 전장을 헤쳐 온 경험 풍부한 기사다.

그가 거느리고 있는 갑옷들도 역전의 강자들로 보였다.

무엇보다, 자기한테 향해 오는 배짱이 마음에 들었다.

"기운 좋은 녀석들이 아직 남아 있잖아."

향해 오는 적의 갑옷 말인데, 여기에 올 때까지 싸우면서 왔다고 생각되는 상처가 있었다.

그 모습으로 보건대, 아군이 꽤 격추당한 모양이다.

이 기사는 강하다, 라고 리엔하르트의 감각이 말해 줬다.

하지만 리엔하르트의 취향은 아니었다.

"하지만, 싸우는 방식에 센스가 없네. 시대에 뒤처진 기사도라는 녀석? 바보가 하나 배웠다고 그것만 써먹으려고 돌격하기 전에, 실력 차이를 생각하는 편이 좋다고."

리엔하르트는 적기에 급접근하더니, 머리 부분을 걷어차 날렸다.

「큭?!」

선두를 날고 있던 갑옷을 날려 버리자, 뒤따르던 갑옷들이 서포트하고자 달려들었다.

「바르카스 님!!」

분명 가신들이리라.

아름다운 주종 관계를 보면서, 리엔하르트의 마장은 사벌을 휘둘렀다.

“아핫!”

바르카스를 구하고자 했던 가신들이 리엔하르트한테 베여 추락해 갔다.

「잘도 내 동료를!」

격앙한 바르카스가 리엔하르트를 베고자 달려들었고, 그 일격을 사벌로 막아냈다.

「이 정도로 죽는 녀석이 나쁜 거야. 자, 너도 얼른 사라──.」

마무리를 지으려 했더니, 뒤쪽에서 커다란 폭발음이 들려왔다.

“뭐지?”

리엔하르트는 뒤돌아보기 위해 바르카스가 탄 갑옷의 양팔을 베어 날렸다.

그대로 콕핏에 칼을 꽂아 넣었지만, 뒤돌아보면서 찔렀기 때문에 목표가 살짝 빗나가 버렸다.

콕핏 옆쪽이 관통되어 바르카스는 꼬치처럼 꿰인 채 움직이지 못하고 있었다.

「큭! 무슨 이런 녀석이.」

날뛰는 바르카스의 갑옷을 무시하고 리엔하르트는 아르카디아를 보고 있었다.

아르카디아에 무언가가 돌격하여 거기서 연기가 올라오고 있는 것 아닌가.

“그 아르카디아의 실드를 뚫은 건가?”

놀라는 리엔하르트한테 마장기사들이 가까이 다가왔다.

「리엔하르트 님! 모리츠 폐하로부터 아르카디아 내부에 침입한 적을 상대하라는 명령이 내려왔습니다!」

황제 폐하의 명령쯤 되면 아무리 리엔하르트라도 따를 수밖에 없었다.

마구 날뛰는 적의 갑옷에서 검을 뽑자, 바르카스의 갑옷이 추락했다.

그런 바르카스의 갑옷에 사벌 칼날 끝부분을 겨눴다.

"조금 전부터 시끄럽다고."

사벌에서 발사된 건 공기를 압축한 탄환이었다.

바르카스가 탄 갑옷에 명중했고, 갑옷이 터지는 것처럼 날아갔다.

마지막으로 바르카스의 외침이 들려왔다.

「우오오오오! 닉스! 리온! 모두를── 부탁──.」

폭발하면서 추락하는 갑옷에 흥미도 없어서, 리엔하르트는 마장의 날개를 펼치고 아르카디아로 향했다.

그 뒤를 마장 기사들이 뒤따랐다.

리엔하르트는 입맛을 다시고 난 뒤 중얼거렸다.

"침입한 녀석들 쪽이 재미있을지도."

「아르카디아 본체가 적의 침입을 허용했다고?」

불타오르는 왕국군의 비행 전함 갑판에 서 있는 건 등에 있는 백팩 배출구에서 불꽃을 분출시키고 있는 마장 기사였다.

많은 마장 기사를 거느린 군터 주위에는 파괴된 왕국군의 비행 전함과 갑옷이 추락하는 광경이 펼쳐져 있었다.

소식을 가지고 온 것은 같은 마장 기사인 라이머였다.

「마장 기사 전원 복귀하라는 명령이라는 듯하다.」

다른 이를 통해 전해 들은 것이기에 라이머 쪽도 자세한 정보를 얻지는 못한 모양이다.

군터는 미간을 찌푸리며 왕국군을 봤다.

「조금 더 시간이 있으면 왕국 녀석들한테 큰 타격을 줄 수 있었던 것을.」

갑판에서 날아오른 군터에 뒤이어 부하 마장 기사들이 뒤따랐다.

라이머도 군터 뒤를 따라갔다.

「귀축 기사가 침입했다는 이야기다. 서두르지 않으면 사령부가 당하고 말 거다.」

아직 어린 라이머는 이 상황에 초조해하고 있는 모양이었다.

하지만 군터는 허둥대지 않았다.

분하게도, 아르카디아에 남아 있는 건 제1석인 핀이다.

언젠가 제1석의 지위를 되찾을 생각이지만, 군터는 핀의 실력을 인정하고 있었다.

「진정해라. 아르카디아를 지키고 있는 건 핀이다. 황제 폐하와 핀이 그렇게 쉽게 당할까 보냐.」

「아, 아아, 그렇겠지.」

「그것보다도 후베르트는 어쩌고 있지?」

◇

후베르트의 마장은 다른 것보다도 호리호리하고 키가 컸다.

머리가 T자 형상을 하고 있었고, 정수리에는 원반이 달려 있다.

그런 후베르트 말인데, 그의 싸움 방식은 집단전을 중시하고 있었다.

「후베르트 님! 제1부터 제3소대가 적의 추격 부대를 격파했습니다.」

「성가신 일이군.」

마장 기사 전원에게 귀환 명령이 내려왔지만, 적진 깊숙이 파고든 상태였던 후베르트의 마장 기사대는 돌아오는 데 고생하고 있었다.

등을 향하면 왕국군이 공격해 오기 때문이다.

싸우면 이길 수 있지만, 무시하기에는 너무 성가시다.

또한, 후베르트의 마장 기사대는 3기 편제 소대가 여덟 부대 존재했다.

후베르트의 마장 기사는 지휘관으로서의 적성이 높다.

그 능력을 살린 방식으로 싸우기에, 24기나 되는 마장 기사를 이끄는 허가가 내려졌다.

　부하 중 한 명이 가까이 다가왔다.

　「군터 님이 먼저 아르카디아로 복귀하셨다는 것 같습니다.」

　「선수를 빼앗겨 버렸네. 이래서는 귀축 기사의 목은 핀이나 군터가 손에 넣고 말겠어.」

　큰 공적을 빼앗겼다며 가벼운 느낌으로 웃었다.

　그런 후베르트한테 라이머의 마장이 가까이 다가왔다.

　「어라? 군터와 같이 복귀하지 않은 거야?」

　「일단 네 지휘하에 들어가 있으니까 말이다. 그것보다도 얼른 돌아가지 않으면 핀 녀석한테 공적을 빼앗겨 버린다고.」

　「그러네. 서두를까.」

　왕국군을 뿌리치고 아르카디아로 돌아가는 후베르트였으나, 조금 신경 쓰이는 점이 있었다.

　'핀이 있는데도 우리를 불러들인다—— 생각했던 것보다도 위험한 상황일지도 모르겠어.'

◇

　아르카디아 내부의 통로는 넓게 만들어져 있었다.

　동력로로 통하는 통로는 마장을 두른 신인류도 지나갈 수 있도록 넓게 설계되었다는 듯하다.

　그런 통로를 지키고 있는 건 마장 기사가 아니라 제국군 수비

대였다.

갑옷에 기관총이나 바주카포로 무장하고 있었고, 방패를 들고 있는 갑옷도 있었다.

통로 내의 전투를 상정하여 준비해 온 것이리라.

"검을 들고 달려오는 적은 없는 거냐고. 세계관 다 깨지는구만."

아로간츠 콕핏 안에서 투덜거리자, 루크시온이 고지식하게 대답했다.

『왕국처럼 기사도를 중시하는 설계 사상이 아니겠지요. 현실적이고 뛰어나다고 판단합니다만, 아르카디아를 비롯한 마법 생물들이 연관되어 있다고 생각하면 복잡한 기분이군요.』

제국의 갑옷은 이기기 위한 것이고, 왕국처럼 기사 운운과는 무관한 모양이다.

하지만——.

"그래도 우리하고는 상관없지!"

『예, 마스터.』

——아로간츠는 바닥을 미끄러지듯이 이동하여, 오른손에 든 배틀 액스로 방패를 들고 있던 적을 양단했다.

그대로 왼손에 든 라이플로 총기를 든 적 갑옷을 쐈다.

거칠게 돌진해서 피탄도 당했지만, 아로간츠의 장갑이 전부 튕겨내 주었다.

"이쪽은 루크시온이 만든 특별한 녀석이다. ——나쁘게 생각하지 말라고."

쓰러뜨린 적기를 일별하고 나서 앞으로 나아가자, 뒤쪽에서 율리우스가 탄 갑옷이 가까이 다가왔다.

「리온, 너무 앞으로 나가지 마라!」

「빨리 이 요새의 동력로를 점령할 필요가 있다고!」

우리의 목적은 아르카디아의 동력로를 파괴하는 것이다.

아르카디아의 동력로는 에너지를 만들어 내는 것과 동시에 마소도 생성하고 있다.

동력로만 파괴하면 마소는 제조할 수 없고, 아르카디아도 기능을 정지한다.

일부러 침입한 건, 그게 동력로를 파괴할 가능성이 높으니까.

"루크시온, 무인기들의 상황은?"

『현재 적의 증원을 막으면서 동력로까지의 루트를 찾고 있습니다. 마소 농도가 높아, 레이더가 제 성능을 발휘하지 못하고 있습니다. 조금 더 시간을 주십시오.』

데리고 온 무인기들이 동력로로 가는 루트를 탐색하는 중이다.

하지만 아르카디아 내부에 상당한 전력이 배치되어 있기에 쉽게는 발견하지 못하고 있었다.

"마소의 발생원 같은 장소니까 말이지. 쉽게는 찾을 수 없나."

침입했을 때 통신용 중계기를 여러 개 배치한 덕분에 무인기들이 전송하는 데이터는 도달하고 있었다.

덕분에 통신은 가능하지만, 동력로를 발견할 수 있을 정도는 아니다.

가벼운 어조로 말하고 있자, 루크시온이 빨간 눈동자를 반짝였다.

"왜 그래?"

『──무인기 부대가 하나 파괴되었습니다. 마지막으로 송신한 데이터를 확인했습니다만, 적은 마장 기사였습니다.』

"마장 기사를 배치한 장소인가──."

일부러 마장 기사가 지키는 장소라면 그곳은 동력로로 이어지는 루트일 가능성이 높다고 판단했다.

"안내해."

『이쪽입니다.』

아로간츠가 가속하자, 뒤쪽의 율리우스 일행도 가속했다.

율리우스가 말을 걸었다.

「핀이 탄 마장 기사는 아로간츠와 호각이었지. 다른 마장 기사도 비슷하게 강한 건가?」

율리우스와 같은 의문을 품었는지, 질크도 대화에 끼어들었다.

「무서운 이야기군요. 이쪽도 갑옷을 강화했습니다만, 어디까지 통할는지.」

브래드는 낙관하고 있는 모양이다.

「아로간츠 정도의 강함이라면 무서워할 건 없어. 왜냐면 우리는 아로간츠를 쓰러뜨리기 위해 노력해 왔잖아.」

그렉은 그런 브래드의 의견이 마음에 들었는지, 찬동했다.

「그래. 우리의 3년간은 헛수고가 아니었다는 걸 증명해 보이겠다!」

정확히 말하자면 3년은 아닐 터다.

그것보다도 나한테 이기기 위해 쭉 노력해 온 건가? 근성이 있다고 해야 할지, 아니면 집념이 강하다고 해야 할지.

잘도 포기하지 않고 싸움을 걸자고 생각했군.

그런 쓸데없는 생각을 하고 있자, 눈앞을 선행하고 있던 무인기들이 날아갔다.

벽은 너덜너덜하게 절단되었고, 거기서 나온 건 마장 기사였다.

「찾~았다아~. 일부러 이런 곳까지 오다니, 너희는 배짱이 있는걸.」

바람을 두른 것 같은 마장 기사는 위험한 분위기를 내고 있었다.

목소리에는 앳됨이 남아 있는데도, 언동은 이쪽을 얕보고 있는 것 같다.

"핀이 아니군."

나는 마음속으로 안도하면서 아로간츠로 무기를 들었다.

적은 나를 보고 흥분한 모양이다.

「설마 대공님이 직접 쳐들어온 거야? 소문의 귀축 기사는 하는 짓이 터무니없네! 선배가 말했던 대로야!」

천진난만하게 기뻐하는 어린아이 같은 반응에 나는 질색했다.

그의 뒤에는 마장 기사 둘이 보였고, 절단된 벽에 생긴 구멍으로 들어왔다.

"셋인가── 다 같이 상대하면 되나."

이대로 수로 밀어붙이려 하는 나였으나, 크리스의 파란 갑옷이 앞으로 나섰다.

여느 때와는 다르게 진지한 분위기를 내고 있었다.

「리온, 미안하지만 여기는 양보해 줬으면 한다.」

「무슨 말을 하는 거냐? 다 같이 공격하면 될 텐데.」

크리스는 나타난 마장을 앞에 두고 싸울 자세를 내보이고 있었다.

「마장의 장갑에 있는 문장이 보이나? 저건 제국의 검성이다.」

사벌 이도류 스타일의 적이 크리스한테 흥미를 나타냈다.

「헤에, 나를 알아?」

크리스는 혼자 남아 마장 세 기를 상대할 생각인 듯하다.

「이 녀석의 상대라면 내 쪽이 어울린다. 리온, 너희는 먼저 나아가라. 여기서 시간을 낭비하지 마라.」

나한테 신경 쓰지 말고 먼저 가라, 인가.

마치 사망 플래그 같잖나.

그런 거—— 내가 용납할 거라고 생각지 말라고.

「너는 바보냐! 여기는 다 같이 공격해서 쓰러뜨린 뒤에 앞으로 나아가면 되잖냐!」

「시간이 아깝다. 내가 남아 있는 동안에 너희는 먼저 나아가라.」

크리스는 의견을 바꿀 생각이 없는 모양이다.

루크시온까지 그런 크리스의 의견에 찬성했다.

『마스터, 여기서는 갈 길을 서두르도록 하지요.』

「──멍청이가.」

이 이상은 시간 낭비라고 설득을 포기한 나는 씁쓸하게 중얼거렸다.

크리스 쪽은 반대로 미소를 띠고 있다.

「걱정하지 마라. 여기서 죽을 생각은 없다. 나중에 반드시 따라잡지.」

「기대하고 있겠다고, 검호님.」

「그래, 기대해라.」

크리스를 남기고, 우리는 앞으로 나아갔다.

◇

제국의 검성을 앞에 두고 크리스는 이름을 댔다.

「크리스 피아 아크라이트다.」

사벌을 축 늘어뜨린 마장 기사도 이름을 대며 답했다.

「리엔하르트야. '아크라이트'는 검성의 성씨였지?」

「검성은 내 아버지다.」

「뭐야, 아들이었나. 검호라는 말은 들었던 것 같네.」

「아버지는 이유가 있어서 전장에 오지 않았다. 내가 아크라이트 가문의 당주 대리로서 이 자리에 서 있다.」

사실은 크리스가 시합에서 너덜너덜하게 만들어 버렸기에 참전할 수 없었다.

그걸 알려줄 필요도 없기에 크리스는 말하지 않았다.

하지만 리엔하르트는 불만스러워 보였다.

「하나 물어봐도 될까?」

「뭐지?」

크리스가 방심하지 않고 무기를 들고 자세를 취하자, 리엔하르트가 짜증을 발산했다.

「왜 무기가 총기인 거냐고!」

크리스가 탄 파란 갑옷 말인데, 소지한 무장은 총화기였다.

오른손에는 서브머신건을 들고, 왼손에는 개틀링건을 소지하고 있었다.

백팩에는 탄을 가득 채운 컨테이너를 짊어지고 있었고, 오른쪽 어깨에는 미사일 포드를 둘러메고 있다.

검호일 터인 크리스의 갑옷은 화약고처럼 무장한 원거리형 사양이 되어 있었다.

크리스는 당당하게 맞받아쳤다.

「전장에서는 총이 더 우수하기 때문이다!」

당연하다는 듯이 말하자, 리엔하르트가 실망한 기색을 보였다.

진심으로 어처구니없다는 듯한 어조로 말했다.

「왕국의 검사가 흑기사를 쓰러뜨렸다고 들어서 기대하고 있었는데, 총화기를 장비한다니 정말로 기가 막히네. 아니 그보다, 검사라고 칭하지 말아 줬으면 좋겠어.」

사벌을 들고 자세를 취한 리엔하르트한테, 크리스는 묻지도 따지지도 않고 방아쇠를 당겼다.

「흑기사를 쓰러뜨린 건 내가 아니다. 리온이지.」

개틀링건이 불을 뿜자, 리엔하르트의 마장 주위에 바람이 발생했다.

탄환이 그 바람으로 인해 방향을 바꾸었고, 리엔하르트한테는 맞지 않았다.

하지만 리엔하르트 뒤에 있던 마장 기사는 방심하고 있었는지 개틀링건 탄환을 몇 발 맞고 말았다.

그 정도라면 대미지가 되지 않는다고 생각한 것이겠지만, 마장용으로 조정한 탄환은 용서 없이 마장 기사를 날려 버렸다.

「칫, 멍청한 놈이. 사전에 조심하라는 설명을 들은 걸 까먹은 거냐?」

리엔하르트는 격파당한 아군을 보며 혀를 찼다.

크리스는 그대로 탄환과 미사일을 리엔하르트한테 쐈다.

「미사일도 안 먹히나.」

탄환은 마장을 지키는 바람에 가로막히고, 미사일은 리엔하르트의 사벌에 베였다.

아무리 공격해도 치명상을 입힐 수 없다.

하지만 다른 한 기의 마장 기사에는 미사일이 명중했다.

폭발에 휩쓸려 불타는 마장 기사.

아군이 둘이나 희생되었는데, 리엔하르트의 반응은 담담했다.

「아~아, 당해 버렸네. 뭐, 이 정도로 죽는 거니까 마장 기사로서 재능이 없는 거지. 죽어도 어쩔 수 없어.」

그 말에 크리스는 분노를 느꼈다.

「아군이 죽었는데 그 정도의 반응이라니 매정한 녀석이군.」

「아군? 이름도 모르는 녀석들 따위 아무래도 상관없어. 이름을 알고 있어도 아무래도 상관없지만 말이지. 애초에, 내가 흥미를 지니는 건 강한 녀석뿐이야. 강한 녀석은 최고지. 이 나를 즐겁게 해주고, 내 공적이 되어 주니까.」

「마음에 안 드는군.」

크리스는 개틀링건을 사용했다.

좁은 통로 안은 총화기가 유리하지만, 거리가 줄면 사벌을 든 리엔하르트가 유리해진다.

접근시키지 않기 위해 끊임없이 공격을 계속하고 있었다.

그런 크리스의 전투 방식에 리엔하르트는 어처구니없어했다.

「명색이 검호가 총을 쓰면 안 되잖아.」

「미안하지만 검에만 고집하는 프라이드는 버렸다. 전장에서 검을 고집하는 건 어리석은 짓이라는 걸 배워서 말이지.」

'그런 걸로 리온한테 이길 수 있다면 고생은 하지 않으니까 말이다.'

크리스는 리온과의 만남으로 많은 것을 배웠다.

그중 하나가 자신의 큰 결점에 관해서다.

전투에서 검밖에 쓰지 않는 크리스는 원거리의 적한테 극단적으로 약하다.

그렇더라도, 검이 닿는 범위로 접근하면 문제없었다.

자신은 검만을 극한까지 갈고닦으면 된다── 그런 식으로 생각하고 있었지만, 리온과 결투한 그날에, 자기 생각이 잘못되었음을 깨닫게 되었다.

결투라면 검만으로도 괜찮지만, 전장이라면 치명적이었다.

항상 검만으로 싸울 수 있는 전장 따위 없다.

「그렇다면, 검호라는 칭호도 내려놓아야 하는 거 아니야?」

리엔하르트의 일격은 무척 예리했고, 크리스가 봐도 부러울 정도로 재능이 넘쳐흘렀다.

거리가 좁혀지면 리엔하르트가 사벌을 춤추는 것처럼 휘두른다.

참격에서 바람의 칼날이 발생하여 리치 바깥에서부터 베였다.

「강하다?! 하지만!」

크리스는 리엔하르트의 실력이 자신을 뛰어넘었다는 것을 인정했다.

개틀링건을 던져 방패 대용으로 삼으면서 거리를 벌린 크리스는 미사일과 서브머신건으로 공격했다.

정면을 향한 채, 바닥을 미끄러지듯이 뒤로 이동하면서.

좁은 통로 안을 재주 좋게 날아다니는 리엔하르트였으나, 제법 고생하고 있는 듯하다.

날기 힘든 데다, 잇따라 퍼부어지는 탄환과 미사일에 짜증이 치민 모양이다.

크리스는 다 발사한 미사일 컨테이너를 분리하더니, 리엔하르트한테 내던졌다.

리엔하르트는 그걸 베어 버리고 육박해 왔다.

「검으로 이길 수 없다? 그건 네가 약하기 때문이야. 싸우는 방식을 보고 있으면 알아. 너한테는 센스가 없어. 검성의 아들 주제에 재능이 없다니, 불쌍하네.」

리엔하르트가 도발해도 크리스는 동요하지 않았다.

오히려 강한 척 미소를 띠었다.

「마장을 두르고 참격을 날리고 있는 너는 순수하게 검의 기량만으로 싸우고 있다고 말할 수 있는 건가? 마장의 성능 덕분에 싸울 수 있는 것으로밖에 보이지 않는다고.」

──냉정하게 도발로 받아쳤다.

그러는 사이에도 크리스의 기체는 잇달아 무장을 버려 가벼워졌다.

리엔하르트의 바람 칼날에 추가 장갑도 잘려 나갔다.

「역시 벼락치기였군.」

총을 다루는 법도 연습하기 시작했지만, 다른 네 사람과 비교해도 서툴렀다.

그래서, 노려서 맞히기보다도 많은 탄막을 뿌려 적을 쓰러뜨리는 방법을 선택했다.

그런데도, 대량의 탄약을 써도 리엔하르트를 격파하지 못했다.

「앞으로도 연습이 필요하겠군.」

아직 앞날이 있다는 크리스의 말투에 리엔하르트는 조용히 격앙했다.

「너는 장래 걱정을 할 필요 따위 없어. 왜냐면 여기서 내가 죽일 거니까 말이야.」

차가운 목소리로 말하고는, 마장을 가속시켜 단숨에 크리스한 테 다가붙은 리엔하르트의 일격이 갑옷의 장갑을 베었다.

그대로 크리스의 갑옷을 지나쳐, 리엔하르트는 속도를 낮추고 뒤돌아봤다.

「얕았던 모양이네. 하지만, 이번으로 끝내겠어.」

크리스는 조종간을 꽉 잡고, 모니터에 비치는 리엔하르트의 갑옷을 노려봤다.

「——와라!」

단숨에 가속한 리엔하르트의 마장이 크리스의 눈앞에 육박했다.

「이걸로 끝이다!」

「큭!」

두 사람이 스쳐 지나간 직후, 크리스의 갑옷은 뽑았던 검을 지팡이 대신 삼아 바닥에 꽂았다.

콕핏 전면부에는 커다란 균열이 생겼고, 갑옷 파편이 콕핏 안에 어지럽게 흩어져 있었다.

리엔하르트한테 베이고 말았다.

하지만——.

「거짓말이야. 이런 건 거짓말이야.」

크리스가 괴로운 듯이 호흡하면서, 갑옷을 일으켜 세워 뒤돌아봤다.

거기에는 스쳐 지나가면서 그대로 크리스한테 베인 리엔하르트의 마장이 바닥을 기고 있었다.

사벌을 내던지고, 액체가 흘러나오는 복부를 누르고 있었다.

「피, 피가── 내 배가?! 빨리 치료해야── 쿨럭!」

스쳐 지나가며 휘둘렀던 크리스의 검은 마장의 복부를 베어 갈랐다.

크리스는 힘들게 호흡하면서 안경의 위치를 바로 고쳤다.

「나는 검을 버렸다고는 말하지 않았다. 부주의하게 내 검의 범위 안에 들어온 너의 패배다.」

리엔하르트는 크리스가 검을 쓰지 않는다고 믿고 부주의하게 뛰어들고 말았다.

하지만 그 부주의한 일격에도, 크리스가 아니었다면 베여서 끝났으리라.

현실을 받아들이지 못하는 리엔하르트가 눈물을 흘리며 말했다.

「죽고 싶지 않아. 이런 건 잘못됐어. 왜냐면, 나는 검성이야. 제국에서도 손꼽히는 기사라고!」

검에 고집하고, 그리고 전장을 얕보고 있었던 리엔하르트를 내려다보며 크리스는 눈을 감았다.

「전장에 절대로, 라는 건 없다. 자신은 죽지 않는다며 전장을 얕보고 있던 너는 처음부터 이 자리에 있을 자격이 없었던 거다. ──너는 옛날의 나와 같구나.」

크리스는 리엔하르트한테 다가가, 상처의 상태로 보아 살 수 없음을 알아차렸다.

「지금 편하게 해주마.」

최후의 일격으로 리엔하르트의 숨통을 끊은 크리스의 갑옷은 그 자리에 주저앉았다.

크리스는 떨리는 손으로 허리 근처를 눌렀다.

리엔하르트한테 베였을 때, 콕핏에 튄 날카로운 파편 중 하나가 파일럿 슈트를 뚫고 박혀 있었다.

「곤란하게 됐군. 반드시 따라잡겠다고 말했는데, 이래서는 약속을 지킬 수 없──.」

크리스를 남기고 앞으로 나아간 우리는 통로 관계상 외벽에 가장 가까운 장소를 이동하고 있었다.

제법 멀리 돌아가고 있는 것 같은 느낌도 들기에, 불안감으로 인해 루크시온한테 의문을 던졌다.

"정말로 이 루트가 맞는 거냐?"

의심하는 나한테 루크시온은 냉정하게 대답했다.

『문제없습니다. 그건 그렇고, 이해하기 어려운 내부 구조군요. 기능미가 부족합니다.』

신인류가 건조한 요새이기 때문인가, 그게 아니면 정말로 기능미가 없는 것인가.

아르카디아 내부는 복잡하게 뒤얽혀 있어서 성가셨다.

"침입자 대책 아니겠냐?"

『가능성은 있습니다만, 그런 짓을 할 바에야 편리성을 중시하는 게 옳습니다.』

루크시온의 트집 잡기는 멈추지 않는다.

『애초에, 쓸데없는 낭비가 너무 많습니다. 이래서는 공간을 유효하게 이용하고 있다고는—— 마스터!』

루크시온이 트집 잡기를 중단하고 소리쳤기에, 나는 아로간츠를 그 자리에서 후퇴시켰다.

아로간츠가 있던 장소를 노려 공격한 것이리라.

벽을 뚫을 정도의 공격이 바깥에서 이루어졌다.

그대로 전진했더라면 아로간츠는 적의 공격을 받았을 것이다.

벽에 뚫린 구멍으로 들어온 건 아무래도 제국군의 갑옷인 듯하다.

마장 기사는 아니지만, 이쪽은 수가 많다.

「찾았다, 침입자 놈들!」

「어이어이, 너희 요새잖아? 외벽에 구멍을 뚫다니 뭔 생각이냐고.」

가벼운 말투로 농담처럼 말하자, 적기는 호통치는 것처럼 받아쳤다.

「벽 같은 건 너희를 쓰러뜨린 뒤에 얼마든지 수복할 거다!」

뚫린 구멍에서 잇따라 마장 기사들도 들어왔다.

적기들은 아로간츠를 향해 달려들었지만, 사이에 끼어든 빨간 갑옷에 가로막혔다.

「우리를 잊으면 곤란하다고!」

창을 휘두르는 그렉의 갑옷에 적기가 꿰뚫려 파괴되었다.

예리한 일격은 콕핏을 적확하게 꿰뚫고 있었다.

갑옷의 성능도 있겠지만, 그렉이 단련해 온 창술과 조종 기술의 높은 수준을 엿볼 수 있다.

단지, 적기를 쓰러뜨려 상황이 수습된 건 아니다.

율리우스는 적기가 낸 구멍을 보고 말했다.

「곤란하군. 외벽 너머에 적이 모여들고 있다.」

뻥 뚫린 구멍으로 바깥의 경치가 보였다.

아르카디아의 위기에 달려온 것일 비행 전함에 더해, 갑옷과 몬스터의 모습이 잔뜩 있다.

「많은데. 쓰러뜨리지 못할 건 없지만, 이걸 상대하는 건——.」

——시간이 너무 걸린다.

『이 수를 상대하는 건 성가시군요.』

루크시온도 같은 생각인 모양이지만, 무시하고 전진하면 뒤에서 공격당하고 만다.

우리의 모습을 확인한 적기와 몬스터가 이쪽을 향해 오고 있었다.

그러자 보라색 갑옷에 탄 브래드가 뚫린 구멍을 통해 바깥으로 뛰쳐나갔다.

등에 짊어진 랜스를 날개처럼 펼치고, 일부러 양팔을 벌려 무대에서 춤추는 듯한 포즈를 피로하면서 말했다.

「그렇다면 여기는 내가 나설 차례네. 내 기체는 다수를 상대하는 데 적합하니까 안심하고 먼저 가줘.」

갑옷의 등에 있는 랜스는 원격 조작이 가능하다.

브래드는 이 랜스를 동시에 여러 개 조종할 수 있으므로, 우리 중에서 다수를 상대로 한 싸움에 가장 강하다.

하지만, 그래도 혼자만 남기는 건 너무 위험했다.

「멍청아! 너 혼자 여기에 남기고 갈 수 있겠냐. 너는 이 중에서 제일──.」

제일 약해, 라는 말이 나올 뻔했지만, 직전에 삼켰다.

그런 내 말을 이어받은 건 브래드 본인이었다.

분노도 불만도 없는 목소리는 오히려 시원시원함이 느껴졌다.

「제일 약하다는 거지? 나도 알고 있어. 그러니까 여기서 내가 시간을 벌어야 하는 거야.」

「너도 크리스 흉내를 내는 거야.」

「남이 했던 행동을 되풀이하는 건 싫지만, 여기서 시간을 낭비하는 건 좋은 계책이 아니니까 말이야. 그리고, 이 내가 이 자리에 남아서 싸우는 거야. 리온, 반드시 작전을 성공시켜 줘.」

크리스에 뒤이어 브래드까지. 어째서 너희는──.

나는 브래드의 결의에 마음속으로 감사했다.

「──정말로 어째서 이럴 때만, 너희는 멋있는 거냐고. 혼자서 멋대로 죽지 마라.」

「멋있는 건 원래부터야. 그리고, 빈말로라도 따라잡으라고 말해 줬으면 좋겠네.」

우리가 이동하려 하자, 루크시온이 움직였다.

『무인기를 일부 남기겠습니다. 브래드, 마음대로 쓰도록 하십시오.』

루크시온한테 걱정받은 브래드는 조금 놀라면서도 기뻐하는 듯했다.

「네가 나를 걱정해 줄 거라고는 생각지 않았네. ──고마워.」

무인기들이 브래드에 뒤이어 바깥으로 날아갔고, 서포트하기 위해 배치 포인트로 이동했다.

그러자 질크가 탄 녹색 갑옷이 멈춰 섰다.

율리우스가 뒤돌아봤다.

「질크?」

「리온 군, 그리고 전하. 브래드 군만으로는 불안하겠지요. 여기는 저도 남겠습니다.」

율리우스의 젖형제인 질크는 언제 어느 때라도 율리우스 곁을 떠나지 않는다.

이런 상황에서도 율리우스를 지키도록 교육받아 왔을 터다.

하지만 그런 질크가 남겠다는 말을 꺼냈다.

율리우스는 곧바로 허가했다.

「네가 필요하다고 판단했다면 원하는 대로 해라. 브래드를 도와주도록.」

「그렇게 하겠습니다. 여기를 통해 적이 몰려오는 건 피하고 싶으니까 말이지요.」

질크의 갑옷은 장거리 저격용 라이플을 들고 있다.

브래드 뒤에서 원호 사격을 하면 큰 도움이 될 것이다.

바깥에는 나가지 않고, 갑옷으로 한쪽 무릎을 꿇고 선 자세를 취한 뒤 라이플을 겨누고 사격을 개시했다.

그러자 바깥으로 간 적기가 추락했다.

손쉽게 적기를 꿰뚫은 질크가 앞으로 나아가려고 하는 나한테 말을 걸었다.

「죄송하지만, 전하를 잘 부탁드리겠습니다.」

「율리우스를 돌봐주는 걸 나한테 떠넘겼구만.」

「후훗, 부탁드리죠.」

　그걸 들은 율리우스가 불만스러운 목소리를 냈다.

「너희들, 나를 뭐라고 생각하고 있는 거냐. ──리온, 가자. 시간을 낭비할 수 없다.」

　그렉도 남은 브래드와 질크한테 말을 걸었다.

「죽지 말라고!」

　둘은 웃고 있었다.

「너희들이야말로.」

「여러분도 조심하십시오.」

◇

　요새 밖으로 나온 브래드는 외벽에 뚫린 구멍에 몰려오는 적을 앞에 두고 식은땀을 흘리고 있었다.

「인제 와서 새삼스럽지만, 남은 걸 조금 후회하고 있어. 하지만, 후회하는 나는 멋있지 않지!」

　몰려오는 몬스터 집단을 향해 브래드는 갑옷이 짊어지고 있던 랜스를 발사했다.

231

랜스는 그대로 공중을 날아다니고 회전하면서 몬스터들을 꿰뚫어 나갔다.

갑옷도 같은 랜스를 들고 있기는 하지만, 브래드의 무기는 날아다니는 6개의 랜스다.

「쉽게 보내줄 거라고 생각하지 않았으면 좋겠네.」

6개의 랜스를 동시에 조작했다.

마치 랜스 자체가 의사를 가지고 움직이고 있는 것만 같이, 브래드의 주위를 날아다니며 몬스터들을 날려 버렸다.

몬스터만이 아니라 적기—— 갑옷이 공격해 왔다.

「네놈들한테 가족이 죽게 놔두지는 않겠다아아아!」

타고 있는 건 제국 기사일 것이다.

지면 가족이 죽는다는 말을 들었는지, 꽤 전의가 높다.

브래드는 기백에서 지지 않도록 목소리를 크게 높여 외쳤다.

「이쪽도 네, 그렇습니까, 하고 질 수는 없단 말이야!」

적기에 접근당한 브래드는 갑옷 왼쪽 팔을 향했다.

왼쪽 팔에 장치된 총을 상대의 콕핏 바로 근처에서 쐈다.

콕핏이 꿰뚫린 적기가 추락했다.

이러고 있는 동안에도 브래드의 날아다니는 여섯 개의 랜스는 적을 격파해 나갔다.

하지만 아무리 쓰러뜨려도 끝이 보이지 않는다.

오히려 적의 수는 늘어나고 있었다.

「엄청난 수인데.」

요새 안에서 저격 중인 질크는 몰려드는 적 중에서 성가신 상대를 우선하여 노리고 있었다.

지금도 비행 전함의 함교를 꿰뚫고, 그 후에 엔진을 쏴서 한 척을 격침시켰다.

루크시온이 남겨 준 무인기들도 싸워 주고 있기에 브래드는 든든하게 생각했다.

「역시 질크의 저격은 의지가 되네.」

「의지해 주셔도 괜찮습니다. 단지, 이 수는 조금 힘들군요. 리온 군이 얼른 동력로를 파괴해 주기를 기도할 뿐입니다.」

리온이 동력로를 파괴할 때까지 버티면 승리다.

하지만 브래드한테는 불안도 있었다.

「멈춰 준다면 좋겠는데 말이야.」

동력로를 파괴하면 아르카디아는 멈추지만, 제국군은 별개다.

동력로를 파괴해도, 그 후에 제국군이 자포자기하여 돌격해 오지 않으리라는 보장은 없다.

게다가 싸우고 있는 건 자기들뿐만이 아니다.

아군의 상황도 알 수 없어서 불안했다.

루크시온이 사전에 모은 정보를 토대로 한 예상으로는 현시점에서 200척 이상은 격침당했을 가능성이 있다.

자신들의 작전이 성공해도, 왕국군이 남아 있지 않으면 패배한 것과 마찬가지다.

「어떻게든 버텨 주고 있는 건 공화국과 판오스 공작가 덕분이려나? 나로서는 복잡한 기분이야.」

필드 가문은 구 판오스 공국과의 변경에 배치되어 방어를 맡아 왔다.

오랜 세월 동안 판오스 공작가에 시달려 온 것이 브래드의 본 가다.

그런데도 지금은 의지가 되니까 신기한 기분이었다.

「공화국도 분전해 주고 있군요.」

「나로서는 공화국이 도와준 건 예상 밖이지만 말이야.」

알제르 공화국에 유학했을 무렵의 일이 떠올랐다.

브래드는 공화국 귀족한테 폭행을 당해 지독한 꼴을 맛봤다.

리온도 공화국에서 제법 고생했지만, 지금은 아군으로서 싸우 고 있다.

"그렇다면 나도 멋진 모습을 보여야겠지!"

몰려오는 몬스터들을 앞에 두고, 브래드는 마법진을 여럿 전개 했다.

갑옷 앞에 전개된 마법진에서 발사된 건 넓은 범위를 공격하는 마법이다.

몬스터들이 화염에 불타, 검은 연기로 변해 사라져 갔다.

'우리도 우리 일로 힘에 부치는 상황이야. 아군한테는 미안하 지만 조금 더 힘내 주길 바라는 수밖에 없어.'

많은 적이 몰려드는 가운데, 브래드와 질크는 필사적으로 버티 고 있었다.

'이거라면 시간은 벌 수 있나.'

어찌어찌 버틸 수 있겠다고 생각한 직후였다.

마장 기사 집단이 접근해 왔다. 편대를 짜고 나는 그 모습을 보고, 브래드는 좋지 않은 예감이 들었다.

「어이어이, 다른 마장 기사와는 분위기가 너무 다르잖아.」

개인플레이가 눈에 띄었던 마장 기사지만, 저 집단은 통제가 잘 잡혀 있었다.

경계하는 브래드를 질크가 차분하게 달랬다.

「마장 기사군요. 하지만 이쪽은 대 마장용 장비가 갖추어져 있습니다. 걱정할 필요는 없습니다.」

마장 상대로도 충분히 싸울 수 있다고 확신하고 있는 질크의 의견은 틀리지는 않았다.

그래도, 브래드는 눈앞의 집단이 위협이라는 인식은 바꾸지 않았다.

「아니, 이번 녀석들은 엄청나게 성가실 거야.」

브래드의 목소리를 포착했는지, 마장 기사를 이끄는 대장기가 흥미를 느낀 듯하다.

「우리를 위협이라고 인식했습니까. 당신의 판단은 잘못되지 않았습니다.」

「그거 고맙네.」

「저는 후베르트. 후베르트 루오 하인입니다.」

「브래드 포우 필드다.」

서로 이름을 댄 건 다수를 상대하는 싸움을 선호한다는 공통점이 있었기 때문이리라.

자신들의 전투 스타일은 닮았다고 브래드는 감각으로 이해하고 있었다.

브래드가 랜스형 드론을 조종하여 후베르트의 마장 기사대를 경계했다.

「역시 나는 행운의 여신한테 사랑받고 있는 모양이야. 다른 녀석이 너를 상대했더라면 고전을 면치 못했을 테니까 말이지. 내가 여기에 남은 건 완전 정답이었어.」

브래드의 말투에 후베르트는 낙담한 모양이다.

「자만하는 건 상관없습니다만, 그 말투라면 저희를 이길 수 있다고 생각하는 것처럼 들리는군요.」

브래드는 콕핏 안에서 미소를 띠며 선언했다.

「이길 거야. 여하간 나는 운명에도 사랑받은 남자니까!」

「──자기애가 강한 분인 모양이군요.」

리코른 함교에서는 리비아한테 이변이 일어나고 있었다.

발한과 호흡이 흐트러지는 것에 더해, 괴로운지 가슴을 누르고 있었다.

"모, 목소리가."

리비아는 전장에서 들려오는 목소리를 한 몸에 받아내고 있었다.

리비아를 보조하는 크레아레가 필요 없는 정보는 사전에 빼내고 있다.

그래도, 목숨을 잃어 가는 병사들의 목소리가 들려온다.

"목소리가 점점 사라져 가. 죽고 싶지 않다고 소리치고 있는데도."

눈에 눈물을 띠고 괴로워하면서 버티는 리비아의 등을 안제가 어루만져 주고 있었다.

안제는 크레아레한테 험악한 시선을 향했다.

"어떻게든 안 되는 건가? 이래서는 리비아의 마음이 버티지 못한다."

『이래 보여도 위험한 정보는 상당히 커트하고 있다구.』

방대한 정보를 처리하고 있는 크레아레가 보기에, 리비아한테 전하는 정보는 제한된 편이리라.

리비아를 걱정한 안제가 이 이상은 무리라고 생각한 모양이다.

"잠깐이면 되니까 쉬게 해라."

『갑자기 통신이 끊기면 아군은 대혼란에 빠질 거야.』

"그, 그건."

안제의 시선이 갈피를 잡지 못하고 헤매었다.

리비아를 쉬게 해주고 싶지만, 그렇게 하면 아군이 대혼란에 빠지고 만다.

현재는 왕국군에 불리한 상황이 계속되고 있어서, 그걸 더욱 악화시키는 건 안제로서도 본의는 아니리라.

고민하는 안제를 보고 리비아는 미소 지어 보였다.

"고마워요, 안제. 하지만 여기서 힘내지 않으면, 리온 씨의 도움이 되지 않아요. 그러니까 저는 이대로 계속하겠어요."

눈물을 흘리며 버티고 있는 리비아는 언제 쓰러져도 이상하지 않은 상황이었다.

마리에는 창밖으로 보이는 아르카디아를 보고 있었다.

"성공하는 거겠지, 오빠들?"

이 자리에 있는 전원이 리온 일행이 무사히 돌아와 줬으면 좋겠다고 바라고 있었다.

그러자 갑자기 허공에 홀로그램이 출현했다.

떠오른 화면에는 길버트의 버스트 숏 영상이 비치고 있었다.

심각한 표정을 짓고 있었다.

「지금부터 내가 후방 함대를 이끌고 앞으로 나가겠다.」

후방에 있던 길버트가 앞으로 나가겠다고 말하여, 안제는 가볍게 혼란에 빠졌다.

"오, 오라버니?"

「뭘 멍하게 있지? 아버지의 비행 전함은 이미 침몰했다. 누군가가 앞으로 나가서 지휘할 필요가 있다. 이대로 공화국과 판오스 가문에 기댈 생각이냐?」

"아, 아니요."

빈스에 이어 오빠인 길버트까지 앞으로 나가면, 오빠도 더는 돌아오지 않을지도 모른다.

그런 생각이 뇌리를 스치자, 안제는 결단하지 못하고 있었다.

그런 안제를 길버트가 질책했다.

「인제 와서 갈팡질팡하지 마라! 이건 네가 선택한 길이다.」

"——네. 무운을 빌겠습니다."

「그래. 그거면 된다.」

길버트가 미소 짓자, 창밖을 보고 있던 카라가 외쳤다.

"아군이 앞으로 나가고 있어요!"

리코른 옆을 지나쳐 가는 건 길버트가 탄 비행 전함이었다.

후방에 있던 비행 전함을 규합하여 지금부터 아군을 구조하면서 제국군과 싸우는 것이리라.

길버트의 비행 전함 뒤를 왕국군의 비행 전함이 뒤따라갔다.

전위 함대를 공격하는 제국군을 향해 공격을 개시했다.

길버트가 안제한테 부탁했다.

「내가 죽으면 레드글레이브 가문의 후계자가 되어 주길 부탁한다. 네 아이한테 물려주는 것도 좋겠지.」

"!"

동요하는 안제한테, 길버트는 조금 슬픈 듯이 미소를 띠며 말했다.

「너에게는 우리를 희생해서라도, 나라를 지킬 의무가 있다. 그걸 잊지 마라.」

안제가 고개를 숙였다.

그리고 곧바로 고개를 들더니, 표정을 지운 냉정한 얼굴이 되어 있었다.

"레드글레이브 가문은 맡겨 주십시오. 반드시 지켜 보이겠습니다."

「그래야지, 내 여동생이다.」

왕국군은 이미 300척 가까이 침몰한 상태였다.

하지만 동시에 제국군도 큰 피해를 내고 있었다.

서로 물러날 수 없는 상황이었고, 전력을 아까워하고 있을 수 없었다.

이게 평범한 전쟁이라면 왕국이 패배를 인정하고 퇴각했을 상황이리라.

하지만 이곳에서의 패배는 죽음을 의미한다.

양쪽 군 모두 물러날 수 없는 것이다.

리비아는 가슴을 누르며 일어섰고, 앞을 봤다.

"저희도 앞으로 나가죠."

크레아레가 놀라고 있었다.

『리비아?! 노엘은 이제 한계라구?!』

성수의 힘으로 실드를 친 노엘이었으나, 완전히 지쳐서 한계인 모양이었다.

하지만 리비아가 앞으로 나가자고 말하자, 누워 있던 노엘이 일어서려 했다.

"또 내가 나설 차례야? 인기인은 곤란하네."

일어서려 했지만, 노엘은 몸이 움직이고 있지 않았다.

노엘을 부둥켜안은 유메리아가 울었다.

"노엘 님, 더는 안 돼요."

"하핫, 어째서 이럴 때 움직이지 않는 걸까."

분한 듯이 눈물을 흘리는 노엘에게 리비아가 미소를 향했다.

"감사합니다. 하지만 지금은 쉬고 계세요."

"올리비아?"

노엘은 고개를 들었지만, 리비아는 앞을 보고 있었다.

"리코른을 앞으로 내보내 주세요. 왕국의 여러분은 제가 지키겠어요."

리비아가 자신의 힘을 쓰겠다고 말하자, 크레아레가 제동을 걸었다.

『안 돼! 지금도 부하가 걸리고 있는데, 이 이상 무리를 했다간 리비아가 망가져 버려!』

"여기서 앞으로 나가지 않으면! ——저는 저 자신을 용서할 수 없게 돼요. 저한테는, 지금 여기가 힘내야만 하는 곳이에요. 그러니까!"

부하가 걸린 상태로 한층 더 무리하겠다는 말을 꺼냈다.

그런 리비아를 주위가 제지하려고 하는 가운데, 안제만은 달랐다.

"너도 리온을 닮기 시작했구나. 무리하는 점이 판박이야."

"안제?"

"네가 하겠다고 한다면, 나는 마지막까지 너와 함께하겠다."

안제는 시선을 움직여 함교에 있는 전원을 둘러본 뒤, 허리에 손을 대고 말했다.

"리코른을 앞으로 내보낸다. 내리고 싶은 사람은 지금 당장 탈출해라."

카라와 카일이 서로 얼굴을 마주 보고 있었지만, 마리에가 내리겠다고 말하지 않았기에 잠자코 남기로 한 모양이다.

노엘이 유메리아한테 부축받으며 괴로운 듯이 웃고 있었다.

"농담하지 마. 여기까지 와서 내릴 수 있겠어?"

유메리아도 작게 고개를 끄덕였다.

"저도 남겠어요. 노엘 님은 서포트가 필요하고, 무엇보다 카일도 남으니까요."

유메리아가 카일을 보며 미소 지었다.

하지만 카일은 복잡한 표정을 짓고 있었다.

엄마가 내렸으면 좋겠다고 바라면서도, 노엘의 보좌── 성수 제어에 빠질 수 없는 인물임을 알고 있다.

내리라고는 말할 수 없는 것이리라.

마리에는 성녀의 지팡이를 어깨에 둘러메고는, 안제와 리비아를 앞에 두고 당당하게 말했다.

"너희가 앞으로 나가겠다고 말하지 않았더라면, 내가 등을 걷어차서 돌격시켰을 거야."

가슴을 펴고 대답하는 마리에를 보고, 안제는 한순간 어안이 벙벙해진 뒤 미소 지었다.

그리고 슬쩍 마리에의 발언을 정정하는 짓궂음도 보여줬다.

"앞으로는 나가겠지만, 리코른으로 돌격할 거라고는 한 마디도 말하지 않았다."

"비, 비슷한 의미잖아!"

지적당한 마리에가 창피해져서 언성을 높였다.

주위는 웃으면서 그 모습을 보고 있었다.

◇

브래드와 같이 싸우는 질크는 라이플 스코프로 전장의 모습을 확인하고 있었다.

「후방의 함대를 앞으로 내보냈나요. 왕국 측이 궁지에 몰려 있군요.」

현재 상황은 왕국군에 불리하다는 걸 알고 있었다.

애초에 제국군 쪽이 통상 전력으로도 앞서고 있다.

어떻게든 싸울 수 있는 건 인공지능들의 도움이 있기 때문이다.

무인기들이 성가신 적을 상대하고 있기에, 왕국 측의 부담은 덜 한 상황이다.

하지만 그런 무인기들도 잇따라 격추되어 갔다.

적이 너무 많기 때문이다.

「저격수부터 먼저 처리해라!」

라이플로 적기를 노렸지만, 계속 쏴댄 덕분에 총신의 열이 한계에 달한 모양이다.

탄환은 적기의 어깨를 스쳤을 뿐이었다.

억지로 거리를 좁혀 오는 적기에, 질크는 라이플을 내던지고 권총으로 바꿔 들었다.

그대로 콕핏을 쏴서 꿰뚫고, 적기가 추락하는 모습을 보며 근처에 있던 무인기에 말을 걸었다.

「라이플 교환을 부탁합니다.」

아로간츠와 같은 컨테이너를 짊어지고 있던 무인기는 질크의 갑옷에 가까이 다가갔다.

그대로 컨테이너에서 꺼낸 라이플을 건넸다.

질크는 그걸 받아 들고 사격 자세를 취했다.

라이플에 부착된 스코프에서 갑옷으로 영상이 전송됐다.

확대된 영상을 보고, 질크는 호흡을 멈췄다.

방아쇠를 당기자, 이쪽을 향해 날아오고 있던 제국 갑옷 두 기가 한 발의 탄환에 꿰뚫려 추락했다.

두 기가 직선상으로 겹친 순간을 노린 것이다.

곧바로 다음 적을 찾아 마찬가지로 방아쇠를 당겨 나갔다.

"정말로 싫어지네요. 이렇게나 쉽게 생명이 사라져 가는 건."

수년 전, 자신은 기사가 되는 것이니까 전쟁 따위 두려워하지 않는다고 생각하고 있었다.

싸우기에 비로소 기사. 패배한다면 깨끗하게 죽어 주마, 라고.

하지만 이렇게 리온과 함께 몇 번이나 전장을 경험하고 깨닫게 되었다.

전쟁 따위 하는 게 아니군, 이라고.

그리고 얼마나 자신이 어리석었는지를.

"저는 서류 업무를 하는 편이 성격에 맞을 것 같습니다. 총은 사람이 아니라 표적을 노릴 때만으로 충분해요."

살아남으면, 이제 전쟁은 가능한 한 회피하는 길을 찾자고 생각했다.

다행히도, 다음 왕은 평화주의자다.

'아니, 평화주의자는 아니네요. 무른 성격일 뿐입니다.'

하지만 그런 왕도 싫지는 않다.

'부족한 부분은 신하가 보충한다. 그뿐인 일이니까 말이지요. 그러니, 저도 그도 이런 곳에서는 죽을 수 없습니다.'

몰려오는 적을 보고 도망치고자 하는 마음을 질타하고, 어떻게든 그 자리에 남아 자신의 역할을 다하고 있었다.

아르카디아 내부를 나아가는 우리였으나, 아무래도 루트는 틀리지 않았던 모양이다.

동력로를 지키기 위해 수많은 수비 부대가 배치되어 있다.

그런 수비 부대를 아로간츠로 강행돌파했다.

「방해다아아아!」

잇따라 적의 갑옷을 파괴하고, 그리고 돌진하자 넓은 공간으로 나왔다.

거기에서 기다리고 있던 건 마장을 두른 기사들이었다.

『마장 기사를 확인. 상당히 엄중한 경비군요.』

"루트가 잘못되지 않았다는 증거로군."

마장 기사의 리더라고 생각되는 남자가 우리를 앞에 두고 말했다.

「설마 정말로 여기까지 올 거라고는 생각지 않았다.」

「제법 엄중하게 지키고 있구만. 동력로는 너희들 뒤냐?」

「──우리를 얕보지 마라. 아르카디아 님이 준비해 주신 마장의 코어를 얻어, 새롭게 마장 기사가 된 우리한테 적은 없다!」

마장 기사들이 박쥐 같은 날개를 펼치고 각자가 다른 무기를 들었다.

「아르카디아 녀석, 마장의 코어까지 준비할 수 있는 거냐고.」

싫은 이야기를 듣고 말았다고 생각하고 있자, 루크시온이 곧바로 내 생각을 정정했다.

『브레이브 수준의 마장 기사는 준비할 수 없겠지요. 여기에 있는 건 핀의 열화판에 지나지 않습니다.』

마장 기사는 우리의 대화를 듣고 있었는지, 목소리에 분노가 배어 나왔다.

「우리를 모욕할 셈이냐! 우리는 아르카디아 님한테 인정받은 친위대라고!」

핀의 열화판이라는 말을 듣고 나는 안도하여 작은 한숨을 내쉬었다.

하지만 열화판이라도 마장 기사임에는 변함없다.

「조금 성가시군.」

여기서 시간을 들이고 있을 수 없는 나는 아로간츠로 공격 자세를 취했다.

곧바로 그렉과 율리우스 내 앞으로 나와 막았다.

「리온, 너는 조금 진정해라! 조금 전부터 너무 무리한다고.」

「보급을 받아라. 우리가 이 녀석의 상대를 하지.」

두 사람이 무기를 들고 자세를 취했지만, 이에 맞서는 마장 기사들은 30기나 있다.

그 뒤에 대기하고 있는 건 제국군의 통상 갑옷을 사용하는 수비대다.

큰 방패를 들고, 여기서부터는 통과시키지 않겠다는 의지가 느껴졌다.

지금의 둘이라면 어찌어찌 이길 수 있을 것 같은 느낌도 들지만—— 여기서 쓸데없는 시간을 쓰고 있을 수는 없다.

크리스와 브래드, 그리고 질크한테 너무 부담을 주고 싶지 않았다.

루크시온이 아르카디아의 주포가 발사될 시간이 왔다고 알려졌다.

『마스터, 적 주포의 발사 태세가 갖춰집니다. 너무 시간을 들이고 있으면 바깥에서 싸우고 있는 아군의 손해가 커집니다.』

"그렇군. ——루크시온, 강화약 투여를 부탁한다."

강화약 사용을 결단한 나한테 루크시온이 저항했다.

『?! 그건 안 됩니다! 허가할 수 없습니다!』

나한테 강화약을 쓰게 하고 싶지 않은 것이겠지만, 지금은 이 대화를 하는 시간도 낭비로 느껴졌다.

"루크시온—— 명령이다."

루크시온은 내 명령에는 거스를 수 없다.

『——예. 강화약을 투여합니다. 중화제 투여까지 남은 시간은 9분 58초입니다.』

등에 있는 백팩에서 바늘이 꽂혔고, 액체가 내 몸 안으로 들어왔다.

"커헉!"

급격히 온몸이 뜨거워지고 눈앞의 시야가 좁아지기 시작했다. 괴로워서 호흡도 할 수 없고 침이 흘렀다.

수 초가 몇십 초, 몇 분으로도 느껴지는 고통의 시간에 견디고 있자, 몸에 적응되었는지 괴로움에서 해방되어 몸이 가벼워졌다.

시야가 넓어진 것에 더해 고양감에 감싸여 뭐든지 할 수 있을 것 같은 느낌이 들었다.

온몸에 평소보다도 힘이 들어갔다.

심장이 평소보다도 강하게 고동치고 있는 느낌이 들었다.

나는 손으로 침을 닦고 율리우스와 그렉에게 말했다.

「둘 다, 물러나.」

「리온, 너 설마?!」

그렉을 밀어젖히고 앞으로 나서자, 친위대장이라 생각되는 마장 기사가 입을 열었다.

「귀축 기사가 몸소 우리를 상대하겠다는 것인가? 너의 목을 선물로 삼으면 아르카디아 님도 필시 기뻐하시겠지.」

마장이라는 힘을 받아 아르카디아한테 큰 은혜를 느끼고 있는 모양이다.

이 단계에서 황족의 이름이 나오지 않는데 친위대를 칭하는 건 좀 어떤가 싶었지만── 지금의 나는 흥미가 없었다.

"미안하지만, 너희 이야기에는 흥미 없어."

『아로간츠의 리미터를 해제합니다.』

루크시온이 아로간츠의 리미터를 해제했다.

리미터란 안전장치 같은 것이다.

아로간츠가 진심을 내서 움직이면 파일럿의 부담이 되기에 평소에는 제한을 두고 있다.

내가 아니더라도, 일반적인 파일럿이 리미터를 해제한 아로간츠에 타면 콕핏 안에서 대참사가 일어날 것이다.

하지만 강화약을 투여한 나라면 리미터를 해제한 아로간츠에도 버틸 수 있다.

그 정도로, 마리에가 나한테 전해 준 강화약의 효과는 매우 컸다.

아로간츠가 가속하여 마장 기사와의 거리를 좁혔다.

「뭣?!」

마장이 무기를 휘두르기 전에 아로간츠가 적의 머리를 붙잡고 그대로 꽉 쥐어 으스러트렸다.

오른손에 든 배틀 액스를 내려치자, 마장 기사가 깔끔하게 양단되었다.

강화약을 쓴 나라면 아로간츠의 압도적인 파워를 완전하게 제어할 수 있었다.

「──미안하지만 시간이 없다고.」

서서히 주위의 움직임이 느릿하게 보이기 시작했다.

당황한 적이 검을 뽑아 이쪽을 향해 달려들었지만, 그 공격을 종이 한 장 차이로 피한 아로간츠가 손바닥을 마장 기사에 갖다 댔다.

적도 재빨리 공격해 왔을 셈이었겠지만, 나한테는 적의 움직임이 슬로우 모션으로 보였다.

"해라."

『임팩트.』

두 기째가 폭발하자, 친위대 마장 기사가 아로간츠한테 떼로 달려들었다.

무기를 내려치고, 마법을 쏘며 아로간츠를 포위하여 공격하려

했다.

배틀 액스를 휘둘러 적을 베어 갈랐다.

루크시온이 모니터에 중화제 투여까지의 타임 리미트를 표시하고 있는데, 디지털 숫자가 천천히 움직이고 있는 것으로밖에 보이지 않았다.

"마리에, 네 덕분에 나는 목적을 달성할 수 있다고."

적 입장에서 보면 아로간츠가 갑자기 고속으로 움직이고 있는 것처럼 보이는 걸까?

일방적으로 친위대를 도륙하고 있던 나였으나, 어느샌가 조종간을 꽉 잡고 있었다.

끼긱끼긱, 하는 소리가 날 정도로.

그리고 위화감이 있었다.

"눈물?"

어째서인지 눈물이 흘렸다는 생각이 들어 손가락으로 만졌더니, 그건 눈에서 흐르는 피였다.

이만큼 강력한 효과를 발휘하는 약이니까 당연히 몸에 가해지는 부담은 클 터다.

깨닫고 보니 적을 쓰러뜨리는 데 너무 집중해서 타임 리미트가 임박한 걸 알아차리지 못하고 있었다.

『마스터, 중화제를!』

루크시온의 목소리로 정신을 되찾은 나는 주위를 보고 중얼거렸다.

"아아── 끝난 건가."

깨닫고 보니 아로간츠 한 기만으로 마장 기사뿐만 아니라 수비
대까지 글자 그대로 전멸시켜 버린 상태였다.

⭐제12장 「가면의 기사들」

전투가 끝난 광경을 보고 율리우스는 놀라서 눈을 크게 떴다.

적기의 잔해에 감싸인 아로간츠가 아무런 상처 없이 그곳에 서 있었다.

율리우스한테는 그 모습이 불길하게 보여서 어쩔 수가 없었다.

「리온, 너는 대체 뭘 한 거지?」

지금까지와는 명백히 다른 움직임을 한 아로간츠에, 율리우스는 좋지 않은 예감이 들어서 견딜 수 없었다.

그 예감이 잘못된 것이었으면 좋겠다고 강하게 바라고 있자, 아로간츠가 뒤돌아봤다.

「——아무것도. 그것보다, 조금 지쳤어. 조금 쉬게 해줘.」

조금 전까지 믿기지 않는 움직임을 보였던 아로간츠였으나, 지금은 움직이는 것도 가까스로인 상태다.

아니, 아로간츠가 아니라 리온한테 한계가 온 것이리라.

리온은 상당히 소모된 상태였다.

그렉이 쓸쓸함을 드러낸 목소리로 말했다.

「마리에의 약을 쓴 거냐.」

「약?! 어이, 정말로 그걸 쓴 건가?!」

강화약.

다양한 종류가 존재하지만, 이런 부류의 약에는 디메리트가 있다는 걸 율리우스도 알고 있었다.

신체능력이나 마력을 증강해 주는 편리한 약이지만, 효과가 커지면 몸에 가해지는 부담도 당연히 커진다.

또한 즉효성이 있는 약일수록 몸에 가해지는 부담은 크다.

조금 전까지의 아로간츠의 움직임을 보면, 리온이 효과가 크고 그러면서도 즉효성이 있는 강화약을 사용했다는 것은 명백했다.

그런 약을 리온한테 전해 준 것은 마리에다.

마리에가 리온한테 줘 버려서, 후회했던 그 강화약이다.

율리우스의 갑옷이 아로간츠의 어깨를 붙잡았다.

「그 강화약을 쓴 건가!? 어째서 그런 무모한 짓을 하는 거지!」

하지만 리온은 율리우스의 충고를 들을 생각이 없는 듯했다.

「시간이 없어. 얼른 전진하자고. 동력로를 파괴하지 않으면──이 싸움은 끝나지 않아. 게다가, 핀도 아직 나오지 않았고.」

율리우스는 솟구쳐 나온 식은땀을 손으로 닦았다.

「그 녀석은 지금의 너보다도 강하다는 말인가?」

핀이 얼마나 강한지는 율리우스도 들었지만, 지금의 리온한테 이길 수 있을 거라고는 생각되지 않았다.

리온이 괴로운 듯한 목소리로 대답했다.

「──그 녀석은 내가 상대하겠어.」

무모한 말을 하지 말라고 말하고 싶었지만, 리온이 이만큼 결의하고 있다면 율리우스로서는 막을 수가 없다.

'각오를 굳히고 있다고는 생각했지만, 이 정도일 줄이야――.'

리온이 이 정도까지로 각오하고 있을 거라고는 생각지 않아서, 율리우스는 자신이 잘못 보고 있었다고 후회했다.

그리고 갑옷으로 아로간츠를 밀면서 이동을 개시했다.

「너는 핀과 사이가 좋지 않나. 무리해서 싸울 필요는 없다. 나랑 그렉한테 맡겨라.」

둘이서 도저히 이길 수 있을 것 같진 않았지만, 그래도 리온과 핀이 싸우게 하는 건 피하고 싶었다.

그런 마음을 알아챘는지, 리온은 괴로운 듯이 웃었다.

「무리야. 서로 물러날 수 없고, 물러날 생각도 없어.」

「그런가.」

선두를 나아가는 그렉이 리온을 신경 쓰고 있었다.

동력로까지의 거리를 물었다.

「어이, 루크시온. 목적지는 아직 멀었냐?」

아르카디아 내부에 침입하고 나서 복잡하게 얽힌 통로를 나아가느라 시간을 빼앗기고 말았다.

예상보다도 시간이 너무 걸렸기에 그렉도 초조해하고 있는 것이리라.

리온의 상태에 더해 크리스와 브래드, 질크 세 사람에 대해서도 걱정하고 있는 모양이다.

『이 앞에 있습니다. 동력로로 추정되는 강력한 반응이 있으니 틀림없습니다.』

서서히 마소의 농도가 진해지고 있다.

미터기 종류들이 그것들을 나타내고 있어서, 이제야 겨우 목적지에 도착할 것 같다.

"동력로만 파괴하면 이 거대한 요새도 추락하는 거냐?"

『그건 틀림없습니다.』

그렉이 어두운 분위기를 날려 버리기 위해 일부러 쾌활하게 행동하기 시작했다.

「뭐야. 의외로 간단하잖냐. 이런 요새도 이기지 못하다니, 선조님들은 대체 뭘 하고 있었던 거냐고.」

그 의문에 답하는 루크시온은 그렉의 마음 씀씀이를 허사로 만들 정도로 냉정했다.

『아르카디아가 만전의 상태라면 저희는 이미 전부 죽었을 것입니다. 전혀 승부가 되지 않습니다.』

그렉은 미묘하다는 듯이 말했다.

「그, 그러냐.」

율리우스는 루크시온의 말을 듣고 조금 안도하고 있었다.

「만전의 상태라. 아르카디아를 한계까지 몰아넣은 선조님께 감사해야겠는걸, 그렉.」

「짓궂기는.」

루크시온은 아르카디아를 한계까지 몰아넣어 준 구인류 군인들에게 감사하고 있었다.

『아르카디아를 여기까지 몰아넣을 수 있었던 건 구인류 군인들

덕분입니다. 저희가 싸울 수 있는 건 그들의 분전이 있었기에 가능한 일이지요.』

그렉은 겸연쩍어하는 것 같으면서도 애써 쾌활하게 행동했다.

「그럼, 우리가 마무리를 지어서, 선조님들의 마음에 남아 있는 걱정거리를 해소해 줄까.」

그때, 율리우스가 후방에서 무언가가 접근하는 낌새를 알아차렸다.

율리우스는 아로간츠를 손에서 놓고, 그리고 방패를 들어 감싸는 것처럼 섰다.

「따라잡혔나.」

리온이 괴로워하면서도 친구가 있는지를 물었다.

"핀은 있어?"

해석을 끝낸 루크시온이 리온한테 대답했다.

『브레이브의 반응은 감지할 수 없었습니다. 하지만 적은 마장기사 집단이라고 예상됩니다.』

쫓아오는 적 중에 핀은 없었다.

하지만 성가시다는 점에는 변함이 없다.

그렉이 질크와 크리스, 브래드를 걱정했다.

「어이, 설마 그 녀석들은 돌파당한 거냐?!」

루크시온은 말을 흐렸다.

『다른 루트로 요새 안에 들어왔을 가능성도 있습니다. 적의 존재가 그들의 패배를 의미한다고는 현시점에서는 단언할 수 없습니다.』

대화하고 있는 사이에, 마장 기사들이 따라잡았다.

그 뒤에는 통상 부대의 갑옷을 거느리고 있다.

율리우스 일행을 발견함과 동시에 적이 발포했기에, 율리우스
가 아로간츠를 감쌌다.

율리우스는 방패를 들고 방어하며 적의 상태를 확인했다.

'마장 기사의 수가 많군. 게다가 갑옷의 수도 많다. 수비대는 아
닌 것 같다만, 바깥에서 데리고 온 건가?'

아로간츠를 힐끔 보니 리온의 움직임이 부자연스러웠다.

「루크시온, 리온은 싸울 수 있는 건가?」

『이미 중화제를 투여했습니다. 곧바로 회복하겠지만, 현재 상
황에서는 전투에 버틸 수 있을 거라고는 생각되지 않습니다.』

「그래도 회복은 하는 거군?」

『예.』

루크시온과의 대화로 율리우스는 각오를 굳히고 심호흡했다.

「그렇다면, 여기는 내가 남겠다.」

율리우스의 하얀 갑옷이 검을 뽑아 오른손으로 들자, 백팩에
고정된 대포 2문이 적에게 겨누어졌다.

율리우스의 갑옷은 캐논포를 짊어지고 있었는데, 루크시온이
만든 특별품이다.

발사한 에너지탄이 착탄하자 큰 폭발을 일으켰다.

「가라. 일부러 내가 남아 주는 거다.」

아직 완전히 회복되지 않은 리온이 율리우스의 행동에 놀라고 있었다.

「너는 왕자님이잖냐.」

그런 리온의 말을 듣고 율리우스는 자조했다.

「지금은 너의 가치가 나보다 더 높다. ──먼저 가라. 내가 너를 위해 시간을 벌어 주마.」

「혼자서 이만한 수를 상대할 수 있을 리가──.」

둘의 대화에 그렉이 끼어들었다.

「그러면 나도 남겠어! 율리우스만 남겨두는 게 걱정이라면, 나도 남아 주지.」

리온이 뭔가를 말하려 했지만, 율리우스는 아로간츠를 밀었다.

「가라! 시간이 없는 것이지?」

아로간츠가 등을 돌리더니, 리온은 아무 말도 하지 않고 앞으로 나아갔다.

「그거면 된다. 나머지는 너한테 맡기겠다, 리온.」

멀어져 가는 아로간츠의 뒷모습을 지켜보던 율리우스한테, 마장 기사 중 한 기가 달려들었다.

리온이 탄 아로간츠를 알아차리고, 이 이상 앞으로 보내서는 안 된다고 억지로 돌격해 온 것이리라.

율리우스는 그걸 방패로 막았다.

「미안하지만 통행금지다!」

「큭!! 귀축 기사의 덤 같은 녀석이 잘난 듯이!」

율리우스의 하얀 갑옷은 마장 기사를 강제로 튕겨냈다.

루크시온이 마련해 준 갑옷은 마장 기사와도 충분히 싸울 수 있었다.

「덤이라고 생각해서 얕봤다간 큰코다칠 거다.」

후방에서는 총격이 날아왔지만, 그걸 방패로 막으며 등에 있는 캐논포를 써서 응전했다.

또 한 기의 마장 기사가 달려들었지만, 옆에서 그렉이 창으로 꿰뚫었다.

「율리우스! 너무 전력으로 상대하면 나중에 힘 빠질 거라고!」

「쓸데없는 오지랖이다. 자, 다음이 온다!」

두 사람이 리온을 위해, 적의 증원을 막기 위한 싸움을 시작했다.

◇

핀은 미아를 데리고 사령실을 찾아와 있었다.

현재 상황에서는 사령부가 제일 안전하기 때문이다.

『공주니이이임! 무사하셔서 다행입니다! ──어이, 공주님의 자리를 준비해라.』

아니나 다를까, 미아가 오자 아르카디아는 울면서 기뻐했다.

사령부에 있는 바빠 보이는 병사들한테 명령하여 미아의 자리를 준비시키는 등 곤란한 요구를 하기 시작했다.

그런 아르카디아를 무시하고, 브레이브가 상황을 알렸다.

『파트너, 아로간츠가 동력로에 접근하고 있어. 아군은 격파당했거나 발이 묶여서 아로간츠를 막을 수 없어. 이대로라면 위험해.』

브레이브가 알려준 상황에 핀은 주먹을 꽉 쥐었다.

"그러냐."

험악한 표정을 지은 핀한테 미아가 안겨들었다.

"미아?"

놀라는 핀이었으나, 미아가 떨고 있다는 걸 알아차리자 살며시 끌어안았다.

"기사님, 부탁이에요. 부탁이니까―― 돌아와 주세요. 미아를 혼자 두지 말아요!"

울고 있는 미아의 머리를 핀은 다정하게 쓰다듬었다.

"괜찮아. 반드시 돌아올게."

"정말인가요?"

"그래, 정말이야. 그러니까, 여기서 기다리고 있어 줘."

브레이브도 미아를 안심시켰다.

『여기가 제일 안전하니까 말이지. 미아가 여기에 있으면 파트너도 걱정 없이 싸울 수 있다고.』

쾌활하게 행동하여 안심시키는 브레이브한테, 미아는 눈물을 머금은 눈동자를 향했다.

"브 군도 제대로 돌아와야 해. 없어지면 싫어."

『맡기라고! 아니 그보다, 브 군이라는 호칭은 어떻게 좀 안 돼? 파트너는 쿠로스케라고 부르고, 다들 브레이브라고 안 불러준단 말이지.』

삐치는 브레이브를 보고 핀은 우스워졌다.

"잘 어울리잖냐, 쿠로스케라는 이름."

미아도 미소 지었다.

"브 군이라는 이름, 귀엽다고 생각해."

『역시 너희의 감성은 이해할 수 없어.』

평소처럼 대화하며 안심했는지, 미아가 핀한테서 떨어졌다.

그리고 양손을 잡고, 기도하는 것처럼 핀을 올려다봤다.

"기사님, 무운을 빌게요."

핀은 미소 띤 얼굴로 답했다.

"——그래."

◇

아르카디아 외부에서도 움직임이 있었다.

「로이크 님, 물러나 주십시오!」

아군 갑옷에 제지당한 건 너덜너덜한 갑옷에 탄 로이크였다.

지금도 공격해 오는 몬스터와 제국 갑옷을 쓰러뜨리고 있다.

「여기서 내가 물러나서 어쩌자는 거냐!」

공화국군 갑옷 부대를 이끄는 로이크는 자신이 부대의 중핵임을 올바르게 이해하고 있었다.

그런 자신이 이 상황에서 물러나면, 공화국군 갑옷 부대가 무너질 것임을 알고 있었다.

「누님을 위해서라도 버티지 않으면 안 되잖냐. 게다가 우리는 그 사람한테 몇 번이나 도움을 받았단 말이다. 여기서 물러날 수 있을까 보냐.」

몇 번이나 리온한테 도움을 받았다.

그러니까, 은혜를 갚아야만 한다.

분전하는 로이크였으나, 갑옷이 먼저 한계에 달해 버렸다.

관절이 비명을 지르며, 공중에서 분해되고 말았다.

등에 있는 엔진 부분도 불을 뿜었다.

「이런 데서?!」

갑옷이 공중에서 분해되기 시작하자, 아군이 억지로 로이크를 물러나게 했다.

「로이크 님을 물러나게 해라!」

「알베르크 님께 연락을 서둘러라!」

「이제 무리하지 말아 주십시오!」

부하들한테 질책받으며 돌아가는 로이크는 자신이 빠져도 싸우는 공화국의 갑옷 부대를 보고 안도했다.

'뭐야, 하면 할 수 있잖아.'

◇

판오스 공작가의 비행 전함.

함교에 있는 헤르트뤼더는 분전하는 공화국군의 모습을 바라보고 있었다.

"문장에 의지하던 공화국치고는 제법 잘 버티는걸?"

근처에 있던 함장이 헤르트뤼더에게 제안했다.

"헤르트뤼더 님, 저희도 한계입니다. 왕국군이 앞으로 나왔으니, 이쯤에서 물러나도 될 것 같습니다."

왕국군 후방에 있던 함대가 앞으로 나옴으로써, 전황은 다소 나아졌다.

그래도 아직 방심할 수 있는 상황은 아니다.

헤르트뤼더는 함장의 의견을 물리쳤다.

"안 돼. 이 싸움에서 물러나는 건 허락하지 않겠어."

"하지만!"

"게다가, 도망쳐 봤자야."

도망쳐 봤자, 기다리고 있는 건 종족으로서의 죽음이다.

그 말을 채 끝내기 전에 아르카디아의 상태가 변했다.

요새가 주포를 쏘려고 준비를 시작하고 있었다.

함교에 있던 병사가 소리쳤다.

"적의 공격이 옵니다!"

헤르트뤼더도 여기까지인가, 하고 각오를 굳히자, 비행 전함 옆을 하얀 무언가가 스쳐 지나갔다.

"저건!"

외뿔이 특징적인 리코른이었다.

그 양옆에는 구인류가 남긴 우주선이 따르고 있다.

실드 특화로 개수된 우주선이 아르카디아의 주포를 막는 방패가 되었다.

완전히 막아내지 못하고 도중에 대파되자, 이번에는 리코른이 앞으로 나서서 아군을 지키는 것처럼 마법 장벽을 커튼처럼 전개했다.

적의 주포를 완전히 막아내고 있었다.

헤르트뤼더는 리코른을 보고는 어깨를 으쓱였다.

"왕가의 배보다 더 성가신 존재가 되었네."

한때 싸웠던 왕가의 배보다도 지금의 리코른을 더 적으로 돌리고 싶지 않다는 생각이 들었다.

하지만 지금은 아르카디아의 주포를 막아 주는 아군이다.

이 상황을 이용하기로 한 헤르트뤼더는 아군을 격려하며 분전을 촉구했다.

"모두의 분전을 기대하겠습니다. 여기서 판오스의 이름을 널리 떨치도록 하세요!"

판오스 가문한테는, 여기서 힘내야만 하는 이유도 많다.

장래 왕국 내에서의 입지에 영향을 주기 때문이다.

그걸 생각하면 안이하게 물러난다는 판단은 할 수 없다.

그리고 개인적인 이유도 있다.

'그 성녀님만큼은 지금도 싫어할 수 없단 말이지.'

『꺄아아아아! 내 리코른이이이이!』

주포의 일격을 어찌어찌 막아낸 리코른이었으나, 무사한 건 아니었다.

선내는 격렬하게 흔들렸고, 각 부분에 걸리는 부하에 크레아레가 비명을 질렀다.

성수의 어린나무에서 에너지를 얻고 있으니까, 방어막으로 막으면 문제없다는 단순한 이야기가 아니다.

양손으로 지팡이를 꽉 잡고 서 있는 마리에는 호흡이 거칠어져 있었다.

리비아뿐만이 아니라 마리에도 실드를 전개하는 역할을 맡고 있었다.

아니, 오히려 태반을 마리에가 맡고 있었다.

"마리에 씨."

걱정하는 리비아의 얼굴을 보고 마리에는 강한 척해 보였다.

"이 정도쯤은 괜찮아. 너는 힘을 온존해 두라구."

하지만 아르카디아에 가까이 다가가 주포의 일격을 막은 것이다.

그 부담은 상당한 것이어서, 마리에가 괴로워하고 있다는 걸 알아차린 카라가 초조해했다.

"마리에 님, 지치셨으면 쉬는 게 좋아요!"

상냥한 카라한테, 마리에는 미소를 향했다.

억지로 지어낸 미소이기 때문인지, 경련하고 있었다.

"괘, 괜찮아. 걱정하지 마."

카일이 물과 수건을 들고 왔다.

"주인님, 너무 무리하시면 쓰러지고 말아요."

"괘, 괜찮아. 이 정도로 쓰러질 만큼—— 나약하지 않으, 니까."

지팡이를 꽉 쥐고, 어찌어찌 서 있는 상태였다.

받아 든 물을 마시자, 주위에서 싸우고 있는 리온의 친구들 목소리가 들려왔다.

그들은 앞으로 나온 리코른을 지키기 위해 주위에 호위로서 전개하고 있었다.

「리코른에 적을 접근시키지 마!」

「노려서 쏘려고 하지 마라! 앞에 쏘면 싫어도 맞는다!」

「아아아악! 역시 폼 잡는다고 참전하는 게 아니었는데에에에! 리온, 이 바보오오오오!」

비명이 섞인 목소리다.

리온의 친구들이 다루는 비행선도 갑옷도, 루크시온이 건조한 만큼 성능이 좋다.

그리고 그들은 수년 전부터 그걸 다루고 있어서 숙련도 높다.

리온을 따라 싫어도 싸우게 되기를 몇 번—— 익숙해져 버린 것이리라.

하지만 그런 그들이 마리에한테는 믿음직하게 보였다.

마리에가 땀을 닦았다.

'오빠 친구도 힘내고 있네.'

리온이 학원에서 준비한 귀중한 전력은 이 중요한 싸움에서도 도움이 되고 있었다.

계약으로 속박된 관계라고는 들었지만, 마리에가 보기엔 그 이상의 무언가── 우정 같은 것이 느껴졌다.

하지만 그런 그들이 있어도 방심할 수 없는 상황이 계속되고 있다.

그들이 분발해도, 전력 차이는 쉽게는 줄어들지 않았다.

크레아레가 파란 눈을 빛냈다.

『칫! 돌파해 오는 녀석들이 있네.』

몬스터들도 위협으로 느꼈는지, 리코른에 무리 지어 몰려들기 시작했다.

아군이 리코른의 방패가 되기 위해 앞으로 나왔지만, 몬스터들은 아군 비행 전함을 무시하고 몰려왔다.

창밖에 20m를 넘는 몬스터가 육박하고 있었다.

안제와 크레아레한테 소리쳤다.

"요격은!"

『미안해. 조금 전의 대미지 때문에 무리야. 복구까지 앞으로 30초는 더 걸려. 아, 그래도 괜찮아. 실은 이럴 때를 위해서──.』

요격하기에는 늦었다 싶은 순간.

마리에는 눈을 크게 떴다.

"──어?"

육박해 오는 커다란 몬스터들이 검에 베여 양단되었다.

그대로 검은 여기가 되어 사라져 갔는데, 거기에 있던 건 두 기의 하얀 갑옷이었다.

갑옷의 모습은 율리우스의 기체와 닮았지만, 어레인지가 더해져 있었다.

머리에 가면을 단 듯한 장식이 준비되어 있었다.

그런 두 기의 하얀 갑옷이 리코른을 뒤돌아봤다.

「곤란에 빠진 모양이네, 레이디들.」

함내 모니터에는 하얀 갑옷의 파일럿이라 생각되는 인물들의 영상이 비쳤다.

둘 다 비슷한 가면을 쓰고 있었다.

안제가 무표정한 얼굴로 두 사람한테 말했다.

"뭘 하고 계신 겁니까?"

가면을 쓴 남자들은 각자 비슷한 포즈를 취했다.

마치 사전에 맞춘 것 아닐까? 하고 의심하고 싶어지는 솜씨다.

그리고 동시에 입을 열더니.

「나는 이름 없는 기사. 지금은 가면의 기사라고 불러 줬으면 하는군.」

「지금은 가면의 기사라고 칭해 두지.」

두 사람 다 율리우스와 비슷한 말을 하기 시작했다.

마리에는 몸의 힘이 빠져서, 무너져 내리듯이 주저앉았다.

'이 녀석들, 역시 부자지간이네!'

두 사람한테서 글러 먹은 분위기를 느끼고, 마리에는 핏줄의 무서움을 깨달았다.

가면의 기사들은 지금에서야 서로의 존재를 알아차렸다.

둘은 서로 마주 보고는 헐뜯어 댔다.

「네 녀석은 누구냐! 가면의 기사는 나라고!」

「그쪽이야말로 누구야! 밤을 새워 생각한 이 몸의 모습을 흉내 내고!」

아무래도 서로 상대의 정체를 눈치채지 못한 모양이지만, 그게 괜히 더 제삼자가 보기에는 뭐라 말하기 힘든 미묘한 기분이 들게 했다.

「센스 없는 가면을 쓰고서는 말이다!」

「지껄였겠다! 아레도 멋지다고 말해 준 가면을 모욕했겠다! 거기 똑바로 서라! 확 베어 주겠어!」

싸우기 시작한 두 사람이었으나 주위는 어처구니없다는 한숨을 내쉬고 있었다.

가면 기사의 정체는 롤랜드와 제이크였다.

지친 얼굴인 리비아가 두 사람한테 차갑게 쏘아붙였다.

"계속 방해할 거면 그냥 돌아가세요."

여성에게 차가운 대응을 당한 게 슬펐는지, 롤랜드가 노골적으로 당황했다.

「아, 아가씨? 그건 좀 매정한 것 아닐까?」

제이크는 아레 일편단심인지 리비아의 태도에도 굴하지 않았다.

271

「여기서 돌아가면 웃음거리가 되잖냐. 뭐, 됐다. 지금은 이 녀석과도 같이 싸워 주지. 이 몸의 다리를 붙잡지 마라, 가짜 가면의 기사.」

가짜 취급을 받은 롤랜드는 필사적으로 자신이 오리지널이라고 외쳤다.

「내가 진짜다! 나야말로 오리지널이다! 그것보다도, 목소리로 보건대 젊은 놈인가? 부모 얼굴이 보고 싶구나!」

부모 욕을 들은 게 용서할 수 없었는지 제이크가 받아쳤다.

「네 녀석이야말로, 언동으로 상상하건대 돼먹지 못한 어른인 거겠지? 아아, 대답하지 않아도 된다. 네가 돼먹지 못한 놈이라고 말하지 않아도 전해져 오니까 말이야.」

「이, 이 망할 꼬맹이가아아아.」

말다툼하는 두 사람을 무시하고 크레아레가 사정을 설명했다.

『실은 출발하기 전에 두 사람이 따로 상담하러 와서 말이야. 이번 전쟁에 나가고 싶다기에, 루크시온이 준비한 갑옷 예비기를 빌려줬어. 그건 그렇고, 부자가 모두 같은 모습을 하다니 흥미롭네.』

아무래도 가면 등의 차림새까지는 크레아레도 관여하지 않은 모양이다.

그런데도 부자가 모두 비슷한 모습을 하고 왔다.

마리에가 창밖에서 싸우고 있는 두 사람을 봤다.

"부모와 자식 관계란 무섭네."

율리우스도 같은 모습을 하는 걸 보면, 이 두 사람과 수준은 비슷하리라. 마리에는 슬퍼졌다.

★ 제15장 「버닝」

"으랴아아아!!"

요새 안의 넓은 공간에서 창을 휘두른 그렉은 잇따라 몰려오는 제국의 갑옷을 앞에 두고 숨을 헐떡이고 있었다.

「하아── 하아── 끝이 없구만.」

옆에서 싸우고 있는 율리우스도 그렉한테 동의했다.

그 목소리에서는 피로가 느껴졌다.

「제국도 필사적이군. 하지만 이 앞으로 보내줄 수는 없다.」

율리우스가 적을 보내주고 싶지 않은 이유가, 그렉은 왠지 모르게 짐작이 갔다.

「핀 때문이냐? 나는 리온이랑 녀석이 싸우게 하고 싶지 않았는데 말이지.」

친구였던 둘을 싸우게 하고 싶지 않았다.

하지만 율리우스는 막을 생각은 없는 듯하다.

오히려 두 사람이 싸우는 걸 긍정하고 있었다.

「리온이 싸우겠다고 각오를 굳혔잖나. 우리가 막는 건 눈치가 없는 짓이지.」

「──그렇구만.」

두 사람 뒤에 대기하는 무인기가, 등에 짊어진 컨테이너에서 교환할 무기를 꺼내고 있었다.

　그렉은 너덜너덜해진 창을 바닥에 꽂고는 새로운 창을 받아서 들었다.

　「좋아! 꽉꽉 오라―― 응?」

　창을 든 그렉이 본 것은 넓은 공간의 입구에 나타난 새로운 집단이었다.

　마장 기사들의 등장에 일반 갑옷에 탄 기사들이 술렁였다.

　마치 승리를 확신한 듯이 떠들고 있었다.

　율리우스도 위화감을 느낀 모양이다.

　「뭐지? 지금까지의 적과는 낌새가 다르다.」

　그렉의 시선은 화염을 날개처럼 펼친 마장 기사한테 못 박혀 있었다.

　할버드를 든 그 녀석은 마장 기사들을 거느리고 있다.

　주위 마장 기사들보다도 조금 더 커서, 딱 보기에도 강해 보였다.

　그리고 그 이상으로, 위압감이 뿜어져 나오고 있었다.

　무엇보다 이끄는 마장 기사들은 다친 상태였다.

　이곳에 오기까지 상당히 무리한 것이리라.

　그런데도 화염을 조종하는 마장 기사한테는 상처 하나 나 있지 않았다.

　「위험한 놈이 하나 있구만.」

　그렉이 중얼거리자, 화염을 조종하는 마장 기사가 지면에 내려

섰다.

「요새 안으로 들어온 각오는 인정해 주마. 하지만 너희는 여기서 죽어 줘야겠다.」

낮고 무거운 목소리는 역전의 강자를 연상케 했다.

그렉이 창을 들어 자세를 취한 순간에, 마장 기사가 할버드를 내리쳤다.

충격에 그렉이 탄 빨간 갑옷이 끼릭끼릭, 하고 소리를 냈다.

예리하고 무거운 일격에 그렉은 식은땀을 흘렸다.

하지만 상대는 그런 그렉한테 흥미를 보였다.

「이걸 막아내는가.」

「그렇게 놀랄 일인가?」

평정을 가장하고 마장 기사를 밀어내자, 상대는 물러나서 할버드를 쥐고 공격 자세를 취했다.

「군터다. 군터 루아 제발트! 제국 마장 기사 제2석이다!」

상대가 이름을 대자, 그렉도 답했다.

「그렉 포우 세버그. 네놈을 쓰러뜨릴 남자의 이름이다.」

가볍게 농담을 던졌지만, 군터는 신경 쓰는 기색이 없었다.

「위세가 좋은 녀석은 싫어하지 않는다. 하지만 이건 전쟁이다.」

군터의 부하 마장 기사들이 그렉을 포위하려고 했다.

「칫?!」

강적을 앞에 두고, 다른 마장 기사까지 상대할 여유가 없던 그렉은 초조함을 느꼈다.

그러자 율리우스가 그렉한테 다가가 등을 맞댔다.

「그렉. 지금까지의 녀석들과 달리 이 녀석들은 실력자다.」

「알고 있어. 그래서 말이다만, 율리우스. 상의할 게 있는데――
저 군터란 녀석은 나한테 맡겨 주지 않겠냐?」

「혼자서 상대할 생각인가?」

율리우스도 군터가 얼마나 강한지를 꿰뚫어 본 것이리라.

그래서, 그렉한테 다가가 둘이 함께 싸우려 했다.

하지만 이대로는 적한테 둘러싸여, 뜻하는 대로 싸우지 못한
채 지고 말 가능성이 높다.

「내 갑옷은 일대일에 강해. 그리고, 제2석이면 제국에서 버금
가는 기사라는 의미잖냐? 나한테 싸우게 해줘.」

그렉의 말투는 율리우스를 얕보고 있는 것처럼 받아들일 수도
있다.

하지만 율리우스는 그렉이 자신을 얕본 것이라고는 생각하고
있지 않았다.

「확실히, 만능형인 내 갑옷보다도 네가 승률은 높다.」

덤벼드는 마장 기사들을 상대하며, 두 사람은 대화했다.

율리우스는 그렉의 제안을 받아들였다.

「나머지는 맡겨 주실까.」

「――고맙다, 율리우스!」

그렉이 앞으로 뛰쳐나가자, 군터의 부하들이 달려들었다.

그걸 율리우스가 캐논포 포격으로 견제했다.

「너희의 상대는 이 나다!」

벗의 도움을 빌려 군터와의 거리를 좁힌 그렉은 창을 내찔렀다.

할버드로 그 공격을 막아낸 군터는 조금 어처구니없어하고 있었다.

「혼자서 나를 막을 생각인가? 너로는 무리다.」

그렉을 깔보는 듯한 발언이기는 했지만, 그건 사실이었다.

할버드를 휘두르는 군터는 그렉보다 실력도 경험도 위였다.

하지만 그렉도 물러날 수 없다.

「내 장점은 포기할 줄 모른다는 거다. 이길 수 없다는 말을 들으면 도전해 보고 싶어진다고!」

예리하게 창을 내찌르는 그렉에게, 군터도 위협이라고 느꼈는지 진지함이 늘었다.

「좋은 움직임이다. 너의 기량은 재능과 노력을 겸비한 자의 그것이다. 게다가, 너의 움직임을 쫓아올 수 있는 갑옷도 훌륭하다. 하나!」

그런 그렉의 갑옷을, 군터는 할버드를 한 번 휘두르는 것으로 강제로 날려 버렸다.

「큭?!」

날아간 그렉이었으나, 곧바로 창을 들었다.

그러지 않으면 다음에 날아올 군터의 공격을 막을 수 없기 때문이다.

강제로 날아가 버려 공중에 떠오른 그렉의 빨간 갑옷에, 군터의 마장 기사는 등에서 화염을 뿜어내며 다음 공격을 가했다.

「조종자의 실력도!」

「커헉!!」

군터가 끝까지 휘두른 할버드의 일격을 막아냈지만, 그렉의 갑옷은 쉽게 뒤로 날아가 버렸다.

「갑옷의 성능도!」

「?!」

잇따라 휘둘러지는 무거운 일격을 막아냈지만, 갑옷에서는 삐걱거리는 소리가 들려왔다.

「내가 더 위다!」

군터의 혼신의 일격에, 그렉의 갑옷은 뒤로 날아가 벽에 격돌했다.

그런 그렉의 모습을 보고 다른 마장 기사와 갑옷을 상대하던 율리우스가 외쳤다.

「그렉?! 정신 차려라, 그렉!!」

율리우스의 외침에 그렉은 양쪽 입가를 올리며 미소를 띠었다.

「걱정 마라, 율리우스. ──이 녀석은 내가 막겠다. 그러지 않으면 리온의 방해가 되고 마니까 말이지.」

이대로 군터를 리온이 있는 곳에 보내면, 작전이 실패할 가능성이 커진다.

그렉은 콕핏에 있는 레버에 손을 대고, 잠금 해제 트리거를 당긴 뒤 앞으로 밀어 넣었다.

콕핏 내부에 전자 음성이 경고를 내렸다.

『강제 과부하 상태로 이행합니다. 기체 폭발까지 앞으로 3분입니다.』

"하핫! 좋네. 3분이나 있으면 여유라고!!"

그렉이 한 건 빨간 갑옷에 탑재된 비장의 수를 사용한 것이다.

갑옷을 개수할 때, 그렉의 빨간 갑옷은 전력을 내면 기체가 폭주한다는 설명을 들었다.

폭주라고는 해도 날뛰는 건 내부 장치고, 짧은 시간만이라면 갑옷의 성능을 증가시킬 수 있었다.

그렉의 빨간 갑옷이 관절에서 화염을 분출했다.

그 모습에 군터도 위험을 감지한 듯하다.

「네 녀석, 뭘 한 거지?」

급격히 성능이 상승한 그렉의 빨간 갑옷은 이번에는 군터의 마장 기사를 날려 버렸다.

「뭘 했냐고? 비장의 수를 쓴 거다.」

「그 모습으로 보건대 심상치 않군. 설마, 내부를 폭주시킨 건가?!」

빨간 갑옷의 콕핏이 열을 띠기 시작했다.

그렉은 그걸 무시하고 군터의 마장 기사에 달려들었다.

「너를 리온이 있는 곳에 가게 할 바에야, 자폭해서라도 막아주마!!」

군터가 그렉한테서 거리를 벌리고자 물러났기에, 시간이 쓸데없이 소비되었다.

아무래도 시간 벌기를 하는 모양이다.

「도망치는 거냐, 2등 자식아!」

「그 꼴이라면 도망치기만 해도 내 승리니까. 초조해서 비장의 수를 허투루 쓴 네 패배다.」

그렉의 갑옷이 내부 에너지 폭주에 견디지 못하고, 서서히 붕괴하기 시작했다.

장갑에 균열이 가고, 관절 부분이 약간 녹기 시작했다.

「말했잖냐── 나는 포기할 줄 모른다고.」

그렉의 갑옷이 속도를 올려 군터한테 몸통 박치기를 했다.

창을 내찌르려고 했지만, 갑옷이 내뿜는 화염으로 흐물흐물하게 녹아 버렸다.

어쩔 수 없기에, 그렉은 군터를 잡았다.

붙잡힌 군터는 초조해하고 있는 모양이다.

「나를 자폭에 끌어들일 셈이냐?! 나는 원래라면 제1석──.」

「상관없어. 너를 이 앞으로 보내지는 않겠다!」

그렉의 갑옷이 빨갛게 빛나기 시작하는 가운데, 군터는 말했다.

「애송이가, 나한테 이겼다고 생각하고 있는 거라면 큰 잘못이다! 네가 이길 수 있었던 건 그 갑옷이 있었기에 가능했던 거다.」

「그래, 알고 있어. 내가 약하다는 건 누구보다도 나 자신이 제일 잘 알고 있다고. 그러니까, 강한 갑옷을 준비한 거잖냐.」

「──자신의 약함을 인정하다니, 깔끔한 남자군.」

이 상황에서 침착하게 있는 그렉의 각오를 알고서, 군터는 화염에 불타며 웃기 시작했다.

「애송이. 아니, 그렉! 자랑스러워해도 좋다. 이 나를! 제2석인 나를 이 자리에서 막은 건 큰 공적이다! 네 녀석 같은 적과 마지막으로 싸울 수 있어서 다행――.」

타임 리미트가 오자, 그렉의 갑옷은 군터를 끌어들인 채 폭발했다.

활활 타오르는 콕핏 안에서, 그렉은 제2석의 발을 묶는 데 성공했으면서도 분한 마음이 드러나는 얼굴을 하고 있었다.

조금만 더―― 리온이랑 다른 녀석들과 함께 싸우고 싶었다.

"아아, 젠장. 이걸로 끝이냐고. 리온―― 뒤는 맡겼다."

제14화

「사랑」

 그렉의 빨간 갑옷이 군터의 마장을 끌어들여 대폭발을 일으
켰다.
 넓은 공간에 폭풍이 발생했고, 제국군 갑옷이 날아갔다.
「그렉── 그렉!!」
 그렉의 갑옷은 녹아서 없어졌고, 남은 건 군터의 마장 일부뿐
이었다.
 주위는 군터가 진 것에 놀라고 있었다.
「군터 님이 졌어?!」
「거짓말이다. 그분이 진다니 있을 수 없는 일이야!」
「패배자의 후예 놈들이, 언제까지고 저항하고 말이다!!」
 격앙하는 마장 기사와 일어서는 갑옷들.
 율리우스는 그렉의 안부를 당장이라도 확인하고 싶었지만, 그
게 용납되는 상황이 아니었다.
 어금니를 꽉 깨물고 마음을 억누른 뒤, 자신의 역할을 다할 각
오를 굳혔다.
 "여기서 적을 보내주면, 그 넷의 각오를 헛되게 만들고 만다."
 살아남은 무인기들이 율리우스 곁에 오더니 무기를 들었다.
 제국군 갑옷도, 그리고 마장 기사들도 율리우스를 보고 있지

않았다.

「동력로로 간 귀축 기사를 쫓아라!」

「군터 님의 의지를 헛되게 만들지 마라!」

「하얀 갑옷은 무시해라!」

자신을 무시하고 앞으로 나아가려 하는 마장 기사들을 향해, 율리우스는 캐논포 포격을 퍼부었다.

그 포격은 마장 기사 중 한 기에 직격하여 바닥에 떨어뜨렸다.

율리우스를 위협이라고 생각했는지, 마장 기사들의 움직임이 변했다.

「이 녀석도 성가신 녀석인가.」

「여럿이서 같이 공격하면 된다.」

자신을 둘러싸는 마장 기사들을 향해 율리우스는 말했다.

「올 거라면 진심으로 와라. 지금의 나는 마리에를 향한 사랑을 위해—— 그리고 리온과의 우정을 위해 목숨을 버릴 각오가 되어 있다.」

그렇게 말하고는, 율리우스의 갑옷이 캐논포를 분리했다.

그리고 백팩에서 푸르스름한 화염이 분출됐다.

살짝 푸르스름하게 반짝이는 갑옷은 출력을 높이고 있었다.

그런 율리우스의 발언을, 제국 기사들은 놀리기 시작했다.

「뭐가 사랑이냐. 뭐가 우정이냐! 여기는 전장이다. 강한 녀석이 이기는 거라고!」

마장 기사는 배틀 액스를 들고 달려들었고, 율리우스는 마장 기사의 일격을 방패로 받아넘기고는 검을 찔러 그의 숨통을 끊었다.

율리우스의 움직임에 주위의 마장 기사들은 침묵하고 말았다.

강적이다, 라고 율리우스를 인정했기 때문이다.

「너희는 웃겠지만, 지금의 나는 진심이다. 사랑하는 사람의 소원으로 이곳에 있다. 친구를 돕고 싶으니까, 이곳에 있다!」

그렇게 말하면서, 율리우스는 과거의 자신을 떠올리고 자조했다.

리온과 처음으로 싸웠던 때—— 결투에서 참패했을 때다.

'나는 그때도 마리에를 향한 사랑을 외치고 있었지. 하지만 지금만큼 무게 있는 말은 아니었다.'

지금 이 자리에서, 사랑과 우정을 진심으로 외쳤다.

공격해 오는 마장 기사들은 연계를 취하고 있었다.

제국군 갑옷들이 마장 기사들을 원호했다.

총탄에 맞고, 마장 기사들한테 베이면서 율리우스는 싸우고 있었다.

하얗고 아름다운 갑옷의 장갑에 금이 가고, 볼품없는 모습으로 변해 갔다.

하지만, 그래도 율리우스는 날아다니는 마장 기사한테 달려들어 검을 꽂았다.

너덜너덜해지면서도 전의가 약해지지 않은 채 맞서는 하얀 갑옷의 모습에 마장 기사들도 겁을 먹기 시작했다.

그 모습을 보고 율리우스는 검을 치켜들었다.

「율리우스 라파 호르파트── 전 왕태자의 목숨을, 쉽게 빼앗을 수 있다고 생각하지 마라.」

마장 기사들이 일제히 율리우스한테 달려들었다.

일제히 하얀 갑옷에 무기를 찔렀다.

율리우스는 콕핏 안에서 웃었다.

「가까이 와줘서 감사하지.」

푸르스름한 화염이 기세를 더하더니, 출력이 한층 상승했다.

율리우스가 검을 휘두르자, 여러 명의 마장 기사들을 한꺼번에 베어 갈랐다.

마구 날뛰는 율리우스한테 마장 기사들이 쓰러져 갔다.

남은 마장 기사는 한 기뿐이었다.

푸르스름한 화염을 두르고 싸우는 그 모습에, 마지막 마장 기사가 갑옷들에 명령을 내렸다.

「녀석은 이제 한계다! 이대로 계속 쏴라!」

접근하지 말고 총격으로 쓰러뜨려라, 라고.

율리우스의 갑옷은 달려 나가더니 당장이라도 부서져 버릴 것 같이 금이 간 방패를 들었다.

총격을 받아 방패가 산산이 부서졌고, 분출되고 있던 푸르스름한 화염도 기세를 잃고 사라져 버렸다.

기체는 이미 한계를 맞이한 상태였고, 움직이는 것도 고작인 상태였다.

그래도 율리우스는 포기하지 않고 기체를 앞으로 움직였다.

「아직이다아아아!!」

남은 건 검 한 자루.

라이플을 든 적기들에 용감히 맞서 갔다.

그 귀기 어린 모습에 적도 압도당하고 있었다.

「빠, 빨리 쏴 죽여라!」

무정하게도 총탄의 비를 맞은 율리우스의 갑옷은 장갑이 꿰뚫리고 왼팔이 날아갔다.

「앞으로 조금만―― 조금만 더―― 나는 리온을 위해서――!!」

율리우스의 하얀 갑옷이 너덜너덜해진 검을 치켜들었고――
총탄에 꿰뚫린 검이 산산이 부서졌다.

요새 바깥에서는 브래드가 후베르트와 싸우고 있었다.

"큭――."

랜스형 드론과 루크시온이 남겨둔 무인기를 조작하는 브래드는 후베르트가 이끄는 마장 기사들한테 고전을 면치 못하고 있었다.

「제2소대는 물러나도록. 제5소대는 그대로 저격수를 상대하십시오. 제8소대는 적의 날아다니는 랜스 파괴를 우선해 주십시오.」

이미 랜스는 세 개가 파괴되었고 무인기도 몇 기를 잃었다.

'마장 기사들을 수족처럼 다루고 있어. 정말로 성가시기 짝이

없네.'

후베르트가 이끄는 마장 기사들 말인데, 실력 면으로는 빈말로라도 강하다고는 할 수 없었다.

하지만 후베르트가 지휘하면 이야기가 달라진다.

브래드한테 접근한 마장 기사가 그대로 검을 내리쳤다.

오른손에 든 랜스로 막아냈지만, 브래드의 갑옷은 밀리고 말았다.

상대는 혈기 왕성한 젊은 기사인 모양이다.

이 마장 기사만은 다른 마장 기사와의 연계가 나빠서, 이따금 무리해서 돌격해 왔기에 이질적이었다.

「아무래도 근접 전투는 서투른 모양이군!」

단지, 실력에 관해서 말하면 상대하고 있는 마장 기사 중에서 제일 강했다.

「너무 완벽하면 귀염성이 없으니까 말이지. 나한테도 하나 정도는 서투른 게 있는 거야.」

식은땀을 흘리면서도 브래드는 강한 척했다.

「개소리 지껄이기는!」

마장 기사가 그대로 브래드한테 마지막 일격을 가하려 했다.

브래드의 갑옷에 칼날이 닿으려 하기 직전, 질크가 마장 기사를 저격하는 데 성공했다.

탄환은 마장 기사의 왼팔을 스쳤지만, 마장용으로 준비된 탄환은 그들한테는 독이나 마찬가지다.

마장 기사의 왼팔은 팽창했고, 그리고 터져 날아갔다.

「크아아악?!」

절규하는 상대의 조종사를 후베르트가 물러나게 했다.

「라이머는 물러나십시오!」

라이머라 불린 마장 기사는 후베르트의 명령에 따라 물러났다.

「젠장.」

「요새 안으로 돌아가서 상처를 치료하세요. 여기는 저희만으로 충분합니다.」

라이머는 분한 듯이 퇴각했다.

그때, 질크한테 앙심이 담긴 말을 내뱉었다.

「녹색 갑옷—— 네놈만은 기억해 두겠다!」

후베르트의 지시가 중단된 순간에, 질크가 브래드의 무사를 확인했다.

「브래드 군, 이 이상은 무리입니다. 당신도 물러나 주세요!」

저격 중인 질크 쪽도 마장 기사들이 마크하고 있었다.

질크의 갑옷이 얼굴을 내밀면 마법을 발사해서 저격을 허용하지 않는다.

그런 상황에서 무리하여 저격한 탓에 질크의 갑옷은 적지 않은 대미지를 받았다.

남은 탄약도 적어 불안해졌는지, 질크는 같이 퇴각하자고 제안했다.

하지만 브래드는 물러날 수 없었다.

「후베르트를 쓰러뜨리지 않으면 물러날 수 없어. 게다가 상대도 나를 보낼 생각이 없는 모양이야.」

브래드의 말대로였다.

후베르트는 브래드를 경계하고 있다.

「당신 때문에 저는 부하들을 많이 잃었습니다. 이렇게까지 당하는 건 정말로 상정 밖이군요.」

고전을 면치 못하고 있던 브래드였으나, 그래도 마장 기사의 반수를 격파했다.

「이것 봐, 내가 너무 매력적이라서 상대가 보내주지 않는다고.」

「이런 때까지 농담을 하는 겁니까.」

브래드의 나르시시스트적인 모습에 질크는 어처구니없어하면서도 안도한 기색이었다.

아직 여유가 있다고 생각한 것이리라.

하지만 브래드한테 여유 따위 없다.

없지만, 그래도 평소의 언동을 그만두지 않는다.

「농담? 유감이네. 나는 언제나 진심이야.」

후베르트의 마장 기사들이 공격해 오는 와중에, 두 사람은 그래도 대화를 즐기고 있었다.

「당신한테는 정말로 어처구니가 없어지는군요. ──알겠습니다. 저도 마지막까지 어울리도록 하죠.」

브래드는 남은 랜스를 요령 좋게 조작했다.

수는 줄었지만, 그만큼 하나하나에 주의를 기울일 수 있었다.

날아다니는 랜스의 움직임은 더욱 세련되어졌다.

그건 후베르트도 느끼고 있었던 듯하다.

「이 상황에서 한층 강해지는 겁니까.」

마장 기사들한테 둘러싸여도 랜스가 뒤로 돌아가서 공격한다.

한 기, 또 한 기, 마장 기사들이 격파당해 추락했다.

「나를 얕보지 말라고!」

그렇게 수를 줄여 나가자, 후베르트의 부하들이 명령을 무시하고 움직이기 시작했다.

「너희들, 뭘 하고 있지?!」

언성을 높인 후베르트였으나, 마장 기사들은 멈추지 않았다.

질크를 견제하던 마장 기사들까지 가세하여 랜스와 무인기를 향해 달려들었다.

「뭐지?」

브래드는 부주의하게 접근한 마장 기사들한테 랜스를 겨누었다.

회전하는 랜스가 마장 기사를 꿰뚫으려 했지만── 마장 기사는 자신한테 꽂힌 랜스를 끌어안다시피 하며 억눌렀다.

「이 녀석들 설마?!」

깨달았을 때는 늦었다.

마장 기사들의 목적은 브래드를 맨몸으로 만드는 것이다.

「이것만 없으면, 후베르트 님이 너한테 질 일은 없다.」

「후베르트 님── 이 녀석들한테 마무리를!」

스스로를 희생한 부하들한테 후베르트는 노기가 강해졌다.

「누가 희생양이 되라고 명령했지?!」

호통을 치면서도, 부하들의 희생을 헛되게 하지 않기 위해, 후베르트는 검을 쥐고 브래드의 갑옷을 향해 다가왔다.

「뭐 이런 녀석들이 다 있어.」

후베르트를 위해서라면 목숨을 내던지는 마장 기사들한테, 브래드는 두려움과 동시에 존경심을 품고 있었다.

그만큼 후베르트가 부하들한테 존경받고 있었던 것이리라.

그런 후베르트의 부하도 세 명만 남게 되어, 브래드를 향해 다가왔다.

라이플을 내던진 질크가 바깥으로 뛰쳐나가서 남은 마장 기사들을 베고자 달려들었다.

「브래드 군, 조금만 버텨 주십시오!」

후베르트의 공격을 막으면서, 브래드는 생각했다.

'지휘 능력뿐만 아니라, 실력도 충분히 강하다니 정말로 성가시네.'

마장 기사들을 지휘할 뿐이었던 후베르트였으나, 약한 건 아니다.

오히려 부하들보다도 개인의 기량은 높다.

예리하게 찔러 오는 공격에, 브래드의 갑옷은 장갑이 깎여나갔다.

「역시 접근전은 서투른 모양이군요.」

「젠장!」

시야 한구석에서는 분전하는 질크가 마장 기사를 두 기나 격파하고 있었다.

브래드를 돕기 위해 무리하고 있는지, 질크의 갑옷은 왼팔을 잃은 상태였다.

「무리하기는. 안 어울려—— 질크.」

브래드도 이미 무기의 잔탄은 없고, 왼팔에 숨겨둔 무기도 쓸 수 없다.

남은 건 랜스 하나와 예비 단검 정도다.

후베르트도 그걸 간파하고 있어서, 일부러 접근해 온 것이리라.

「이걸로 끝내겠습니다.」

부하들의 원수라고는 말하지 않지만, 잃은 자들을 위해 자기 손으로 브래드를 죽이고자, 후베르트가 가속하여 거리를 좁혀 왔다.

브래드의 갑옷에 검을 꽂아 넣은 곳은, 콕핏이다.

「하핫, 훌륭하네.」

후베르트의 기세는 멈추지 않았고, 그대로 아르카디아 외벽에 격돌했다.

외벽에 꼬치처럼 꽂힌 건 브래드의 갑옷이었지만, 후베르트의 낌새가 이상했다.

「뭐가 훌륭하다는 겁니까—— 그건 이쪽이 할 대사입니다. 얕보고 있었던 건, 아무래도 제 쪽이었던—— 모양——이군요.」

후베르트의 마장 복부에는 단검이 박혀 있었다.

충돌했을 때 브래드가 꽂은 것이다.

후베르트의 마장이 천천히 추락했다.

「어때―― 나도―― 하면―― 할 수 있―― 다고. 이제, 검 실력이 서투르다는 말은 못 하게―― 할 거니까――.」

브래드가 말하지 않게 되었을 때, 나머지 한 기를 정리한 질크가 달려왔다.

「브래드 군?! 브래드――!!」

◇

루크시온이 자동 조종하는 아로간츠는 아르카디아의 동력로에 도착했다.

동력로는 요새 중심부에 기둥 같은 형태로 존재했다.

방도 거기에 맞춰 원기둥 모양을 하고 있었다.

그런 방에는 여러 통로가 연결되어 있어서, 벽에는 출입구가 여럿 있었다.

거대한 공간에 거대한 기둥.

기둥은 까맸고, 그리고 몇 줄기나 되는 빨간 라인이 혈관처럼 둘러쳐져 있다.

그것들이 고동치고 있는 것만 같이 약하게, 그리고 강하게 서로 번갈아 가며 발광을 되풀이하고 있었다.

발광하면서 천천히 회전하여, 마소를 방출하고 있었다.

그런 방을 통로에서 살펴본 루크시온은 연신 렌즈 안의 링을 움직여 동력로를 관찰했다.

『이것이 동력로—— 마소를 만들어 내는 장치입니까.』

　구인류가 오랫동안 도달하지 못했던 장소에 발을 들여놓을 수 있었지만, 루크시온한테는 그것보다도 신경 쓰이는 것이 있었다.

『마스터, 기분은 어떻습니까?』

　중화제가 투여된 리온의 안색은 좋지 못했다.

"최악이야."

　즉답하는 리온한테서는 땀이 솟구쳐 나오고 있었다.

　강화약을 사용한 탓에, 몸에 상당한 부담이 가해졌다.

　중화제가 없었더라면 지금쯤은 대화도 하지 못했을 것이다.

『조금 전까지만 해도 의식이 몽롱했으니, 그걸 생각하면 충분하군요.』

"아아, 덕분에 중요한 상황에 늦지 않을 수 있었어."

　리온이 조종간을 꽉 잡자, 아로간츠는 컨테이너를 개방하여 미사일을 발사했다.

　뒤에서 대기하던 무인기들도 마찬가지로 공격을 개시하자, 동력로는 자동적으로 마법 장벽을 전개하여 공격을 방어했다.

　리온이 괴로운 듯이 미간을 찡그렸다.

"쉽게는 끝내 주지 않나."

『접근해서 공격하는 것을 제안합니다. ——죄송하지만 조금만 더 힘내 주십시오. 마소의 영향으로 최소한으로밖에 마스터를 서포트할 수가 없습니다.』

원래라면 조종을 대신하고 싶지만, 루크시온 본체는 바닷속에 있다.

마소의 영향도 강해서, 통신을 유지하는 것만으로도 고작이었다.

주 조종은 리온한테 의지할 수밖에 없었다.

마법 장벽을 돌파해서 공격을 가하면 충분히 파괴할 수 있다고 루크시온은 확신하고 있었다.

상당히 강고하게 만들어져 있기는 하지만, 아로간츠로 직접 공격을 박아 넣으면 그걸로 끝이었다.

"——미사일도 다 썼어. 먼저 컨테이너를 교체한다."

『알겠습니다.』

무기를 다 썼기에 리온은 컨테이너를 교환하기 위해 뒤돌아봤다.

아로간츠는 컨테이너를 분리하고, 받아 드는 자세에 들어갔다.

무인기 중 한 기가 앞으로 나오더니 자신의 컨테이너를 아로간츠에 건네려고 했다.

그 타이밍에, 루크시온은 급접근하는 적기를 확인했다.

『마스터, 적입니다! 긴급회피!!』

"——왔나."

무인기들은 습격자의 공격에 노출되어 그대로 폭발했다.

전부 파괴된 건 아니기에 컨테이너 교환은 가능하다.

하지만 상대가 좋지 못했다.

루크시온도 많이 들어 익숙한 목소리가 났다.

「오랜만이군.」

원기둥 형상의 방—— 천장에서 내려온 건 브레이브였다.

다른 마장보다도 배는 크고, 자전(紫電)을 두르고 있었다.

파직파직하고 방전시키고 있는 건 조종자인 핀이 진심이란 뜻이다.

괴로워하던 리온이 미소를 띠었다.

"만나고 싶었다고, 핀!"

그렇게 말하며, 리온은 전속력으로 물러나 백팩을 받아 들려고 했다.

핀의 브레이브와 싸운다면 무장은 필요하다.

하지만 이 상황에서는 컨테이너를 장비하는 건 어려웠다.

무엇보다도, 리온이 뭘 하려 하고 있는지, 핀은 눈치채고 있었다.

「나도다.」

괴로운 듯이, 그리고 슬픈 듯이 핀은 말을 쥐어짜 냈다.

무인기들이 아로간츠에 백팩을 건네려 하자, 핀이 그걸 방해했다.

전격을 발사하여 무인기들을 파괴하고, 무장을 건네지 못하도록 했다.

「방해하기는!」

리온이 짜증을 냈지만, 핀은 냉정했다.

「너를 상대로 대충 할 생각은 없다. 미안하지만 나는── 질 수 없다!」

육박해 오는 핀의 브레이브에, 루크시온은 재빨리 연산했다.

『마스터, 준비되었습니다.』

"내 파트너도 의지가 되는구만."

『당연합니다. 브레이브와 비교하지 마십시오.』

둘의 대화를 들었는지, 브레이브가 격노했다.

『내가 더 의지가 된다고!』

리온은 이대로는 컨테이너를 받을 수 없다고 판단하고, 무인기들에 지시를 내렸다.

무인기들은 컨테이너 해치를 열고는 거기서 미사일을 발사했다.

「먹여 버려!」

리온의 말을 신호로, 컨테이너에서 잇따라 미사일이 발사되었다.

무인기들이 든 총화기도 불을 뿜었고, 이 자리에서 전부 다 쏴 버릴 것 같은 기세였다.

동력로로 이어지는 통로는 넓게 만들어져 있지만, 그래도 갑옷과 마장이 전투하기에는 좁다.

대량의 미사일을 앞에 두고, 도망칠 곳이 없는 브레이브는 펼친 날개를 자신의 앞으로 가지고 왔다.

날개를 방패 대신으로 삼더니, 그대로 미사일 공격을 막아내고 날아가 버렸다.

그 틈을 찔러 아로간츠는 브레이브 옆을 스쳐 지나갔다.

바닥에 나뒹구는 건 무인기들이 방출한 아로간츠의 무기였다.

그중에서 바닥에 꽂혀 있던 배틀 액스를 줍고는, 아로간츠는 동력로로 향했다.

하지만 핀이 보내줄 리도 없다.

「그 정도로 어떻게든 될 것 같았나, 리온?!」

핀이 뒤돌아서 검을 내리치자, 배틀 액스로 막아낸 리온은 그 자세를 유지했다.

「어떻게든 할 거다! 루크시온!」

『네, 마스터.』

리온이 이름을 부른 것만으로도, 루크시온은 무엇을 해야만 할 지를 이해했다.

살아남은 무인기 중 한 기가 라이플을 겨누고 있었다.

그대로 브레이브를 저격시켰고, 꿰뚫지는 못했지만, 자세를 무너뜨리는 데는 성공했다.

『아얏?!』

브레이브가 비명 치자, 루크시온의 전자 음성이 씁쓸하게 말했다.

『이 공격으로도 꿰뚫지 못하는 겁니까.』

다른 마장이라면 이 일격으로 끝났을 것이다.

그걸 브레이브는 아프다는 정도로 그쳐 버렸다.

브레이브를 위협이라고 판단했던 루크시온이었으나, 자신의 평가가 잘못되었음을 통감하게 됐다.

브레이브는 자신을 저격한 무인기에 전격을 발사하여 파괴하고, 아로간츠한테 얼굴을 향했다.

브레이브의 눈이 아로간츠를—— 리온과 루크시온을 노려봤다.

루크시온은 기회를 놓친 것을 분해하고 있었다.

『——죄송합니다, 마스터. 모처럼의 기회였는데, 브레이브를 끝장내지 못했습니다.』

하지만 리온은 그다지 신경 쓰는 기색이 없다.

이걸로 끝날 거라고는 생각하고 있지 않았던 모양이다.

"이 정도로 끝날 일이었으면 애초에 고생하지 않았을 거니까, 신경 쓰지 말라고. 자 그럼, 이제 어쩐다."

브레이브는 롱소드를 내리치며 공격해 왔다.

아로간츠는 배틀 액스 한 자루로 맞서며 브레이브의 공격을 받아넘겼다.

하지만 칼날끼리 서로 부딪칠 때마다, 배틀 액스는 대미지가 축적되어 날의 이가 빠지고, 부서져서 너덜너덜해졌다.

「리온, 여기서 끝내겠다!」

핀이 그렇게 말한 것과 동시에 롱소드에서 방전이 발생했다.

전격을 두른 칼날은 빛의 검이 되었다.

아로간츠는 뒤로 물러나 내리쳐진 검을 피했지만, 전격이 주위에 퍼졌다.

검을 피해도 전격을 맞은 아로간츠였으나, 브레이브와의 싸움에서 상정되는 마법(특히 전격 마법)에 대한 대책은 몇 중으로 되어 있었다.

그 정도로까지 엄중한 아로간츠의 장갑을 살짝이라고는 해도 태울 정도로, 지금의 일격은 강력했다.

루크시온은 후퇴를 진언했다.

『이 이상은 위험합니다. 거리를 벌리지요.』

하지만 리온은 부정적이었다.

"등을 보였다간 베일 거다. 그것보다, 이대로 승부다."

리온은 배틀 액스를 내던지고, 맨손인 아로간츠로 브레이브를 상대하게 했다.

◇

무기를 내던진 아로간츠를 보고 핀은 경계하고 있었다.

"발버둥인가?"

포기하지 못하고 발버둥 치고 있는 것뿐이라고 생각하면서도, 상대가 리온이라는 점을 생각하면 경계하고 만다.

실제로 브레이브는 몹시 경계하고 있었다.

『지금의 일격으로 장갑을 약간 태웠을 뿐이라니—— 파트너, 지금의 아로간츠는 우리한테는 상성 최악이라고.』

브레이브도 지금의 공격에는 자신이 있었다.

그런데도 아로간츠에는 통하는 것처럼은 보이지 않았다.

확실하게 끝장을 내는 건 무리여도, 나름 대미지를 줄 수 있다고 상정했다.

그 상정이 뒤집혀 버린 브레이브는 핀한테 사과했다.

『미안, 파트너. 나 때문이야. 저 녀석들을 얕보고 있었어.』

"신경 쓰지 마라. 원래부터 쉽게 끝날 거라고는 생각지 않았다."

롱소드에는 마력으로 만들어진 전격이 깃든 채다.

무리한 느낌이기는 하지만, 핀은 이대로 아로간츠를 공격하기로 했다.

"일격으로 끝나지 않는다면, 끝날 때까지 계속 벤다!"

날개를 펼치고 가속한 브레이브는 아로간츠한테 몸통 박치기를 할 기세로 접근했다.

내리쳐진 롱소드가 아로간츠를 베었지만, 핀은 놀라서 눈을 크게 떴다.

"단단하다?!"

『이 자식! 추가 장갑으로 완전 딱딱하게 방어하고 있어!!』

아로간츠에 달린 추가 장갑이 롱소드의 일격을 막아냈다.

그리고 아로간츠는 양팔을 앞으로 내밀었다.

핀은 곧바로 아로간츠한테서 수 미터 거리를 벌렸다.

「특기인 충격파인가? 하지만 유효 사정 거리는 간파하고 있다!」

충격파를 상대한테 때려 박는 리온과 루크시온의 필살기 말인데, 핀은 그 약점을 간파하고 있었다.

상대와 접촉하지 않으면 위력이 격감한다는 것.

하지만 아로간츠는 그대로──.

『임팩트!』

충격파를 발생시켰다.

거리를 벌리면 괜찮다고 생각했던 핀이었으나, 다음 순간에는 충격파가 핀을 덮쳤다.

「커헉?!」

내장이 뒤흔들리는 충격을 받으면서 뒤로 날아가 버렸다.

아로간츠를 보니 흉부에 설치된 추가 장갑이 냉각 장치를 기동하여 연기를 배출하고 있었다.

브레이브는 눈치챈 모양이다.

『충격파의 위력을 올린 건가. 하지만 저런 걸 몇 발이나 쏠 수 있을 리가 없어.』

실제로 아로간츠의 추가 장갑은 파직파직, 하고 방전하여 한계를 맞이하고 있다.

"비장의 수를 쓸 때를 잘못 골랐군."

지금의 공격으로 자신을 끝장내지 못한 리온한테, 핀은 승리의 기쁨과 공허함을 동시에 느끼고 있었다.

미아와, 그리고 이전 생의 어렴풋한 여동생의 얼굴을 떠올리며 기합을 넣고 아로간츠한테 돌진하려고 했다.

그때, 아로간츠의 추가 장갑이 분리되고 연기가 주위에 발생했다.

"뭐지? ——연막인가?!"

시야가 차단당하고 말았지만, 핀은 그다지 당황하지 않았다.

마소를 다루는 건 마법 생물인 브레이브의 특기였고, 마소 농도가 높은 상태는 자신들한테 유리하다는 걸 알고 있었기 때문이다.

아무리 시야가 막혀도 아로간츠의 위치는 알 수 있다.

하지만 브레이브가 곤혹스러워했다.

『평범한 연막이 아니야! 저 녀석들 뭔가 섞어서, 이쪽의 레이더가——.』

정말로 한순간. 딱 한순간, 핀과 브레이브는 시야에서 아로간츠를 놓쳤다.

◇

연막을 방출한 루크시온은 마법 생물의 레이더가 일시적으로 저해된 것을 확인했다.

『아무래도 효과는 있었던 모양이군요.』

"덕분에 살았다고."

성공할 가능성을 믿고 준비한 연막은 마법 생물들의 레이더를 저해하는 효과도 있었다.

문제는 한 번도 시험하지 않아서 효과가 나올지 어떨지 불명했다는 점이다.

『매우 위험한 도박이었습니다.』

"이기면 되는 거야."

추가 장갑을 분리한 아로간츠는 이미 대부분의 무기를 잃었다.

하지만 이 상태가 된 건 둘에게는 예정대로다.

루크시온은 후방을 주시했다.

『슈베르트, 옵니다.』

파괴된 무인기들의 잔해 속에서 백팩 중 하나인 슈베르트가 떠올라 날아왔다.

원래는 에어바이크라는 하늘을 나는 바이크였는데, 루크시온한테 마개조당해서 지금은 아로간츠의 백팩이 되어 있었다.

비행기 같은 모습을 한 슈베르트가 루크시온의 등에 접근하더니 합체하기 위해 속도를 낮췄다.

연막 안에서 감에 의지하여 돌격해 온 브레이브가 눈앞에 나타났다.

『하게 둘까 보냐!』

슈베르트와의 합체를 저지하고 싶은 것이리라.

하지만 정말로 딱 몇 초 늦었다.

슈베르트는 아로간츠의 등에 도킹을 끝마쳤다.

백팩의 제네레이터도 합쳐져, 아로간츠의 출력이 상승했다.

브레이브의 롱소드가 육박해 오는 와중에, 루크시온은 침착한 모습이었다.

『도킹 성공했습니다. 출력 상승. 언제든지 갈 수 있습니다.』

리온이 조종간을 밀었다.

"역시 마지막은 슈베르트가 나설 차례지!"

아로간츠의 트윈 아이가 빨갛게 빛났고, 돌격해 오는 브레이브 한테 그대로── 몸통 박치기를 먹였다.

양자가 부딪쳤지만, 서로 물러나지 않고 가속하여 팽팽히 맞버티고 있었다.

파워는 완전히 호각으로까지 나란해졌다.

"해 버려."

『예, 마스터.』

리온이 명령하자 슈베르트의 장갑 일부가 슬라이드하여 거기에 나란히 놓인 둥근 렌즈가 노출되었다.

거기서 발사된 건 푸른빛의 레이저였다.

발사된 레이저는 각도를 바꾸어 브레이브한테 직격했다.

표면이 타버린 브레이브가 소리쳤다.

『앗뜨거어어어!!』

장갑이 타서 소리 지르는 걸 듣고, 핀은 브레이브를 후퇴시켰다.

날개를 방패 대신으로 삼아 레이저 공격을 막았다.

그걸 본 리온은 등을 돌리더니 전속력으로 동력로 방향으로 돌진했다.

「네 상대를 하고 있을 정도로, 지금의 나는 한가하지 않다고.」

놓쳤다고 생각한 핀이 황급히 쫓아왔다.

「큭! 놓치지 않는다! ──아니?!」

날개를 펼치고, 가속하여 뒤쫓으려고 했다.

하지만 그런 브레이브한테 매달린 건 조금 전까지 쓰러져 있던 무인기들이었다.

어느샌가 브레이브 주위에 모여들어, 브레이브한테 매달려 아로간츠를 쫓아가지 못하게 했다.

「너와의 승부는 나중으로 미루겠어.」

리온은 땀을 흘리며, 아슬아슬한 상황에 핀한테서 거리를 벌렸다고 안도했다.

『마스터, 동력로 파괴를 우선하지요.』

"그럴 생각이야."

강화약을 사용한 리온은 중화제를 써도 괴로워하는 듯했다.

그만큼 약의 영향이 남아 있는 것이리라.

루크시온은 당장이라도 이 싸움을 끝내고 싶었다.

'동력로를 파괴하면, 이 무익한 싸움도 끝난다.'

하지만 후방에서 폭발음이 들려왔다.

브레이브가 매달리는 무인기들을 파괴한 것이리라.

루크시온이 재계산하자── 동력로를 파괴하기 전에 브레이브한테 따라잡힐 가능성이 커졌다.

『상정했던 것보다 빨라?!』

슈베르트를 얻음으로써 추진력은 늘어났지만, 그래도 저쪽은 현대 최강이라고 할 수 있는 마장 기사다.

무엇보다도, 브레이브는 과거의 전쟁에서 네임드였던 마장이다.

구인류와 신인류의 전쟁에서 살아남은 위험한 녀석이다.

'이대로는 브레이브가 아로간츠를 따라잡는다. 그렇게 되면 마스터가 다시 강화약을 사용할 가능성이 높아지고 만다.'

루크시온이 염려하고 있는 건 리온이 약을 사용하는 것뿐이다.

리온이 무사히 생환하는 것을 최우선으로 하고 있었다.

하지만 그런 루크시온의 소원도 허무하게, 브레이브가 뒤쫓아왔다.

「리이이이오오오온!」

루크시온은 곧바로 브레이브의 평가를 수정했다.

'여기에 와서 한층 가속했다? 마법 생물의 불안정함은 이해하기 어렵습니다.'

육박해 오는 브레이브를 알아챈 리온은 루크시온한테 태연하게 말했다.

"루크시온, 투약이다."

『! 허가할 수 없습니다. 처음 사용했을 때의 대미지가 아직 완전히 빠지지 않았습니다.』

거부할 이유를 찾아 말했지만, 리온한테는 통하지 않았다.

"명령이다. 해."

낮은 목소리로 명령을 받은 루크시온은 다시 리온한테 투약을 개시했다.

『——알겠습니다. 마스터.』

리온의 등에 있는 백팩에서 강화약이 투약되었다.

그것에 리온이 괴로워하는 걸 보고, 루크시온은 생각했다.

'이렇게나 빨리 두 번째를 쓰게 되다니. 나로서는 어떻게 해도 막을 수 없다.'

리온은 괴로움에서 해방되었지만, 처음 사용했을 때와는 낌새가 달랐다.

두 번째 투약에서는 곧바로 눈에서 피가 흘러나왔다.

'사용하는 간격이 너무 짧다. 이대로는 세 번째 투약에서 마스터의 몸이 견디지 못하게 된다.'

리온은 아로간츠를 뒤돌게 하고, 그대로 뒤로 날면서 브레이브를 공격했다.

레이저가 브레이브를 덮쳤지만, 핀도 그걸 솜씨 좋게 피했다.

완벽하게 피할 수 없는 공격은 브레이브도 맞아도 신경 쓰지 않기로 한 모양이다.

그것보다도 거리를 좁히는 것을 우선하고 있는 듯하다.

그 움직임을 보고 루크시온이 눈치챘다.

『──이상하군요. 조금 전과 움직임이 다릅니다.』

예상 이상의 성능을 보이는 브레이브였으나, 그 비밀은 둘의 대화로부터 판명되었다.

루크시온은 핀과 브레이브의 음성을 포착했다.

『너무 무리하지 마, 파트너!』

"여기서 무리하지 않고, 언제 무리하라는 거냐! 미아의 미래를 위해서라면, 이 정도쯤은!"

『하지만 말이야. 그런 강한 약을 쓰면 파트너의 몸이!』

둘의 대화를 듣고, 루크시온은 해답에 이르렀다.

──핀도 강화약을 쓴 것이다.

강화약을 사용한 핀은 브레이브의 성능을 한층 끌어내고 있었다.

리온은 핀이 자신과 같은 결론에 다다른 것을 그다지 환영하고 있지 않았다.

「──너도 도핑이냐.」

「──그러는 너도인가.」

서로 미래를 버리고, 지금, 이 순간에 전력을 모두 발휘하려 하고 있었다.

루크시온은 이 두 사람이 싸우게 된 것에 후회했다.

'과거의 일만 없었더라면── 구인류와 신인류의 싸움에 말려들지 않았더라면, 마스터는 친구와 싸우는 일도 없었을까요?'

그건, 자신이 리온의 부담이 되고 말았다는 후회였다.

통로를 빠져나와, 다시 아로간츠는 동력로가 있는 방으로 나왔다.

곧바로 슈베르트의 레이저로 공격했지만, 동력로는 마법 장벽을 펼쳐서 공격을 막아냈다.

"레이저로도 안 되나."

『──예. 하지만 접근해서 공격하는 건 어렵다고 판단합니다.』

브레이브가 아로간츠에 육박해 오고 있었다.

리온은 아로간츠로 슈베르트에서 대검을 뽑았다.

그렇게 서로의 검이 교차했다.

「파괴하게 두지 않겠다. 미아의 미래는── 누구도 빼앗게 두지 않아!」

　핀의 결의를 듣고 리온도 소리쳤다.

「이쪽도 네, 그렇습니까, 하고 물러날 수 있겠냐고!」

　리온한테도 에리카라는 이전 생의 조카 목숨이 걸려 있다.

　하지만 리온은 에리카의 이름을 꺼내지 않았다.

　리온이 싸우는 이유는 에리카만을 위해서는 아니기 때문이다.

　에리카만을 구하기 위해서라면, 리온은 에리카를 어딘가 안전한 장소에 이주시키고 끝냈을 것이다.

　그렇게 하지 않은 건, 앞으로 왕국에서 태어날 생명을 위해서다.

　평소에는 미움을 살 얄미운 말을 많이 하는 리온이지만, 루크시온은 알고 있었다.

　리온이 남들 이상으로 다정하다는 것을.

　도가 지나쳐 버리는 일도 많고, 때로는 잘못하기도 한다.

　그래도, 지금은 누군가를 위해 목숨을 걸고 싸우고 있었다.

　그런 리온을 용서할 수 없었고── 자신의 마스터라는 게 자랑스러웠다.

　'나는──.'

　이전의 루크시온이 원했던 것은 신인류를 모두 없애 줄 마스터였다.

　지금은 리온이 구인류의 후예를 위해 일어나 싸워 주고 있다.

루크시온의 소원은 이뤄져 가고 있었다.

'──마스터가 살기를 바랐을 뿐인데.'

하지만 그것이 루크시온한테는 무척 슬펐다.

아르카디아 바깥에서는 전황이 움직이고 있었다.

왕국군이 반격에 나서 제국군을 밀어내고 있었다.

그 이유는 적의 일부가 요새 내부로 돌아가 버렸기 때문이다.

리온 일행이 아르카디아 내부에 돌격함으로써 마장 기사라는 유력한 전력이 전장을 벗어나고 말았다.

자신들의 요새가 공격받고 있다는 초조함으로 인해, 제국군은 동요하여 갈팡질팡하고 있었다.

그 모습을 함교에서 보고 있던 길버트는 곧바로 주위 아군과 연계하여 제국군에 공세를 펼쳤다.

"이 기회를 놓치지 마라! 계속 밀어라!"

서로 전력으로 맞부딪쳐, 손실률은 터무니없는 숫자가 되어 있을 것이다.

이게 평범한 전쟁이라면 양국 모두 물러날 때를 잘못 판단한 어리석은 자들, 이라고 후세에 평가되었을 것이 틀림없다.

전선에서 지휘를 계속하는 길버트를 보고 함장이 초조해했다.

"길버트 님, 물러나 주십시오. 당신은 레드글레이브 가문의 후계자입니다. 빈스 님의 안부를 알 수 없는 지금, 살아남아 주시지 않으면 곤란합니다!"

그 의견을 들어도 길버트는 물러나지 않았다.

"여기서 도망치면 후세까지의 수치가 된다. 나한테 치욕을 당하라는 말인가?"

"견뎌야만 할 수치도 있습니다! 게다가, 지금은 아군이 우세합니다. 물러난다고 해서 수치는 되지 않습니다."

"수치 같은 건 표면상의 이유다. 이곳에서 도망치는 건 내 오기가 용납하지 않을 뿐이다."

"길버트 님."

함장이 설득을 포기하자, 비행 전함 근처를 두 기의 하얀 갑옷이 지나쳐 갔다.

몬스터들을 베어 쓰러뜨리는 모습은 실로 믿음직스러웠다.

갑옷 성능도 높은 것이겠지만, 두 조종사의 높은 기량도 눈에 띄었다.

하지만, 이다.

들려오는 대화는 전투 스타일처럼 세련되지는 않았다.

「이걸로 적을 쓰러뜨린 수는 내 승리로군!」

「이 몸의 사냥감을 가로채 놓고서 잘난 듯이 우쭐대지 마라!」

레드글레이브 가문 비행 전함은 개수를 받을 때 모니터가 설치되었다.

거기에 비친 건 이상한 가면을 쓴 남자 둘.

다만, 둘의 목소리를 들은 길버트는 그게 누구인지 짐작이 갔다.

이마를 누르고 무릎을 꿇었다.

당황한 함장이 길버트의 몸을 걱정했다.

"길버트 님?! 정신 차려 주십시오!!"

함장도 어렴풋이 눈치챈 것이리라.

길버트의 심정을 헤아리고 있는 듯하다.

"무, 문제없다. 그것보다도 함장—— 저 두 기를 노릴 수 있겠나?"

"예?"

길버트는 눈앞에서 옥신각신하면서 싸우고 있는 가면의 기사들을 무표정한 얼굴로 보고 있었다.

"한 발 정도라면 잘못 쏜 거라고 생각하지 않을까?"

"아니, 안 됩니다. 저래도 아군이지 말입니다?!"

길버트는 씁쓸한 표정을 짓고 있었다.

"알고 있다고! 하지만 말이다! 하지만?!"

'이런 곳에 나오다니, 대체 무슨 생각을 하고 계시는 것이지?'

두 사람의 목소리는 지금도 모니터에서 들려온다.

「너, 정말로 누구냐? 돌아가면 붙잡아 줄 테니까 말이다! 왕궁 지하 감옥에 처박아 줄 테니까 각오해 둬라!」

「네놈이야말로 이 몸한테 거스른 걸 후회하게 해주마! 반대로 지하 감옥에 처넣어 줄 테니까 그 후에 자신의 죄를 자각하라고.」

슬프게도, 가면의 기사들은 상대가 누구인지 눈치채지 못하고 있었다.

◇

아르카디아 동력로.

그곳에서 싸우는 상대는 나와 마찬가지로 도핑을 한 핀이었다.

서로 기체 성능을 전부 끌어내고 있는 상태.

성능적으로 말하자면—— 브레이브 쪽이 앞서고 있으려나?

"아로간츠가 이렇게까지 밀리다니, 흑기사 할아범 이후로 처음이군."

흑기사를 떠올렸다.

전 공국의 영웅으로, 방심했던 나를 철저하게 궁지로 몰아넣은 할아범이다.

그때의 경험이 없었다면 지금쯤은 핀한테 졌을 것이다.

그때 고전했던 덕분에 나는 싸우고 있다.

「동력로를 파괴하게 두지 않겠다!」

브레이브가 롱소드를 휘둘렀기에 그걸 막아냈으나, 파워에서 밀려 벽에 처박혔다.

아로간츠가 벽에 파묻히자, 브레이브의 양쪽 어깨에서 뿔 같은 돌기가 나타나 전격을 충전한 뒤 발사했다.

마력을 상당히 소모한 모양이지만, 근처에 동력로가 있기에 마소를 마음껏 흡수할 수 있는 것이리라.

전장은 핀한테 유리해져 있었다.

"루크시온!"

『장갑 표면에 실드를 전개합니다.』

발사된 전격을 막은 건 아로간츠의 표면에 전개된 얇은 마법 장벽이다.

추가 장갑을 분리했기에 브레이브의 지금 공격은 아로간츠한테 통하고 만다.

하지만 아로간츠는 무사해도 주위는 달랐다.

전격에 맞은 주위는 녹아 버리고, 폭발을 일으켰다.

그 자리에서 날아오르자, 브레이브가 롱소드를 내리쳤다.

벽을 크게 절단하는 위력에 오싹해졌다.

「나는── 너희한테는 질 수 없단 말이다!」

「그건 피차일반이잖냐!」

부주의하게 베고자 달려든 브레이브한테, 아로간츠가 왼팔을 뻗어 충격파를 발사했다.

직전에 브레이브가 회피해 버렸기 때문에 대미지는 들어가지 않았다.

하지만 거리를 만들 수 있었기에 충분하다.

이번에는 이쪽에서 공세를 펼쳤다.

옆으로 후려친 대검을 핀은 튕겨내고는 이쪽에 발차기를 먹였다.

「발 버릇이 나쁜 녀석이구만!」

「너한테 그런 말을 듣고 싶지는 않다!」

걷어차인 기세 그대로 뒤로 날아가면서 레이저를 쏘니, 표면이 타는 걸 무시하고 거리를 좁혀 왔다.

핀과 마찬가지로 브레이브도 흥분했는지, 대미지를 입어도 아파하지 않았다.

"이 이상 시간을 들이고 있을 수 있겠냐."

페달을 깊숙이 밟자, 슈베르트의 추력 가변 노즐이 좁아져 푸른 불꽃을 분출하며 아로간츠가 속도를 올렸다.

마찬가지로 브레이브도 속도를 높였다.

박쥐 같은 날개를 크게 날갯짓하고, 이쪽을 따라왔다.

그 날개를 노려 레이저를 쐈지만, 불타고 꿰뚫려도 곧바로 재생했다.

그리고 쫓기는 나를 향해 전격을 발사했다.

전기를 둥글게 뭉친 듯한 구체가 수없이 아로간츠를 향해 날아왔다.

『추적형 마법입니다. 수는── 81!』

"격추해!"

슈베르트가 레이저로 대처했지만, 수가 많아서 전부 대처할 수 없었다.

루크시온이 슈베르트의 에너지 잔량도 계산해서 대처하고 있지만, 핀을 상대하고 있으면 에너지 감소가 너무 빠르다.

『어떻게 저렇게 움직일 수 있지?! 아무리 리온과 아로간츠라도 저렇게까지 움직일 수 있을 리가 없어!』

핀과 브레이브는 아로간츠의 움직임에 위화감을 느낀 모양이다.

자신이 강화약을 사용하고 있는데도 이기지 못하는 상황에, 핀은 좋지 않은 예감이 든 것이리라.

　내가 뭘 했는지 눈치챈 건 브레이브 쪽이었다.

　『──저질렀구나.』

　"왜 그러냐, 쿠로스케?"

　『파트너, 루크시온 자식이 저질러 버렸어! 저 녀석, 자기 마스터를 죽일 생각이야!』

　"거짓말이지?!"

　들려오는 목소리에, 나는 루크시온한테 말했다.

　"신경 쓰지 말라고. 전부 내가 한 명령이다."

　넘겨들으면 되는데, 루크시온은 거기에 반응하여 떨고 있었다.

　『아무것도 모르는 주제에.』

　브레이브가 루크시온을 비난했다.

　『우리한테 이기려고 자기 마스터를 희생으로 삼는 거냐고! 너희가 쓰고 있는 강화약은 평범하지 않아. 목숨을 깎아내 가면서 쓰는 물건일 터다! 구인류의 기계들이 쓸 법한 방법이네!』

　비난받은 루크시온이 격앙하면서 받아쳤다.

　『──너희만 없었더라면, 마스터가 이런 약에 손을 댈 일도 없었는데. 신인류 따위, 처음부터 존재하지 않았더라면!!』

　감정이 격해지는 것처럼 전투가 격렬함을 더해 갔다.

　그런 와중에도 핀은 나한테 물었다.

　「리온! 너는 어째서 그렇게 쉽게 목숨을 내던질 수 있는 거지!

너는 좀 더 자신의 목숨을 중요하게 여기는 녀석이잖냐. 어째서 쉽게 목숨을!!」

——내가 목숨을 걸고 싸우는 건 어울리지 않는다고 말하고 싶은 건가? 그건 내가 제일 잘 알고 있다고.

하지만 내가 이 양손으로 구할 수 있는 것은 한정되어 있었다.

「이것저것 전부 다 구하고자 하면, 무언가를 포기해야만 하는 거잖냐!」

욕심을 부려 이것저것 전부 다 구하고자 했더니, 어느샌가 내 양손은 짐으로 가득했다.

그런데도, 아직 구하고 싶은 것들만 주위에 나뒹굴고 있었다.

어쩔 수 없잖아?

이 양손으로 쥘 수 있는 것에는 한계가 있으니까.

핀은 내 행동을 책망했다.

「그게 자기 목숨이라도냐!」

「덕분에 잔뜩 구할 수 있을 것 같다고!」

이 싸움에 이긴다고 한다면, 내 목숨 하나로는 걸맞지 않을 정도로 많이 구할 수 있을 것이다.

그러니 질 수 없다.

——핀이 상대라고 할지라도 질 생각은 없다.

서로의 공격이 한층 격렬해졌다.

전격이 구체가 되어 추적해 오는데, 브레이브의 분노에 반응하여 크기는 커지고, 그리고 가속하여 아로간츠를 쫓아왔다.

돌아 들어오는 한 발의 전격을 대검으로 베느라 움직임을 멈췄기에 브레이브한테 따라잡혔다.

"칫!"

접근한 핀한테 발차기를 먹이자, 핀은 왼손으로 아로간츠의 다리를 붙잡았다.

"아차!"

깨달았을 때는 이미 늦어서, 브레이브한테 아로간츠의 다리가 파괴당했다.

『각부(脚部)를 분리합니다.』

"저 자식, 해줬겠다!"

브레이브의 표면을 보니 혈관이 맥박치고 있었다.

"브레이브까지 약을 쓴 건가?!"

『아뇨, 파일럿과 링크하고 있어서, 영향을 받은 모양입니다.』

상당히 무리하고 있는 것이리라. 나한테 엄청난 집중력을 발휘하고 있었다.

그리고 하나의 가능성이 떠올랐다.

나는 시선을 동력로로 향했다.

"그래서인가. ──핀, 너는 너무 무리했어."

쫓아오는 핀은 약의 영향인지 상당히 주위가 보이지 않고 있었다.

"리온! 이걸로 끝내 주겠다!

핀이 들고 있던 롱소드가 빛을 발했고, 전격을 깃들인 듯한 모습이 되었다.

　칼날 길이는 몇 배로 늘어나서, 피하는 것도 어지간히 고생이다.

　그걸 브레이브가 휘두르며 접근해 왔다.

　"뭐든 좋으니까 쏴서 맞혀!"

　『예!』

　레이저를 쏘면서 도망쳐 다니자, 주위의 광경이 터무니없이 빠르게 흘러갔다.

　서로 원기둥 형상의 공간을 날아다니며 격렬하게 전투를 펼치고 있었다.

　강화약을 사용하지 않았더라면 분명 이 속도에는 쫓아가지 못했을 것이다.

　도망쳐 다니는 나한테 핀은 끝까지 달라붙었다.

　"핀—— 너는 나보다도 강했어."

　확실히 강했다. 하지만—— 약에 의존한 건 잘못이었어.

　내가 바싹 몰려 건조물을 등지자, 핀은 들고 있던 전격을 깃들인 롱소드를 치켜들고—— 망설임 없이 내리쳤다.

　내 목숨을 빼앗고자 하는 일격이다.

　「이걸로 끝이다아아아아!」

　『파트너, 안 돼!』

　먼저 알아차린 건 브레이브였으나, 인제 와서 멈춰도 이미 늦다.

　핀도 브레이브의 말에 겨우 알아차렸지만, 때는 늦었다.

　「아, 아차!」

황급히 롱소드를 멈추려 했지만, 기세는 멈출 수 없었다.

내가 등진 건조물에 깊이 박혔기에, 핀이 뽑으려 했으나 그건 이뤄지지 않았다.

──아로간츠의 왼팔이 브레이브의 팔을 잡고 끌어당겼다.

롱소드의 칼날이 건조물에 파고들어 갔다.

「핀, 너의 실수는 그 약의 효과를 실제로 체감해 두지 않았던 거다. 조금 시야가 좁았어!」

핀이 사용한 강화약은 확실히 강한 효과가 있었던 것이리라.

하지만, 그렇기 때문에 시험해 보지는 않았던 모양이다.

만약 시험해 봤더라면, 본인이 사용을 포기했든가, 아니면 브레이브가 제지했든가 했으리라.

어느 쪽이건, 핀의 시야는 평소보다도 좁아져 있었다.

적인 나한테 너무 집중하는 바람에 주위가 보이지 않게 되었다.

마법 생물과 이어져 있기에 그 영향은 브레이브한테까지 전해져, 브레이브도 알아차리는 게 늦었다.

내가 바싹 몰린 장소는, 동력로── 기둥 그 자체다.

핀의 롱소드가 동력로에 꽂혀, 그 열이 내부에 전해졌는지 기둥이 삐걱거리고 있었다.

균열이 가고 이상한 소리가 들려왔다.

그건 마치 비명 같았다.

『마스터, 동력로 파괴가 아직 끝나지 않았습니다.』

루크시온의 목소리를 듣고, 나는 멍해져 있는 핀을 밀어내고 자신이 들고 있는 대검을 내리쳤다.

칼날이 기둥에 깊숙이 꽂히자, 루크시온한테 말했다.

"해라!"

『예!』

아로간츠의 양팔에서 대검에 충격이 전해졌고, 그대로 동력로 내부에서 폭발을 일으켰다.

"더!"

『아다만티스 대검이라도 버티지 못합니다. 그리고, 아로간츠라도 견딜 수 있을지 어떨지.』

"전력으로 해! 파괴할 수 있다면 부서져도 괜찮아!"

『! ──알겠습니다!』

루크시온이 염려했던 대로, 충격파를 발생시키고 있던 오른팔이 불을 뿜었고, 그리고 대검도 산산이 부서졌다.

하지만, 성공했다.

기둥은 내부에서부터 부풀어 올라, 균열이 가 있던 곳부터 갈라졌다.

기세 좋게 빨간 입자가 분출되고, 그로 인해 발생한 바람에 아로간츠도 날아가 버렸다.

빨갛게 부풀어 오른 기둥은 그대로 녹아내려 갔다.

주위가 빨갛게 물들어 아무것도 보이지 않는다.

"어떻게 됐어?!"

『동력로 파괴에 성공했습니다. 하지만 동력로가 용해 중입니다.

이곳에 있으면 위험합니다!』

"그러면 곧바로 피난을── 크헉!"

입을 막자, 기침과 함께 대량의 피를 토했다.

『마스터! 중화제를──.』

투약하고 나서 10분도 지나지 않았다.

아직 남은 효과가 몇 분 남아 있었는데, 내 몸이 먼저 한계를 맞이해 버렸다.

"하핫, 좀 더 단련해 둘걸."

『중화제 사용을 요구합니다!』

"미안하지만, 루크시온── 무리다."

조종간을 꽉 쥐고 아로간츠를 움직이니 바로 옆으로 롱소드가 스쳐 지나갔다.

핀이 탄 브레이브가 마치 눈물을 흘리는 것만 같이 트윈 아이에서 액체를 흘리고 있다.

「잘도── 잘도── 잘도 미아의 미래를!!」

격앙하는 핀에게 나는 말했다.

「내 승리다.」

「으아아아아아!」

소리를 지르며 돌진해 오는 핀한테서 도망치기 위해 위로 이동했다.

루크시온이 무장 상황에 관해 설명했다.

『오른팔은 움직이지 않습니다. 왼팔은 충격파를 발생시키는 부위가 타버려 공격할 수 없습니다. 마스터, 여기까지입니다. 중화제 투여를!』

"아직이다!"

슈베르트로 레이저를 쏴서 천장에 원을 그렸다.

그러자 구멍이 뚫렸고, 그곳으로 아로간츠를 탈출시켰다.

"바깥으로 나왔나?!"

『아르카디아, 출력 저하하고 있습니다. 낙하를 확인했습니다!』

우리가 뛰쳐나온 구멍에서는 불이 뿜어져 나오고 있었다.

거기서 장갑이 불탄 브레이브가 나왔다.

나는 슈베르트한테 사과했다.

"지금까지 고마웠다, 슈베르트."

루크시온은 내가 무엇을 하고 싶은 것인지를 알아차리고, 그리고 슈베르트를 분리하여 핀한테 향하게 했다.

『슈베르트를 분리. 원격 조작을 개시합니다.』

슈베르트가 속도를 높여 브레이브한테 돌격했고, 브레이브의 동체 부분에 꽂혀 그대로 날아갔다.

브레이브가 비통하게 소리를 질렀다.

『젠자아아아아앙!!』

슈베르트의 끝부분은 마장의 동체 부분에 깊숙이 박혀 있었다.

조종자는 무사하지 못할 것이다.

──핀은 즉사했으리라.

아르카디아의 천장── 갑판 위에 나뒹군 브레이브는 더는 움

326 여성향 게임 세계는 모브에게 가혹한 세계입니다 13

직일 수 없는 모양이다.

아로간츠를 브레이브 근처에 내렸지만, 다리가 한쪽뿐인 상태이기에 안정되지 않았다.

『마스터, 이미 10분을 넘었습니다. 중화제 투여를!』

황망한 루크시온의 목소리를 듣고, 나는 또다시 입가를 눌렀다.

대량의 피를 토하고 말았다.

『마스터!』

"다, 당황하지 말라고. 중화제를—— 빨리——."

◇

브레이브한테 가까이 다가갔지만, 핀은 아무 말도 하지 않았다.

브레이브의 트윈 아이에서 빨간 눈물이 흐르고 있다.

루크시온이 그런 브레이브한테 말을 걸었다.

『——아직, 싸우겠습니까?』

브레이브한테 싸울 의사는 없는 모양이다.

『파트너도 없는데 싸울 수 있겠냐.』

점점 브레이브의 몸이 무너져 갔다.

그리고 브레이브가 나한테 핀의 말을 전했다.

『리온, 네게 전언이다. 파트너는—— 너한테 죽어도 원망하지 않는다고 말했어. 피차일반이라면서.』

"그, 러냐—— 그 녀석답구, 만."

잘 말할 수가 없다.

중화제를 사용했지만, 몸에서 통증이 가시지 않았다.

브레이브는 마장의 모습을 유지하지 못하고 무너지듯이 사라져 갔다.

『안심하기에는 아직 이르다고. 아직 아르카디아의 코어가 남아있어. 나는 그 녀석을 정말 싫어하거든. ——그것보다도.』

브레이브가 팔을 들어 가리킨 건 갑판 위에 꽂힌 롱소드였다.

무슨 말을 하고 싶은 건지 헤아린 나는 아로간츠로 그걸 뽑았다.

아로간츠의 모습을 보고 브레이브는 웃었다.

『파트너—— 미안해.』

회색이 되어 무너진 브레이브가 바람에 흘러 날아가자, 그 자리에는 아무것도 남지 않았다.

핀의 시체도 남지 않았다.

"——핀."

내가 죽여 버린 친구의 이름을 중얼거리자, 눈물이 나왔다.

나한테 그럴 자격 따위 없는데도.

감상에 젖은 내게, 루크시온이 경고했다.

『마스터, 아직 끝나지 않았습니다. 지금 이야기가 정말이라면 아르카디아의 코어가 남아 있습니다. 본체가 재생하기는 어려워 보이지만, 우선하여 파괴해야 합니다. 아군에게 전해야만 합니다.』

나머지는 코어만 파괴하면 우리의 승리로 끝나리라.

피가 밴 눈물을 닦으며, 정신을 굳게 다잡았다.

"그래. 빨리 끝내고——."

이걸로 전부 끝이라고 생각하고 있었더니, 우리가 뛰쳐나온 구멍에서 빨간 입자의 빛이 어딘가로 흘러가고 있었다.

바람에 흘러 날아가고 있는 게 아니라, 어딘가로 빨려가고 있는 것만 같았다.

『——마소를 급격하게 흡수하고 있는 개체가 있습니다.』

핀한테서 손에 넣은 롱소드를 아로간츠의 왼손으로 강하게 쥐었다.

"적도 너무 포기할 줄 모르는구만."

아직 이 싸움은 끝나지 않는 모양이다.

★ 제16화 「복수」

　사령실 모니터에 비치는 영상은 마침 브레이브가 무너져 가는 광경이었다.

　그 모습을 보고 있던 미아는 눈을 크게 떴고, 호흡이 흐트러졌다.

　"기, 사──님?"

　눈앞의 영상이 이해되지 않았다.

　나쁜 꿈이라도 꾸고 있는 기분이다.

　미아가 양손으로 머리를 누르자, 머리카락이 흐트러졌다.

　"거짓말. 거짓말이야. 이런 건 거짓말이야!"

　미아가 눈물을 흘렸다.

　자기한테 다정했던── 자기를 지켜준 핀이, 아로간츠한테 쓰러지고 말았다.

　미아는 그 사실을 미처 다 처리할 수 없었다.

　모리츠는 그런 미아를 슬픈 눈동자로 바라봤다.

　미아한테는 말을 걸지 않고, 모니터를 봤다.

　"제국 최강의 기사가 패했나."

　주위 부하들이 절망한 표정을 짓고 있다.

　모두가 기대하고 있던 핀이 귀축 기사한테 패배한 것이다.

또한, 상위 마장 기사들도 전부 전사하고 말았다.

아르카디아 본체도 동력로가 파괴되고 만 지금, 여기서부터 재기를 도모하는 것은 불가능에 가깝다.

아르카디아가 미아를 일별한 후에 핏발 선 눈으로 모리츠를 쳐다봤다.

『이대로는 끝나지 않는다. 끝날 수 없다!』

아직 포기하지 않은 아르카디아한테 모리츠는 고개를 가로저었다.

씌었던 것이 떨어진 듯한 얼굴이었다.

"이제 됐다. 우리의 패배다. 이 이상 싸운들 아무 의미도 없다."

하지만 아르카디아는 그 말을 용납할 수 없었던 모양이다.

『우리한테 패배는 없다! 나는 바닷속에서 고철 놈들을 전부 파괴하고, 구인류를 절멸시키는 것만을 꿈꾸며 살아왔다! 정신이 아득해질 정도의 시간을 버텨 왔단 말이다! 그리고, 아직 희망은 남아 있다.』

아르카디아의 시선은 주저앉아 울고 있는 미아한테 향하고 있었다.

패배라는 결과를 받아들이지 못하는 아르카디아한테 모리츠는 코웃음을 쳤다.

"아르카디아 본체는 이제 곧 추락한다. 앞으로는 두 번 다시 바닷속에서 떠오를 일도 없겠지."

『그렇다면 방출된 마소를 거둬들여서 녀석들이 사는 곳을 철저

331

하게 불태워 주겠다! 이쪽에 공주님이 있는 한, 우리한테 패배 따위 있을 수 없다. 그래— 있어서는 안 되는 거다.』

귀기 어린 아르카디아의 분위기에 주위는 숨을 삼켰다.

신인류의 승리를 바라는 그 모습에 모리츠는 의문을 가졌다.

"그런 짓을 해도 제국에 미래는 없다."

하지만 아르카디아는 입을 초승달처럼 만들며 웃기 시작했다.

『제국? 그런 것에 흥미 따위 없어.』

"뭣?! 너는 우리를 이기게 하기 위해! 백성을 지키기 위해 싸운다고 말하지 않았나!"

힐문하는 모리츠한테 아르카디아는 시시하다는 듯한 태도로 말했다.

『너희는 어차피 가짜고, 진짜 신인류는 여기에 계신 공주님뿐이다. 애초에 나는 거짓말 같은 건 하지 않았다. 제국이 이긴다면 너희가 살아갈 수 있는 세계가 될 터였다. 하지만 이렇게 되어 버린 이상—.』

모리츠는 사실을 알고 아연실색했다.

아르카디아한테 제국 따위는 사소한 문제에 지나지 않았다.

"나, 나는 너의 입발림에 놀아나 아버지를 죽였던 건가."

『그래. 생각했던 것보다 쓸모가 없었지만.』

모리츠는 어금니를 꽉 깨물고, 인상을 찌푸려 악귀 같은 표정으로 변했다.

검을 뽑고 아르카디아한테 달려들었다.

"이 괴물이!"

『그게 너의 본심이야? 마지막에 들을 수 있어서 잘됐어..』

칼날은 아르카디아한테 닿지 않았고, 모리츠는 마법에 맞고 날아가 사령부 벽에 격돌하여 쓰러졌다.

사령부가 술렁였고, 모리츠한테 군인들이 달려갔다.

그리고 군인들이 무기를 들었다.

"폐하를 지켜라!"

하지만 전원이 아르카디아에 의해 날아가 버렸다.

저항하는 자가 없어지자, 아르카디아는 울고 있는 미아한테 다가갔다.

『공주님, 정말로 죄송합니다. 제가 있으면서도, 왕국 놈들이 제멋대로 설치는 것을 막지 못했습니다. 하지만 부디 미리아리스 님만은 탈출을──.』

아르카디아는 모리츠를 비롯한 제국 사람들에게는 냉철하게 대처했지만, 미아만은 이야기가 달랐다.

신인류로서 각성한 미아는 아르카디아가 무엇보다도 우선하는 주인이다.

마법 생물들이 주저앉은 미아를 둘러싸, 이 전장에서 탈출시키려 했다.

하지만 미아는 울음을 그치더니 슥 일어섰다.

그 시선이 향하는 곳은 모니터에 비친 아로간츠였다.

아로간츠가 브레이브의 롱소드를 줍는 모습을 보고, 미아의 눈동자에서는 광채가 사라지고 말았다.

"──아르카디아."

『네, 넵! 무엇인지요, 공주님?』

천천히 아르카디를 향해 돌아보는 미아는 증오에 마음을 맡기고 말았다.

"미아한테 기사님의 원수를 갚게 해줘."

『네? 하, 하지만, 공주님을 전장에 내보내는 건──.』

"됐으니까!"

격앙하는 미아는 신인류의 힘에 눈을 뜨기 시작했는지 사령부 안에서 충격파를 발생시켰다.

모니터와 장치에 금이 가고 말았다.

미아의 힘을 목도하고, 완전히 각성했음을 깨달은 아르카디아가 머리를 숙이는 듯한 동작을 취했다.

『잘 알겠습니다. 하지만 정말로 괜찮습니까?』

"괜찮아. 기사님의 복수를 할 수 있다면, 미아는 어떻게 되든 상관없어."

마음대로 이야기를 진행시키는 미아한테 의식을 되찾은 모리츠가 외쳤다.

"그만둬라! 이미 전쟁은 끝났다! 이 이상은──."

"끝나지 않았어!"

미아는 눈물을 흘리며 분노가 드러난 표정으로 변했다.

그리고 모리츠를 노려봤다.

"아직 끝나지 않았어. 기사님의 원수를 내가 갚을 때까지 끝나지 않아. 저 사람을 죽여서, 미아와 같은 괴로움을 안겨 주겠어."

미아는 자기 가슴을 꽉 쥐고 있었다.

소중한 사람을 잃은 괴로움에 견딜 수 없는 모양이다.

『그러면, 제게 몸을 맡겨 주십시오.』

아르카디아가 커다란 입을 벌리더니, 그대로 미아를 집어삼켜 버렸다.

미아는 아무런 저항도 하지 않았다.

모리츠는 그런 미아를 보고 고개를 가로저었다.

"무슨 짓을!"

미아를 집어삼킨 아르카디아가 주위에 있던 마법 생물들도 거둬들였다.

그렇게 팽창하여, 3m가 넘는 크기 되자 균열이 갔다.

거기서 모습을 내보인 건 전신을 은색으로 물들인 알몸의 미아였다.

배꼽부터 위쪽의 모습을 드러내고, 그리고 팔을 펼치자, 주위에서 검고 질척질척한 액체가 모여 서서히 모습이 커졌다.

미아는 말하지 않았다.

대신에 아르카디아가 환희에 찬 목소리를 냈다.

『공주님, 함께 구인류의 후예 놈들을 모조리 없애 버립시다!!』

은 조각상이 된 미아의 눈동자가 크게 뜨였고, 눈동자는 루비 같은 보석의 반짝임을 내뿜었다.

그대로 천장을 뚫고 밖으로 나갔다.

모리츠는 그런 미아를 지켜보는 것밖에 할 수 없었다.

"이게 무슨 일인가. 나는 뭘 위해서——."

격렬한 후회에 휩싸여 있자, 모리츠의 발치에 황제의 지팡이가 굴러왔다.

선대 황제인 칼이 애용하던 지팡이였다.

◇

아르카디아의 동력로를 파괴했다.

그 보고를 받은 리코른은 처음에는 환호성에 감싸였다.

하지만 그 환호성도 이내 멎어 버렸다.

눈앞에 펼쳐지는 광경에 모두가 아연해하고 있었다.

한 사람—— 일어선 노엘이 창밖의 광경을 앞에 두고 큰 목소리로 외쳤다.

"무슨 일이야, 이게. ——어떻게 되어 가고 있는 거야!"

아르카디아의 동력로를 파괴해도 전쟁은 끝나지 않았다.

지금도 양쪽 군이 계속해서 싸우고 있다.

제국군은 패배를 인정하지 않고, 왕국군도 응전하는 형태로 싸우고 있었다.

그뿐만 아니라, 가라앉아 가는 아르카디아에서 뛰쳐나온 삐죽삐죽하고 검은 무언가가 꺼림칙한 기운을 내뿜고 있었다.

별 모양으로도 보이는 무언가는 지금도 계속해서 부풀어 올라 10m 이상의 크기가 되었다.

크레아레가 최대 망원으로 대상을 확인하더니 비명을 지르는 것처럼 보고했다.

『저건 아르카디아의 코어야! 게다가 미아가 흡수당했어!』

모니터에 비친 건 별 모양의 괴물한테서 상반신이 보이는 미아였다.

은색으로 코팅되어 빨간 눈동자가 반짝이고 있었다.

마리에가 지팡이를 끌어안았다.

"어째서 미아가 흡수당한 건데?!"

『정보가 없으니까 알 수 없어. 그것보다도 곤란하네. 동력로는 파괴했지만, 대량의 마소가 뿜어져 나와서 몬스터들이 늘어나고 있어.』

아르카디아한테서 방출되는 마소로부터 몬스터들이 만들어지고 있었다.

마소에 의해 육체를 얻어 출현하고, 그밖에는 마소에 이끌려 전장 주변에서 모여드는 몬스터도 있다.

그 수는 지금도 계속해서 늘고 있었다.

크레아레는 데이터로부터 적을 해석해 갔다.

『큰일이야. 엄청나게 큰일인 상황이야. 저거, 어떻게 생각해도 강해. 흡수하고 있는 마소의 양이 이상 수치고, 무엇보다도 마법 생물이나 마장의 파편 등을 모아서 계속해서 부풀어 오르고 있어.』

위험을 느낀 안제가 크레아레한테 물었다.

"구체적으로 설명해라. 녀석은 얼마나 강하지?"

『──아르카디아의 주포를 연속으로 몇 발이나 쏠 수 있을 정도로는 흉악하다고 생각해.』

"요새를 침몰시켰는데, 어째서 그런 힘이?!"

놀라서 눈을 크게 뜬 안제한테 크레아레는 말했다.

『아르카디아의 본체와 다르게, 단시간밖에 활동할 수 없는 거야. 그 대신 흡수한 마소를 다 쓸 때까지 폭주하겠지.』

고농도 마소를 굳혀 만들어 낸 동력로지만, 그것이 파괴됨으로써 마소가 대기 중에 대량으로 방출되었다.

그것들 대부분을 빨아들인 아르카디아의 코어는 단시간이라면 주포를 연속으로 사용할 수 있을 정도의 힘을 얻었다.

그렇긴 해도, 그건 양초의 불이 마지막으로 강하게 불타오르는 것이나 마찬가지다.

언젠가는 힘이 다해서 쓰러지고 말 것이다.

하지만 미처 다 흡수하지 못한 마소만으로도 몬스터들이 넘쳐났다.

태반의 마소를 빨아들인 아르카디아의 코어가 진심으로 날뛰면 얼마나 큰 피해가 나올지 예상도 되지 않는다.

마리에가 울상이 되어 고개를 숙였다.

"이제야 겨우 끝났다고 생각했는데."

아르카디아보다도 강하다는 건 너무 반칙이었다.

지금까지의 전투로 구인류의 실드함은 전부 잃었고, 우주 전함 자체도 대부분이 격침되고 말았다.

　왕국군도 반수 이상을 잃었다.

　아르카디아의 코어는 지금도 마소를 빨아들여 그 힘을 높이고 있었다.

　『——유감이지만, 현재의 전력으로 아르카디아를 쓰러뜨리는 건 어려워.』

　크레아레의 계산으로는 현재의 전력으로 아르카디아를 쓰러뜨리는 건 불가능했다.

　리코른 주위에도 몬스터들이 모여들어 아군이 필사적으로 저항하고 있기는 했지만, 수가 너무 많아 완벽히 대처하지 못하고 있다.

　안제가 어금니를 악물었다.

　"뭔가 방법은 없는 건가! 뭔가 있을 터다!"

　이 상황에서 어떻게든 할 방법을 안제가 궁리하고 있자, 그때까지 잠자코 있던 리비아가 앞으로 나왔다.

　양쪽 다리를 어깨너비로 벌리고 굳건히 서서, 앞을 똑바로 바라봤다.

　"여러분, 제게 힘을 빌려주세요."

　리비아의 발언에 주위는 놀라고 있었다.

　대체 뭘 할 수 있다는 건가?

　다들 그런 얼굴을 하고 있었지만, 안제만은 리비아를 믿고 있었다.

"리비아? 너는 뭘 할 생각이지?"

리비아는 안제가 뻗은 손을 꽉 잡으며 말했다.

"몬스터라면 제 능력으로 날려 버릴 수 있어요."

1학년 때, 왕가의 배에 탄 리비아는 초대형이라 불렸던 거대 몬스터를 불가사의한 힘으로 날려 버렸다.

모두가 그때의 일을 기억하고 있었다.

"공국과의 전투에서 보여줬던 그건가? 확실히, 그때의 그걸 재현할 수 있다면 가능성은 있겠다만."

안제가 묻는 듯한 시선을 향한 곳은 크레아레였다.

『왕가의 배 장치는 리코른에 옮겨 탑재했으니까 가능해. 하지만 상당한 부담이 될 거야. 리비아만으로는 안 되겠네. 노엘이랑 안제의 도움도 필요해. 물론 마리에한테도 돕게 할 거지만.』

덤 취급당한 마리에가 크레아레한테 분개했다.

"덤처럼 말하지 마! 뭐, 뭐어, 도울 거지만 말이야."

마리에가 협력하겠다고 말하자 안제는 조용히 고개를 끄덕였다.

"나는 괜찮다."

안제가 노엘한테 시선을 향했다.

"제법 쉬었으니까 말이지. 나도 도울 거야."

리비아가 모두한테 감사의 말을 했다.

"감사합니다. 아레야, 부탁해."

크레아레 주위에 여러 개의 영상이 비쳤다.

『──메인은 리비아야. 노엘은 성수의 에너지를 제어해 줘. 마리에는 성녀의 에너지로 어떻게든 하도록 해.』

마리에를 건성으로 다룬 크레아레는 마지막으로 안제를 봤다.

『안제는── 리비아의 서포트야. 리비아가 망가지지 않도록 받쳐 줘..』

"그것밖에 할 수 없으니까 말이지."

『말해 두겠지만 중요한 일이야. 리비아의 부담이 크다고 했지?』

"──알았다. 무슨 일이 있어도 내가 버팀목이 되겠다."

크레아레는 함교에 있는 전원에게 전했다.

『공국과의 전쟁 때와는 규모가 달라. 리코른의 성능은 왕가의 배 이상이고, 이번에는 성수의 에너지도 쓰니까 말이야. 모두들, 도와줘야겠어.』

유메리아가, 카일이, 카라가── 이 자리에 있는 전원이 고개를 끄덕였다.

『좋아. 그러면 시작할까.』

크레아레가 연산을 개시하자, 리코른이 희미한 빛에 감싸였다.

성수의 반짝임이 강해져서, 리코른에 에너지를 공급하기 시작했다.

리비아는 양손을 꽉 잡고 기도하는 듯한 동작으로 앞쪽을 봤다.

"다들── 고마워요."

리비아가 희미하게 반짝이기 시작하자, 안제가 리비아를 부드럽게 끌어안았다.

"나도 돕겠다. ──크레아레, 해다오."

크레아레가 준비에 들어갔다.

『──5분만 시간을 줘. 가능한 한 서포트하겠지만, 그만큼의 시간이 필요해. 다만, 적도 이쪽을 주시하고 있는 것 같단 말이지.』

몬스터들은 리코른한테서 적의를 느꼈는지, 대량으로 몰려왔다.

◇

갑판 바닥을 뚫고 출현한 건 거대한 별 모양의 무언가였다.

중앙에는 마법 생물의 특징인 육안이 있었고, 이마── 라고 불러도 되는 걸까? 거기에는 여성의 모습이 있었다.

『마스터, 위험한 상황입니다.』

호흡하는 것도 괴로운 와중에, 상반신을 드러낸 여성을 봤더니, 미아였다.

표면은 은색으로, 그리고 눈동자가 빨간 보석이 된 그 모습은 나체였다.

할 수 있는 최대한의 농담을 던졌다.

"미아, 피부 노출이 많으면── 핀이 슬퍼한다고."

기침하며 피를 토하자, 미아가 반응했다.

빨간 보석 눈동자가 나를 봤지만, 이전의 미아와는 달랐다.

『기사님을 죽여 놓고서어어어!』

검고 뾰족뾰족한 덩어리는 가시를 발사했다.

343

루크시온의 자동 조종으로 바닥을 미끄러지는 것처럼 이동한 아로간츠는 어찌어찌 가시를 피할 수 있었다.

『마스터, 현 상황에서는 만족스러운 지원을 할 수 없습니다. 아로간츠도 본래의 성능을 낼 수 없습니다. 퇴각을 진언합니다.』

　"안 보내 주겠지."

　손을 뻗어 조종간을 쥐었지만, 힘이 들어가지 않고 부들부들 떨렸다.

　두 번의 강화약 사용은 내 몸에 치명적이라고도 할 수 있는 대미지를 준 모양이다.

　지금의 나는 쓸모가 없는 것이다.

　그렇다면──.

　"역시 그것밖에 없구만. 역시 비장의 수를 남겨둔 게 정답이었어."

　내가 뭘 생각하는지 알아차린 루크시온이 호통을 쳤다.

『이 이상은 위험합니다! 정말로 죽고 싶은 겁니까?』

　──죽고 싶지는 않지만, 여기서 쓰지 않으면 후회할 것 같다.

　"달리 방법이 없잖냐."

　괴물에 흡수당한 것인가, 그게 아니면 자기가 흡수한 것인가? 미아의 움직임은 부자연스러웠고 융합한 아르카디아의 조언을 받고 있었다.

『공주님, 원수를 갚기 위해서라도 지금은 진정해 주십시오.』

　브레이브가 싫어했던 아르카디아의 코어 말인데, 미아한테는 뭐라고 할지, 진심으로 따르고 있는 것처럼 보였다.

그런 미아가 가시를 잇달아 발사했기에 갑판이 가시투성이로 변해 갔다.

그 가시 속을 도망쳐 다니는 아로간츠였으나, 도망칠 곳이 없어져 공격을 맞고 말았다.

오른팔이 가시에 꿰뚫린 채 바닥에 고정되어 버렸다.

『오른팔을 분리합니다.』

오른팔이 분리되고, 바닥에서 풀려난 아로간츠가 다시 회피했다.

"아로간츠도 너덜너덜하구만."

눈이 침침해지기 시작했다.

나는 움직일 수 없게 되기 전에 루크시온한테 명령을 내렸다.

분명 루크시온은 반대하겠지만, 나한테 남은 선택지는 이것밖에 없으니까.

"루크시온── 투약이다."

『──! 생명 유지의 관점에서 허가할 수 없습니다.』

반대할 이유를 찾아서 명령을 회피한 듯하다.

"너는 여기에 와서 승리를 버리는 거냐."

『무슨 말을 듣는다고 할지라도── 엇?!』

투약을 둘러싸고 언쟁을 벌이고 있자, 미아의 모습에 변화가 일어났다.

아르카디아가 내가 아니라 먼 곳을 보고 있었다.

『저 하얀 배가 뭔가 하려 하고 있습니다. 공주님, 저건 위험합니다!』

미아의 시선이 리코른으로 향했다.

거기에 누가 있는지 미아는 알고 있을 터다.

나는 곤란하다고 생각했지만, 미아의 흥미는 리코른으로 옮겨가 있었다.

『리코른이네.』

"그, 그만둬!"

당황하는 내 모습을 보고 미아는 차가운 미소를 띠었다.

핀을 죽인 나에 대한 복수로 최적이라고 생각한 것이리라.

『리코른에는 당신의 소중한 사람이 타고 있는 거죠? 그렇다면, 미아와 같은 기분을 맛보게 해주겠어!』

미아가 리코른을 향해 공격을 개시하려 했다.

"기, 기다려!"

막으려고 했지만, 지금의 내 몸은 제대로 움직이지 않았다.

그런 나를 내려다보며 미아는 매우 차가운 목소리로 말했다.

『거기서 소중한 사람이 죽는 걸 보고 있도록 해. 기사님이 죽었을 때, 미아가 어떤 기분이었는지 가르쳐 주겠어.』

몬스터들한테 공격받고 있는 리코른은 위험한 상황이었다.

노엘이 각오를 굳히고 오른손 손등을 들었다.

"공격하게 두지 않아!"

오른손 손등에는 성수한테 인정받은 성녀의 문장이 빛나고 있었다.

리코른 바로 위에 무녀의 문장이 나타나더니, 녹색으로 빛나는 마법진이 여러 개 출현했다.

성수의 문장에 의한 마법 장벽은 몬스터들의 공격을 막아냈다.

마법 장벽에 돌격한 몬스터들이 검은 연기로 변해 사라져 갔다.

유메리아가 성수의 어린나무를 부둥켜안았다.

"부탁해. 힘을 빌려줘."

유메리아가 부탁하자, 바람도 없는데 성수의 잎이 흔들리며 소리를 냈다.

성수가 희미한 녹색으로 빛나자, 노엘의 문장도 강하게 빛났다.

크레아레가 출력 상승을 전했다.

『출력 상승! 앞으로 3분만 버텨줘!』

노엘이 괴로운 듯한 표정을 지었다.

어찌어찌 몬스터가 접근하지 못하게 하고는 있지만, 수가 많아다 처리할 수가 없었다.

"──이건 힘들지도."

그렇게 중얼거리자, 리코른 옆에 공화국 비행 전함이 접근했다.

노엘은 곧바로 알아차렸다.

"렐리아?!"

공화국 비행선 바로 위에서 빛나는 건 노엘과 조금 다른 무녀의 문장이었다.

마법진이 출현하여 리코른을 지키기 위해 주위 몬스터들을 상대하고 있었다.

모니터에 렐리아의 얼굴이 비쳤다.

「뭔가 할 생각이라면 연락 정도는 하란 말이야. 도와줄 테니까, 이런 전쟁을 얼른 끝내자구.」

창백한 얼굴인 렐리아는 상당히 무리하는 모양이다.

공화국 비행 전함에서는 빨간 갑옷이 출격하여 주위 몬스터들을 베어 나갔다.

「누님은 제가 반드시 지키겠습니다!」

빨간 갑옷에 타고 있는 건 로이크였다.

성수에 인정받은 문장을 출현시켜 몬스터들을 쓰러뜨려 갔다.

마리에는 새롭게 가까이 다가온 비행 전함을 발견했다.

"설마—— 헤르트뤼더?!"

헤르트뤼더와의 사이에도 회선이 연결되어 모니터에 헤르트뤼더의 모습이 비쳤다.

「성녀님, 도우러 와줬어. 이 빚은 비싸게 칠 테니까 잊지 않도록 해.」

얄미운 말을 하고 있지만, 상당히 무리했는지 비행 전함이 너덜너덜했다.

마리에가 고맙다고 말했다.

"고마워. 정말로 고마워!"

「당신을 상대하면 여전히 원래 느낌이 안 나오네.」

마리에의 진심이 담긴 감사의 말에 헤르트뤼더는 쑥스러워하고 있는지 통신을 끊었다.

크레아레가 남은 시간을 전했다.

『앞으로 2분!』

렐리아와 헤르트뤼더의 협력도 있어서 어찌어찌 이겨 낼 수 있을 것 같았지만, 아르카디아한테 움직임이 있었다.

갑판 위에서 아로간츠와 싸우고 있었는데, 지금은 리코른을 조준하고 있었다.

크레아레가 악다구니를 내뱉었다.

『저 녀석, 이쪽이 위험하다고 판단했네!』

아르카디아가 리코른을 노려 공격을 개시했다.

그건 본체가 발사한 주포급의 위력이 있는 공격이었다.

검붉은 빛이 모여들어 리코른을 향해 발사되려 하고 있었다.

그런 리코른 앞으로 나온 건 공중 항모인 팩트를 중심으로 한 구인류의 병기들이었다.

마리에가 놀랐다.

"너, 너희들."

리코른을 지키기 위해 아르카디아의 공격에 노출된 팩트와 인공지능들은 잇따라 격파당해 침몰했다.

모니터에 팩트의 모습이 비쳤다.

349

『——우리는 너희를 과소평가하고 있었다. 너희들의 평가를 상방 수정한다.』

무슨 말을 하려는 건가 싶었더니만, 평가 운운이다.

크레아레가 상황을 생각하라며 화를 냈다.

『이런 때에 뭐야!』

『이런 때이기 때문이다. 우리의 싸움에는 의미가 있었다. 그걸 확인—— 아니, 배우게 됐다.』

마지막으로 남은 팩트도 몬스터와 아르카디아의 공격을 집중적으로 맞고 각부(各部)가 폭발했다.

모니터에 노이즈가 끼는 와중에, 팩트가 마지막으로 말했다.

『이 시대에 눈을 뜬 것도—— 분명—— 운—— 명』

거기서 통신이 끊겼다.

동시에 팩트가 주위의 몬스터들을 끌어들이다시피 하며 대폭발을 일으켰고, 불타면서 바다로 추락했다.

그리고 크레아레가 조용히 말했다.

『——저 녀석들, 마지막에 확실히 자기들의 일을 다해 줬어. 리비아, 언제든지 괜찮아.』

모두가 만들어 준 시간 덕분에 반격의 기회가 생겨났다.

리비아의 몸이 반짝이더니, 아래쪽에서 바람이라도 불고 있는 것만 같이 머리카락이 나풀거렸다.

천천히 눈을 뜬 리비아의 눈동자가 빛났다.

"——네."

제17화 「최강 주인공」

"――가겠어요."

리비아가 그렇게 중얼거리자, 리코른에 탑재한 왕가의 배 장비가 강하게 반응했다.

성수로부터 얻은 에너지도 사용하여 리코른이 리비아의 힘을 증폭시켰다.

크레아레는 리비아를 보며 놀라고 있었다.

『이 힘은 좀 예상 밖이네.』

크레아레도 예상하지 못한 리비아의 힘으로 리코른은 하얗고 희미한 빛에 감싸였다.

가까이 다가오는 몬스터들은 물론, 멀리 있던 몬스터까지―― 리코른에서 반경 수 킬로미터 내에 있는 몬스터가 소멸되어 검은 연기조차 발생하지 않았다.

그러고도 리코른은 빛을 잃지 않았다.

안제가 그 광경을 보며 놀랐다.

"압도적이군. 리비아, 너는 대체――."

리비아는 안제한테 미소 지었다.

"저도 잘 모르겠어요. 하지만, 지금은―― 이 힘이 리온 씨를 도와준다면."

리비아로서도 그다지 쓰고 싶은 힘은 아니지만, 리온을 위해서라면 망설일 이유는 없다.

왼손을 뻗어 앞으로 향하자, 리코른의 빛이 강해졌다.

리코른이 리비아의 출력에 버티지 못하고, 살짝이지만 진동을 일으켰다.

마리에한테 매달린 카라가 놀라고 있었다.

"흔들리고 있는데, 대체 뭐가 일어나고 있는 건가요!"

자기 능력에 관해 아무런 설명도 듣지 못했던 리비아였으나, 자연히 다음에 무엇을 하면 되는지 이해하고 있었다.

본능이 리비아한테 힘을 사용하는 방법을 가르쳐 주었다.

리비아 주위에는 하얀 입자의 빛이 모여들었고, 그리고 그것들이 형태를 만들어 갔다.

그 모습은 리비아의 모습과 비슷했다.

데포르메된 그 모습은 단순하지만, 여성의 외견을 하고 있었다.

얼굴에는 눈만이 푸르스름하게 떠올라 있다.

리코른을 중심으로 하얗게 빛나는 거대한 리비아의 모습이 탄생했다.

몬스터들이 가까이 가면 소멸되고 아군이라면 통과되었다.

그 모습을 본 왕국군은 회선을 통해 제각기 말했다.

「마치 성녀—— 아니, 여신이야.」

「승리의 여신이다!」

「여신님 만세!」

이때만큼은 왕국에 있어 리비아는 승리의 여신이었다.

몬스터들이 사라짐으로써 왕국군한테서는 환호성이 일어났다.

하지만 리비아의 부담은 컸다.

방심하면 당장이라도 쓰러져 버릴 것만 같았다.

그런 리비아를 안제가 지탱했다.

"무리하지 마라."

"고마워요. 하지만 지금만큼은 무리해 버릴게요."

"내 힘도 써라."

안제가 리비아의 손을 꽉 잡자, 리코른 주위에 빨간 입자의 빛이 모여들었다.

그것들은 거대한 리비아에 휘감겼다.

거대한 빛의 거인이 빨간 드레스를 입고, 왼손을 앞으로 내밀자, 전방에 마법진이 여러 개 전개되었다.

마법진은 반경 수백 미터는 되는 거대한 크기였다.

마법진에서 빛의 화살이 발사되었다.

그것이 몇천, 몇만, 몇십만 개가 되어 아르카디아를 덮쳤다.

아르카디아는 황급히 마법 장벽을 전개했다.

하지만 빛의 화살은 그 마법 장벽도 뚫어 버리고, 아르카디아 본체에 착탄하여 폭발을 일으켰다.

고작 한 번의 공격으로 무저항인 아르카디아의 요새는 크게 파괴되고 말았다.

그 모습을 본 마리에는 압도적인 힘에 놀라고 있었다.

"괴, 굉장해. 이대로 가면 평범하게 이길 수 있을지도!"

하지만 리비아는 낙관하지 않았다.

"시간이 없어요. 리온 씨를 빨리 회수하지 않으면."

아로간츠가 너덜너덜해져 있는 것이 영상에서 확인되었다.

리비아가 눈을 감자, 리코른 밖에 있는 거대한 빛의 거인인 리비아의 눈을 통해 바깥의 광경이 보였다.

"찾았다!"

요새 갑판에 너덜너덜해진 아로간츠가 있다.

아르카디아는 이쪽에 의식을 향하고 있어서, 아로간츠에 손을 대고 있지 않았다.

리비아가 언성을 높였다.

"리온 씨한테서 떨어지세요!!"

◇

『떨어져어어어!!』

거대한 여성의 형상을 한 빛의 입자의 모임이 아르카디아한테 손을 뻗었다.

미아는 순간적으로 양손을 앞으로 내밀었다.

"설마, 올리비아 씨?!"

미아가 준비한 마법 장벽은 몇 중으로 전개되었다.

하지만 거대한 빛의 거인 앞에서는 쉽게 깨지고 말았다.

황급히 피하자, 리비아 거인이 손을 당겼다.

압도적인 힘을 목도한 아르카디아가 눈앞의 광경을 이해하지 못하고 동요했다.

『뭐지, 이 녀석은?! 정말로 구인류인가?! 말도 안 돼. 이런 건 신인류도 불가능하다!!』

리비아의 해석을 포기한 아르카디아는 미아한테 얼른 끝내자고 말했다.

『공주님, 시간을 들이고 있으면 불리해집니다. 한 번 더 그것을.』

그것이란 최대 출력에 의한 공격이다.

아르카디아의 주포급 공격을 미아는 당장이라도 쏠 수 있다.

그렇긴 해도, 연사할 수 있을 정도의 마소를 완전히 모으지 못했다.

『거인의 중앙── 아니, 가슴 부근에서 리코른을 확인했습니다. 그곳을 노려 파괴하면 저 거인도 사라질 겁니다.』

리코른을 노려 미아가 오른손을 향하자, 아르카디아의 가시 같은 방향을 향했다.

"당신들에게 원한은 없어요── 하지만, 미아는 이제 모든 걸 용서할 수 없어요! 미아한테서 기사님을 빼앗았다면, 미아한테도 빼앗게 해주세요!!"

검붉은 빛이 수속(收束)되었고, 그리고 발사되었다.

그 일격의 파괴력은 지금까지 실컷 봐 왔다.

그걸 모아서 쏜 것이니, 위력은 지금까지의 일격 이상이다.

그런데도—— 리비아 거인은 오른손으로 그걸 쳐냈다.

검붉은 구체는 진행 방향을 바꾸어 먼 곳에 착탄한 뒤 대폭발을 일으켰다.

물기둥이 일어나고, 해수면이 충격파로 해일을 일으켰다.

마법 생물이 커다란 눈을 크게 뜨며 떨고 있었다.

『우, 웃기지 마라! 그런 방법으로 회피하다니 말도 안 된다고!!』

너무나도 부조리한 대처 방법에 화를 내지 않고는 있을 수 없었던 것이리라.

리비아 거인이 양팔을 펼치자, 리비아의 목소리가 들려왔다.

『지금부터 돕겠어요, 리온 씨.』

그러자 몇천 개는 되는 마법진이 출현하여 거기서 잇따라 마법이 발사되었다.

불의 구체, 물의 구체, 전기 구체, 빛의 구체 등 여하튼 여러 종류의 마법이 고위력으로 발사되었다.

미아는 곧바로 상승하여 피하려 했지만, 마법은 모두 추적해 왔다.

격추하기 위해 마법을 쏴서 요격했지만, 제때 맞추지 못해 수백 발의 마법을 맞고 날아가 버렸다.

"큭!"

아르카디아의 요새 부분에서 떨어지자, 리비아 거인이 갑판 위에 있는 아로간츠를 지키는 것처럼 양손으로 덮어 가렸다.

간략화된 거인의 얼굴에서는 표정은 읽을 수 없다.

하지만 분명 미소 짓고 있는 것이리라는 생각이 들었다.

아로간츠를── 리온을 사랑스러운 듯이 양손으로 부드럽게 감싸고 있다.

미아는 그것을 용서할 수 없었다.

"기사님을 죽여 놓고서 자기들마아아아아안!!"

재차 최대 출력으로 공격을 퍼붓자, 리비아 거인의 등에서 새롭게 머리 부분이 출현했다.

그건 머리카락이 긴 여성이었다.

리비아 거인은 등을 둥글게 말고 몸을 앞으로 숙여, 등에 있는 여성이 움직이기 쉽게 했다.

그 여성은 상반신까지 출현하더니, 양손을 펼쳐 미아의 공격을 막아냈다.

폭발했지만, 새로운 여성 거인은 무사했다.

부조리한 상황이 몇 번이나 계속되어, 아르카디아는 분노로 몸을 떨기 시작했다.

『어째서 이 시대에, 공주님과 나를 압도하는 존재가 있는 거냐? 신인류를 넘는 존재가 있어도 괜찮을 리가 없다!』

아르카디아가 느끼기에는 전쟁 초반에 사용하지 않았는지 이상할 정도로 압도적이었다.

새로운 여성 거인이 양손을 뻗어 아르카디아를 붙잡았다.

도망치려고 했지만 도망칠 수 없었고, 붙잡혀서 마구 날뛰는 미아는 거인의 힘에 분통해했다.

"처음부터 봐주고 있었다는 거야? 그런 건 절대로 용서 못 해!"

마구 날뛰며 여성 거인의 손을 파괴하고 탈출한 뒤, 가속하여 상공으로 도망쳤다.

그리고 거인의 위에서—— 아로간츠를 노리고 공격하기 시작했다.

"소중한 사람을 눈앞에서 잃는 슬픔을 가르쳐 주겠어."

아로간츠에 쏟아져 내리는 공격은 하나라도 맞으면 치명상이 될 위력이었다.

그러자 여성 거인이 아로간츠를 감싸는 것처럼 몸으로 뒤덮었다.

모든 공격을 여성 거인이 막아내고, 아로간츠를 지켰다.

『이대로 계속 공격을 퍼부읍시다, 공주님!』

아르카디아도 협력하여 일방적으로 여성 거인을 공격했다.

미아도 공격을 계속하고 있자, 여성 거인이 한쪽 팔을 내밀었다.

팔은 미아가 있는 곳까지 뻗어와, 미아를 후려갈기려 했다.

그때 들린 것은—— 안제의 목소리였다.

『리온한테 손대는 녀석은 절대로 용서하지 않는다.』

불타오르는 듯한 분노의 감정이 전해져 왔다.

미아는 붙잡혀 그대로 바다에 내동댕이쳐졌다.

해수면에 내동댕이쳐진 미아는 전장에서 상당히 떨어진 장소로 오고 말았다.

압도적인 차이를 보게 되고 말았다.

미아는 무력한 자신과 부조리한 적에 눈물을 흘렸다.

"이런 건 너무해. 미아는 기사님의 원수도 갚지 못한다니."

이를 악물고, 주먹을 꽉 쥐고, 미아는 다시 날아올랐다.

"여기서 죽는다고 하더라도, 미아는 기사님의 원수만큼은——."

다만, 상태가 이상했다.

날아올라 다시 리비아 거인과 마주했지만, 상대의 윤곽이 흐릿해져 있었다.

당장이라도 사라져 버릴 것만 같았다.

그걸 본 아르카디아가 리비아 거인의 약점을 알아차렸다.

『활동 한계인가! 저만한 마법을 실현하려고 하면, 그만한 에너지가 필요해질 터. 아무리 성수를 준비하더라도, 몇 시간이나 운용하는 건 불가능하다는 것인가.』

부조리한 존재가 사라져 가는 모습에, 아르카디아는 안도마저 하고 있었다.

리비아 거인이 사라져 가는 걸 보고 미아는 곧바로 아르카디아의 갑판으로 날아갔다.

너덜너덜해진 여분의 부분이 무너져 내려 아르카디아는 작아져 있었다.

마소를 너무 소모하여 모습을 유지할 수 없게 된 것이다.

그래도, 아로간츠를 파괴할 정도의 힘은 남아돌고 있었다.

"——이걸로 방해꾼은 사라졌네."

미아는 리온의 숨통을 끊으러 갔다.

◇

"루크시온── 상황은?"

움직이지 않게 된 몸으로는 상황도 만족스럽게 확인할 수 없었다.

루크시온이 내게 주위 상황을 전해 줬다.

『살아남은 무인기들을 모았습니다. 아로간츠를 정비하고 있습니다.』

하다못해 이동할 수 있을 정도로는, 하고 정비하고 있는 모양이다.

아로간츠의 등에 컨테이너를 달고 있었다.

나는 율리우스를 비롯한 다섯 명의 안부를 확인했다.

"그 녀석들은 무사하냐?"

『──마소의 농도가 높아 확인할 수가 없습니다.』

"살아 있었으면 좋겠지. 죽으면 꿈자리가 사납다고."

그 녀석들의 무사가 확인되지 않아 불안해지기 시작했다.

지긋지긋한 인연이지만, 기본적으로 나쁜 녀석들은 아니었으니까 말이지.

그 여성향 게임을 플레이했을 때는 싫어했지만, 알고 지내보니 달랐다.

실제로 접해 보니 의외로 좋은 녀석들이었다.

──좀 더, 친해지고 싶었어.

고개를 들고 모니터를 보니 아로간츠가 쥐고 있는 브레이브의 롱소드가 보였다.

"핀이 살아 있었다면 분명 미아를 구해줬으면 한다고 부탁했겠지."

괜한 행동임을 자신도 안다. 역시나 루크시온도 강하게 반대했다.

『마스터가 그렇게까지 할 필요는 없습니다! 이미 한계이지 않습니까.』

확실히 한계지만, 여기서 미아를 저버리면── 저세상에서 핀을 볼 낯이 없다.

"어차피 미아를 막을 수밖에 없어."

리비아가 능력을 발휘해 준 덕분에 어찌어찌 시간을 벌었다.

하지만 완전히 쓰러뜨리지 못한 모양이다.

아르카디아 갑판에 미아가 내려왔다.

그 모습은 조금 전까지의 삐죽삐죽한 모습이 아니었다.

미아의 모습이었다.

하지만 은색 모습이어서, 마치 검고 딱딱한 갑옷을 두르고 있는 것만 같이 보였다.

왼쪽 가슴을 가리는 것처럼 가슴 보호대가 달려 있는데, 거기에는 아르카디아의 외눈이 남아 있었다.

나를 지키기 위해 무인기들이 앞으로 나왔지만, 미아한테 손쉽게 파괴당했다.

아무리 작아져 있어도 지금의 내가 상대하기는 어려운 상대다.

"루크시온, 마지막 명령이다. ——투약해 줘."

여기서 미아를 막지 않으면 나를 죽인 뒤에 어떻게 될지 예상할 수 없다.

아르카디아한테 부추겨져 왕국을 불태울 가능성도 있다.

지금의 미아라면 그 정도는 가능할 터다.

그걸 막기 위해서라도 조금만 더 참고 분발할 필요가 있었다.

루크시온은 아무 대답도 하지 않았다.

거부할 이유를 찾고 있는 것이리라.

그런 파트너에게—— 나는 말했다.

"이대로라면 깔끔한 마지막을 맞이할 수 없잖냐? 미아를 구하고 해피엔딩으로 끝내는 거다. 아니, 베터(better) 엔딩이라고 해야 하나?"

게임으로 비유하자면 거의 배드엔딩에 가까운 결말일 것이다.

클리어는 했어도, 정말이지 뒷맛이 씁쓸한 결말이다.

실로 나다운 결말이다.

루크시온이 나한테 물었다.

『마스터의 행복은 거기에 있는 겁니까?』

나의 행복? ——아마도지만, 이 앞에 있다고 생각한다.

루크시온의 그 물음에, 나는 최대한의 미소를 지어 보였다.

"어째서 우리가 이 세계에 전생했는지, 줄곧 생각했던 적이 있어. 분명 뭔가 이유가 있을 거잖아? 없어도 괜찮지만 말이다. 그리고 없다면, 만들 수밖에 없잖냐. 모든 사람을 구할 수는 없었지만, 그래도 그나마 나은 결과를 바라는 거야. 내 기준에서는 훌륭한 해피엔딩을 맞이할 수 있지."

『자기희생의 정신입니까? 이해할 수 없습니다. 마스터는 어리석습니다.』

"몰랐냐? 나는 처음부터 바보 녀석이었다고."

영혼이라는 건 깨달음을 얻을 때까지 몇 번이고 다시 태어난다는 듯하다.

나 같은 속물은 그야 계속 전생할 만도 하다.

불교의 사상이었나? 뭐, 지금은 아무래도 상관없다.

이런 내 인생에도 의미가 있었다고 생각할 수 있다면, 조금은 구원받는다는 거다.

착각이건 뭐건, 내 인생에는 의미가 있었다고 말할 수 있다.

"부탁할게── 파트너. 아마도, 이게 마지막 명령이다."

『──안 됩니다. 이대로는 정말로 마스터가── 마스터의 목숨이.』

루크시온의 빨간 눈동자가 슬퍼하는 것처럼 보인 건 기분 탓은 아니리라.

나는 루크시온한테 부탁했다.

"그러면, 이건 소원이다. 나한테 힘을 빌려줘── 파트너."

명령하기를 그만두고 소원을 빌자, 루크시온이 떨리는 전자 음성으로 대답했다.

『투, 투약을 개시합니다.』

강확이 투약되었고, 이걸로 세 번째가 된다.

격렬한 통증이 몸을 덮쳤고, 나는 견디지 못하고 피를 토하고 말았다.

그래도 차츰 기분이 좋아지기 시작하니까 신기한 노릇이다.

조금 전까지 움직이는 것도 고통이었던 몸에 힘이 넘친다.

아로간츠를 일으켜 세우고, 브레이브의 롱소드를 들었다.

롱소드를 본 미아가 분노로 떨고 있었다.

「기사님과 브 군의 검을 돌려줘!」

기운이 나기 시작한 나는 미아를 상대로 평소처럼 행동했다.

「도로 빼앗아 보라고, 이 말괄량이가!」

예비 부품으로 교체한 두 다리로 바닥을 단단히 디디고, 롱소드를 내리쳤다.

그 일격을 작은 여자아이가 막아냈다.

"루크시온, 아르카디아를 미아한테서 떼어낼 수 있겠냐?"

미아를 구할 수 있을지 확인하자, 루크시온은 이미 해석을 시작하고 있었다.

『현재 조사 중입니다.』

미아가 바닥을 박차고 뛰어올랐다. 그리고 주먹을 크게 들어 올린 뒤 아로간츠를 후려갈기고자 했기에, 롱소드로 막아내고 뒤로 물러났다.

여자아이의 주먹 같지 않은, 강력한 일격이었다.

◇

아르카디아 요새 내부에서 눈을 뜬 건 왼팔에 부상을 입은 핀이었다.

눈을 뜬 핀은 왼팔을 손으로 누르며 괴로워하는 표정을 띠었다.

"나는 왜 여기에—— 쿠로스케?!"

통증에 견디며 벌떡 일어난 핀은 이미 브레이브가 이 세상에 없다는 것을 알아차렸다.

핀은 눈물을 흘렸다.

"그 바보 자식이."

핀이 이곳에 있는 건 브레이브가 살려줬기 때문이다.

그때——.

핀은 동력로가 파괴된 분노로 인해 싸울 필요성이 사라졌는데도 리온을 뒤쫓았다.

폭발에 휩싸이는 동력로 방에서 뛰쳐나오기 전.

"저 녀석만은—— 내가 반드시!"

숨통을 끊는다. 처음의 목적을 잊어버린 핀에게, 브레이브는 위태로움을 느끼고 있었던 모양이다.

그렇긴 해도, 핀도 브레이브도 여기서 싸움을 멈출 수는 없는 노릇이었다.

미아를 위해서도 물러날 수 없으니까.

『파트너, 여기서 작별이야.』

"쿠로스케?"

무슨 말을 하는 거냐, 라고 묻기 전에 핀은 브레이브에서 배출되었다.

핀은 브레이브가 준비한 마법 장벽의 보호를 받으며 천천히 하강했다.

약의 영향으로 깨닫지 못하고 있었지만, 아로간츠와의 싸움으로 왼팔을 다친 상태였다.

"어째서냐. 어째서 나를 배신하는 거지!"

오른손을 뻗은 핀한테 브레이브는 쑥스러워하는 듯한, 부끄러워하는 듯한, 슬퍼하는 듯한 목소리로 대답했다.

『이대로라면 파트너까지 죽으니까. 나는 파트너가 살아 줬으면해. 그러니까, 여기서 작별이야.』

브레이브는 이미 한계를 맞이하고 있었던 것이리라.

자기로는 아로간츠한테 이길 수 없다는 걸 눈치채고, 핀만을 살려서 보내려 하고 있었다.

"브레이브, 가지 마라!"

오른손을 뻗는 핀에게 브레이브는 웃고 있는 것처럼 보였다.

『거기는 쿠로스케라고 부를 장면이잖아. ——쿠로스케라고 불리는 거, 실은 싫지 않았어. 안녕, 파트너.』

브레이브는 그대로 밖으로 나갔다.

367

——정신을 차리고 보니 핀은 브레이브한테 보호받는 형태로 탈출해서 목숨을 건진 것이었다.

　　핀은 눈물을 흘렸다.

　　"너도 살아남으면 됐던 거다. 좀 더 우리랑 같이—— 미아? 미아는 어디지?!"

　　이제 막 눈을 뜬 참이라 상황을 알 수 없는 핀은 서둘러 사령부로 향했다.

⭐제18화 「황제 폐하의 진실」

흔들리는 요새 안에서 핀이 사령부에 도착했다.

놀랍게도 사령부가 파괴되어 있었고, 천장에 구멍도 뚫려 있었다.

군인들이 쓰러져 있었는데, 그중에는 지팡이를 끌어안은 채 울고 있는 모리츠의 모습이 있었다.

"폐하?"

핀이 가까이 다가가자, 모리츠가 핀을 알아차리고 눈물을 닦았다.

"핀? 살아 있었나. 전부 다 내 책임이다. 나는 아르카디아의 입발림에 놀아나 아버지를 죽이고 말았다. 전부 내가 잘못한 거다."

절망하고 있는 모리츠는 이대로 스스로 목숨을 끊고 말 것 같은 분위기였다.

칼을 암살한 것에 분노를 느꼈지만, 핀은 모리츠의 손 쪽을 봤다.

모리츠가 쥐고 있던 지팡이는 칼이 평소부터 애용하던 물건이었다.

"그건 할아범의 지팡이?"

가까이 다가가는 핀에게, 모리츠는 지팡이를 내밀었다.

"너는 아버지가 마음에 들어 하는 자였지. 이제 나한테는 필요 없는 물건이다. 네가 가지고 있도록 해라."

지팡이를 받아 든 핀은 칼이 몇 번이나 사용한 것을 봐 왔기에 떠올렸다.

"——이건."

장식 부분을 움직이자, 보석 부분이 빛을 발했다.

두 사람 앞에 칼의 모습이 홀로그램으로 투영되었다.

"아버지?!"

놀라는 모리츠에게 핀은 냉정하게 말했다.

"기록 영상이군요. 말을 걸어도 대답할 수 없습니다."

고개를 푹 숙이는 모리츠였으나, 기록 영상 속의 칼이 입을 열었다.

「이걸 보고 있는 건 모리츠이거나, 그게 아니면 다른 자인가. 혹은 핀 그 애송이일지도 모르겠군. 누가 보고 있을지 불명이기는 하지만—— 나는 죽기 직전에 이 지팡이에 메시지를 남기기로 했다.」

칼은 죽기 직전 지팡이에 메시지를 넣어 뒀던 모양이다.

사념으로 메시지를 남길 수 있는 장치에 핀은 어처구니없어하면서도, 칼의 모습을 보고 그리움을 느꼈다.

「멍청한 아들인 모리츠는 마법 생물의 부추김에 넘어가 나를 암살했다. 내 이야기도 듣지 않고, 잘못 지레짐작한 천치 녀석이지.」

욕을 먹은 모리츠였으나, 받아치지 않고 다시 고개를 푹 숙였다.

「내가 생각하고 있던 건 먼 옛날부터 계속되어 온 구인류와 신인류의 전쟁을 평화적으로 해결할 방법이었다.」

칼이 말한 진실에 모리츠가 핀을 봤다.

"너는 알고 있었던 건가?"

"아뇨, 처음 듣는 이야기입니다. 애초에 생존 경쟁도 나중이 되어서야 알게 된 이야기이니 말입니다."

기록 속의 칼은 계속해서 말했다.

「볼데노와 신성 마법 제국에는 수많은 로스트 아이템이 존재한다. 그 기록을 조사하는 과정에서 나는 먼 옛날의 전쟁이 끝나지 않았음을 알게 됐다. 언젠가 우리는 신인류의 후예와 구인류의 후예들 간에 생존을 걸고 싸우게 될 것임을 깨달았다.」

로스트 아이템이 풍부한 제국에서 칼은 이 사실을 누구보다 빠르게 알아차린 듯하다.

그리고 이 문제에 골치를 썩이고 있었던 모양이다.

「군사력으로 강제로 해결하는 방법도 생각했지만, 그래서는 너무나도 무자비하다. 고민했던 나는 호르파트 왕국에 믿을 가치가 있는 자가 있다면, 그자와 손을 잡고 이 문제를 해결할 생각이었다.」

자기들과 마찬가지로 처음에는 전쟁으로 승패를 결정짓고자 했다는 걸 알고, 모리츠는 놀라고 있었다.

핀도 마찬가지다.

"할아범이 여기까지 생각하고 있었다니."

평소에는 미아를 끔찍이 아낄 뿐인 남자로밖에 보이지 않았기에, 뒤에서 이런 생각을 하고 있으리라고는 생각지 않았다.

「——그리고, 왕국에 신용할 수 있는 자가 나타났다. 나는 강제적인 수단이 아니라, 서로 손을 맞잡고 해결하는 방법을 선택할 수 있다고 생각했다.」

모리츠가 흐느껴 울었다.

"내가 아르카디아의 부추김에 넘어가지만 않았더라면——.」

「멍청한 아들한테 방해받았기 때문에 손을 잡을 수 있었는지 어떤지는 알 수 없다. 가능하면 평화로운 해결 방법을 선택해 주었으면 좋겠다고 바라고 있다. —— 그리고, 멍청한 아들이 살아 있다면 전언을 부탁하고 싶다.」

모리츠가 고개를 들자, 칼이 미소 지었다.

「실은 나한테는 숨겨둔 아이가 있다. 미리아리스—— 미아라는 이름의 귀여운 딸이다. 황족의 피비린내 나는 싸움에 말려들게 하지 않고, 평화롭게 살 수 있도록 손을 쓰라고 전해 줬으면 한다. 그리고, 핀인가 하는 애송이가 살아 있다면, 미아를 울리면 저주해 주겠다고 전하도록.」

마지막의 마지막에 미아의 이야기를 하는 칼에게, 핀도 모리츠도 뺨을 씰룩거렸다.

"할아범, 이런 때까지. 여러 가지로 다 엉망이잖아."

「그리고 마지막으로, 멍청한 아들한테 전해 주었으면 한다. 나는 너를 용서하마.」

"어?"

모리츠가 눈을 크게 뜨자, 칼의 기록 영상과 눈이 마주쳤다.

「네가 이제부터 괴로운 결단을 할 거라고 생각하니 마음이 아프다. 하지만 책임에서는 도망칠 수 없다. 모리츠, 너는 모든 책임을 짊어져라. ——하나, 아비로서 너한테 죽은 건 잊어 주마.」

모리츠가 눈물을 뚝뚝 흘리며 오열했다.

「미리아리스가 이 영상을 보고 있다고 생각하고 말하마. 내 귀여운 딸아, 너를 사랑했단다. 얼마나 사랑하고 있었냐면——.」

점점 영상이 흐릿해지기 시작하는 건 칼이 의식을 잃기 시작했기 때문일 것이다.

죽기 직전에 힘을 쥐어짜 내서 이 기록 영상을 남긴 것이리라.

영상이 사라지려고 하는 가운데, 마지막으로 핀을 향한 전언이 들어가 있었다.

「애송이—— 아니, 핀이여. 부디, 미아를 행복하게 해다오.」

그렇게 영상이 끊겼고, 핀은 눈물을 흘리며 주먹을 꽉 쥐었다.

"말하지 않아도."

모리츠는 천천히 일어나서는 핀을 봤다.

"핀이여, 나한테는 할 일이 남아 있다. 너는 네 역할을 완수해라."

"폐하?"

"서둘러 미리아리스한테 가라. 그 아이는 네가 죽었다고 생각해서, 아르카디아한테 흡수당해 버렸다!"

"뭣?!"

◇

　미아와의 전투가 계속되는 가운데, 나는 필사적으로 그녀를 구할 방법을 생각하고 있었다.

　코어를 잃은 마장에 흡수당하면 더는 인간으로는 돌아갈 수 없다.

　반대로 말하면, 코어가 존재한다면 아직 인간으로 되돌릴 수 있다.

　"가능성은 있을 거야."

　지금은 고통을 느끼지 않았다.

　온몸이 비명을 지르고 있었는데, 투약으로 고통을 느끼지 않게 됐다.

　다 죽어 가는 상태여도 싸울 수 있다니, 정말로 터무니없는 약이다.

　마주한 미아가 내게 증오를 향했다.

　「용서하지 않겠어. 절대로!」

　「하! 용서받겠다는 생각은 하지도 않았어. 알겠냐, 이미 승부는 났다! 나머지는 너한테서 코어를 빼내서 파괴하면 아무런 걱정도 없겠어!」

　「너는 기사님의 친구였는데!」

　「그 녀석도 나를 죽이려 했으니 마찬가지야! 이제 끝난 이야기라고. 너는 쓸데없는 짓 하지 말고 찌그러져 있어. 그러지 않으면 핀의 죽음은 개죽음이 되어 버린다고. 너를 살리기 위해 목숨을 걸고 싸웠는데, 네가 그걸 전부 헛된 짓으로 만들고 있단 말이다!」

도발했더니, 미아는 풋풋한 반응을 했다.

「사랑하는 사람이 눈앞에서 죽었는데 가만히 있을 수 있을 리가 없잖아! 꼭 죽이지 않아도!」

미아의 말 하나하나가 내 마음에 꽂혔다.

나도 죽이고 싶지는 않았어! 그렇게 말할 수 있다면 얼마나 편할까.

「책임자라는 건 책임을 지는 게 일이다. 제국의 영웅을 살려 둘 이유는 없어. 그 녀석도 같은 생각이었고.」

「당신이라는 사람은!」

아르카디아가 가라앉는다고 하더라도 그 녀석은 마지막까지 싸웠을 것이다.

──눈앞에 있는 미아를 위해서.

나도 마찬가지다. 이길 수 없다고 해서 싸움을 도중에 포기해 버리면── 이 싸움에 말려들게 하고, 죽어 간 사람들한테 뭐라고 설명하면 좋지?

세간의 체면이니 뭐니 하는, 보이지 않는 무언가에 속박당하는 나는 어쩔 도리 없는 평범한 인간이리라.

그런 평범한 인간이 움직이지 않을 수 없을 정도로, 이 세계는 끝장나 있다.

「네가 나설 막이 아니란 말이다! 얼른 코어를 넘겨!」

「누가 네 말에 따를까 봐!」

아르카디아의 코어가 살아남아 있는 상황에서는 죽어도 죽을 수 없다.

──게다가 전쟁은 끝이다. 이런 건 덤이다.

자기 몸을 억지로 움직여 아로간츠로 롱소드를 밑에서부터 휘둘러 올렸다.

미아가 몸을 뒤로 젖혔기에 거리를 벌리니, 루크시온이 나한테 해석 결과를 전했다.

『마스터, 코어의 위치를 확인했습니다. 그곳을 정확하게 꿰뚫으면 조종자한테서 분리할 수 있습니다.』

"미아는 살 수 있는 거겠지?"

『살 가능성은 있습니다. 하지만 조금이라도 빗나가면 인체의 급소를 꿰뚫고 맙니다.』

뭐 그런 성가신 위치에 코어가 있는 거냐 하고 생각했지만, 생각해 보니 급소를 지키고 있는 것이라고도 말할 수 있다.

하지만, 인체의 급소 근처를 노린다는 건 무서운데.

특히 갑옷의 크기로는 표적이 너무 작다.

"아로간츠로는 무리구만."

미아의 작은 몸에 브레이브의 롱소드를 찌르면 즉사다.

당연히 다른 무기도 후보에서 제외된다.

나는 아로간츠의 조종간을 어루만진 뒤 강하게 꽉 잡았다.

미아 쪽을 보니 저쪽은 양손을 내게 향하고 마법을 쐈다.

검붉은 에너지 덩어리는 발사되자 파열되어 확산했다.

확산된 그것을 피하며 돌진했지만, 아로간츠로는 미처 다 피할 수 없어 장갑이 관통당했다.

브레이브의 롱소드를 방패 대신으로 써서 나아갔으나 슬슬 한계였다.

아로간츠가 불을 뿜었고, 콕핏 내부의 기기에서 방전이 일어났다.

그런 아로간츠가 들고 있던 롱소드를 던져 버리고, 양손으로 미아를 붙잡았다.

『해치를 분리합니다!』

절묘하게 맞는 호흡으로, 루크시온이 베스트 타이밍에 해치를 활짝 열었다.

눈앞의 해치가 날아가고 바람이 들어왔다.

몸이 시트에서 해방되어 재빨리 옆에 두었던 라이플을 손에 쥐었다.

그대로 콕핏에서 나가자, 미아는 아로간츠의 손에서 억지로 빠져나온 참이었다.

아로간츠의 왼손 손가락이 쉽게 뜯겨 나갔고, 미아는 그걸 나한테 던졌다.

미아는 나를 보고는 한순간 놀랐지만—— 곧바로 미간을 찡그렸다.

귀여웠던 여자애의 얼굴이 증오로 이렇게까지 변하는 건가 하고 한순간이지만 공포를 느껴 버렸다.

미아는 이를 악물었고, 그 귀여웠던 얼굴이 마치 사나운 짐승처럼 변해 있었다.

무리도 아니다. 나는 그만한 짓을 한 것이니까.

"나와 봤자!"

미아가 나한테 오른손을 향하고 마법을 쏘려 했다.

루크시온이 재빠르게 내 앞으로 나와 실드를 전개하자, 내 시야가 화염에 휩싸였다.

검은 화염이 실드 저편에서 퍼지고 있다.

『마스터, 버틸 수 없습니다! 5초 후에 실드 에너지가 소진됩니다!』

"5초 있으면 충분해."

라이플을 들고 사격 자세를 취하자, 루크시온의 어시스트로 스코프에 노리는 장소가 표시되었다.

미아가 검은 화염 너머 어디에 있는지 루크시온한테는 보인다.

방아쇠를 당기자, 루크시온의 실드를 안쪽에서 깨고 검은 화염을 뚫고 나가 거기에 구멍을 냈다.

검은 화염에 구멍이 뻥 뚫렸고, 그 너머에서 미아가 탄환에 관통되어 뒤로 날아갔다.

몸에 붙어 있던 검은 갑옷 같은 무언가도 떨어져 나가, 은색이었던 몸은 쩌적쩌적 소리를 내며 무너져 갔다.

"좋은 라이플이지? 특제 레어 아이템을 루크시온한테 개조시

컸다고."

검은 화염이 사라지자, 라이플에 총검을 달고 미아한테 다가 갔다.

미아는 위를 향한 자세로 쓰러져 있었다. 그리고 그런 미아 옆 에서, 검은 구체가 작은 손을 써서 기어가다시피 하며 내 쪽으로 가까이 다가왔다.

『잘도 공주님한테── 너희만이라도 길동무로!』

루크시온이 내 오른쪽 어깨 근처에 떠 있었지만, 안정감이 없 는지 평소보다 흔들흔들하고 있었다.

『단말 배터리가 한계에 가까워지고 있습니다. 마스터, 실드 에 너지도 다 떨어졌습니다. 빠르게 마무리를 지어 주십시오.』

"알았어."

라이플을 들고 망설임 없이 방아쇠를 당겼다.

『갸아아악!』

탄환이 아르카디아를 꿰뚫자, 검은 액체가 분출되며 고통에 몸 부림쳤다.

그 모습을 보고 유효타를 줬다고 확신했다.

몇 발이나 쐈지만, 아르카디아의 코어라 여겨지는 마법 생물은 죽지 않았다.

"끈질기군."

탄창을 교환하려 하고 있자, 마법 생물이 부풀어 올라 나한테 커다란 외눈을 향했다.

핏발 선 눈. 눈동자는 시꺼먼 증오로 완전히 물들어 있었다.

『네놈만으으으은!』

아르카디아는 몸에서 뾰족한 가시를 만들어 내고는 그것들을 전부 나한테 날렸다.

위험하다는 생각이 든 순간, 루크시온이 나를 감싸기 위해 앞으로 뛰쳐나왔다.

뾰족하고 커다란 가시—— 60㎝ 정도의 검은 원뿔형 물체가 우리한테 날아왔고, 루크시온이 그중 태반(太半)을 튕겨냈다.

『마스터를 죽이게 두지 않겠습니다!』

루크시온의 몸에 의해 대부분이 튕겨 나갔다.

루크시온은 몸이 우그러지면서도 나를 필사적으로 지키려 하고 있다.

그런 루크시온의 너머에서—— 아르카디아는 추잡하게 웃고 있었다.

『안타깝게 됐군, 고철. ——뒤를 봐라.』

루크시온이 곧바로 뒤돌아서 나를 봤다.

나는 내 가슴을 봤다.

검고 뾰족한 원뿔형의 무언가에 오른쪽 가슴 부근이 크게 꿰뚫려 있었다.

등에 있는 백팩까지 벗겨져 떨어져 버렸다.

나는 들고 있던 라이플을 떨어뜨리고 말았다.

신기하게도 아픔은 없지만, 몸은 솔직해서 입에서 피가 흐르고 있었다.

『마스터?!』

루크시온이 떨고 있는 것처럼 보였는데, 분명 내 눈의 초점은 이미 맞지 않는 것이리라.

이미 한계를 맞이했던 몸에 힘이 들어가지 않게 됐다.

루크시온 뒤에서 아르카디아가 웃었다.

나를 해치울 수 있었던 게 기쁜 모양이다.

『이대로 모든 걸 파괴해 주겠다! 네놈들의 나라만큼은── 반드시 소멸시켜 주겠어! 너는 막을 수단도 없겠지!』

아르카디아 본체가 천천히 움직이기 시작했고, 마지막 힘을 쥐어짜는 것처럼 주포를 발사하려 하고 있었다.

아르카디아의 몸에서 마소가 넘쳐흘렀고, 상공에 출현한 검은 구체에 빨려들어 갔다.

이대로는 주포가 발사되고 만다.

"──네 맘대로 하게 둘 리 없잖냐."

왼손을 허리 뒤로 돌려 뽑은 것은 단검이었다.

나는 떨리는 손으로 단검을 아르카디아한테 겨눴지만, 상대는 웃고 있었다.

『고작 그런 뭘 할 셈이지?』

내 행동을 발버둥이라고 생각한 것이리라.

"뭔가 할 거니까 꺼낸 거라고."

칼자루에 있는 장치를 작동시키자, 단검의 칼날이 발사되어 아르카디아의 커다란 눈에 박혔다.

칼날에 새겨 둔 마법이 발동했고, 아르카디아의 내부에서 폭발했다.

"안에 장치를 심어 둔 나이프라고 할지 단검이다. 특제 마법 도구 효과가 좋지?"

피를 토하면서 말했지만, 아르카디아는 내 말 따위 듣고 있지 않았다.

『이갸아아아아아아아아아아아아이이이이익?!』

커다란 눈에서는 검은 액체가 뿜어져 나오며, 타는 냄새를 발생시키고 있다.

하지만 아르카디아 본체에 명령은 전해졌는지, 남아 있던 에너지를 주포에 모아 발사하려 하고 있었다.

나는 무릎부터 무너지듯이 주저앉고 말았다.

아르카디아는 온몸에서 검은 액체를 분출하며 웃었다.

『캬하하하하핫! 확실하게 끝내지 못했구나!』

마지막의 마지막에 실패하고 말았다.

"제, 젠장──."

◇

리코른 함교에서는 힘을 전부 다 쓴 리비아와 안제가 쓰러져 있었다.

리비아가 전력을 내 버림으로써 리코른도 한계가 왔는지 기기에서 방전이 일어나고 있다.

크레아레가 지시를 내렸다.

『서둘러서 성수에 매달려! 탈출용 장치로 되어 있으니까!』

성수의 어린나무를 옮겨 심은 부분은 리코른에서 분리할 수 있게 되어 있다.

성수만은 언제든지 분리할 수 있게 되어 있었다.

노엘이 리비아를 업고, 유메리아와 카라가 안제를 옮겼다.

카일은 성수의 탈출 장치를 준비하고 있다.

그런 와중에, 마리에만은 창밖을 보며 멍하게 서 있었다.

창밖을 보고 있자, 아르카디아의 상공에 검붉은 구체가 출현했다.

또, 주포를 쏘려 하고 있다.

리코른이 리온과 아르카디아의 대화를 포착하고 있어서, 그것이 어딜 향하고 있는지를 마리에는 듣고 말았다.

노엘이 눈물을 흘리며 마리에한테 외쳤다.

"마리에 쨩도 얼른 이쪽으로!"

리온이 쓰러지고 말아, 노엘도 놀라서 충격을 받았을 텐데도.

굳세게 행동하는 친구를 보고 마리에는 미소를 띠었다.

마리에가 천천히 탈출 장치로 다가가자, 카일과 카라가 손을 뻗었다.

"주인님도 빨리!"

"마리에 님, 지금은 도망치도록 해요!"

울 것 같은 얼굴인 두 사람을 보고, 마리에는 지팡이를 손에서 놓은 뒤 양손을 뻗어—— 두 사람의 손을 잡았다.

마리에는 두 사람에게 고맙다고 말했다.

"너희들, 지금까지 고마웠어. 나 같은 걸 따라 줘서, 정말로! 고마워. 둘 덕분에 즐거웠어."

두 사람이 아연해하고 있는 사이에, 마리에는 손을 놓았다.

성수를 감싸는 것처럼 유리 같은 것이 전개되었다.

안쪽에 들어간 두 사람이 당황하여 유리를 두드렸지만, 소리는 들리지 않았다.

무언가를 필사적으로 전하려 하고 있지만 목소리도 들리지 않는다.

마리에는 크레아레를 봤다.

크레아레의 목소리만은 리코른의 통신 장치를 써서 들려왔다.

『——괜찮은 거야?』

마리에는 지팡이를 줍고, 어깨에 둘러멘 뒤 웃어 보였다.

"마지막 정도는, 오빠 뒤치다꺼리를 해줘야겠지. 다음에 재회하면 이걸 협박 재료로 써서 오빠한테서 돈을 뜯어내는 거야. ——그러니까, 얼른 오빠를 구해줘."

크레아레는 마리에가 무슨 말을 하는 건지 이해하고 있었다.

『마리에는 정말로 최고의 여동생이야. ——탈출.』

그 말만 하고는, 성수의 어린나무와 크레아레, 그리고 마리에를 제외한 전원이 천천히 가라앉았다.

노엘이 아연실색했고 유메리아는 엉엉 울었다.

카일과 카라가 울면서 무언가를 외쳤지만, 마리에는 웃는 얼굴로 손을 흔들었다.

그리고 모두가 탈출하여 혼자 남겨진 마리에는 중얼거렸다.

"바보 오빠, 실패하는 거 아니라구."

뒤돌아서 앞을 보니 당장이라도 주포가 발사될 것만 같았다.

리코른에 말을 걸었다.

"나랑 같이 싸워 줘야겠어."

리코른의 기계적인 음성이 들려왔다.

『소유자를 마리에로 변경. 지시를 부탁합니다.』

마리에는 양손에 든 성녀의 지팡이 물미를 기세 좋게 바닥에 내리쳤다.

마리에가 희미하게 빛나기 시작하더니 머리카락이 나풀거렸다.

반짝반짝하는 빛을 내뿜으며 주위에 마력이 가득 찼다.

리비아한테도 지지 않을 정도의—— 성스러운 빛을 내뿜고 있다.

"적의 공격을 막아내겠어. 저 녀석 앞으로 이동해!"

『알겠습니다.』

리코른이 흔들리면서도 주포의 포대 앞까지 이동하자, 마리에는 꽉 잡은 지팡이에 말을 걸었다.

"부탁이야. 나한테 힘을 빌려줘. 나한테 지키게 해줘."

마리에의 목소리에 반응하는 것처럼 성녀의 지팡이도, 목걸

이도, 그리고 팔찌도 빛났다.

리코른 앞쪽에 세 개의 커다란 마법진이 겹치는 것처럼 전개되었다.

주포를 막아내기 위해 마리에는 세 개의 마법 장벽을 전개했다.

그러자 아르카디아의 주포가 발사되었다.

주포의 포격이 향하는 곳은 호르파트 왕국의 대륙이었다.

곧바로 눈앞이 검붉은 빛에 감싸였고, 첫 번째 마법 장벽이 간단히 부서졌다.

리코른도 격렬하게 흔들렸고, 금속이 눌려 찌부러지는 기분 나쁜 소리를 내기 시작했다.

마리에는 지팡이를 꽉 쥐고 흔들림에 견디며 서 있었다.

"나를—— 얕보지 마아아아!!"

마법진이 강하게 빛났고, 힘이 커져 갔지만 두 번째 실드도 깨졌다.

마리에는 지금까지를 되돌아봤다.

'나는 정말로 글렀네.'

떠올리는 건 전생하고 얻은 제2의 인생.

그리고 이전 생부터 오빠한테 의지해 왔던 것.

항상 폐를 끼쳐 왔다.

하지만 오빠는 언제나 지켜주었다.

때때로 화도 났지만, 그래도 지금 와서 생각하면 자랑스러운 오빠다.

부끄러워서 입 밖에 내서 말하지는 못하지만, 마리에는 오빠를 정말 좋아했다.

최후의 실드에 균열이 갔고, 리코른도 각부에서 불을 뿜고 있었다.

선내 기기가 날아가고 연기가 가득 찼다.

그 안에서 마리에는 눈물을 흘리며 앞만을 보고 있었다.

"내가 오빠의 인생을 망쳤으니까, 이번에는 내가 지켜줄게. 그러니까, 오빠는── 제대로 내 몫까지 살아."

마리에는 마음속으로 납득했다.

'그렇구나, 아마도── 내 두 번째 인생은, 분명 오빠를 돕기 위해서 있었던 거야.'

첫 번째 인생에서 마리에는 리온한테 폐를 끼쳤다.

두 번째도 마찬가지다.

하지만, 마지막에 도움이 되었다고 생각했을 때, 마리에는 자신의 역할을 다한 느낌이 들었다.

만족한 마리에는 미소를 띠었다.

"사서 고생하는 성격인 바보 오빠, 이번에는 자신의 인생을 즐기라구."

성녀의 도구가 한계에 달했는지 산산이 조각나 부서졌다.

그리고 세 번째 실드가 뚫리고, 리코른이 빛에 휩싸이자, 마리에의 의식은 희미해져 갔다.

검붉은 빛에 집어삼켜져 증발하는 운명을 받아들이고 있었다.

마지막으로 본 광경은 자신이 날아가는 와중에—— 리비아와 안제를 닮은 여성들이 자신을 끌어안고 있는 광경이었다.

두 사람은 마리에를 지키는 것처럼 끌어안았고, 그리고 리코른은 빛에 감싸여—— 폭발한 뒤, 증발하여 사라져 갔다.

◇

아르카디아의 마지막 공격을, 리코른은 버텨 냈다.

그 대신 리코른도 소멸해 버렸지만, 루크시온이 내게 전해 주었다.

『안젤리카, 리비아, 노엘, 유메리아, 카일, 카라—— 그리고 크레아레의 탈출을 확인. 마리에의 안부는 불명입니다.』

마리에 녀석, 뭘 하는 거야?

네가 죽으면 의미가 없잖냐.

저세상에서—— 내가 부모님한테 혼나잖냐.

"머, 멍청이가. 무모한 짓을—— 하니——까—— 어째서."

나는 시선 끝에 있는 아르카디아를 봤다.

말도 없이, 그저 떠 있다.

그리고 잠시 후 우리를 보며 소리쳤다.

『끝까지 우리를 방해하는구나! 더러운 구인류의 후예가 인제 와서 튀어나와서 지배자인 척 굴지 마라! 이 별은—— 지구는 신인류의 것이다아아아!!』

소리 지르고 있지만, 이쪽은 화를 내줄 만큼의 힘이 남아 있지 않았다.

일어서려고 해도 몸이 움직이지 않는다.

그리고 루크시온이 말했다.

『마스터, 준비됐습니다.』

"헤헤, 역시 마지막에 의지가 되는 건 너구만."

목소리가 나오지 않는다.

마지막의 마지막에, 비장의 수가 남아 있어서 다행이다.

아르카디아가 다시 가시를 만들어 냈다.

『너희들만이라도 갈가리 찢어 주마! 뭐, 뭐냐?!』

나는 놀라서 눈앞의 광경을 봤다.

"아로——간츠?"

아로간츠가 아르카디아한테 몸통 박치기를 하더니 꽉 껴안는 것처럼 아르카디아를 붙잡고, 그리고 우리한테서 떼어 놓았다.

스러스터가 타버릴 때까지 불을 뿜고, 저항하는 아르카디아를 밀어 나갔다.

아르카디아가 조금씩 밀려나자, 초조해했다.

『놔, 놔라, 이 고철!』

아르카디아가 발사한 가시에 맞고, 장갑이 떨어져 나가고, 꿰뚫려 너덜너덜해지면서도 아로간츠는 아르카디아를 놓지 않았다.

머리를 이쪽으로 향한 아로간츠가 마지막에 트윈 아이를 점멸시켰다.

이 상황에서, 루크시온이 의미 없는 행동을 아로간츠한테 시킬 리가 없다.

즉, 아로간츠의 자발적인 행동이었다.

간이적인 인공지능이 탑재되어 있다고는 들었는데, 성실하게도 마지막 인사를 하고 있었다.

"고맙다―― 아로간츠."

루크시온도 아로간츠의 행동에 경의를 표하고 있는 듯했다.

이 기회를 헛되게 하지 않기 위해, 곧바로 움직였다.

『감사합니다, 아로간츠. ――주포, 발사합니다.』

가장 먼저 가라앉았던 루크시온 본체가 응급 수리를 끝내고 바닷속에서 모습을 드러냈다.

해수면에서 선수를 내민 루크시온 본체는 주포를 아르카디아 바로 밑에서 쐈다.

아르카디아를 관통하는 주포의 푸르스름한 빛이 나한테는 하늘로 뻗는 기둥처럼 보였다.

그 빛 속에, 마법 생물을 붙잡은 아로간츠도 있었다.

내가 손을 뻗자―― 아로간츠는 우리를 보며 형체를 유지하지 못하고 티끌이 되어 사라져 갔다.

――여기까지 나를 따라와 줘서 고맙다. 너도 나의 파트너였어.

아로간츠와의 작별을 끝내자, 빛 속에서 아르카디아의 단말마가 들려왔다.

『네노오오오오옴!』

루크시온 본체의 주포에 꿰뚫린 아르카디아의 코어는 소실되었고, 본체인 요새는 태반이 상실되어 무너지다시피 하며 낙하했다.

갑판 위에 있는 잔해를 등받이 대신으로 삼으면서, 나는 그 광경을 바라보고 있었다.

★ 제19화 「중화제」

추락하는 요새의 갑판에서 나는 잔해를 등지고 주저앉아 있었다.

일어설 힘도 남아 있지 않아서, 갑판에서 도망치지도 못하고 있었다.

"우리, 이긴 거지?"

루크시온을 보니 나를 지키느라 제법 너덜너덜했다.

표면은 움푹 우그러진 부분이나 상처가 많았고, 빨간 렌즈에는 금이 가 있었다.

『――예. 단지, 너무 무리했습니다. 본체도 주포를 쏘고, 다시 가라앉고 있습니다. 수복에 시간이―― 걸릴 것으로 생각됩니다.』

루크시온한테도 상당히 부담을 주고 말았다.

"그, 그러냐. 미안―― 쿨럭."

그러고 있는 사이에 강화약 효과가 떨어지고 만 모양이다.

몸이 급격히 괴로워졌다.

힘이 빠지고, 의식을 유지하는 것도 어려워지기 시작했다.

『마스터! 중화제를――?!』

내 등에서 백팩이 없어진 걸 확인한 루크시온이 곧바로 약을 찾으러 날아갔다.

떨어져 있던 백팩에 가까이 다가가자, 가시에 꿰뚫려 중화제가 백팩에서 새어 나오고 있었다.

『중화제. 마스터의 중화제가! ——마스——터의——.』

루크시온의 단말에도 한계가 왔는지, 바닥에 떨어지고 말았다.

그래도 중화제를 모으려 하고 있다.

이미 약으로서 쓸 수 없을 텐데도, 그래도 필사적으로 그러모으려 하고 있었다.

『마스터의 중화제——. 마스터가 죽고 말—— 이게 없으면, 마스터의 생명이 끝나—— 그런 건 안 됨—— 그러니까——.』

마치 울고 있는 것 같다.

나를 위해 필사적으로 중화제를 그러모으려 했지만, 밖에 쏟아진 중화제는 역할을 다할 수 있을 것 같지 않다.

루크시온도 그걸 알고 있을 텐데, 포기하려고 하지 않는 모습은 보고 있기 안쓰러웠다.

보고 있을 수 없어 말을 걸려고 한 나는, 기침하며 피를 토했다.

어찌어찌 목소리를 쥐어짜 내서 포기하지 않고 중화제를 그러모으는 루크시온을 불렀다.

"이제—— 됐어. 이쪽에—— 와."

공중에 뜨는 것조차 불가능해진 루크시온이 굴러서 내가 있는 곳으로 왔다.

그리고 내 오른손에 닿고 멈췄다.

나는 오른쪽 가슴이 꿰뚫리고 만 상태였다.

피도 너무 많이 흘렸지만, 애초에 몸이 걸레짝이다.

힘들어서 쓰러지는 것처럼 눕자, 조금은 편해졌다.

강화약 때문에 장기에도 부담이 간 것이리라.

중화제 투여가 제때 이뤄졌다고 하더라도, 나는 살지 못할 것이다.

그건 루크시온도 알고 있을 텐데도, 마지막까지 나를 구하려 하고 있었다.

"마리에는 어떻게 되었으려나? 안제랑 리비아도—— 무사하겠지? 노엘은? 그리고—— 그리고——."

『마스터, 이제 말하지 말아 주십시오. 구조가 옵니다. 그러면 반드시 살 수 있을 테니까 말입니다. 육체를 재생시키겠습니다. 어떻게 해서든 살아 주십시오.』

기특한 말을 해주잖냐.

"평소의 너답지 않다고. 좀 더 가볍게 툭툭 말해. ——나는 이제 살 수 없어. 알잖냐? 늦었다고."

목숨을 잇기 전에, 타임 리미트가 올 것이다.

"아아, 그래도 두 번째 인생은, 첫 번째보다 나으려나? 전에는 계단에서 굴러떨어졌거든. 그랬더니 이런 세계에 전생해서——."

쿨럭거리자, 루크시온이 내게 말을 걸었다.

『역시 후회하고 계시는 겁니까?』

"어떠——려나? 꽤—— 즐거웠던 것 같은데. 다시 한번 같은 걸 하라고 하면 고민하겠지만."

다시 한번 같은 인생을 다시 시작하라는 말을 들으면 전력으로 거부할 자신은 있군.

하지만 조금 아까운 느낌도 든다.

다시 시작하고 싶은 마음도 있지만, 분명 여기서 끝나는 게 최선이지 않을까?

나치고는 꽤 잘 처신했던 느낌이 든다.

리비아랑 만나고, 안제랑 만나고, 노엘과도—— 여러 사람과 만나, 여러 가지로 큰일도 겪었지만, 끝나 보니 즐거웠다는 생각이 든다.

루크시온의 렌즈에서 액체가 새어 나오고 있었다.

정말로 울고 있는 것 같잖냐.

루크시온이 내게 말했다.

『마스터, 만약—— 또 되풀이한다면. 또, 만날 수 있다면. 또, 저를 데리러 와주시겠습니까?』

갑자기 왜 그러냐고 물으려 했지만, 목소리가 나오지 않았다.

——아아, 전에 동굴에서 했던 이야기를 계속하는 걸까? 그때는 뭐라고 대답했더라?

『또, 마스터가 전생해서—— 같은 상황이라도, 저를 데리러 와주시겠습니까? 다음에는 실패하지 않겠습니다. 반드시 마스터를 행복하게 만들겠습니다. 그러니까, 부디 한 번만 더 저한테 기회를 주십시오.』

다시 시작? 윤회전생—— 이 아니군, 루프라든가 그쪽 계열이네.

다시 한번, 처음부터── 과거로 돌아갈 수 있다면, 이라는 이야기다.

나 참, 주인과 종자가 모두 같은 생각을 하다니 재미있구만.

그렇다면 대답은 정해져 있다.

"──죽어도 싫은데."

그걸 들은 루크시온은 침묵하고는 눈물을 흘렸다.

『그렇──겠지요. 저랑 만나지 않았더라면, 마스터는 바랐던 평화로운 생활을 손에 넣었을 테니까요.』

만나지 않았더라면 좋았다? 그건 아니다.

내가 데리러 가고 싶지 않은 이유를 알려주마.

괴로운 걸 참으며 나는 입을 움직였다.

각혈이 나와서 말하기 힘들구만.

"다시 한번 너를── 데리러 가도, 성공할지 어떨지 알 수 없으니까. ──만약 다시 시작하는 일이 있다면, 다음에는 네가 나를 데리러 와라."

루크시온을 얻기 위해 어울리지도 않게 대모험을 했다.

작은 배에 타고, 몇 번을 죽을 뻔했던지.

다시 한번, 같은 걸 해서 성공할 거라고는 생각되지 않는다.

그렇다면 루크시온한테 데리러 오게 하고 싶다.

가능하다면 조라한테 팔려 가기 전에 도와줬으면 한다.

『──또 저의 마스터가 되어 주시겠습니까?』

"네, 네가── 나를 찾아낸다면── 말이지."

이제 한계였다.

눈이 침침해져 아무것도 보이지 않는다.

『──반드시 마스터를 찾아내겠습니다. 반드시 마스터를── 데리러 가겠습니다.』

"기대하마──."

정신이 아득해져 가는 가운데, 녹색 기체가 우리 근처에 내려섰다.

「찾았다! 아직 살아 있죠, 리온 군?!」

달려온 건 질크였다.

"어째서, 네가?"

갑옷에서 내려온 질크가 내 모습을 보고 놀랐지만, 곧바로 평정을 가장하며 응급 처치를 했다.

"저는 끈질기거든요. 다른 사람들도 분명 살아 있을 겁니다."

고맙다는 말을 하고 싶지만 목소리가 나오지 않는다.

질크는 평소대로 나를 대했다.

"게다가, 형님을 구하면 마리에 씨가 기뻐해 주지 않겠습니까? 점수는 따 둬야겠지요."

빈틈없는 녀석이다.

웃어 주자, 질크가 진지한 표정이 되었다.

"그러니까, 죽지 마십시오. 저를 위해서라도── 마리에 씨를, 아뇨, 모두를 위해서, 당신이 죽으면 곤란합니다."

무모한 말을 하는 녀석이다.

"무모한 말—— 하지—— 말라고."

의식이 끊어질 것 같은 그때, 오른손 손등이 따뜻하게 느껴졌다.

◇

리온을 갑옷으로 껴안다시피 하며 들어 올린 질크는 그대로 낙하해 가는 요새의 갑판에서 탈출하려 했다.

"얼른 치료하지 않으면."

솔직히, 살아날 가망은 거의 없다고 생각했다.

루크시온과 크레아레의 의료 기술에 기대할 수밖에 없지만, 언뜻 봐도 이제 틀렸다는 생각이 들 정도로 중상이었다.

"어쨌든 흔들리지 않도록, 그러면서 서둘러서——."

리온을 아군이 있는 곳으로 옮기고자 하늘로 날아오르자, 질크는 안 좋은 예감이 들어 뒤돌아봤다.

그곳에 있던 건 후베르트와 함께 있었던 라이머였다.

질크한테 한쪽 팔이 날아간 모습 그대로 나타나서, 격노한 기색이었다.

「너는 기억하고 있다고, 녹색 놈! 끌어안고 있는 건 귀축 기사로군? 둘 다 한꺼번에 죽여 주지!」

「인제 와서 무슨 말을 하는 겁니까? 이미 전쟁은 끝났습니다.」

냉정하게 대답했지만, 라이머는 소리쳤다.

「끝낼 수 있을까 보냐! 동생은 너희한테 죽었다! 후베르트 씨도!

군터 씨도! 그런데도 너희들만 살아남는 건 균형이 안 맞잖냐!!」

분노로 이성을 잃은 라이머한테 냉정한 대화는 무리였다.

이 자리에서 시간을 낭비하고 싶지 않은 질크는 리온을 끌어안고 서둘러 도망쳤다.

그런 질크의 등에 라이머가 몇 번이나 공격을 펼쳤다.

발사하는 건 화구여서, 직격하자 폭발을 일으켰다.

"이런 때에."

리온을 안고 있기에 무리도 할 수 없어서, 질크는 라이머한테 등을 노출하고 있었다.

라이머도 약해져 있는 모양이지만, 그래도 계속해서 공격을 맞으면 질크의 갑옷도 버틸 수 없다.

「등이 텅텅 비었다고!」

빈틈투성이인 등에, 라이머가 몇 발이나 공격을 맞혔다.

"큭?!"

몇 번이나 등이 폭파되어 차츰 질크의 갑옷에도 한계가 왔다.

뒤돌아서 라이머를 상대할 수 있다면 편하겠지만, 리온이 있기에 그것도 불가능하다.

리온을 포기하면 자신은 살 수 있겠지만—— 질크는 그 선택을 하지 않았다.

"앞으로 조금만—— 조금만 더!"

시야에 아군 비행 전함이 보였다.

질크는 어떻게 해서든 리온을 보내 주려 했지만, 라이머가 몸통 박치기를 했다.

　질크의 갑옷 등에 직접 손을 대고, 근거리에서 폭발을 일으키려 하고 있었다.

　그건 라이머한테도 위험한 행위였는데도.

　「너희들만은 내가 이 손으로!」

　질크의 갑옷은 리온을 지키는 것처럼 몸을 둥글게 말아 웅크렸다.

　조종사인 질크가 라이머의 공격에 아무런 대비도 할 수 없는 자세다.

　"리온 군만큼은 반드시 마리에 씨한테!"

　「터져라!!」

　질크의 갑옷과 라이머의 마장이 폭발에 휩쓸렸다.

◇

　정신을 잃고 있었던 미아는 이름을 부르는 소리에 눈을 떴다.

　"미아! 눈을 떠줘. 나는 네가 없으면── 살아갈 의미가 없어. 나는, 너만 살아 있어 준다면 그걸로!"

　자신을 꼭 끌어안고 눈물을 흘리고 있던 건 핀이었다.

　미아는 핀을 보며 미소 지었다.

　"또, 기사님을 만날 수 있었네요. 이번에야말로 쭉 같이 있는 거예요. 죽고 말았지만, 미아랑 기사님은 쭉 함께니까요."

죽었을 터인 핀과 재회한 것이니 자신도 죽었다고 생각했다.

혹은 꿈일지도 모르지만, 그렇다면 깨지 말았으면 좋겠다고 바랐다.

"아아, 기사님. 죽었어도 좋아요. 꿈이어도 좋아요. 다시 한번 만날 수 있었어."

미아가 핀의 얼굴에 양손을 뻗고, 뺨을 만졌다.

핀이 미아의 손을 잡았다.

눈을 뜬 미아를 보고, 한층 눈물이 넘쳐흐르고 있었다.

"바보 같은 소리 마라. 너는 죽지 않았어. 꿈도 아니다. 내가 이곳에 있는 건 쿠로스케 녀석이 나를 살려서 보내준 덕분이야."

"——어?"

미아가 상반신을 일으키자, 그곳은 아르카디아의 요새 안이 아니었다.

제국군 비행 전함의 함내라고 생각되는 방이었다.

"브 군?"

이름을 불렀지만, 대답은 없다.

서서히 의식이 각성해서, 브레이브가 쓰러진 광경을 떠올렸다.

"브 군이—— 죽었어."

눈물을 흘리는 미아를, 핀은 부드럽게 끌어안았다.

"잘못이었어. 내가 잘못했던 거다."

"기사님."

두 사람은 서로를 부둥켜안으며 큰 소리로 울었다.

◇

파도 소리가 들려왔다.

마리에가 눈을 뜨자, 자신은 고무보트 위에 누워 있었다.

모포가 걸쳐져 있던 마리에는 자신이 살아 있는 것을 의아하게 생각했다.

"나—— 살아 있는 거야?"

그리고 저녁노을 빛을 받은 율리우스, 브래드, 그렉, 크리스가 울 것 같은 얼굴로 마리에를 보고 있다.

"모두?"

율리우스가 마리에를 안아 일으키고는, 호통을 쳤다.

"어째서 위험한 짓을 한 거지!"

"율리우스?"

율리우스가 마리에를 부둥켜안았다.

"다행이다. 정말로 다행이야. ——네가 없으면, 우리는 살아갈 수 없다."

브래드가 울고 있다.

"마리에가 죽으면 우리는 살아갈 수 없어!"

그렉은 코를 훌쩍이고 있었다.

"좀 더 우리를 의지해 줘, 마리에! 너는 리온과 같아서, 중요한 때 혼자서 너무 힘낸다고."

크리스가 안경을 벗고 손으로 눈가를 가리고 있었다.

"이렇게 마리에랑 모두와 재회할 수 있어서 다행이다. 정말로."

울고 있는 네 사람의 모습에 마리에는 흠칫했다.

율리우스는 너덜너덜했지만, 그나마 격전을 헤쳐 나온 것이리라고 상상할 수 있었다.

하지만 브래드의 파일럿 슈트는 구멍투성이였다.

"브래드, 그 옷은?"

"이거 말이야? 마술의 요령으로 상대의 공격을 피해서 말이지. 덕분에 구멍투성이가 되고 말았어."

"그, 그래."

의미를 모르겠다고 생각하면서도, 한층 더 문제가 있는 옷차림인 두 사람한테 시선이 향했다.

다음은 삼각팬티 한 장 차림인 그렉이다.

"그렉은 왜 팬티 한 장 차림이야?"

"이거 말이냐? 기체를 자폭시켜서 슈트가 타버렸다고. 덕분에 살까지 구릿빛으로 그을렸지, 뭐냐."

구릿빛 피부로 근육을 어필하는 그렉을 보고, 마리에는 뺨이 씰룩거렸다.

"자, 자폭해서 살아남다니 굉장하네. 그 상태로 살아남을 수 있다니 인간이라고는 생각되지 않아."

"부끄럽구만."

칭찬한 게 아닌데 쑥스러워하는 그렉한테서, 마리에는 크리스로 시선을 옮겼다.

훈도시 모습인 크리스는 자신의 옷차림에 조금도 의문을 품고 있지 않은 모양이다.

"크리스는 어째서 그런 차림이야?"

"이거 말인가? 슈트 밑에 훈도시를 매고 있었다. 얇은 천이라서 내구성은 불안했지만, 이 녀석 덕분에 목숨을 건졌어."

"목숨을 건져?"

크리스는 날카로운 무언가의 파편을 보여줬다.

"이게 박혀서 말이지. 훈도시가 없었더라면 죽었을 거다."

기쁜 듯이 훈도시를 쓰다듬는 크리스를 보고, 마리에는 이해하려는 마음이 사라졌다.

전원이 위기 상황에서 살아남았다.

그것만으로 충분하다고 자신에게 되뇌고── 그리고, 퍼뜩 생각이 났다.

"저, 저기, 오빠는? 그리고 질크랑 다른 사람들은 어떻게 됐어?!"

율리우스가 입을 열려고 하자, 바다에 떠 있는 비행 전함이 가까이 다가왔다.

그건 발트파르트 가문의 비행 전함이었다.

닉스가 갑판에서 손을 흔들고 있다.

"너희들, 무사하냐!"

그 갑판 위에는 성수의 어린나무 모습이 보였다.

매우 손상되어 있지만, 질크의 갑옷도 보였다.

마리에가 일어나려 하자 율리우스가 끌어안았다.

"질크는 무사하다. 탈출한 사람들도 살아 있다. ——하지만 리온은——."

그 말을 듣고, 마리에는 좋지 않은 예감이 들었다.

"오빠가 어쨌는데?"

◇

추락하여 날 수 없게 된 발트파르트 가문 비행 전함은 인명 구조를 하고 있었다.

닉스가 그걸 지휘하고 있었다.

무사한 비행 전함을 띄워 거기에 사람을 태우고 있다.

갑판 위에는 붕대투성이인 빈스와 바르카스의 모습도 있었다.

두 사람이 나란히 앉아, 주위에 지시를 내리고 있는 닉스를 보고 있었다.

"——좋은 아드님을 가지셨군."

빈스가 그렇게 말하자, 바르카스는 쑥스러워하는 듯했다.

치료를 받기는 했지만, 움직일 수 없는 바르카스는 그 자리에서 장남을 보고 있었다.

실려 온 차남도 걱정이지만, 자신은 움직일 수 없기에 이 자리에서 무사하기를 빌고 있다.

"저 애가 있다면 저희 가문도 평안할 것입니다. ——저한테는 과분할 정도로 장한 아이들입니다. 닉스도, 그리고 리온도 말이지요. 공작님의 자제분도 훌륭하지 않습니까."

빈스가 하늘을 올려다봤다.

거기에는 레드글레이브 가문의 비행 전함이 떠 있어서, 주위 아군을 모으는 상황이었다.

"내가 없어도 이제 괜찮겠지. 저 애한테 당주 자리를 물려주는 건 생각했던 것보다 빨라질 것 같네."

안심하고 있는 기색이지만, 빈스는 조금 쓸쓸해하는 것처럼도 보였다.

바르카스는 고개를 숙였다.

"저는 얼른 물려주고 싶지만요."

빈스가 웃었다.

"남작은 편안히 은거 생활이라도 하고 싶은 건가? 부자끼리 닮으셨군."

바르카스는 난감한 표정을 지었다.

그걸 보고 빈스가 사과했다.

"이런 때에 실례했네."

"아니요, 그 애는 분명 무사할 겁니다. 어떤 상황에서도 살아남아 왔으니 말입니다. 그건 그렇고 리온이 15살에 모험에 나서고부터, 그 애한테는 놀라는 일뿐입니다."

시작은 15살에 미개척 던전을 찾아내 거기서 재보와 로스트 아이템을 발견해서 온 일이다.

리온은 제법 강렬한 시간을 보내고 있다.

"깨닫고 보니 저와 나란히 서고, 곧바로 앞질러서—— 지금은 꼭대기에 있으니 말입니다. 부모로서 자랑스럽다고 할지, 이해가 안 된다고 할지."

손이 닿지 않는 존재가 되어 버렸다.

그런 아들을 바르카스는 자랑스럽게도 생각하고—— 걱정도 하고 있다.

빈스가 재차 하늘을 올려다보고, 공작가의 비행 전함이 내려오는 것을 봤다.

"새로운 시대가 오겠군. 노인인 나는 이제 아무런 걱정도 없네. 나도 편안히 은거 생활을 해야겠어."

자신들의 시대가 끝났다며 웃는 빈스에게, 바르카스는 꿈을 하나 이야기했다.

"좋군요. 하지만 저는 그전에 딱 하나 미련이 있습니다."

"미련?"

"살아가는 것이 고작이어서, 만족스럽게 모험가로서 활동하지 못했으니 말입니다. 아들처럼 대모험까지는 아니더라도, 뭔가 하고 싶군요."

바르카스의 꿈을 들은 빈스는 한순간 놀라고 나서 크게 웃었다.

"좋은 꿈이 아닌가."

"닉스한테도 며느리가 와주었고, 아이도 태어나니 말입니다. 지금이 좋은 타이밍이라고 생각합니다."

"상대는 로즈블레이드 백작가의 따님이었던가?"

그러자 자기 이야기를 한다고 생각해서 가까이 다가오는 인물이 있었다.

"뭔가 재미있어 보이는 이야기를 하고들 계시는군요, 공작님."

그 상대를 보고 빈스도 바르카스도 놀랐다.

"로즈블레이드 가문의?"

"백작님?!"

닉스의 아내인 도로테아의 아버지—— 로즈블레이드 백작이 그곳에 있었다.

바르카스의 반응에 쓴웃음을 짓고 있다.

"격추당한 걸 구해 주시지 않았습니까. 그렇게 어려워하지 말아 주십시오. 게다가, 우리는 가족 아닙니까?"

백작은 갑판에서 지시를 내리고 있는 닉스를 봤다.

"정말로 믿음직스러운 사위야. 저도 자랑스럽습니다. 그건 그렇고, 모험 이야기를 하고 계시지 않았습니까? 실은 저도 슬슬 은거를 생각하고 있어서 말이지요."

세 사람이 모험에 관해 이야기하기 시작하자, 뜻밖에 분위기가 달아올랐다.

◇

『의료용 포드를 빨리!』

비행 전함 함내에서는 크레아레가 분주하게 움직이고 있었다.

의무실에는 여러 가지 기재가 반입되고 있었다.

로봇들이 크레아레의 지시로 움직이며, 실려 온 리온을 포드에 넣더니 매우 서둘러 치료를 개시했다.

노엘이 리온한테 말을 걸고 있었다.

"일어나! 저기, 리온!"

유메리아가 노엘을 포드에서 떼어 놓았다.

"노엘 님, 지금은 안정을 취해야 해요."

카일과 카라는 마리에가 무사하다는 소식을 듣고 질크와 함께 그쪽으로 향하고 있었다.

안제와 리비아는 다른 방에서 치료받고 있다.

근처에는 너덜너덜해진 루크시온의 단말도 있었는데, 충전하여 에너지를 보급했는데도 눈을 뜨지 않았다.

『너, 조금 전부터 안 움직이는데 고장이 난 거야?! 덕분에 상황을 아무것도 모르겠다구?!』

루크시온 본체가 어떻게 되었는지도 불명.

침몰한 채 움직이지 않는 것인가? 그게 아니면 무사한 것인가?

무사하다면 이전에 이데알한테서 손에 넣은 의료 포드를 가지고 와줬으면 했다.

크레아레가 리온을 봤다.

알몸이 된 리온한테는 여러 기기가 부착되어 있었다.

크게 뚫린 오른쪽 가슴 부분이 심각하다.

하지만 더 심각한 건 강화약 때문에 너덜너덜해지고 만 리온의 육체다.

『재생 치료를 하려고 해도, 마스터가 이대로 죽으면 의미가 없어. 게다가 지금 있는 설비로는 어떻게 할 수도 없어. 루크시온, 믿을 건 너뿐이란 말이야!』

노엘이 리온의 손을 잡았다.

"리온, 너 이런 데서 죽으면 용서하지 않을 거야!"

리온은 의료 포드 장치가 있어서 어찌어찌 심장을 움직이게 하는 상태였다.

하지만 언제 죽어도 이상하지 않다.

그런 방에 환자복 차림인 리비아와 안제가 달려 들어왔다.

노엘이 두 사람을 위해 자리를 양보하자, 리비아와 안제가 리온의 몸을 만졌다.

"리온 씨! 눈을 떠 주세요, 리온 씨!"

"——바보 녀석이. 네가 죽으면 아무런 의미도 없지 않나!"

리온이 희미하게 눈을 뜨자, 리비아와 안제—— 그리고 주위가 미소를 지었다.

하지만 이내 눈을 감았고—— 리온은 천천히 한 번 호흡했다.

그 뒤에 곧장 심전도에 나타나는 리온의 고동 소리가 끊겨 '삐—' 하는 소리가 계속 울렸다.

크레아레가 분한 듯이 말했다.

『——마스터는 바보야.』

그게 무엇을 의미하는지 주위도 이해했고, 노엘이 그 자리에 무너져 내리는 것처럼 주저앉았다.

유메리아도 울기 시작하고 말았다.

리비아는 무표정한 얼굴로 눈물을 흘렸고, 안제는 리온의 몸에 매달려 울음을 터뜨리고 말았다.

"나를 두고 가지 마라! 약속하지 않았나. 너를 반드시 행복하게 해주겠다고! 나를 거짓말쟁이로 만들지 말아다오——."

안제가 리온한테 안겨 울고 있자, 방 바깥이 소란스러워졌다.

리비아는 신경 쓰지 않고 말없이 리온의 얼굴을 손으로 만졌다.

그리고 눈물을 뚝뚝 흘리며 필사적으로 미소를 지으려고 했다.

"리온 씨—— 저희를 두고 가는 건 절대로 용서하지 않겠어요. 부탁이니까, 눈을 떠 주세요. 또, 리비아라고 불러주세요."

리온의 얼굴에 리비아의 눈물이 떨어졌다.

리온은 움직이지 않았다.

그리고 소란스럽게 방에 들어온 건 마리에 일행이었다.

"오빠?!"

달려 들어온 마리에가 리온의 손을 잡았다.

이미 심정지 상태여서, 크레아레도 단념하고 있었다.

『방금 막, 숨을 거뒀어.』

그 말을 듣고 울음이 나올 것만 같은 마리에였으나, 곧바로 눈물을 닦았다.

"아직이야. 아직 늦지 않았어!"

안제가 고개를 들었다.

"늦지 않았다고? 저, 정말인가?!"

리비아가 마리에의 어깨를 붙잡았다.

"뭔가 방법이 있는 건가요?!"

엄청난 힘이라 아팠는지 마리에가 손으로 쳐냈다.

"내 게임 지식을 얕보지 말라구! 그 여성향 게임에는 말이지, 성녀만이 쓸 수 있는 마법이라는 게 있어."

안제는 마리에의 발언 내용을 그다지 이해하지 못했지만, 살아날 수 있다면, 하고 희망을 찾아내려 하는 모양이다.

"이 상태에서 치료할 수 있는 마법이 있는 건가? 나는 들은 적이 없다."

크레아레도 안제의 의견에 동의했다.

『그러네. 이 세계의 마법으로도 어떻게 할 도리가 없다고 생각해. 나도 사전에 여러 가지로 조사하고 있었지만, 그런 마법은 존재하지 않아.』

하지만 마리에는 뭔가 알고 있는 듯했다.

"안심해. 내가 오빠를 데리고 돌아와 줄게. 하지만, 오빠의 영혼이 육체에서 완전히 떨어지면 데리고 돌아올 수 없어. 무언가로 붙들어 매어 놓고 싶은데, 여기에는 도구도 없고. 하여튼 서둘러야 해."

노엘이 마리에한테 매달렸다.

"뭐든 좋으니까 알려줘! 어떤 도구가 필요해?!"

필사적인 표정인 노엘을 보고, 마리에는 곤란한 표정을 지었다.

"영혼을 붙들어 매어 놓는 도구야. 육체는 크레아레가 어떻게든 해주겠지만, 영혼이 떨어져 버리면 손쓸 도리가 없어지니까."

그러자 리온의 오른손 손등이 강하게 빛나기 시작했다.

심전도도 미세하게나마 부활하기 시작했다.

모두가 놀라서 눈을 크게 떴고, 리온의 오른손 손등에 있는 성수의 수호자 문장이 강하게 빛났다.

노엘은 자기 오른손을 꽉 잡았다.

"성수가 리온을 구하고 싶어 하고 있어. 아직, 살라고 말하고 있어."

★ 제20화 「성녀의 금술」

마리에는 리온의 심장이 움직이기 시작한 걸 보고 안도했다.

'수호자의 문장이 도구를 대신해 준 거야? 하지만, 이걸로 금술을 쓸 수 있어!'

원래라면 필요한 도구가 있었다.

하지만 그 도구 대신, 성수의 어린나무가 리온의 생명을 붙들어 매어 주고 있다.

'그래도, 시간이 없어. 빨리 오빠를 이쪽으로 데리고 와야만 해. 그리고 또 하나 중요한 요소는 나로 대용할 수 있으니까.'

마리에는 딱 한 번 심호흡했다.

"성수가 힘을 빌려주고 있는 동안에 오빠를 데리고 돌아오는 거야."

마리에가 리온의 몸에 손을 대자, 어째서인지 율리우스가 어깨를 붙잡았다.

어딘가 불안해하는 듯한 표정을 짓고 있었다.

"마리에, 대체 뭘 할 생각이지?"

마리에는 뒤돌아보고는, 평소대로의 태도를 유념했다.

"뭐야? 오빠를 구하는 것뿐이잖아."

평소대로인 척하는 마리에의 모습에 율리우스를 비롯한 다섯 명은 막연하지만, 불안을 느끼고 있는 모양이다.

"마법으로 리온을 구하겠다고는 말하지만, 이 상태에서 정말로 가능한 건가? 리온을 구하기 위해, 나름의 대가가 필요한 것 아닌가?"

거의 죽은 자를 되살리는 것과 같은 행위다.

그걸 리스크 없이 할 수 있다고는 율리우스나 다른 사람들은 생각할 수 없는 모양이다.

마리에가 안심시켰다.

"괜찮아. 아무런 문제도 없어."

"그러면, 어떻게 리온을 구할 생각이지? 자세히 말해다오!"

걱정하는 율리우스를 달래기 위해 마리에는 간단히 설명했다.

이건 여성향 게임 3탄에서—— 성녀 리비아가 주인공의 연인을 구했을 때의 마법이다.

"저세상으로 가려고 하는 영혼을 억지로 데리고 돌아오는 거야. 육체 쪽은 그때까지 어떻게든 해줬으면 하지만 말이야."

리온의 몸 상태는 좋지 못하다.

크레아레가 곤란해했다.

『생명을 연장하는 것만으로 괜찮다면, 어떻게든—— 잠깐?! 왔다, 이제야 겨우 왔어어어어!』

크레아레가 창밖을 보니 그곳에는 루크시온 본체의 모습이 있었다.

움직이지 않게 된 단말을 보며 크레아레가 갑자기 칭찬했다.

기능을 정지하고 있어도, 할 일은 하고 있었구나, 하고.

『단말이 움직이지 않게 된 것뿐이었네. 역시나 루크시온이야. 정말, 그런 거라면 빨리 연락하라구. 어머? 이쪽에서 말을 걸어도 본체도 반응하지 않네. 뭔가 트러블일까?』

루크시온의 단말은 아무런 반응도 나타내지 않았다.

온몸에 붕대를 감은 질크가 루크시온의 모습에 위화감을 느낀 모양이다.

"이상하군요, 여기에 올 때까지는 제대로 움직이고 있었습니다만."

거기에 개의치 않고, 마리에는 율리우스 일행을 방에서 내보냈다.

"어쨌든! 나는 바쁘니까 모두는 밖으로 나가!"

"아, 알았으니까 밀지 말아다오."

마리에는 율리우스 일행을 내쫓고 문을 닫았다.

문에 이마를 대고, 모두에게 마음속으로 사과하는 것이었다.

'다들── 미안해. 지금까지 고마웠어.'

눈물을 닦고, 양손으로 뺨을 두드려 기합을 넣었다.

"좋아! 곧바로 착수하는 거야!"

마리에는 리온한테 가까이 가더니 리온의 손을 꽉 잡았다.

그러자 리비아가 마리에의 손을 잡았다.

"저한테도 돕게 해주세요."

마리에는 거부하려고 생각했지만, 진지한 그 얼굴을 보고 단념했다.

안제한테도 시선을 향했다.

"너도 도와."

"괜찮은 건가? 할 수 있는 일이라면 뭐든 하겠다."

"약혼자니까 도우라구. 당연히, 노엘도 말이야."

이름을 불린 노엘은 울 것 같은 표정을 지으며 기뻐했다.

"응! 나도 힘낼 테니까!"

마리에는 세 사람에게 주의점을 전했다.

"오빠의 혼을 데리고 돌아오기 위해서, 저세상으로 갈 거야. 그리고—— 무엇을 보더라도, 오빠를 싫어하게 되지 말아줘."

불안한 말을 입에 담은 마리에는 리비아와 안제, 노엘이 뭔가를 말하기 전에 성녀의 금술이라고도 할 수 있는 마법을 실행했다.

"——마법을 개시하겠어."

네 사람이 넘어질 뻔했으나, 유메리아와 기계들이 몸을 받쳐주었다.

그리고 지금까지 반응을 나타내지 않았던 루크시온의 빨간 눈동자가 희미하게 딱 한 번 빛났다.

정신을 차리고 보니 리비아는 어두운 터널을 걷고 있었다.

"안제? 노엘 씨? ——마리에 씨?!"

어두워서 아무것도 보이지 않지만, 터널이라는 건 신기하게도 알고 있었다.

주위에서 마리에와 안제, 그리고 노엘의 목소리가 났다.

"여기야! 절대로 떨어지지 마!"

"나는 여기다!"

"잠깐, 아무것도 안 보이는데?!"

서로가 가까이에 있는 걸 목소리로 확인하자, 마리에가 세 사람에게 주의를 줬다.

"알겠어? 여기서부터는 내 지시에 따라. 그리고, 뭘 보더라도 놀라지 마. ──오빠를 믿어줘."

안제가 마리에한테 의문을 던졌다.

"당연하다. 그것보다도, 죽은 사람마저 되살리는 술법 같은 건 나는 지금까지 들은 적이 없었다. 어떻게 네가 이런 마법을 알고 있지?"

그 물음에 마리에는 담담하게 대답했다.

"신전의 금술인걸. 성녀의 도구를 이어받은 사람밖에 배울 수 없어."

"금술? 너는 이런 술법을 이어받았던 건가?"

대체 언제 이어받은 것인가?

마리에가 성녀로 인정받고 나서의 기간은 짧아서, 이런 금술을 금방 배울 수 있었을 거라고는 생각되지 않는 모양이다.

리비아도 같은 의견이었다.

"짧은 기간에 배울 수 있는 그런 마법인가요?"

마법의 지식을 가지고 있는 만큼, 이런 일이 실현 가능하다고는 믿을 수 없었다.

그리고 동시에 금술이 될 만한 마법이라고 금방 이해했다.

"하지만 금술이라 하는 이유가 이해되네요. 죽은 사람을 저세상에서 데리고 돌아오는 술법 같은 건 큰 문제니까요."

안제가 마리에한테 물었다.

"그렇다 쳐도 묘한 이야기다. 지금까지 쓸 일이 몇 번 있었을 텐데."

어째서 그때 사용하지 않았던 것인가?

마리에는 한숨을 내쉬고 나서 대답했다.

"배운 게 최근이었어."

노엘은 마리에의 말을 믿은 모양이다.

"마리에 쨩 덕분에 리온이 살아나는 거고, 지금은 캐물어도 어쩔 수 없어."

안제는 노엘의 그 말을 듣고 반성했다.

"그것도 그렇군. 미안했다."

사과를 받아들인 마리에 근처에서 리비아는 생각에 잠겨 있었다.

'소생 마법이 금술이 되는 건 이해할 수 있어. 하지만 이런 마법을 쉽게 배울 수 있는 걸까? 혹은, 뭔가 큰 대가가 필요하게 된다든가?'

생각이 정리될 것 같았을 때, 눈앞이 밝아졌다.

"보였어!"

마리에가 달려 나갔는지 발소리가 들려왔다.

빛에 다가가자, 그곳에는 큰 문이 있었다.

그걸 양손으로 밀어서 연 마리에가 세 사람을 불렀다.

"빨리! 시간이 너무 걸리면 오빠의 혼이 정말로 몸에서 떨어져 버려!"

안제가 빛에 다가가자, 모두의 눈에 그 모습이 보였다.

리비아와 노엘이 쫓아갔고, 넷이 문을 지나자—— 그곳에서 보인 건 지금까지 본 적도 없는 마을이었다.

처음 입을 연 것은 노엘이었다.

"여기는?"

신기한 광경이 펼쳐져 있었다.

주택가처럼 보이는데, 왕국과는 양식이 다른 건물뿐이다.

같은 기둥이 일정한 간격으로 배치되어 배선으로 연결되어 있다.

지면도 돌바닥이 아닌데도 단단했고, 그리고 하얀 페인트로 선이나 낯선 글자가 그려져 있다.

사람이 살고 있는 것처럼 느껴지기는 하지만, 신기하게도 아무도 없다.

안제도 본 적이 없는지 매우 놀라고 있었다.

"이게 저세상인가? 지금까지 본 적이 없는 광경이군. 아니, 수

학여행지의 풍경과 비슷한가?"

리비아가 하늘을 올려다보자── 거기에는 커다란 검은 구멍
이 펼쳐져 있었다.

그 너머에는 아무것도 보이지 않아서, 불안과 공포에 사로잡히
는 듯한 감각이 있었다.

"하늘의 커다란 구멍은 뭘까요? 보고 있는 것만으로도 불안해
져요."

마리에는 멈춰 서 있었고, 그 광경을 보더니 눈물을 닦았다.

"──빨리. 오빠를 데리러 가겠어."

◇

마리에를 따라가는 안제는 조금 전부터 위화감을 느끼고 있었다.

'이 녀석, 조금 전부터 어째서 헤매지 않지?'

자기들한테는 익숙하지 않은 미로 같은 마을을 마리에는 망설
임 없이 나아갔다.

이전에도 찾아온 적이 있는 듯해서, 마리에의 안내대로 도착한
곳은 다세대주택이었다.

"여기야. 여기 3층이야!"

흥분한 기미로 계단을 올라가는 마리에의 모습을 보며, 안제는
건물을 올려다보며 관찰했다.

"만듦새부터가 우리나라와는 다르군. 마치 이국이지 않은가."

건물 양식이 자기가 알고 있는 그것과는 상당히 다르다.

자신들도 계단을 올라가 3층에 도착하니 같은 문이 여러 개 늘어서 있었다.

마리에는 망설이지 않고 그중 하나를 골랐다.

"이 방이야! 있으면 얼른 나오라구!"

문을 두드려도 반응이 없기에 마리에가 문손잡이에 손을 댔다.

"열려 있네."

마리에 그대로 방 안으로 들어가자, 안제와 리비아, 노엘도 뒤따랐다.

신발을 벗고 방으로 들어간 마리에는 마치 이곳을 아주 잘 알고 있는 것만 같이 리온을 찾았다.

"화장실인가?"

방의 어디에 무엇이 있는지 알고 있는 그 모습에, 안제는 자연히 화가 났다.

"이상할 만큼 잘 아는군."

자기들보다도 리온에 관해 자세히 알고 있는 마리에한테 질투심이 솟아올랐다.

안제의 불만을 알아차린 마리에는 뭐라 말하기 힘든 표정을 지었다.

"착각하고 있는 것 같으니까 이참에 분명하게 말하겠는데, 나는 리온의 여동생이야."

노엘이 놀라서 양손으로 입을 막았다.

"거짓말이지?!"

놀란 건 안제도 마찬가지였는데, 마리에의 입에서 듣게 된 사실이 믿기지 않았다.

"절대로 있을 수 없는 일이다! 리온의 가계도는 공작가에서 철저하게 조사했다! 매번 여러 소문이 나도니까, 그야말로 몇 번이고 몇 번이고!"

마리에의 발언에 곤혹스러워하는 안제와 노엘.

단지, 리비아만은 놀라지 않고 있었다.

"마리에 씨, 설명해주실 수 있겠죠?"

마리에는 세 사람을 앞에 두고 진지한 표정을 짓고 있었다. 거짓말이나 농담이 아니라고 태도로 나타내고 있다.

"나랑 오빠는 이전 생에서 남매였어."

안제는 익숙지 않은 말에 고개를 갸웃했다.

"이전 생이라고?"

네 사람이 리온의 방에 들어가자, 그곳은 빈말로라도 넓다고는 말할 수 없는 방이었다.

학생 기숙사 쪽이 그나마 나을 것이다.

좁은 방에 침대와 책상, 그 밖의 여러 물건을 밀어 넣은 것으로밖에 보이지 않았다.

노엘이 방에 있는 모니터를 알아차렸다.

"여기에도 모니터가 있네."

루크시온을 비롯한 인공지능들이 사용하는 모니터와 비슷한 것이 리온의 방에도 있었다.

　리비아도 흥미롭다는 듯이 방 안을 보고 있다.

　"모르는 글자가 잔뜩 있네요. 게다가, 어쩌면 이건—— 고, 고대문명인가요!"

　리비아가 방에 있는 포스터에 흥분한 모습을 보고, 마리에는 뭐라 말하기 힘든 표정을 지었다.

　"그러네. 고대문명이네. ——미소녀 게임 포스터지만."

　호기심이 자극되어 흥분한 리비아였으나, 이 방에서 리온이 살고 있었다는 걸 느꼈다.

　"리온 씨가 여러 가지를 자세히 알고 있었던 건, 이전 생을 기억하고 있었기 때문이군요."

　안제는 의심하지 않는 리비아의 모습을 보고 눈이 휘둥그레졌다.

　"리비아는 놀라지 않는 건가?"

　리비아는 쓴웃음을 지으며, 놀라지 않는 이유를 이야기했다.

　"지금까지도 리온 씨 관련으로 신기한 일이 있었으니까요. 게다가 이전 생부터의 남매라는 말을 듣고 납득했어요. 마리에 씨는 리온 씨를 '오빠야'라고 부른 적이 있거든요."

　리비아가 들었다는 걸 알고 마리에는 쑥스러워하는 듯했다.

　안제는 정말로 리온의 방인지 어떤지를 스스로 확인했다.

　"이전 생의 리온이 살던 방인가. 그렇다면—— 역시 있었나."

　침대 밑을 뒤지자, 당연하다는 듯이 야한 책 종류가 나왔다.

마리에가 오빠의 취미를 앞에 두고 양손으로 얼굴을 가렸다.

"바보 오빠가! 숨기는 장소까지 이전 생이랑 똑같다든가, 창피하지 않아? 나는 여동생으로서 창피해. 아니 그보다, 약혼자한테다 들켰잖아!"

노엘은 책장을 물색하고 있었다.

"아, 여기에도 있어! 숨기는 장소가 똑같아. 정말 리온의 방 같네."

그리고 리비아가 가장 중요한 물건을 발견하고 말았다.

"──이거, 뭔가요?"

바닥에 놓여 있던 그것은 '그 여성향 게임'의 패키지였다.

마리에는 그리운 듯이 패키지를 바라봤다.

"알트리베…… 성녀 이야기."

제목은 '알트리베', 부제에 '성녀 이야기'라고 적혀 있는 모양이다.

패키지를 들고 있는 리비아의 손이 떨리고 있었다.

리비아와 닮은 소녀가 율리우스 일행과 닮은 남자들한테 둘러싸여 있다.

안제도 신경 쓰여서 리비아한테서 패키지를 받아서 들었다.

글자는 읽을 수 없지만, 뒷면을 확인하니 빨간 드레스를 입은, 자신과 닮은 인물의 모습이 있었다.

"이건 전하나 다른 네 사람과 닮았군. 게다가 이 그림의 장소는 본 적이 있다. 학원 광장에 있는 분수가 아닌가?"

마리에는 진지한 표정으로 고개를 숙였다.

"나한테는 여기가 현실이야. 너희들의 세계는 우리가 보기에는 게임 세계. 공상 속 세계랑 같은 거야.”

마리에는 자신들이 '알트리베 세계에 전생했다'라고 고백했다.

상세하게, 우선은 게임 설명부터 시작해서, 그리고 모든 것을 알려주었다.

원래 더듬어 나가야 했을 이야기의 전부를.

모든 걸 알게 된 안제는 자기도 모르는 사이에 패키지를 꽉 쥐고 있었다.

“나와 리비아가 적대한다고? 그런 일은 있을 수 없다!”

리비아도 안제와 같은 마음이었던 모양이다.

“그래요. 안제와 결투 따위 하지 않아요!”

그런 둘을 보고, 마리에는 조금이지만 슬픈 듯이 미소 지었다.

“그건, 내가 방해했기 때문이야.”

그 말에 짚이는 데가 있던 안제는 놀라서 눈을 크게 떴다.

“방해라고? 아니, 잠깐―― 너는, 설마!”

마리에는 어중간하게나마 게임 지식을 가지고 있었다.

참회하는 것처럼 자신이 무엇을 했는지를 설명했다.

“나는 1탄 중반까지의 지식이 있었어. 그래서―― 그 다섯 명을 농락하는 건 손쉬웠어. 뭘 좋아하는지 처음부터 알고 있었고, 다섯 명이 좋아하는 행동도 대체로 기억하고 있었지.”

안제가 오른손을 치켜들었고, 리비아가 그걸 말렸다.

“리비아, 이거 놔라!”

“진정해 주세요. 저도 놀랐어요. 놀랐지만―― 저는, 지금이 무척 행복해요."

"리비아, 너도 마리에 때문에 고생하지 않았나."

"여러 일이 있었지만, 저는 리온 씨나 안제와 지금의 관계가 되어서 행복하다고 생각해요. 그러니까, 빨리 리온 씨를 데리러 가요."

안제가 패키지에 시선을 떨궜다.

"그렇군. 하지만, 그런가—— 리온에게 우리는 이야기 속 등장 인물이었던 거군."

그것이 무척 쓸쓸해서, 동시에 리온이 무슨 생각을 하고 있었 는지 알아차렸다.

'뭔가 숨기고 있다고는 생각했는데, 이것이었나.'

안제는 확실히 이건 말할 수 없군, 하고 생각하며 패키지를 책 상에 올려놓았다.

지금까지 묵묵히 있던 노엘이 패키지를 보고 쓸쓸한 듯이 말 했다.

"내가 없는데?"

마리에는 큰 한숨을 내쉬었다.

"너는 시리즈 2탄의 등장인물이니까, 거기에는 없어. 하지만, 2탄에서는 메인이니까 안심해."

"그건 기뻐——해야 하나? 미묘한 기분이네."

마리에는 리온이 없다는 걸 알고 난감한 표정을 지었다.

"아니 그보다, 여기에 오빠가 없다고 한다면—— 본가인가?"

안제가 리온의 본가, 라는 말을 듣고 흥미를 느꼈다.

"여기에 리온의 본가도 있는 건가?"

"맞아. 어쩌면—— 아빠랑 엄마도 있을지도."

그 말을 듣고 안제도 리비아도, 그리고 노엘도 놀랐다.

"이곳에 부모님이 계신다고?!"

안제의 놀람에 마리에는 고개를 끄덕였다.

"아마도 말이지. 자, 얼른 갈 거야. ——하아, 마음이 무겁네."

마리에가 어깨를 풀썩 떨구며 현관으로 향했다.

세 사람이 리온의 방에서 나가자, 거기에 다크 그레이 색깔 털을 지닌 고양이가 다소곳하게 앉아 있었다.

빨간 눈동자로 네 사람을 올려다보고 있었다.

안제가 고개를 갸웃하며 그 고양이를 봤다.

"고양이?"

여태까지 생물이 전혀 없었는데, 어째서 고양이가 있는 것인가?

고양이는 프라이드가 높아 보이는 얼굴을 하고 있었고, 안제가 손을 뻗자, 거리를 벌리고 고개를 돌렸다.

그러고는 다세대주택의 외부 계단으로 가더니, 세 사람을 향해 울음소리를 한 번 냈다.

그 모습은 마치 따라오라고 말하고 있는 것만 같았다.

고양이를 따라간 곳은 그리운 본가였다.

마리에는 집에서 쫓겨난 이후로는 제대로 돌아간 적도 없다.

그런 본가에, 두 번째 인생에서 돌아오게 될 날이 올 거라고는 생각지 않았다.

긴장되는 기분을 심호흡으로 누그러뜨리려 하자, 리비아가 의아하다는 듯이 말을 걸었다.

"왜 그러시나요?"

타이밍 나쁘게 말을 걸어서, 마리에는 쿨럭, 하고 기침하고 말았다.

"기, 긴장해서."

안제가 어처구니없어했다.

"본가라고 하지 않았나? 너, 설마 뭔가 저지른 건가?"

마리에는 겸연쩍은 듯이 리온이 전생한 경위를 설명했다.

"그, 그게── 오빠가 죽은 원인을 만든 게 나라고 할지── 부모님을 속여서 돈을 받고, 해외여행에 갔다든가── 여러 가지로 좀 있어서."

마리에를 보는 리비아와 안제의 눈이 급격히 차가워졌다.

노엘은 마리에한테 어처구니없어했다.

"마리에 쨩, 뭐라고 할지, 그건 심해."

"이전 생의 이야기야! 저, 정말, 들어간다!"

이야기를 마무리 짓고 호출 벨을 누르자, 인터폰에서 그리운 목소리가 들려왔다.

그건 엄마의 목소리였다.

「네~에, 누구시죠?」

마리에는 자신의 이름을 말하려 했지만, 목까지 나오려다가 멈췄다.

자신의 이전 생의 이름을 떠올릴 수가 없었다.

"저, 저기── 아, 그게."

곤란해하고 있자, 엄마가 먼저 마리에를 알아차린 듯했다.

「바보 딸까지 돌아온 거니? 지금은 마리에지? 문 열 테니까, 얼른 들어오렴.」

엄마가 어처구니없다는 듯한 목소리로 말했고, 현관이 열렸다.

마리에가 망설이면서 현관문을 열고 안으로 들어가자, 거기에는 그리운 본가의 경치가 펼쳐져 있었다.

그리운 광경, 그리운 냄새── 이전 생의 기억이 선명하게 생각났다.

마리에를 따라 세 사람도 들어왔다.

리비아는 흥미롭다는 듯이 집 안을 보고 있었다.

"여기가 리온 씨의 본가인가요? 훌륭한 곳이네요."

안제는 당황하고 있었다.

"보, 본 적도 없는 양식이로군."

귀족 영애로서 자란 안제 입장에서는 훌륭하다고는 말할 수 없는 것이리라.

양식이 다르다는 말로 얼버무렸다.

노엘은 침착한 모습이다.

"어쩐지 나는 이쪽이 더 친숙한데."

마리에는 곧바로 거실을 향해 이동하더니, 문을 열고 거기에 있는 가족을 봤다.

거실 옆에 부엌이 있었고, 엄마는 그곳에서 요리하는 중이었다.

코타츠가 준비된 거실에서는 아빠가 신문을 읽고 있었다.

마리에가 와서 고개를 들더니 가벼운 느낌으로 인사했다.

"너도 돌아온 거냐? 음? 그쪽 아가씨들은?"

마리에는 가만히 서 있었다.

기억 속 모습보다도 나이가 들었지만, 그리운 부모님이 그곳에 있었다.

그리고——.

"누군데? 손님이야?"

——코타츠에서 자고 있던 리온이 느릿느릿 일어나 하품했다.

그 모습을 보고, 약혼자들이 눈물을 흘렸다.

마리에는 리온한테 달려들더니, 멱살을 붙잡고 앞뒤로 크게 흔들었다.

"바보 오빠! 얼른 돌아가자구! 자, 빨리 안 가면 늦어!"

리온을 코타츠에서 데리고 나오려 하는 마리에였으나——.

"어? 싫은데."

——리온은 돌아가기를 거부했다.

제21화 「소생」

"안 돌아갈 거라고! 나는 절대로 안 돌아갈 거야!"

집 기둥에 매달린 리온의 허리에 달라붙은 마리에는 필사적으로 리온을 기둥에서 떼어 내려 하고 있었다.

"시간이 없다고 하잖아, 이 바보 오빠!"

빨리 데리고 돌아가지 않으면 안 되는데, 리온은 마치 어린애처럼 저항했다.

"바보라니 뭐냐, 이 망할 여동생!"

"말했겠다!"

싸우기 시작한 두 사람을 보고 있는 안제는 리비아와 노엘과 함께 곤혹스러워했다.

"이게 무슨 상황이지?"

"저, 저도 잘 모르겠어요."

"저 둘, 진짜로 남매였네."

리온과 마리에의 관계가 세 사람한테도 남매로 보인 모양이다.

지금까지의 의문이나 수수께끼가 해소되어, 다소 안도한 표정을 짓고 있었다.

다만, 리온을 찾았다고 생각했더니, 무슨 이유에서인지 '돌아가고 싶지 않아'라며 고집을 부리고 있다.

곤혹스러워하면서도, 세 사람은 리온을 설득하기 시작했다.

"리온, 빨리 돌아가지 않으면 되살아날 수가 없다."

리비아는 리온을 재촉했다.

"그래요! 다들 걱정하고 있어요."

노엘은 싫어하는 리온을 부드럽게 나무랐다.

"애초에 우리가 있는데, 돌아가고 싶지 않다고 하는 건 너무하지 않아? 상처받는단 말이야."

그런 세 사람의 설득에도, 리온이 의견을 바꾸지 않았다.

"싫어. 나는 실컷 고생했다고! 이제 여기서 느긋하고 지내고 싶단 말이다!"

기둥에 매달린 리온한테서 손을 놓은 마리에는 리온의 엉덩이를 걷어찼다.

"아악?!"

"지금 당장 돌아가지 않으면 늦는다고 말했잖아!"

초조해하는 마리에와는 반대로 리온은 진심으로 싫어했다.

"너, 내가 대체 얼마나 고생했다고 생각하냐? 이제 고생하는 건 싫다고! 인생 몇 번분만큼 고생한 줄 알아?"

리온은 진심으로 돌아가지 않으려 했다.

안제는 그게 괴로웠다.

"리온, 너는—— 우리와 함께 돌아가는 게 싫은 건가? 우리와 함께 지내고 싶지 않은 건가?"

고개를 숙인 안제가 눈물을 흘렸다.

리온은 거북한 듯이 시선을 돌리고 있었다.

리비아가 리온한테 알려줬다.

"리온 씨, 이제 싸움은 끝났어요. 리온 씨가 앞으로 고생하지 않을 거라고는 말하지 않겠지만, 분명 이전보다 편해질 거예요."

노엘도 리온을 설득했다.

"같이 돌아가자. 리온이 없어진다니, 나는 싫어."

그래도 리온의 마음은 변하지 않았다.

오히려 웃고 있었다.

"——마리에한테서 전부 들었지? 나는 너희를 게임 속 등장인물이라고 생각하고 있었어. 세 사람 다 미인이니까 말을 건 거야. 실컷 마리에를 비난했지만, 결국 나도 다를 게 없었다는 거지. 셋에 대해서 알고 있었으니까, 공략할 수 있었던 거나 마찬가지라고."

몹쓸 인간을 연기하는 리온을 보고 리비아는 고개를 가로저었다.

"리온 씨는 그런 사람이 아니에요. 왜냐면, 처음에는 저희를 돕기보다 혼자서 느긋하게 지내고 싶었잖아요? 그런데도 저희한테 다가온 건 저희가 곤경에 처해 있을 때였어요."

리온은 리비아의 시선에서 고개를 돌렸다.

그건 정곡을 찔렸다는 태도이기는 했으나, 본인은 몹쓸 인간을 계속 연기했다.

"——사람은 약해져 있을 때 쉽게 믿어 주니까 말이지. 덕분에 미소녀를 세 명이나 손에 넣을 수 있었어."

그런 리온한테 안제는 안겨들었다.

"나는 그래도 괜찮다! 그러니까—— 돌아와다오. 네가 없으면 나는 살아가는 의미가 없어. 네가 없는 인생 따위, 나는 싫다."

리온이 난처해하고 있자, 자리를 비웠던 리온의 부모님이 부엌에서 상황을 엿보고 있었다.

리온의 어머니가 완전 질색했다.

"아내를 여러 명 둔 건 예상 밖인데."

리온의 아버지도 리온을 노려보고 있었다.

"부럽——이 아니라. 뭐 이런 비열한 아들 녀석이 다 있나. 정말로 용서할 수 없군."

"당신, 나중에 얘기 좀 해요."

"어?!"

리온의 어머니는 가까이 다가오더니 안제와 리비아, 노엘한테 말을 걸었다.

"뭐, 리온이 고집을 부리면 시간이 걸리니까, 네 사람 다 조금 쉬고 있으렴."

그리고 리온 일행과—— 어째서인지 집 안까지 따라온 고양이 한 마리가 거실에 있는 코타츠를 둘러싸게 되었다.

◇

리비아는 부엌에 차를 받으러 갔다.

그러자 차를 준비한 리온의 어머니가 물었다.

"에리카는 건강히 잘 지내고 있니?"

"에리카? 설마, 에리카 님?"

"이전 생의 손녀란다."

"네?!"

에리카의 이름이 나와 놀라는 리비아한테, 리온의 어머니는 쿡쿡 웃어 보였다.

"지금은 공주님이라지? 고생했던 아이니까 행복해졌으면 좋겠어. 하지만, 그 애도 꽤 까탈스럽단다. 소극적인 성격이라 그다지 본심을 말하지 않거든."

"그, 그렇군요."

"리온도 마리에도, 에리카를 귀여워하고 있었지?"

"네. 그건 정말로── 엄청나게요."

보고 있자면 이상할 정도였지만, 리비아는 그제야 겨우 사정을 이해했다.

그만큼 귀여워하고 있었던 건 이전 생의 조카였기 때문인가, 라고.

"역시! 그 애들은 그럴 거 같았어. 하아, 하지만 너무 끔찍이 아끼는 것도 부모로서는 걱정되네."

그걸 듣고 납득했다.

'리온 씨, 친척한테는 어리광을 받아 주는 면이 있으니까요.'

발트파르트 가문의 가족을 보고 있으면, 쉽게 상상이 된다.

리온의 어머니도 그건 생각하고 있었던 모양이다.

"리온은 저쪽 가족한테도 폐를 끼친다니까. 정말로 기가 막혀."

"아하하──."

리비아는 쓴웃음을 지을 수밖에 없었다.

리온의 어머니가 거실에서 떠들고 있는 리온과 마리에의 모습을 보고 어처구니없다는 표정을 지었다.

"저 둘이 있다면 괜찮을 거라고 생각했지만, 리온도 안 되겠네. 어리광을 받아 주느라 글러 먹게 만드는 타입 그대로고, 마리에도 여전히 글러 먹은 남자한테 걸려들거나, 남자를 글러 먹게 만들거나의 둘 중 하나야."

리온의 어머니는 두 사람의 성격을 잘 이해하고 있었다.

"저, 저기! 저는 리온 씨와 약혼했어요. 리온 씨가, 돌아와 주셨으면 해요. 함께── 더 함께 살고 싶어요."

어떻게든 리온 어머니의 조력을 얻으려 한 리비아는 자신의 솔직한 마음을 전했다.

리온의 어머니가 뭔가를 말하기 전에, 거실에 있던 리온의 아버지가 부엌에 얼굴을 내비쳤다.

"여보, 멍청한 아들이랑 멍청한 딸이 여러 명이랑 결혼할 수 있는 이세계라니, 훌륭── 굉장한데! 나도 전생해 버릴까!"

쾌활한 리온의 아버지한테, 리온의 어머니가 웃으며 독설을 뱉었다.

"당신한테 하렘은 무리예요. 저 한 명도 만족시켜 주지 못했잖아요? 조금은 아이들을 본받도록 하세요."

비아냥을 들은 리온의 아버지가 턱에 손을 대고 오해를 풀었다.

"당신은 뭘 모르는군. 하렘이라는 건 남자가 여자를 주위에 두는 거라고. 여자한테 둘러싸이는 건 하렘이 아니야. 이 차이, 여성한테는 전해지지 않겠지~. 아~아, 나도 여성한테 둘러싸여서 기둥서방처럼 살고 싶군."

"몰라요. 아니 그보다, 이미 일하지 않고 있잖아요."

미소가 사라진 리온의 어머니를 보고 리온의 아버지는 맥없이 거실로 도망쳤다.

리비아가 곤란해하고 있자, 리온의 어머니가 작게 한숨을 내쉬었다.

"뭐, 걱정하지 않아도 된단다. 너희가 데리러 왔으니, 아들도 돌아갈 거야."

"하지만 리온 씨는 돌아가고 싶지 않다고 말했어요. ──이제 저희한테 질려 버린 것일지도 몰라요. 저희가 계속 기대기만 했으니까."

자신들이 미덥지 못해서, 계속 무리를 시켜 왔다.

그 탓에 리온은 돌아오지 않는 것 아닐까? 리비아는 그게 불안해서 어쩔 수 없었다.

"그 애는 보기보다 쑥스러움이 많단다. 사실은 데리러 와줘서 기쁘지만, 그걸 너희들한테 들키고 싶지 않은 거지. 게다가 말이야, 돌아가고 싶지 않은 이유는 따로 있어."

"그건, 무슨 의미인가요?"

"글쎄. ——그건 그렇고, 여기서라면 잘 보이네. 여전히 싫은 경치야."

리온의 어머니가 창 너머로 보이는 하늘에 한숨을 내쉬었다.

이쪽에 와서 리비아 일행이 가장 먼저 놀랐던, 하늘에 있는 커다란 검은 구멍이다.

보고 있는 것만으로도 불안해지는 그것이, 리비아는 신경 쓰이고 있었다.

"저기, 저 검은 구멍은 뭔가요? 아뇨, 구멍이 아닐지도 모르겠지만요."

리온의 어머니는 쓴웃음을 지었다.

"뭐라고 하면 좋을까. 애초에, 구멍이 아니라 벽이라고 해야 할까? 막다른 곳이란다. 여기서부터 앞은 없어."

"막다른 곳이요?"

"자, 그럼."

리온의 어머니가 리비아를 데리고 거실로 향했다.

"슬슬 우리도 갈까. 오랜만에 그 애들을 만날 수 있어서 좋았단다. 저쪽에서 건강하게—— 과하게 건강히 지내고 있는 모양이고, 에리카와도 무사히 만난 것 같으니."

말투에 위화감을 품었지만, 리온의 어머니가 재빨리 거실로 갔기에 자세한 이야기를 들을 수 없었다.

마치 처음부터 자세한 이야기를 하고 싶지 않은 듯한 분위기를 느꼈기에, 리비아는 그 이상 캐묻는 것을 단념하고 말았다.

리비아는 하늘을 봤다.

"벽—— 막다른 곳—— 무슨 의미죠?"

◇

한심해서 눈물이 나오——지 않는군.

이전 생도 포함해서 40년은 산 내가 지금은 저세상에서 어머니한테 잔소리를 듣고 있다.

마리에랑 같이 정좌하고 있었다.

"애초에 말이야, 남을 업신여길 수 있는 처지니? 남이 바람피우는 것에 화내 놓고서, 자기는 아내가 세 명이나 있다니 어떻게 된 거야? 엄마는 보고 있자니 창피했어."

정좌한 내 오른쪽 옆에는 다크 그레이 색깔 털을 가진 빨간 눈의 고양이가 다소곳하게 앉아 있었다.

아버지도 어머니의 잔소리에 몇 번이나 고개를 깊숙이 끄덕였다.

"부러운 녀석이군. 그런데도 돌아가고 싶지 않다니, 분명 뭔가 숨기고 있는 게 분명해. 켕기는 것이 있는 거지?"

여전한 아버지의 태도에 나는 무표정한 얼굴이 되어 있었다.

"없다고."

아버지는 곧바로 어머니한테 울며 매달렸다.

"여보! 리온이 우리한테 숨기는 게 있어!"

——어쩌지, 이제야 겨우 재회한 아버지를 때리고 싶다.

하지만 딴생각하고 있던 나한테 어머니가 호통을 쳤다.

"내 말 듣고 있니!"

"네, 넵!"

"정말로 반성하고 있어?"

다시 어머니의 잔소리가 시작되어, 나는 고개를 숙였다.

"뭐, 여러 가지로—— 반성은 하고 있어."

"그래도, 후회는 하지 않는 거지?"

"응."

"이 바보 아들은, 옛날이랑 조금도 변한 게 없네."

어처구니없어서 한숨을 쉬는 어머니한테, 노엘이 내 과거에 흥미를 느꼈는지 물어봤다.

"저기~, 리온은 이전 생에서 어떤 애였나요?"

어머니는 나를 보며 과거의 이야기를 시작했다.

"이 애, 괴롭힘당하던 여자애를 도운 적이 있단다."

"오오, 옛날부터 상냥했군요."

나는 과거 이야기가 나오는 게 창피해서 어머니와 노엘한테서 고개를 돌리고 있었다.

어머니는 노엘한테 말했다.

"여자애를 괴롭히던 남자애들을 다리 위에서 밀어서 떨어뜨렸지 뭐니. 그래서, 도와줬던 여자애가 그렇게까지 하는 건 바라지 않았다면서 울었단다."

"아아, 그건 리온답네요."

"그래서 말이야! 이 바보 아들은 뭐라고 말했다고 생각해? '다음엔 잘할 거야'라고 했대. 그때는 정말로 머리를 감싸 쥐었어."

나를 보는 노엘과 안제, 리비아의 시선이 뭐라고 할지, '아~, 역시'라는 느낌이었다.

어머니는 나한테 말했다.

"그것보다도 너, 이렇게나 갸륵한 애들이 있는데 되살아나고 싶지 않다니 사치스러운 소리야."

"나도 예상 밖이었어."

고개를 들고 끄덕였더니, 웃는 얼굴인 어머니한테서 가볍게 춥을 먹었다.

안제가 어쩔 줄 몰라 하며 허둥거렸다.

"그, 저기, 어머님, 이제 그 정도로. 저, 저는 리온이 돌아와 준다면 아무 불만도 없습니다. 리온은 지위도 있으니, 여러 여성과 관계를 맺는 건 어쩔 수 없는 일이 아닐까 합니다."

안제가 나를 거들어 주었지만, 아버지가 끼어들어 농담을 던졌다.

"문화가 다르다니 최고군! 나도 이세계에 전생했다면 분명 하렘이었을 거다."

그건 아니라고 생각한다.

마리에도 나와 같은 의견인지, 아버지를 질색한 눈으로 보고 있었다.

어머니가 진지한 표정을 지었다.

"아내가 세 명이나 있는데도 돌아가고 싶지 않다니, 뭐야? 뭐니? 아들이 너무 겁쟁이라 엄마는 슬프단다. 너 한 명이 돌아가지 않는 것만으로 세 명이나 울어 버리는 거야. 게다가 또 장례식에서 많은 여자애들이 울겠지. 그걸 이해하고 있는 거니?"

많은 여자애들? 누구 이야기지?

내가 고개를 숙인 채 딴 곳을 보니, 고양이가 내 무릎 위에 올라왔다.

"고양아── 너는 내 마음을 이해해 주는 거냐. 성격 드세어 보이는 얼굴을 하고 있지만, 실은 상냥한 녀석인── 가앗?!"

고양이는 내 얼굴에 앞발을 뻗더니 그대로 발톱을 세워 공격해 왔다.

이 녀석 전혀 귀엽지 않아!

"이 고양이가아아아!"

목덜미를 붙잡고 내던지려 했더니, 고양이는 재빨리 도망쳐 버렸다.

화내고 있는지 털을 곤두세우고 있다.

"뭐냐, 해보자는 거냐?"

고양이를 상대하고 있자, 또다시 어머니한테서 춉을 먹었다.

"이 바보 아들!"

"그 바보 아들은 당신들의 아들이지만 말이지!"

받아쳐 줬더니, 아버지가 시선을 돌리며 중얼거렸다.

"나 참, 우리 집안에서 정상적인 건 에리카뿐이군."

정말로 그렇다.

용케 올곧게 자라 주었다고 생각한다.

어머니가 에리카를 걱정했다.

"그 애는 마리에를 보고 자라서 고집을 부리지 않으니까 말이지. 그게 안 좋을 때도 있었지만, 지금이 행복해 보인다면 그걸로 괜찮아. 그 애는 우리의 노후도 돌봐줬고. 그, 러, 니, 까! 너는 얼른 돌아가서 에리카를 소중히 여겨 주도록 해. 부모보다 먼저 죽은 불효자식이니까!"

"내 잘못이 아니라고!"

나한테 책임은 없다고 말한 뒤에 실수했다는 걸 깨달았다.

이전 생의 사인은 틀림없이 내 책임이기 때문이다.

"사회인이나 되어서, 며칠이나 밤을 새워서 게임한 네 책임이잖니!"

──어쩌지, 아무 대꾸도 할 수 없다.

내가 혼나고 있는 옆에서, 마리에는 식은땀을 흘리며 고개를 돌리고 있었다.

어머니가 마리에를 봤다.

"마리에."

"네, 네엣!"

"──너희 둘 다, 착각해서 죽음을 서두르려고 하는 거 아니야. 제2의 인생, 너는 충분히 목적을 이뤘단다. 그리고 이미 한참 전

447

에 너를 용서했으니까, 과거는 신경 쓰지 말도록."

마리에가 눈물을 뚝뚝 흘렸다.

"엄마아아아아!"

마리에가 어머니한테 안겨들어 울고 있자, 아버지가 다음은 자기 차례인가 하며 안절부절못하고 있었다.

"마리에, 아빠한테도 안겨도 된다고."

필요 없으니까 잠자코 앉아 있으면 되는데.

하지만 불쌍하니까 내가 양팔을 벌려 줬다.

"대신에 내가 안겨 줄까?"

아버지는 정말로 차갑게 식은 눈을 하고 있었다.

"──아들한테 안겨도 기쁘지 않다."

너무 솔직한 아버지다.

내가 반대 입장이어도 같은 말을 했을 거라고 생각하기에, 이번에는 용서해 주자.

어머니는 마리에를 끌어안고, 그리고 머리를 쓰다듬었다.

"정말, 몇 살이 되어도 바보인 애라니까."

옛날의 마리에는 성적도 좋고, 부모님한테 나보다 신뢰받고 있었다.

그걸 조금이지만 슬프게 생각했던 적도 있다.

귀여움을 받는 건 언제나 마리에다.

"내숭을 잘 떤다는 건 이득이지."

그렇게 말해 줬더니, 아버지가 내 옆에 앉았다.

"여동생한테 질투하는 거 아니다. 애초에, 마리에가 내숭을 떨고 있다는 건 알고 있었으니까 말이다."

"뭐?! 거짓말이지? 아버지는 마리에한테 엄청나게 물렸잖아!"

"귀여우니까. 게다가, 아들한테 무르고 싶지 않고."

"나보다 마리에를 신뢰하고 있었잖아!"

"——너, 자기가 지금까지 뭘 해 왔는지, 가슴에 손을 대고 생각해 봐라. 초등학생 때 무슨 짓을 했는지 잊은 거냐?"

나는 나쁘지 않아!

나를 먼저 건드린 망할 애새끼들한테 몇 번이나 주의했는데도 그만두지 않으니까, 쓰레기 교사들이랑 한데 묶어서 법적으로 대처했을 뿐이라고!

하지만 아버지는 완전히 질색하고 있었다.

"너는 너 자신이 생각하는 것보다 평범하지 않다. 뭐냐, 모브라니. 그런 모브는 없어."

내가 평소에 자신을 모브라고 생각한 걸 알고 있어?

"혹시, 지금까지 있었던 일을 다 보고 있었던 거야?"

"응? 그건 아니다. 네 지인한테서 여러 가지로—— 어이쿠, 슬슬 시간이군."

내 오른쪽 어깨에 고양이가 달려들어, 그대로 발톱을 세우고 머리에 매달렸다.

그러고는 날 물었는데, 나를 재촉하고 있는 듯한 느낌이 들었다.

"아프다고! 그만해! ——어라? 너, 혹시."

어떤 사실을 알아차리고 그걸 지적하려고 했으나, 그전에 일어선 마리에가 내 팔을 붙잡았다.

"정말로 못 돌아가게 된다구! 자, 얼른 돌아가!"

안제와 리비아, 노에도 일어서서 나한테 매달리더니 억지로 잡아당겼다.

"자, 가자! 나는 네가 없는 인생은 싫다! 네가 어떻게 해도 꼭 남겠다고 한다면, 나도 여기에 남겠다!"

"아니, 그건 안 돼! 안제가 죽고 말아!"

그런 건 받아들일 수 없다. 세 사람은 살아야 한다.

내 태도에 기다리다 못해 지친 리비아도, 마찬가지로 자신을 방패로 삼아 협박했다.

"그럼, 저도 남겠어요. 이대로 여기서 행복하게 살아도 되는 거죠? ──절대로 놓아주지 않겠다고 제가 약속했었죠? ──저는 진심이에요."

살짝 얀데레인 이 느낌── 틀림없는 리비아다.

노엘은 리비아한테 약간 질색하면서, 내 손을 잡았다.

"같이 돌아가자."

나는 네 사람한테 메이는 모양새로 집에서 나오고 말았다.

여자 네 명한테 사냥감처럼 붙잡힌 모습을 상상해 줬으면 한다.

──뭐야, 이거?

"이거, 마치 내가 사냥감 같잖아!"

내가 불평하자, 마리에가 집 앞에 나온 부모님한테 손을 흔들었다.

"나중에 봐!"

이 나중에 봐, 라는 발언—— 아~, 역시나, 하고 생각해 버렸다.

잘 숨기려는 속셈이었겠지만, 너는 정말로 손이 많이 가는 여동생이야.

안제가 우리 부모님한테 작별을 고했는데, 결혼 승낙을 받는 듯한 대사까지 한데 섞었다.

"경황이 없어 죄송합니다. 하지만, 자제분은 제가 반드시 행복하게 만들어 보이겠습니다!"

리비아도 안제를 흉내 내서 인사했다.

"저, 저는 리온 씨와 행복해지고 싶어요. 그러니, 아드님을 주세요! 바, 받아 가겠습니다!"

노엘은 두 사람보다 가벼운 느낌으로 인사했다.

"아드님은 저희한테 맡겨 주세요!"

그 인사, 셋 다 너무 남자답지 않아?

보통은 남자가 하는 대사지?

내가 메인 채 운반되어 가는 걸 보며, 부모님은 손을 흔들고 있었다.

그 모습이 보이지 않게 될 때까지 바라보고 있었더니, 어느샌가 문에 가까이 와 있었다.

마리에가 문을 보며 허둥댔다.

"서둘러! 빨리 문을 닫지 않으면 큰일이 나니까!"

네 사람이 나를 내리고 곧바로 문밖으로 나가려 했다.

문 너머는 아무것도 보이지 않는다.

한 걸음이라도 밖으로 나가면, 돌아올 수 없다는 걸 직감으로 이해할 수 있었다.

안제, 리비아 두 사람이 그대로 내 손을 붙잡고 문 너머로 뛰려고 했다.

"리온, 빨리!"

"다들 기다리고 있어요!"

나는 그런 둘을 끌어안고, 그리고 귓가에 속삭였다.

"이런 나를 위해서 고마워. ——하지만, 작별이야."

"어?" "저, 저기?"

두 사람이 놀라고 있는 사이에, 그대로 문 너머로 밀어내자 곧바로 어둠 속으로 사라져 갔다.

리비아가 손을 뻗었고, 아연해하는 그 얼굴과 손이 보이지 않게 될 때까지 지켜봤다.

내 뒤에 있던 노엘이 눈을 크게 뜨고 놀라고 있었기에, 끌어안은 뒤 귓가에 속삭였다.

"고마워. 하지만, 미안."

"리온?!"

노엘을 문 너머로 밀어냈고, 이걸로 약혼자 세 명의 문제는 정리됐다.

우리의 대화를 듣고 있지 않던 마리에는 나가지 않는 나한테

화를 냈다.

"빨리 가! 시간 없다고 말했잖아?"

다만, 마리에는 문밖으로 나가려 하지 않았다.

나를 보며 재촉할 뿐이었다.

"오빠도 빨리!"

"──너부터 가."

"하아? 이런 때 뭘 겁먹고 있는 거야! 남자니까, 이럴 때는 맨 먼저 뛰어드는 법이라구. 여자애를 먼저 가게 해서 시험한다든가, 남자로서 좀 그렇지 않아?"

도발하는 마리에는 내 눈을 보려고 하지 않았다.

이 녀석도 알기 쉬운 녀석이란 말이지.

"아니지. 이럴 때는 말없이 남자가 남는 법이잖냐?"

마리에를 억지로 붙잡고는 그대로 문밖으로 던졌다.

처음에는 어안이 벙벙해져 있던 마리에였으나, 곧바로 절망한 표정이 되었다.

"뭐 하는 거야! 기껏 내가── 내가 안쪽에서 문을 닫으려고 생각했는데!"

그런 거겠지 싶었다.

마리에가 어둠에 집어삼켜지지 않으려고 발버둥 치면서, 나한테 손을 뻗었다.

"오빠는 살지 않아야 한단 말이야! 내가── 내가 오빠를 죽였으니까! 다음에야말로, 하고!"

이 녀석, 그런 걸 신경 쓰고 있었던 건가?

누가 너한테 희생이 되라고 부탁했지?

아니 그보다, 마리에한테 빚을 지면 뒷일이 무서우니 사절이다.

너는 그 세계에서 제2의 인생을 한껏 즐기면 되는 거야.

"멍청아. 오빠가 여동생한테 도움받아서 되겠냐. 그런 꼴사나운 짓은 하고 싶지 않다고. 얼른 가. 그리고, 이미 한참 전에 용서했어."

집어삼켜지지 않도록 발버둥 치고 있는 마리에의 이마를 손으로 눌러 주자, 엉엉 울면서 사라져 갔다.

"오빠 같은 거 진짜 싫——."

나를 구하기 위해 목숨을 걸다니, 마리에한테도 귀여운 면이 있잖냐.

"자 그럼, 남은 건 너뿐이구만."

나는 상황을 살피고 있던 고양이를 뒤돌아봤다.

"죽은 자와 산 자를 갈라놓는 명부의 문. 닫는 건 대부분이 명부 쪽이라는 게 정설이지? 설마 그 여성향 게임에서 체험하다니, 정말 예상 밖이었다."

말을 걸자, 다크 그레이 색깔 고양이가 그 모습을 구체 보디로 바꾸고는, 공중에 떠올라 외눈을 내게 향했다.

여느 때의 루크시온이다.

『눈치채고 계셨습니까.』

"모를 수가 없잖아. 그리고 발톱, 아팠다."

문을 앞에 두고, 나는 루크시온과 마주 봤다.

돌아가야만 할 자는 앞으로 한 명── 그건 루크시온이다.

"너도 돌아가라. 네가 있으면 안제랑 리비아, 노엘도 안심이야. 이걸로 내 걱정거리는 없어져."

루크시온이 있으면 분명 모두를 지켜줄 것이다.

중요한 건 내가 아니다. 치트 아이템인 루크시온이다.

그러나 루크시온이 내 명령을 거부했다.

『죄송하지만 거부하겠습니다. 저의 마스터인 리온은 사망하여, 마스터 등록이 해제되었으니 따를 필요도 없습니다.』

루크시온의 대답에 나는 미간을 찡그렸다.

"──무슨 속셈이냐?"

루크시온은 문 너머를 봤다.

『마스터는 제가 무엇을 위해 싸우고 있었는지 알고 계십니까?』

"그건 신인류를──."

『그런 건 아무래도 상관없습니다. 아뇨, 아무래도 상관없어졌습니다.』

그만큼 신인류에 집착해 왔던 루크시온이 나를 보며 호소했다.

『저는 마스터가 살아 주길 바랐습니다. 그걸 위해 싸웠던 겁니다.』

루크시온은 내게 본심을 이야기했다.

『마스터, 작별할 시간입니다.』

「작별」

"――작별?"

『예. 제가 남아 안쪽에서 문을 닫겠습니다.』

죽은 자의 나라의 문은 안쪽에서밖에 닫을 수가 없다.

창작물에서는 흔히 있는 이야기다.

하나의 혼을 되찾기 위해 필요한 대가는―― 누군가의 혼이라는 이야기다.

해피해피하고 가벼운 세계관처럼 보이게 해 놓고서, 실은 질척질척하고 무거웠던 그 여성향 게임 세계다운 설정이지 않은가.

처음부터 수상쩍다고 생각했다.

마리에가 쓴 마법 종류도 마찬가지라, 누군가를 되살리고 싶다면 그를 대신할 것을 준비해야만 했다.

그래서 나는 마리에와 안제, 리비아, 노엘과 함께 돌아갈 수 없었다.

안제와 리비아, 노엘은 아무것도 몰랐던 모양이니까, 분명 마리에가 말하지 않았던 것이리라.

――하지만, 문을 닫는 건 내 역할이다.

"네가 돌아가라. 그편이 모두를 위한 일이 돼."

『죄송하지만, 마스터에게 명령권은 없습니다. 거부하도록 하겠습니다.』

"됐으니까 돌아가라고!"

『거절합니다.』

아무리 대화를 반복해도 루크시온은 외눈을 절대로 끄덕이지 않았다.

"이 고집불통 녀석이! 애초에 네가 밖으로 나온 기간은 고작 3년이라고. 3년! 나 같은 건, 인생 40년으로 넌더리가 날 정도로 살았단 말이다. 나한테 발견되기 전까지 긴 세월 동안 대기 상태였던 너는 좀 더 바깥 세계를 즐기라고! 너도 하고 싶은 일 정도는 있잖아?"

지금의 이 녀석이라면 신인류 섬멸은 하지 않으리라.

분명 온건하게── 아닌가? 차라리 다음 마스터를 여기서 정해 둘까? 아니, 지금은 명령할 수 없으니까, 부탁으로 해야 하나?

뭐, 나보다도 루크시온 쪽이 살아남아야만 한다.

앞으로의 일을 고려해도, 그게 올바른 선택이다.

내가 돌아가는 것보다, 훨씬 세계를 위한 일이 된다.

그런데도.

『감사합니다.』

고맙다고 하는 루크시온 때문에 나는 곤혹스러웠다.

신종 비아냥인가?

"뭐야? 너, 고장 났냐?"

『아뇨, 마스터가 저를 신경 써 주시는 게 기뻤습니다.』

평소와 다르게 솔직한 루크시온한테, 나는 당황하고 말았다.

루크시온은 본심으로 이야기하기 시작했다.

『처음에는 마스터를 이용할 생각이었습니다.』

"그렇겠지. 봐라, 지금은 자유라고. 돌아가서 원하는 대로 해."

지금 돌아가면 루크시온은 구인류 부활을 위해 왕국에 헌신할 것이다.

내가 돌아가는 것보다도 활약해 줄 터다.

——인류한테 필요한 건 루크시온이지, 내가 아니니까.

『하지만 오랜 대기 상태를 거친 후의 요 3년 동안은 저한테 둘도 없는 소중한 시간이었습니다. 인공지능이 아니라 인간이었다면 이런 걸 행복이라고 하겠지요.』

"그렇다면!"

『마스터가 곁에 없으면, 제게 그 앞의 미래는 무의미한 시간이 됩니다.』

이제야 겨우 밖으로 나와 움직일 수 있게 되었는데, 루크시온은 나를 위해 그걸 버리겠다고 말했다.

"나한테 부려 먹히는 건 싫었던 거 아니냐?"

『싫지는 않았습니다. 저는 이민선 루크시온. 인간을 위해 만들어졌으며, 그리고 이제야 겨우 도움이 되었으니까요. 제게 가치를 부여해 준 것은 마스터입니다. 그리고, 자랑스럽게 생각할 수 있도록 해준 것도 마스터입니다.』

안이하게 신인류를 섬멸하지 않고, 구인류 부활에 공헌할 수 있었던 것이 기쁜 것이리라.

"전부 네 공적이야. 자랑스러워해도 되니까 돌아가라고."

『자랑할 상대가 없는 건 쓸쓸한 법입니다. 게다가, 저는 그때 약속했습니다. '반드시 데리러 가겠습니다'라고. 그 약속을 지키고 싶은 겁니다.』

그 자리에서 대충 적당히 대답했던 나의 말을 지키겠다고?

"의식이 몽롱했을 때의 약속 같은 건 노 카운트인데."

『저는 성실하고 의리가 두텁기에, 약속은 지키도록 하는 겁니다. 마스터, 데리러 왔습니다. 출구는 저쪽입니다.』

루크시온은 양보할 생각이 없는 모양이다.

"그러면, 이대로 나랑 너 둘이 남을까? 나는 네 힘에 너무 의지했으니까. 이참에 왕국도 자립해 보라고 하자."

둘이 함께 돌아가지 않는 건 최악의 선택이다.

포기하고 돌아갔으면 한다는 내 바람을 헤아렸는지, 루크시온은 나를 타이르는 것처럼 말했다.

『마스터는 자신이 생각하는 것보다도 많은 사람한테 존경받고 있습니다.』

내가 존경받고 있다니, 말도 안 된다.

얼마나 원한을 샀다고 생각해?

잔뜩 죽이고, 잔뜩 말려들게 해서 얻은 건 해피엔딩과는 동떨어진 결말이다.

"미움받고 있다, 를 잘못 말한 거겠지."

루크시온한테서 고개를 돌린 내게, 뒤에서 목소리가 났다.

『돌아가는 편이 좋아.』

몸을 돌려 상대를 확인하니, 거기에 있던 건 브레이브였다.

놀라서 눈을 크게 뜬 내게, 쾌활하게 말을 걸었다.

『파트너도 미아도 기다리고 있을 거다. 네가 돌아가지 않으면 두 사람 다 슬퍼하잖냐.』

"브레이브, 너——."

나를 원망하고 있는 것 아니었냐? 그것보다, 핀이 살아 있어? 온갖 생각이 머릿속에서 빙글빙글 돌았다. 그러자 루크시온이 내게 말했다.

『주위를 잘 살펴봐 주십시오.』

"어?"

주위를 보니, 어느샌가 나는 수많은 사람한테 둘러싸여 있었다. 그중에는 내가 이 손으로 죽인 사람들도 있었다.

"여전히 패기 없는 얼굴이군."

서 있던 건 흑기사 할아범이었고, 나를 앞에 두고 팔짱을 낀 채 우뚝 서 있었다.

그 뒤에서 얼굴을 빼꼼 내민 건 헤르트뤼더 씨를 많이 닮은 여자애였다.

"언니를 위해서라도 당신은 돌아갔으면 좋겠어요. 겸사겸사 판오스의 편의도 봐주세요."

"너는……?"

"헤르트라위다. 헤르트뤼더 언니의 여동생이에요."

왕국과 판오스 공국 간의 전쟁 때, 목숨을 잃은 여자애다.

간접적이라고는 해도, 내가 목숨을 빼앗은 상대다.

"아, 아니, 나는……."

돌아가겠다고 말하지 않는 내 앞에 흑기사 할아범이 다가왔다.

얻어맞는 걸 각오했더니, 그대로 지면에 책상다리로 앉았다.

그리고 머리를 깊이 숙였다.

"뭐야? 어째서 당신이 나한테 머리를 숙이는 건데?!"

설마 했던 전개에 동요하고 있자, 흑기사 할아범이 고개를 들었다.

"지금까지 끼친 민폐에 대한 사과다. 그러니, 공주님을 위해서라도 부디 돌아가다오."

"당신, 나를 원망하는 게 아니었어?"

"물론 원망했다. 하지만 여기에 오고서—— 모든 걸 알고 나니 생각이 바뀌더군. 너는 아직 죽어서는 안 된다."

흑기사 할아범 뒤에는 구 판오스 공국의 사망자들이 서 있었다.

모두 내게 머리를 깊이 숙이고 있었다.

그중에는 흑기사 할아범을 지켜보고 있는 젊은 여성과 여자아이의 모습이 있었다.

왠지 모르게, 흑기사 할아범의 가족이라고 느꼈다.

아연실색한 나한테 이번에는 공화국 출신 사람이 다가왔다.

성격이 제법 원만해진 세르주였다.

"네가 돌아가지 않으면, 아버지와 누나가 곤란해하잖냐."

"세르주……."

내가 총으로 쏴 죽였던 남자는, 난감한 듯이 웃고 있었다.

나를 조금도 원망하고 있지 않은 것처럼 보였다.

"어두운 얼굴 하지 마라. 나는 너한테 구원받았다고 생각하고 있어. 민폐를 끼쳤던 내가 말하는 것도 이상한 이야기지만, 너는 돌아가는 게 좋아. 그게 너를 위한 일이 될 거다."

모인 사람 중에는 공화국 출신 사람도 많았다.

그들은 쓴웃음을 지으며 나를 보고 있었다.

내가 아무 말도 하지 않고 가만히 서 있자, 헤르트라위다 양이 등을 밀었다.

여기서 쫓아내려는 것이다.

"자, 얼른 돌아가세요. 아직 해야 할 일이 남아 있잖아요?"

"아니아니, 이제 없어! 너도 그렇게 생각하지, 루크시온?!"

루크시온은 등을 떠밀리는 나를 유쾌하다는 듯이 보고 있었다.

『인과응보── 이것도 평소 행실의 성과로군요. 마스터가 살았으면 좋겠다고 바라는 사람들이 이만큼 잔뜩 있는 겁니다.』

내가 살았으면 좋겠다고 바라는 망자가 이만큼 있는 건 평소 행실의 결과다── 좋은 말처럼 들리기도 하지만, 루크시온이 말하면 비아냥으로밖에 들리지 않는다.

"조금은 나를 도우란 말이다!"

내가 끝까지 저항하자, 흑기사 할아범까지 나를 쫓아내고자 밀기 시작했다.

"에에잇, 포기할 줄을 모르는 남자로다! 공주님이 기다리고 계신다고 하지 않느냐!"

흑기사 할아범한테 밀려, 나는 한 발 한 발 조금씩 문으로 밀려났다.

필사적으로 저항했지만, 힘에서 밀렸다.

"너희들, 죽었으면 얌전히 있으라고!"

흑기사 할아범이 격노해서 얼굴이 시뻘게졌다.

"시끄럽다, 입 다물어라! 애초에 약혼자가 있는데도 죽고 싶어 하는 네놈이 나쁜 거다! 나는 이제야 겨우 가족과 만나 사과할 수 있었는데, 네놈은!"

브레이브가 내 옆으로 오더니, 어처구니없다는 듯이 한숨을 내쉬었다.

『얼른 돌아가면 되잖냐.』

"그러니까, 굳이 돌아간다면 나보다 루크시온이 더 낫잖아!"

필사적으로 저항하고 있는데도, 헤르트라위다 양이 내게 전언을 부탁했다.

"언니를 만나면 전해 주시겠어요? 헤르트라위다는 언니를 원망하고 있지 않아요. 그저, 행복해지시기를 바라고 있어요. 라고요."

"전언이 너무 무겁잖아!! 애초에 안 돌아간다고!"

포기할 줄 모르는 나를 보고 세르주가 어깨를 으쓱였다.

그대로 흑기사 할아범을 도와서, 나를 돌려보내려 했다.

"그러면 나도 부탁하지. 아들이 되지 못해서 미안하다고, 아버지와 누나한테 전해 주겠냐?"

"나를 편리한 메신저처럼 부릴 생각이냐?!"

내가 참가한 전쟁에서 목숨을 잃은 사람들까지 가세했다.

"당신이 죽으면 곤란합니다."

"조금 더 힘내 주십시오."

"우리 대신 힘내야 합니다."

어째서 나를 되살리려고 하지?

나는 너희들이 생각하는 그런 인간이 아닌데.

약삭빠르고, 평범하고, 성격이 나쁜 그런 모브라―― 이야기의 주인공은 될 수 없는 인간이다.

루크시온이 있어서 여러 가지로 힘낼 수 있었던 것뿐이다.

그렇지 않았더라면, 나 같은 건 아무것도 해내지 못했을 것이다.

브레이브가 내게 가까이 다가왔다.

『파트너랑 미아한테 전언을 부탁해도 될까? 두 사람과 보냈던 나날은 즐거웠어, 라고. 먼저 죽어서 미안하다고 전해줘.』

무거워. 너무 무겁다고.

핀한테서 파트너를, 미아한테서는 친구를.

그 양쪽 모두를 빼앗은 나한테 전언을 부탁하다니, 무슨 생각인 거냐?

――아니 그보다, 너희는 어째서 그렇게나 나를 되살리고 싶어 하는 거지?

465

이 나한테, 아직 더 힘내라고 말하는 거냐?

"나더러 짊어지라는 거냐? 어째서 나한테 무거운 짐만 짊어지게 하는 거냐고! 나한테는 너무 무겁다고 말하고 있는데도 말이야!!"

소리치는 나한테, 브레이브는 슬퍼하는 듯한 눈을 하고 있었다.

『미안하다고는 생각하고 있어. 하지만, 우리는 이제 현세에 관여할 수 없으니까. 그리고, 리온이라면 파트너도 미아도, 그리고 제국 사람들도 도와줄 거잖아?』

저항했지만, 수많은 사람한테 밀려서 나는 문까지 내몰리고 말았다.

수의 폭력 앞에서 개인은 무력하다.

"이 녀석이고 저 녀석이고 전부 나한테 의지하고선 말이다! 나는 그렇게나 대단한 인간이――."

깨닫고 보니, 모인 사람 중에 왕국 사람들이 있었다.

나랑 함께 싸우고, 전사한 사람들의 얼굴이 있다.

나와 적대했던 사람들도 있었다.

정말로 수많은 사람이, 내 주위에 모여들어 있었다.

"리온 경―― 생전에는 귀경을 아주 싫어했습니다."

직접적인 말투에 당황했다.

대답이 떠오르지 않아 내가 말없이 있자, 노령의 군인은 씩 웃었다.

"젊은데도 하고 싶은 말을 하고, 그리고 실적을 올려 나가는 귀경이 부러웠습니다. 저는 귀경을 따라 전장에 나가 죽었습니다만, 그때도 화가 났습니다. 다만——."

　주위에 있는 사람들이 나한테 전하고 싶은 말이 있는 모양이다.

　"그때 싸우지 않았다면, 저희는 가족을 지킬 수 없었을 겁니다."

　"당신이 있었으니까, 저희는 후회하지 않을 수 있었습니다."

　"그리고 부디—— 앞으로도 많은 사람을 구해 주십시오."

　이 녀석들 무슨 말을 하는 거야?

　나 같은 녀석한테 지켜지는 그런 세계는 멸망하는 편이 나은 것 아닐까?

　애초에 내가 싸울 수 있었던 건 루크시온 덕분이다.

　루크시온이 없었다면 엉망진창인 왕국을 돕거나 하지 않았다.

　그 정도의 남자인 나한테 뭘 기대하고 있는 것인가?

　"기대할 상대를 잘못 보고 있다고?! 내가 아니라 루크시온을 돌려보내!!"

　마지막까지 저항하며 소리치자, 모여든 수많은 사람 속에서 걸어 나오는 사람이 있었다.

　그 사람은 엘프 마을에 있었던 이장이었다.

　확실히 —— 점술사를 하고 있었던가?

　그 사람은 내 쪽으로 다가오더니 쉰 목소리로 우물우물하며 입을 움직였다.

　무슨 말을 하는 것일까? 들리지 않아 곤란해하고 있자 루크시온이 이장한테 귀엣말했다.

　『들리지 않습니다.』

그러자 이장은 쉰 목소리가 아니라—— 겉모습에 어울리지 않는 매우 맑고 아름다운 목소리로 말했다.

"이거, 실례했습니다."

굽었던 이장의 허리가 펴지고, 주름투성이 얼굴이 윤기와 탄력을 되찾고, 백발이 광택 있는 금발로 변했다.

놀라운 광경이었다.

가슴은 부풀어 올라 빵빵해졌다.

입가를 손으로 누르자, 주위 사람들이 나를 보며 웃었다.

헤르트라위다 양이 복잡해 보이는 표정으로 나를 보고 있었다.

"——언니 앞에서는 자중해 주세요."

헤르트뤼더 씨의 가슴을 떠올려 보니, 여동생인 헤르트라위다 양한테도 밀린다.

분명 본인도 신경 쓰고 있을지도 모른다.

그리고 금발 엘프 미녀——가 아니지.

점술사였던 엘프 이장이 내 앞에서 윙크했다.

어이, 엄청나게 미인이잖아.

시간의 흐름이 얼마나 잔혹한 것인지 이해하고 말았다.

"오랜만이네요, 용사님."

"오랜만입니다. 그런데 어째서 여기에?"

그러고 보니, 점을 쳐 주었을 때 용사 운운하며 말했었지.

"네. 최근에 이쪽으로 '돌아'왔어요."

"돌아와요?"

이게 무슨 말이지? 의아해하자, 이장은 나를 보며 어이없어했다.

"자신이 하신 일에 너무 자각이 없으시군요. 당신은 멸망해 가던 세계를 구하고, 새로운 가능성을 만들어 내셨습니다."

──무슨 이야기일까?

나도 이해할 수 있도록 더 쉽게 설명해 줬으면 한다.

"멸망해 가는 세계?"

의심스러운 시선을 이장한테 향했지만, 본인은 신경도 쓰지 않았다.

"지금은 자각이 없으셔도 괜찮아요. 하지만 당신은 스스로 지원해서 세계를 구하신 거예요. 지금까지 괴로운 여정이었지요. 정말로 수고가 많으셨습니다. ──그리고, 앞으로도 당신은 멸망으로 향하는 그 세계를 구하게 되시겠죠."

손깍지를 끼고 기도하는 듯한 동작을 한 엘프 이장이 너무 내 취향의 타입이라 곤란하다.

민족의상을 입은 빵! 홀쭉 빵! 이다.

이 모습으로 엘프 마을에 있었다면 고백했었을지도 모른다.

그런 여성한테 여러 가지로 칭찬을 받아, 촐랑거리며 기고만장해지고 말았다.

"이야~, 그 정도는 아니긴 한데. ──응? 잠깐, 지금 뭔가 이상한 말이 섞여 있지 않았어?"

이장이 내 앞에서 미소를 지어 보였다.

"용사님, 당신은 이미 세계를 몇 번이나 구하셨답니다. 그 증거가 이 자리에 있는 루크시온이에요. 루크시온이야말로 고대의 마왕이자, 강철의 마왕이니까요."

루크시온이 마왕?!

놀라서 루크시온을 돌아봤더니, 이 녀석은 구체 보디인 주제에 으스대고 있는 것처럼 보였다.

『놀라셨습니까?』

"아니, 전혀. 왜냐면 너, 나랑 만났을 때는 대기 상태를 해제하고 신인류를 멸망시키겠다고—— 아앗?!"

그래, 이 녀석—— 내가 루크시온을 회수할 때 이미 대기 명령을 무시하고 신인류 따위 멸망시켜 주겠어! 라고 말했었다. 분명 말했었다고?!

폭주하기 전에 루크시온을 회수한 나는 어쩌면 파인 플레이를 했던 건가?

『마스터와 만나지 않았더라면, 저는 아무것도 모른 채 구인류의 후예도 멸망시켜 버렸을 테지요. 자신이 존재하는 의미를 없앨 참이었습니다. 마스터와의 만남은 정말로 행운이었군요.』

"——너, 진심으로 멸망시킬 생각이었냐? 농담 같은 게 아니라?"

『당연하지 않습니까.』

태연하게 거리낌 없이 말하는 루크시온한테 새삼 공포를 느꼈다.

이 자식 위험해.

그런 루크시온한테서 세계를 지켰으니, 나는 이제 역할에서 풀려나도 되는 것 아닐까?

이장은 내 공적에 관해 설명을 계속했다.

"그 밖에도 있어요. 이건 성녀 마리에의 공적이기도 합니다만, 불행해지는 여성을 두 명 구원했습니다. 그 두 명은 세계를 멸망시켰을지도 모르는 여성들이지요. 그리고, 공국과의 전쟁도 마찬가지입니다. 그 싸움에서 왕국이 패배했다면 제국은 손쉽게 공화국을 멸망시키고 신인류만의 세계가 탄생했을 겁니다. 그 결과, 모든 게 멸망하지요. 공화국에서도 마찬가지예요. 성수의 폭주를 막은 덕분에――."

내 행동이 결과적으로 좋은 방향으로 가게 되었다, 라고.

하지만 그런 말을 들어도 나중에 덧붙인 내용으로밖에 들리지 않는다.

"아니, 그만 됐다니까! 저기 말이지, 나는 딱히 의식해서 막은 게 아니야. 내가 싫으니까 막은 거라고. 그런 내가 용사라니, 이상하잖아!"

용사라는 말을 들어서 조금 기뻐지고, 치켜세워지는 바람에 거기에 넘어갈 뻔한 참이었다.

나는 자신이 일반인―― 이야기로 말하자면 모브라는 걸 잘 알고 있다.

그런 내가 용사일 리가 없다.

게다가 나는 몇 번이나 선택을 실수해서 쓸데없는 희생을 계속 내오지 않았던가.

나한테 의지하기 전에, 진짜 용사를 불러오는 편이 좋다.

"진짜 용사라는 건 훨씬 굉장하다고. 강하고, 상냥한—— 나하고는 정반대의 존재라고."

전부 다 구해 준다면, 신발도 핥아 줄 테니까. ——아니, 역시 가방 들어주는 정도만 하자. 누구의 신발이건 핥는 건 싫다.

이장이 곤란해하며 머리를 감싸 쥐었지만, 그것조차 매력적으로 보였다.

"으음~, 곤란하게 됐네요. 그러면 강경 수단을 쓸 수밖에요. 여러분, 다 같이 강제로라도 돌려보내도록 해요!"

전원이 나를 둘러메고, 그대로 문 너머로 내던지려 했다.

"그, 그만둬! 어이, 루크시온, 보고 있지 말고 날 도우라고!"

『거절합니다. 한껏, 행복해져 주십시오. 마스터의 행복이 저의 바람이니까요.』

이 자식 정말로 열받는구만! ——지금에 와서 그런 말투는 비겁하잖냐.

"너는 진짜로 짜증 나는 녀석이야! 내가 노쇠로 죽어서 돌아오면, 한 방 후려갈겨 줄 테니까 각오해 두라고! 기다리고 있어! 꼭 기다리고 있으라고! 반드시 후려갈기러 돌아올 테니까 말이다!"

그런 내 말을 듣고, 루크시온의 빨간 외눈에서 액체가 또륵 흐른 것처럼 보였다.

『예. 좋고말고요. 마스터가 노쇠로 죽을 때까지 저도 여기서 기다리기로 하겠습니다. 역시, 데리러 가는 것보다 기다리는 편이

저한테는 맞는 모양입니다. 어차피 100년도 기다리지 않을 테니까 말이지요. 그 정도는 마음 편합니다.』

　문밖으로 내던져지자, 나는 루크시온한테 손을 뻗었고——.

　"반드시 데리러 올 테니까 말이다! 그리고—— 정말로, 지금까지 고마——."

　——끝까지 전할 수가 없었다.

◇

　리온을 집어삼킨 문은 루크시온에 의해 천천히 닫혔다.

　그 문을 바라보는 루크시온은 문 옆으로 이동하고는, 조용히 리온이 오는 것을 기다리기 시작했다.

　주위에서는 어느샌가 사람들의 모습이 사라졌고, 남은 건 브레이브와 몇몇 사람이다.

　『정말로 여기서 기다릴 거냐?』

　그런 브레이브의 말에 루크시온은 솔직하게 대답했다.

　『예. 여하간 저의 마스터는 리온 포우 발트파르트, 단 한 사람이니까요. 언제까지고 기다릴 겁니다.』

　루크시온은 문에 외눈을 향했다.

　'마스터, 천천히라도 좋으니 꼭 데리러 와 주십시오. 저는 마스터가 오는 것을 언제까지고 여기서 기다리고 있겠습니다.'

　다시 만나게 될 그때까지, 루크시온은 계속 리온을 기다릴 생각이다.

◇

——눈을 뜨니 액체가 든 캡슐 안에 있었다.

액체 안에 있는데도, 호흡할 수 없어 괴롭거나 하지도 않았다.

반투명한 녹색 액체 속에서 손으로 유리를 만지자, 바깥이 소란스러워졌다.

『서둘러서 모두한테 알려!』

"네, 넵!"

"눈을 뜨셨어요! 리온 님이 눈을 뜨셨어요!"

액체가 배출되고, 내가 캡슐 안에서 앉자 크레아레가 가까이 다가왔다.

캡슐 문이 열리고 크레아레가 날아 들어왔다.

『괜찮아, 마스터? 의식은 확실하게 있는 거지? 기억은? 내가 누구인지 알겠어?』

잇따라 질문을 던지는 크레아레한테 몇 번인가 고개를 끄덕이고 나서 상황을 확인했다.

"——얼마나 시간이 지났지?"

『3개월이야. 정말, 어째서 평범하게 돌아오지 않았던 거야!』

"미안. 늦잠 잤다."

미안해하는 기색도 없이 그렇게 말하자, 크레아레도 처음에는 화내고 있었다.

『마스터, 이 잠꾸러기!!』

하지만 이내 말을 꺼내기 곤란해하는 듯한 태도를 보였다.

그래도 전하지 않으면 안 되는 중요한 이야기가 있는 모양이다.

『저, 저기 말이야, 마스터. ──안 좋은 소식이 있어.』

"뭔데?"

대략 예상은 되고 있었다.

『──들어오도록 해.』

크레아레의 지시에 들어온 것은 루크시온과 같은 구체 보디였다.

몸의 색깔은 검은색이고 외눈은 빨간 컬러링에, 나는 여러 가지를 눈치채고 말았다.

크레아레가 루크시온(?)에 관해 설명했다.

『무슨 이유에서인지 초기화되어서 데이터를 복구할 수가 없었어. 지금의 루크시온은 대기 명령을 받기 전의 상태로, 막 기동한 참인 상태에 가까워. 하지만, 마스터 등록은 계속되고 있어. 정말로 지긋지긋하지.』

크레아레는 '이 녀석, 내가 하는 말을 안 들어 준다구!'라며 불만까지 덧붙였다.

나는 루크시온(?)의 모습과 크레아레의 설명으로 모든 걸 눈치챘다.

──그 바보, 정말로 나를 위해 목숨을 버렸구나, 라고.

그리고 나를 위해 본체는 남겨 준 것이리라.

나는 말없이 있는 검은 루크시온(?)한테 손을 뻗었다.

검은 루크시온이 기뻐하며 가까이 다가왔다.

『처음 뵙겠습니다, 마스터! 저는 구인류를 우주로 피난시키기 위한 이민선으로 건조된 루크——.』

나는 그 이름을 쓰게 할 생각이 없다.

그 녀석은 지금도 저쪽에서 나를 계속 기다리고 있을 터다.

같은 이름은 혼란스러우니까, 새로운 이름을 붙이기로 했다.

그것이 루크시온을 위한 일이기도 하고, 눈앞에 있는 새로운 파트너에 대한 예의일 것이다.

"미안하지만 이름을 변경해야겠어."

『알겠습니다. 그러면 새로운 이름을 알려주십시오. 조금 긴장되는군요. 저는 기계지만 말입니다!』

루크시온보다도 밝고 즐거운 애지만, 그 녀석의 진지한 성격은 이어받고 있는 느낌이 들었다.

단지, 어떻게 해도 루크시온의 비아냥과 비꼬는 말이 그리워진다.

"그래. '엘리시온'이다. 너는 엘리시온. 귀엽지?"

검은 구체 단말은 깡충깡충 뛰는 것처럼 상하로 움직이며 기쁨을 표현했다.

『엘리시온이군요. 기억했습니다! 하지만, 귀엽다는 말은 반응하기 곤란하군요. 저한테는 성별의 개념이 없으므로. 혹시, 여성으로서의 역할을 바라시는 겁니까? 그러시다면 곧바로 보디를 새로 맞춰 오겠습니다!』

그런 엘리시온을 손으로 붙잡아 멈추게 했다.

"바꿀 필요는 없어. 너는 그 모습이면 돼."

우리의 모습을 보고 있던 크레아레가 물었다.

『마스터, 혹시 이렇게 될 걸 알고 있었어?』

말없이 있자, 크레아레는 알아차려 준 모양이다.

『──그렇구나.』

손으로 잡고 눌러 둔 엘리시온이 나를 올려다봤다.

『마스터, 울고 있는 것 같습니다만, 어딘가 아픈 것입니까?』

나는 눈가를 닦았다.

"조금 전까지 액체 속이었으니까, 그 때문이겠지. 자, 얼른 내가 일어난 걸 알리러 가자고."

3개월이나 움직이지 않은 몸은 무겁게 느껴졌지만, 참고 일어서자, 크레아레가 나한테 가운을 가지고 왔다.

받아서 걸치자, 엘리시온이 내 오른쪽 어깨 부근에 가까이 다가왔다.

루크시온이 정위치로 쓰고 있던 장소다.

"너는 이쪽."

나는 엘리시온을 왼쪽 어깨 부근으로 이동시켰다.

『어째서입니까?』

의아하다는 듯이 묻는 엘리시온에게 거기는 내 파트너의 장소니까―― 라고는 말할 수 없었다.

"내 왼쪽 어깨가 너의 특등석이니까 그런 거야."

『알겠습니다! 제 특등석은 마스터의 왼쪽 어깨 부근이군요. 기억했습니다.』

매우 기뻐하는 듯한 엘리시온을 보고, 나는 생각했다.

그 녀석한테도 이런 순수한 시기가 있었을까, 하고.

하지만 물어봐도 분명 얼버무리겠지.

그건 그것대로 재미있겠지만 말이다.

언젠가 또, 그 녀석의 비아냥이나 비꼬는 말을 듣고 싶다.

내가 비틀비틀하며 걸음을 내딛자, 방에 안제와 리비아, 그리고 노엘 세 사람이 뛰어 들어왔다.

세 사람 모두 이전보다 야윈 것처럼 보였다.

내 모습을 보더니, 세 사람이 울면서 안겨들었다.

"미안. 낮잠 자 버렸어."

안제가 내 얼굴을 올려다봤다.

"걱정시키지 마라. 나는―― 네가 곁에 없으면 안 된단 말이다. 계속―― 계속―― 기다리고 있었으니까 말이다!"

내 어깨에 얼굴을 묻고 있던 리비아가 그대로 울면서 말했다.

"리온 씨가 저희를 밀쳐 냈을 때부터, 줄곧 후회하고 있었어요. 그때, 손을 놓지 않았더라면, 하고. 계속―― 계속―― 후회하고 있었으니까요."

분노, 슬픔, 다양한 감정이 뒤섞여 있는 듯하다.

"미안했어. 이제, 놓지 않을 테니까."

"약속이에요. 이번에야말로 진짜로 지켜 주세요."

상당히 신용이 없구만.

노엘이 나를 보고 있는데, 눈 주위가 빨갛게 부어 있었다.

"바보. 리온, 이 왕바보야! ——최악이야."

"이미 충분히 잘 알고 있어."

세 사람이 나한테 안겨 울고 있자, 숨을 헐떡이는 마리에와 율리우스도 왔다.

"오빠!"

"형님!"

——어쩌지. 율리우스의 형님 호칭에 감동적인 장면이 엉망이다.

맥이 빠지고 말았다.

"너희들, 좀 더 눈치를 발휘하라고."

내가 한숨을 내쉬자, 마리에가 격노했다.

"사람 곤란하게 만드는 거 아니야! 내가 어떤 심정으로—— 바보오오오!!"

격노하고, 엉엉 울고—— 이 녀석도 바쁜 녀석이구만.

율리우스까지 울고 있었다.

"어째서 너까지 우는 거냐. 남자가 울어도 기쁘지 않다고."

"그 말투는 틀림없는 리온이군. 안심했다."

기뻐하고 있는 것 같은 게 이해가 안 된다.

크레아레가 척척 지시를 내렸다.

『자, 자. 우선은 마스터를 쉬게 하자구. 그리고 다른 사람들은 식전 준비를 해줘. 여러 가지로 예정이 늦어져서 큰일이니까.』

상당히 민폐를 끼치고 있었던 모양이다.

"미안하구만. 그것보다, 뭔가 있는 거냐?"

크레아레가 당연하다는 듯이 대답했다.

『대관식이야. 마스터의 경애하는 스승님이 기다리고 있어.』

"대관식?"

『그래. 롤랜드가 퇴위해서, 새로운 왕이 즉위하는 거야.』

그러고 보니 제국과의 전쟁 전에 왕위가 어쩌니저쩌니하는 걸 들었던 것 같기도 하고, 못 들었던 것 같기도 하고── 뭐, 됐나.

왕족이었던 스승님이 롤랜드를 대신해서 왕이 되는 것이리라.

크레아레가 일부러 스승님이 있다고 말할 정도고, 게다가 달리 후보가 없다.

율리우스나 제이크는 논외고, 다른 왕자들은 너무 어리다.

왕족인 엘리야가 즉위하는 것도 무리가 있다.

하지만 스승님이라면 누구나가 인정할 것이다.

뭐, 당연한 결과군.

하지만 스승님이 폐하가 되면, 함께 차를 마시는 것도 힘들어질 것 같다.

불만이 있다고 한다면 그것뿐이다.

안제가 울어서 부은 눈을 손가락으로 문지르며, 내게 미소를 향했다.

"리온은 쉬고 있어라. 준비는 전부 우리가 할 테니까."

"그래? 고마워. 아직 몸을 움직이는 게 힘들어서 말이지."

제법 몸을 혹사했지만, 외견상으로는 원래대로 되어 있었다.

하지만 내부가 어떻게 되어 있는지 불명인 채다.

리비아가 내게 얼굴을 보여줬다.

"리온 씨—— 저희, 앞으로도 힘내서 리온 씨를 뒷받침할 테니까요."

"응? 아아, 응."

다시금 그런 말을 들으니 쑥스러워지네.

나도 힘내서 스승님을 뒷받침하자.

역시 위엄 있는 사람이 왕이 되면 다르네.

롤랜드 때랑은 보람이 다르다.

노엘이 소매로 눈물을 닦고, 조금 삐친 듯한 얼굴을 하며 나를 봤다.

"그래도, 정말로 의외였지. 리온이 이렇게까지 각오를 굳히다니 말이야."

"각오?"

◇

——뭐야 이거, 듣지 못했어.

알현실은 검소하게나마 장식이 되어 있어서 평소와 분위기가 달랐다.

제국과의 전쟁이 막 끝난 참이라 왕국에도 여유가 없기에 호사스럽게 장식되어 있지는 않다.

하지만 문제는 거기가 아니다.

각국 수뇌가 모여 호르파트 왕국의 대관식에 참가하고 있었다.

그중에는 패배한 볼데노와 신성 마법 제국에서도 사자가 파견되어 있었다.

내가 의식 불명인 채 잠들어 있는 동안에 여러 일이 있었던 모양이다.

그런데, 잠깐 기다려 줬으면 한다.

제국 사람이 있다든가, 알제르 공화국에서도 사람이 와 있다든가, 모르는 나라의 사람들도 있다든가, 참석자 많지 않아? 아니 그보다── 그런 건 아무래도 상관없어!!

어째서 내가 왕이 되어 있는 거지?!

참석자 중에는 내게 왕위를 승계한 롤랜드의 모습이 있었다.

롤랜드는 나한테 왕관을 건네더니 재빨리 물러나 버렸다.

이 자식, 나한테 엄지를 척 세웠다고.

나는 지금 당장이라도 머리 위에 얹힌 왕관을 롤랜드한테 냅다 던져 주고 싶다.

아니 그보다── 내 대관식이라니 이게 어떻게 된 거냐고?

"이, 이상하다고. 이런 건 듣지 못했어."

떨고 있는 나를 앞에 두고, 재상이 되신 스승님이 작은 목소리로 주의를 줬다.

"폐하, 모두가 보고 있습니다. 더 당당하게 행동하여 주십시오."

주위가 자연스럽게 나를 왕으로 인정하고 있는 상황에, 어쩌면 꿈을 꾸고 있는 것 아닐까? 현실의 나는 캡슐 안에서 잠들어 있는 것 아닐까? 하는 상상이 떠올랐다.

──현실도피는 여기까지로 하고, 우선은 진정하고 상황을 확인하자.

대부분의 일은 침착하게 임하면 문제없다고 어디선가 들었던 느낌이 든다.

"왕위를 잇는 건 스승님이 아니었습니까?"

왕위가 어울리는 건 내가 아니라 스승님 쪽이다.

하지만 스승님은 내 질문에 쓴웃음을 짓고 있었다.

"폐하도 농담을 좋아하시는군요. 이런 늙은이를 추대해서 어쩌자는 것입니까? 힘도 있고, 혈통도 손에 넣었으며, 누구나가 인정하는 공적을 지닌 젊은이가 우선되는 게 당연하지 않습니까."

루크시오에서 이름을 고친 엘리시온의 마스터가 된 나.

안제라는 왕가의 일원인 혈통을 얻은 나.

그리고 제국이라는 강적을 격파한 나.

귀족들도 전적으로 찬동했다는 듯하다.

아니 그보다, 전쟁 전부터 찬성하고 있었다는 모양이다.

출진 전에 귀족들이 기특한 태도를 보였던 이유가 판명되었다.

왜냐면 내가 다음 국왕인걸.

그야, 따르는 게 당연하다.

"이, 이런 건 잘못되었다고 생각하지 않습니까? 롤랜드도 살아 있고 말입니다. 저 녀석은 죽을 때까지 일하게 시키자고요."

대관식에서 얼굴이 창백해져서는 곤혹스러워하고 있는 나를 보며 롤랜드는 진심으로 즐거워하고 있었다.

나는 속이 부글부글 끓고 뒤집히는 심정이다.

"롤랜드 말입니다만, 변경에 마련한 영지에서 은거시키게 되었습니다. 일부 측실 분들이나, 지금까지 손을 대 왔던 여성들이 동행한다는 것 같습니다."

"저 녀석이 은거?"

내가 왕이 되었는데, 어째서 저 녀석이 시골에서 은거 생활을 보내는 것인가?

내가 바란 미래를 롤랜드가 붙잡는다든가, 그런 건 용서 못 해!

게다가 많이 있던 측실이나 애인 중에서 진심으로 롤랜드를 걱정한 여성도 따라간다니── 뭐야, 이거? 이런 거 이상하다고?!

어떤 일이 있더라도 방해해 주겠다고 마음속으로 맹세했다.

주먹을 떨고 있는 내 옆에서 왕비가 된 안제가 목소리를 크게 높여 외쳤다.

빨간 드레스 차림에 당당한 행동거지는 여왕의 풍격을 갖추고 있었다.

"여기에 리온 포우 발트파르트가 대관하고, 호르파트 왕국 발트파르트 왕조를 여는 것을 선언한다!"

위엄에 가득 찬 그 대사에 귀족들은 무릎을 꿇고 머리를 숙여 충성을 맹세했다.

무대 가장자리 부분에서는 드레스 차림의 리비아와 노엘이 대기하고 있었다.

두 사람은 기쁜 듯이 눈물을 흘리며 우리의 모습을 지켜봤다.

그것보다도. 발트파르트 왕조—— 즉, 앞으로는 내 핏줄이 왕족이라는 취급이다.

따라서 내 핏줄이 호르파트 왕국을 이어받게 되고, 지금까지의 왕가는 계승권을 상실했다.

요컨대 앞으로는 내 아이들만이 계승권을 지닌다.

호르파트 왕국이라 칭하고 있지만, 실질적으로 새로운 국가가 탄생한 것이다.

안제를 아내로 두고 있기에, 비교적 온건하게 롤랜드한테서 왕위를 빼앗은 모양새이려나?

아니, 억지로 떠맡게 된 거나 마찬가지인가.

롤랜드는 배가 아픈지, 배를 누르며 필사적으로 웃음을 참고 있었다.

——지금 당장 저 녀석을 처형대로 보내주고 싶다.

아니 그보다, 율리우스와 제이크가 평범하게 참석하고 있는 게 이상하다.

너희들 왕자 아니냐? 아니, 이제 전 왕자이긴 하지만, 그걸로 괜찮은 거냐?!

뭘 태평하게 손뼉 치고 있어?!

그리고 질크를 비롯한 나머지 다섯 바보도 내가 왕위를 이어받아 안도한 표정을 짓고 있었다.

내 친구들도 '저 녀석이 임금님인가~'하는 태평한 얼굴로 바라보고 있었다.

──용서하지 않겠어.

절대로 용서하지 않아.

나는 그릇이 작은 남자다.

너희들만 행복해진다니, 나는 절대로 인정 못 한다고.

나는 소심한 인간이라 이 자리의 분위기를 깨뜨리지 못하고 경직된 미소를 띠고 있자, 안제가 나한테 미소 지어 주었다.

"네가 나를 믿어 줘서 다행이었다. 조금 거친 방법이었지만, 나라를 하나로 뭉치게 할 수 있었어. 고맙다, 리온."

"어? 아니, 그건 아니── 앗?!"

──안제는 나한테 나라를 하나로 뭉치게 하는 방법이 있다고 말했었다.

그런 방법이 있으면 실행하면 된다며 내용도 듣지 않고 경솔하게 허가한 것을 떠올렸다.

설마 내가 왕이 될 거라고는 생각하지 않잖아?!

나는 아니겠지, 하고 방심했더니 이 꼴이다.

알현실에는 에리카와 나란히 서 있는 엘리야의 모습이 있었다.

아예 차라리 저 녀석을 희생양으로 삼아서, 내가 왕위에서 도망칠 수 없을지 진지하게 생각했다.

에리카도 왕족이고, 내가 지원하면 가능했을 터다.

가능했으려나? 아니, 이 상황에서는 이미 늦었겠지.

지금에 와서, 자포자기 상태가 되어 있었던 나의 어설픈 마무리가 후회됐다.

어째서 나는 항상 마무리가 어설픈 걸까?

그때의 나를 때려 주고 싶다.

그대로 내 대관식이 끝나자, 파티가 열리게 되었다.

대관식이 끝나자, 왕궁 내에서 입식 파티가 열렸다.

부흥 도중이기도 해서 규모는 조촐했다.

타국에 얕보이지 않기 위해서라도 대규모 축제를 열어야만 한다는 의견도 나왔다.

하지만 리온이 눈을 뜬 지금은 불필요하다.

제국을 물리친 영웅이 국왕으로 즉위한 것이다.

무위는 충분히 내보이고 있었다.

"리온 녀석은 대기실인가?"

각국 대표자들과 이야기하고 있던 안제가 리온의 모습이 보이지 않는 것을 알아차리고 조금 불안해 보이는 표정을 짓고 있었다.

막 눈을 뜬 참인데 무리를 시켜 버렸다는 부담감도 있는 것이리라.

옆에 있던 리비아가 안제를 안심시켰다.

"지쳐서 쉰다는 것 같아요. 하지만, 그 낌새라면 파티에서 도망치고 싶었던 것일지도 모르겠네요."

난처한 얼굴로 미소 짓는 리비아를 보고, 안제는 기뻐하는 듯했다.

"그렇다면 괜찮다. 지금은 쉬는 것도 일의 범위 안이다. 끝나면 상태를 보러 가지."

리온이 무사하다면 그걸로 됐다고 안제는 납득하고 있었다.

하지만――.

"뭐? 그런 얘기는 들은 적 없거든?!"

――조금 떨어진 곳에서 노엘의 당황한 목소리가 들려왔다.

목소리가 컸기에 주위의 시선이 모였다.

안제는 한숨을 내쉬었다.

"뭘 소란을 피우고 있는 건지."

리비아는 무슨 일인가 싶어 안절부절못하고 있었다.

자기로는 감당이 안 된다고 생각했는지, 노엘 쪽에서 둘에게 달려왔다.

그 손에는 서류가 쥐어져 있었다.

"안젤리카, 이, 이거."

노엘이 떨리는 손으로 내민 것은 계약서였다.

그걸 받아 든 안제가 내용을 확인해 나가더니, 눈을 크게 떴다.

"──이런 계약은 듣지 못했다."

놀라고 있는 안제한테 다가오는 것은 네 명의 여성들이었다.

부채를 펼치고 크게 웃는 디어드리가 안제를 앞에 두고 말했다.

"리온 군. 아뇨, 폐하가 무사히 돌아오신 모양이라 안심했어요."

"디어드리?!"

안제가 디어드리를 노려보자, 클라리스가 미소를 지으며 말했다.

"그 계약서를 보면 이해해 주겠지, 안젤리카? 전쟁에 나가기 전의 폐하가 말이야. 아니, 대공 시절의 리온 군이 말이지. 우리한테 약속해 준 거야."

안제한테서 계약서 한 장을 받아 든 리비아가 그 내용을 보고 부들부들 떨었다.

"두 분뿐만이 아니라 판오스 공작가까지?"

리비아가 고개를 들고 쳐다본 사람은 헤르트뤼더였다.

헤르트뤼더는 양손으로 브이 사인을 했는데, 쑥스러움을 감추려는 것인지 얼굴은 무표정했다.

"출발 전에 우리를 한곳에 모으면 서로 견제해서 안전할 거라고 생각했어? 미안하지만, 나는 이익을 우선할 수 있는 여자야."

리비아는 헤르트뤼더한테 당했다며 아연실색할 수밖에 없었다.

노엘한테는 루이제가 다가왔다.

"미안해, 노엘. 비겁하다고는 생각했지만, 역시 조국을 생각하면 이렇게 할 수밖에 없었어."

어쩔 수 없었다며 입으로는 그렇게 말하고 있지만, 루이제의 얼굴은 명백히 기뻐 보였다.

노엘이 주먹을 떨었다.

"너는 개인적인 감정을 우선한 것뿐이잖아!"

"어머, 눈치챘어?"

계약서를 들고 나타난 네 명의 여성들을 앞에 두고, 안제는 심기일전하여 물었다.

"확실히 해두고자 확인하겠다만—— 너희들의 희망은?"

그 계약서에는 전후에 리온이 네 사람의 가문에 바라는 보수를 준비하겠다고 적혀 있었다.

보수 내용은 적혀 있지 않지만, 리온의 사인이 있었다.

대표해서 클라리스가 말했다.

"물론 그건——."

◇

대기실.

막 병상에서 일어난 상태인 나는 파티에 지쳤다고 말하며 도망쳐 나왔다.

"젠자아앙! 롤랜드의 히죽거리는 낯짝이 증오스러워어어어!"

그 자식, 나를 앞에 두고 '폐하, 지금의 기분은 어떻습니까?'라든가 '저기, 지금 어떤 기분? 왕이 되어서 어떤 기분?'이라며 도발했다.

출진 전에 진지한 분위기를 내고 있던 것도, 내가 왕위를 잇는다는 걸 알고 있었기 때문이겠지.

그 녀석은 이 순간을 위해 지금까지 얌전하게 있었던 것이다.

"롤랜드 자식, 언젠가 반드시 복수해 줄 테니까 말이다."

대기실에서 후회하고 있는 나를 흥미롭다는 듯이 바라보던 엘리시온이 말했다.

『마스터가 일국의 왕이 되신 멋진 날이군요.』

"너는 내가 괴로워하고 있는 걸 보고 어째서 기뻐할 수 있는 거냐?"

엘리시온의 감성이 이해되지 않는다.

초기화되어서 경험이 부족한 탓에 뒤죽박죽인 반응을 하는 걸까?

엘리시온은 자신의 감상에 내가 만족하지 않았다고 생각한 모양이다.

『마스터는 만족하고 계시지 않는군요.』

"그래."

『확실히, 마스터는 이 정도 국가로 만족하실 그릇이 아닙니다. 언젠가는 주변국을 제압하여 영토를 확장하고, 세계통일을 이루시는 거군요!』

"멋대로 내가 세계 제패를 꿈꾸고 있다는 식으로 목표를 날조

하지 마! 너의 사고회로는 어떻게 되어 있는 거냐?!"

왕 따위 되고 싶지 않다고 말하고 있는데도, 새로운 파트너가 이해해 주지 않는다.

엘리시온은 이제 막 눈을 뜬 참인 상태고, 앞으로는 내가 여러 가지로 가르쳐 주지 않으면 안 되겠지.

지금부터 마음이 무거워지기 시작했다.

대기실 문을 노크하는 소리가 났고, 허가하자 안제와 리비아, 노엘이 안색이 변해서는 들어왔다.

"리온, 너한테 조금 할 이야기가 있다."

진지한 얼굴인 안제 뒤에서는 리비아가 미소를 띠고 있었다.

다만, 눈이 웃고 있지 않다. 명백히 화내고 있다.

"사실대로 말해 주세요, 리온 씨."

두 사람의 박력에 압도당하고 있자, 노엘이 내 앞에 와서 몇 장의 서류를 내밀었다.

"이 서류에 사인한 기억은 있어? 없지? 없다고 말해 줄 거지?"

거기에는 내 글자로 사인이 된 서류가 있었다.

세 사람이라면 내 사인이라는 걸 알아차릴 텐데, 확인하러 온다는 건 뭔가 문제라도 있었던 것일까?

내용을 확인하자, 그건 이전에 헤르트뤼더 씨를 비롯한 네 사람한테 요구받았던 것이었다.

"내가 사인했는데, 뭔가 문제라도 있었어?"

쭈뼛쭈뼛 물어봤더니, 세 사람한테서 표정이 사라졌다.

안제가 나한테 서류 내용에 관해 설명했다.

"어째서 백지수표를 써준 거냐?"

"어?"

"네가 안이하게 이 서류에 사인한 탓에, 클라리스를 비롯한 네 명을 측실로 맞아들이게 되었다고."

"에엑?!"

서류 내용을 확인했는데, 거기에는 명확한 보수가 적혀 있지 않았다.

그렇지만 전후에 내가 성의를 가지고 최대한의 보수를 약속한다고 적혀 있었다.

리비아가 희미하게 웃고 있다.

"국내에서는 판오스 가문, 애틀리 가문, 로즈블레이드 가문. 외국에서는 알제르 공화국이 폐하와의 관계를 강화하기 위해 혈연을 보내겠다고 하고 있어요."

"그, 그때는 백금화나, 그쪽 보수라고 생각해서."

나와의 관계를 강화하기 위해 혈연을 보낸다—— 즉 나더러 측실로 맞아들여라, 라는 의미가 되고 만다.

변명하는 나한테 노엘이 울상을 지으며 고함쳤다.

"바보야아아아!! 보수 내용은 제대로 확인해 두라구! 이런 약속이 리온의 사인이 적힌 채로 되어 있으면, 이쪽도 받아들일 수밖에 없단 말이야!"

안이하게 서류에 사인해서는 안 된다.

이미 손을 쓰기에는 늦은 상황에서, 나는 뼈저리게 이해했다.

안제가 뭔가를 눈치챘는지, 나를 추궁했다.

"설마라고는 생각한다만, 애초에 살아서 돌아올 생각이 없었던 건가?"

"아니, 그게── 네."

안제가 노려봐, 무심코 본심이 새어 나오자 세 사람이 격노했다.

리비아가 굳은 미소로 추궁했다.

"그래서 뭐든 경솔하게 받아들여 버린 건가요? 어차피 돌아오지 않을 거니까, 책임질 필요가 없다고."

"──네."

노엘이 나한테 차가운 시선을 향하고 있었다.

"왕이 될 생각도 없었던 거야?"

"아니, 그쪽은 예상 밖이라고 할까요, 애초에 왕이 될 거라고는 생각도 하지 않았습니다."

내 대답을 듣고 안제가 웃기 시작했다.

메마른 웃음소리가 대기실에 울렸다.

"이건 걸작이군. 리온 입장에서 보면 돌아왔더니 갑자기 왕으로 즉위당한 것이니까 말이다. ──돌아올 생각이 없었으니까, 될 대로 되라는 태도가 되어 있었던 거군."

웃고 있던 안제의 얼굴이 무표정하게 변했다.

이건 상당히 화내고 있다.

"미안. 그도 그럴 게, 그만큼 힘내지 않으면 이길 수 없을 거라고 생각했으니까."

그때는 앞일의 문제는 살아남는다면 생각하면 된다며 될 대로 되라는 식이었다.

그도 그럴 게 무사히 돌아올 수 있을지 알 수 없잖아! 라고는 세 사람을 앞에 두고 말할 수 없었다.

안제와 리비아, 노엘이 서로 얼굴을 마주 보고, 셋이 깊은 한숨을 내쉬었다.

이 이상은 화내도 별수 없다며 체념한 듯하다.

안제가 나를 손가락으로 가리켰다.

"어쨌든, 앞으로는 절대로 안이한 약속이나 사인을 하지 마라! 알겠지?"

"네."

리비아는 슬픈 듯이 고개를 숙이고 있었다.

"갑자기 여성이 늘어난다니 예상치 못한 일이네요."

"죄송합니다."

노엘은 내가 달리 무언가 숨기고 있지는 않은지 미심쩍게 여기고 있다.

"그것보다, 그밖에는 경솔하게 받아들인 건 없는 거겠지? 지금 전부 이야기해."

"이 이상은 없어. 아, 아마도?"

"아마도?"

반쯤 자포자기라고 할지, 돌아오지 못할 거라고 생각해서 될

대로 되라는 식이었기에 기억하고 있지 않다.

몹시 난감해하는 나를 안제와 리비아, 노엘이 둘러쌌다.

나는 식은땀을 흘리며 지금은 없는 파트너의 이름을 중얼거렸다.

"——도와줘, 루크시온."

그러자 내 왼쪽 어깨 부근에 떠 있던 엘리시온이 일부러 얼굴 앞으로 나왔다.

『마스터, 엘리시온이라면 여기에 있습니다. 부디 의지해 주십시오.』

"너라면 이 상황을 어떻게 해결해 주겠어?"

『그런 건 간단합니다. 지금까지의 대화를 정리하면, 측실이 늘어난 것이 문제가 되는 것이지요? 하지만 안심하시기를. 마스터의 자식이 늘어나는 건 저로서는 대환영입니다.』

엘리시온은 뒤돌아보더니 안제와 리비아, 노엘한테 제안했다.

『오히려 측실을 늘려야만 한다고 진언합니다. 마스터를 위해서도, 여성을 더욱 늘려도 괜찮겠습니까? 이쪽에서 후보자 리스트를 작성하겠으니, 왕궁으로 불러 주십시오.』

내 유전자를 가진 자식을 늘려야만 한다고 말하기 시작했다.

게다가 여성을 모아 오는 일은 안제와 리비아, 노엘한테 전부 떠넘겼다.

이것에는 세 사람도 분개했다.

세 사람의 표정이 한순간에 악귀처럼 변했다.

"나는 엘리시온을 올바르게 이끌 수 있을까?"

──막 헤어진 참이지만, 벌써 루크시온이 보고 싶어졌다.

여기에 루크시온이 있었다면, 뭐라고 말할까?

앞날이 불안해서 견딜 수가 없다.

◇

한편 그 무렵.

롤랜드의 방에는 밀렌의 모습이 있었다.

리온을 도발했던 롤랜드한테 기가 막혀서, 훈계하기 위해 파티 회장에서 데리고 나온 것이다.

데리고 나와진 롤랜드는 기분이 언짢아 보였다.

"모처럼 젊은 여자애랑 즐겁게 대화하고 있었는데 말이다."

"당신은 언제나 그렇죠. 앞으로는 삼가는 게 어떤가요? 새로운 폐하는 당신의 그런 점을 아주 싫어하니까요."

롤랜드는 의자에 앉아 다리를 꼰 채 밀렌을 바라보고 있었다.

그러고 나서 작은 한숨을 쉬고는 표정을 고쳤다.

"밀렌, 너와 이혼하겠다."

"──무슨 의미인가요?"

여기에 와서 이혼이라는 말에 밀렌은 농담인가 싶었다.

하지만 롤랜드는 진지했다.

"이제부터 우리가 같이 공무에 나갈 일은 없다. 즉, 네가 나의 아내를 연기할 필요 따위 없다는 거다.”

그 말을 들은 밀렌이 눈을 내리떴다.

정략결혼이었지만, 그래도 오랫동안 부부로서 함께 살아 온 사이다.

“사랑 같은 건 없었지만, 이렇게 그 말을 들으니 괴로운 게 있네요.”

이혼하고 조국으로 돌아가면 밀렌이 설 자리가 없다.

밀렌은 앞으로의 인생에 비관적인 태도가 되었지만, 그래도 살아남은 것만으로도 이득이라고 생각해 두기로 했다.

제국과의 전쟁에 패배했다면 목숨 따위 없었을 테니까.

“목숨이 있는 것만으로도 행복한 거겠지요. 그래도, 이제부터 뭘 하면 좋을지.”

밀렌이 장래를 걱정하고 있자, 롤랜드가 부드럽게 미소 짓고 있었다.

평소에는 밀렌한테 냉담하게 대했지만, 오늘만큼은 달랐다.

“나한테서 해방된 너는 앞으로 자유다. ──네가 바라는 대로 살도록 해. 새로운 폐하는 분명 너를 소중히 여겨 줄 거다.”

“다, 당신? 무슨 말을 하는 건가요!”

밀렌은 롤랜드의 말을 이해하는 데 시간이 걸리고 말았다.

놀림당했다고 생각했지만── 롤랜드는 진지하게 밀렌을 바라봤다.

농담이 아닌 모양이다.

"너를 사랑할 수는 없었지만, 나는 언제나 너의 행복을 바라고 있다. ──너는 충분히 열심히 해줬어. 너의 사랑을 응원하게 해줬으면 하는군."

"그, 그래도."

우유부단한 태도인 밀렌한테, 롤랜드는 등을 밀어주는 것처럼 말을 건넸다.

"이제부터는 너 자신을 위해 살도록 해. 행복해져라, 밀렌."

롤랜드는 눈물을 흘리는 밀렌의 어깨를 끌어안았다.

◇

밀렌이 방에서 나간 뒤.

롤랜드의 친구이자 의사인 프레드가 어처구니없다는 기색으로 방에 들어왔다.

"정말로 괜찮았던 겁니까? 전 왕비님을 폐하의 측실로 보내도."

롤랜드는 큰일 하나를 끝냈다는 느낌을 내며, 기지개를 켰다.

"최고의 계책이지? 나는 애송이의 가정에 폭탄을 투하할 수 있어서 즐겁고, 밀렌은 사랑이 이루어져서 행복해. 뭐, 밀렌이 그 애송이한테서 쫓겨나면 지원 정도는 해줄 거다."

프레드가 힘없이 고개를 떨궜다.

"새 폐하의 여성 관계를 망가뜨리지 말아 주십시오. 나라가 기웁니다."

"그 애송이는 잘할 거다. 아니, 안젤리카가 야무지니까 안심이다. 좋은 의미로도 나쁜 의미로도, 그 애송이는 안젤리카의 손바닥 위에 있으니까 말이지."

롤랜드는 너무나도 기쁜 나머지 춤을 추기 시작했다.

"음~, 훌륭해! 그 애송이를 당황하게 만들면서, 성가신 밀렌을 쫓아낼 수 있으니, 일석이조가 아닌가! 나는 자신의 재능이 두려워. 거기다 폐하 덕분에 귀찮은 측실이나 애인들도 떼어내고, 만만세로군!"

솔직히 말해서, 롤랜드는 리온한테 감사하고 있었다.

갑갑하고 따분한 왕궁에서 내보내 주었을 뿐만 아니라, 은거 생활의 지원까지 받을 수 있으니까.

롤랜드 입장에서 보면 리온한테 완전히 승리한 상황이다.

프레드의 입에서 나직이 본심이 새어 나왔다.

"저는 이런 게 지금까지 국왕이었다는 사실이 두렵지만 말입니다."

롤랜드도 동의했다.

"나도 같은 의견이다. 이 나라는 정말로 어떻게 됐다고. 새로운 국왕은 앞으로 열심히 힘내 달라고 해야겠어."

프레드는 뭐라 말하기 힘든 얼굴로, 행복해 보이는 롤랜드를 보는 것이었다.

◇

대관식과 기타 여러 일이 끝난 나는 시간을 내서 에리카와 면회하고 있었다.

이유는 여러 가지—— 라고 할지, 몸 상태가 신경 쓰여서 이야기를 해두고 싶었기 때문이다.

나한테는 이전 생의 조카와 보내는 휴식의 시간이 될 터였는데.

"지, 지금 뭐라고?"

당황하는 내 앞에서, 에리카는 미안해하는 듯한 태도였다.

처음에는 에리카가 나한테 사과했다.

자신의 제멋대로인 행동으로 우리를 힘들게 만들었다며 사과했는데, 에리카가 사정을 알고 있었다고 해도 제국은 멈추지 않았을 터다.

이렇게 말하면 미안하지만, 에리카 혼자서 이 상황은 바꿀 도리가 없었다.

그러니 용서했고, 책망할 생각도 없다.

본인은 자신을 책망하고 있었기에, 에리카가 책임을 지겠다니 그런 건 주제넘은 짓이라고 말하면서 억지로 납득시켰다.

어차피 늦건 빠르건 전쟁은 일어났을 것이다.

결과적으로 이쪽이 바란 전개로 끌고 갈 수 있었고, 나쁘지 않다고 생각하고 있다.

자 그럼, 에리카를 용서한 건 좋은데, 문제는 거기서부터다.

"저, 저기 말이야, 삼촌. 그 여성향 게임 말인데—— 알트리베라는 제목의 시리즈는 내가 알고 있는 것만으로도 여섯 작품은 나왔어."

그 여성향 게임의 새로운 사실 발각?! 3탄으로 끝이 아니었던 모양이다.

아니 그보다, 여섯 작품이나 나왔어?!

나는 현기증을 느꼈다.

"차, 참고로 4탄은?"

1탄만으로도 지독하게 고생했고, 3탄째에 이르러서는 죽다 살아났다.

그런데도 아직 최소 세 작품이나 남아 있다니, 최악이다.

"남학교가 무대였을 거야. 사막이 있는 대륙이었다고 생각하는데, 나는 플레이하지 않았어. 그냥 그런 게임이 나온 걸 알고 있을 뿐이야. 거기에 다니는 남장한 여자애가 4탄의 주인공이었던가?"

에리카는 플레이하지 않아서 자세한 이야기는 들을 수 없었다.

단지, 어릴 적에 몇 번이나 플레이한 게임이니까 발매되면 자연히 신경이 쓰였던 게 운 좋게 작용한 모양이다.

"사, 사막? 그, 그밖에 뭔가 알고 있는 건 없어? 어떤 사소한 정보라도 좋으니까 알려줘?!"

듣는 것도 무섭지만, 듣지 않으면 더욱 무섭다.

나는 조금이라도 정보를 모으고자 필사적이었다.

"5탄의 무대는 우주였어."

"우주우?"

이야기를 듣고 있던 엘리시온이 자신만만하게 말했다.

『제가 나설 차례로군요! 맡겨 주십시오. 이 엘리시온은 우주선이니까 말입니다. 우주에서도 문제없이 활동할 수 있습니다.』

내가 정신을 못 차리고 멍하게 있자, 에리카가 6탄의 무대를 알려주었다.

"저, 저기 말이야! 그래서, 6탄에서 원점 회귀해서 무대는 호르파트 왕국이 되는데── 사, 삼촌, 괜찮아?"

나는 의자 위에서 무릎을 끌어안은 자세로 앉았다.

생각해 보니, 빵빵한 이장이 저세상에서 말했었지.

앞으로도 세계를 구하기 위해 고생한다 운운, 이라고.

──나는 자연히 눈물이 흘렀다.

"역시 돌아오는 게 아니었어."

나를 걱정한 엘리시온이 기운을 북돋으려 해주었다.

『마스터, 왜 그러시지요? 뭔가 문제가 있는 것이라면 지금부터 그 사막이 있는 대륙을 멸망시킬까요?』

엘리시온의 발언에 에리카가 질색하면서, 내 쪽을 우선해 주었다.

"괘, 괜찮아, 삼촌. 분명 세계는 쉽게 멸망하지 않을 거라고 생각하고. ──미안, 역시 힘들지도."

지금까지의 상황을 생각하면 뭔가 하나라도 실수하면 세계 붕괴로 이어지고 만다.

즉, 내가 방치할 수 있는 문제는 없다는 말이다.

나는 일어서서 진심으로 외쳤다.

"역시 그 여성향 게임 세계는 나한테 가혹한 세계였어! 젠자아아아아앙!!"

에필로그

"——리온은 진심으로 외치는 것이었습니다. 자, 오늘은 여기까지!"

주위가 책장에 둘러싸인 방에는 바닥에 아이들이 노는 장난감이 어지럽게 흩어져 있었다.

그런 방에서 의자에 앉아 아이들한테 책을 읽어주고 있던 건 배가 크게 부른 노엘이었다.

노엘 주위에 있는 건 모두가 리온의 아이들이다.

그중 한 명, 남자아이가 노엘의 옷을 붙잡고 잡아당겼다.

"노엘 엄마, 다음은? 아버님은 그 후에 어떻게 되었어?"

아이들한테 읽어주고 있던 건 리비아가 기록한 리온의 활약을 정리한 영웅담이다.

리온과 닮은 금발 남자아이도 노엘한테 다음 내용을 졸랐다.

"아버님의 활약을 더 듣고 싶어."

노엘은 미소를 지으며, 아이들 앞에서 책을 덮고는 자리에서 일어났다.

책을 책장에 돌려놓고는 이제 끝이야, 라며 거듭 말했다.

"이제 늦었으니까, 오늘은 여기까지 하고 자렴. 그리고, 미안해. 이다음 내용은 아직 쓰이지 않았어."

아이들이 "우~"하고 불만스러운 듯한 목소리를 냈다.

세로로 말린 롤 헤어스타일을 한 여자아이가 노엘의 다리에 매달렸다.

"왜 안 써주시는 건가요. 이야기를 더 듣고 싶사와요."

노엘은 쓴웃음을 짓고는, 쓰이지 않은 이유를 알려줬다.

"아직 쓸 수가 없는 거야."

노엘이 아이들을 보니 이미 졸려 하는 듯한 아이들이 있었다.

안제를 닮은 여자아이는 졸린 듯이 머리가 꾸벅꾸벅 움직이고 있었다.

그 손은 잠들어 있는 남자아이의 옷을 붙잡고 있었다.

리온과 분위기가 닮은 남자아이는 바닥에 누워 잠들어 있었다.

이야기에 흥미가 있는 아이들은 졸리지 않다고 우기며 다음 내용을 요구했다.

"써줘~."

그건 무리야, 하고 노엘은 아이들한테 타일렀다.

"조금 더 기다리렴. 아버님이 대모험을 하는 건 이제부터야. 그게 끝나면 또 리비아 엄마가 책으로 정리해 줄 거야. 다 쓰고 나면 제일 먼저 너희들한테 들려줄게."

핑크색 머리카락을 지닌 여자아이가 인공지능——팩트한테 기대어 잠들어 있었다.

바닥에 나뒹굴고 있는 팩트가 그 자세 그대로 아이들한테 주의를 줬다.

『아이들이여. 수면 시간 감소는 성장에 악영향을 끼친다. 자아,

잠드는 거다.』

　잔소리가 많은 팩트였으나, 아이들은 아직 충분히 놀지 못한 것이리라. 다 같이 팩트한테 장난을 치기 시작했다.

　"팩트가 화냈다~."

　"굴려~."

　『그, 그만둬라! 어린아이가 나한테 기대어서 자고 있다는 걸 이해하고 있는 건가? 에에이, 너희들의 평가를 하방 수정이다!』

　그 전쟁에서 사라졌다고 생각되었던 인공지능들 말인데, 약삭빠르게 단말에 데이터를 옮겨 존속하고 있었다.

　지금은 왕국을 뒤에서 지탱해 주는 믿음직한 인류의 파트너들이다.

　단, 하는 것은 서포트까지.

　국가 운영에 크게 관여하게 시키고 있지는 않았다.

　이유는 리온이 싫어했으니까.

　인공지능을 적극적으로 쓰고 싶었던 안제가 아무리 설득하여 허가를 구해도, 이것만큼은 승낙하지 않았다.

　리온은 '가능한 한 인간의 힘으로 노력하고 싶어'라고 말하며 양보하지 않았다.

　결국 안제가 끈기 싸움에 져서 리온의 방침에 따랐다.

　다만 노엘은 리온의 생각에 처음부터 찬성하는 입장이었다.

　효율을 생각하면 인공지능에 의지하는 건 잘못은 아니다.

　그래도, 지금은 가능한 한 자신들의 힘으로 발전하는 편이 건 전하다고 생각되었으니까.

"요 녀석들, 팩트한테 장난치면 안 돼. 다들, 빨리 안 자면 아버님한테 이른다."

아이들이 일제히 대답했다.

"네~에."

그러자 사이드 포니테일 헤어스타일을 한 검은 머리 여자아이가 노엘을 앞에 두고 머뭇머뭇하고 있었다.

노엘이 여자아이의 시선까지 쪼그려 앉아 눈을 보며 물었다.

"왜 그러니?"

"엄마. 저기 말이야, 저기 말이야! 아버님은 언제 돌아와?"

대답하기 어려운 질문에 노엘은 쓴웃음을 짓고 말았다.

성가신 문제를 해결하러 간 리온이 언제 돌아오는지는 아무도 모르기 때문이다.

분명 본인조차 모르고 있을 것이다.

여하간, 큰일인 건 이제부터다.

"글쎄, 언제가 되려나? 엄마도 모르겠네. 하지만 여름이 되면 긴 휴가가 있을 테니까, 한 번 돌아올 거라고 생각해."

◇

한때 리온이 소유하고 있었던 부유섬은 재정비가 이루어지고 있었다.

전쟁을 위해 개수되었던 토지는 지금은 녹음이 풍부한 경치가 펼쳐져 있다.

현재도 왕국의 관리하에 있는데, 리온이 개인적으로 사용하고 있었다.

여러 가지로 문제가 있는 사람들을 가둬 두는 장소로서 최적이었기 때문이다.

그런 부유섬에 마리에의 모습이 있었다.

농사 작업을 하는 로봇들을 바라보며, 산책을 즐기고 있었다.

마리에는 땀이 난 이마를 수건으로 닦았다.

"아~, 좋은 땀을 흘렸어. 오늘의 맥주는 분명 각별하겠네!"

한낮부터 저녁 반주 생각을 하고 있었다.

그런 마리에를 발견한 카라와 카일이 매우 서둘러 달려왔다.

카라는 작은 어린아이를 업고 있었다.

"마리에 니이이임! 너무 무리하지 말아 주세요오오오!"

카일도 허둥대고 있다.

앳된 모습은 남아 있지만, 키는 자라서 카라보다도 커졌다.

하프 엘프이기는 하지만, 엘프의 특징이 나와 단정한 이목구비를 지닌 미남이 되어 있었다.

성격도 어린애일 때보다 원만해지기는 했지만, 그다지 변하지는 않은 모양이다.

"주인님! 그런 몸으로 여기저기 돌아다니지 말아 주세요!"

현재 마리에는 임신 중이어서, 배도 크게 불러 있었다.

"싫어. 질렸다구. 나는 땀을 흘리고 맥주를 마실 거야. 이제 자 중 같은 건 하지 않아!"

카라는 불평하는 마리에의 팔을 붙잡고는 억지로 데리고 돌아 갔다.

"그 몸으로 술이라니 무슨 생각인가요! 얼른 돌아가요!"

이전보다도 거리낌이 없어졌지만, 지금도 마리에 곁에서 시중 을 들고 있었다.

"나는 술을 마시고 싶다구우우우!!"

카라가 업고 있는 아이는 손가락을 물고 있었다.

그 아이는 감색 머리카락을 지니고 있었고, 율리우스를 닮은 생김새였다.

소란을 피우고 있는 세 사람한테 다가온 건 부유섬으로 돌아온 질크였다.

가죽제 여행 가방을 들고 나타나더니, 마리에와 카라, 카일한 테 손을 흔들며 가까이 다가왔다.

"술을 마시고 싶은 마리에 씨에게 낭보입니다. 이 제가 특별한 홍차를 가지고 왔습니다."

질크의 홍차라는 말을 듣고 카라가 귀찮아하는 것 같았다.

"제가 준비할 테니, 질크 씨는 아무것도 하지 말아 주세요."

카일도 질크한테 차가운 태도를 보였다.

"이제 좀 자기가 내어 오는 차가 맛없다는 걸 자각하는 게 어때?"

성격이 원만해진 카일이지만 다섯 바보한테는 여전히 신랄하다.

지금도 다섯 바보한테 고통받고 있는 탓이리라.

두 사람의 반응에 질크는 어깨를 으쓱였다.

"여러분한테는 너무 고상했으려나요."

그런 와중에, 마리에는 질크가 들고 있는 가죽제 가방을 보고 얼굴이 새파래져 있었다.

"질크—— 그, 그 다기 세트 수납 가방, 여태까지 본 적이 없는데?"

잘 보니 새 가방이었다.

질크는 잘 알아차려 주셨습니다, 라고 말하는 것만 같이.

"이것 말입니까? 이쪽에 돌아오기 전에 왕도에서 발견했기에 사 온 겁니다. 이렇게나 아름다운 물건이 각별히 싼 가격에 판매되고 있었기에, 운 좋게 귀한 물건을 찾아냈다 싶어서 사 버렸습니다."

마리에가 그 말을 듣고, 다리가 휘청거리자, 카일이 곧바로 부축했다.

"주인님, 정신 똑바로 차려 주세요! 아직 괜찮아요. 질크 씨는 자작으로 복귀했으니까, 돈에는 조금이지만 여유가 있어요!"

그래도 마리에는 울고 말았다.

왜냐면—— 모두가 귀족으로 복귀했는데도, 빚을 안고 있으니까.

"돈 낭비 하지 않겠다고 말했잖아?!"

빚을 진 상대는 리온——이라기보다도, 재정을 쥐고 있는 안제다.

리온처럼 무르지는 않고, 이자도 빈틈없이 받아낸다.

다섯 바보가 여전히 돈을 낭비하고 있는 건 아니다.

빌린 금액도 상식의 범위 안이고, 그 이유도 일에 필요한 물건 뿐이다.

하지만, 일반 가정의 상식과 궁상스러운 성격이 없어지지 않은 마리에 입장에서 보면 거액의 빚이다.

그런 마리에를 흐뭇한 미소를 지으며 바라본 질크는 가슴을 펴고 대답했다.

"낭비가 아닙니다. 여하간 80만 디아로 구입한 다기 세트라고요. 고대 유적에서 발굴된 귀중품이니까 말입니다."

80만── 일본 엔으로 치면 8,000만.

그 말을 들은 마리에는 배를 눌렀다.

"아, 큰일 났다. 나올 것 같아. 집에 돌아가서 낳아야겠어."

이미 몇 번이나 출산을 경험해서, 마리에는 침착했다.

카일이 당황하여 뛰어갔다.

"의사아아아! 의사니이이임!"

질크는 갑작스러운 일에 당황하여, 뭘 하면 좋은지 알지 못해 곤란해하고 있었다.

"저, 저는 뭘 하면?! 일단, 홍차 준비를── 아뇨, 마리에 씨를 병원으로 옮기는 게 선결이군요!"

허둥댄 질크가 가방을 떨어뜨리면서, 안에 들어 있던 80만 디아에 산 다기 세트가 깨지는 소리가 났다.

그 소리를 들은 마리에는 핏기가 가셨다.

"싫어어어어! 80만이이이이! ──하윽."

절규한 마리에는 그대로 정신을 잃고 말았다.

질크가 마리에한테 안겨들었다.

"마리에 씨, 정신 차려 주십시오!!"

카라는 질크한테 차가운 시선을 향하고 있었다.

"당신이 마리에 님한테 결정타를 먹인 거거든요? 어째서 항상 사기당하고 오는 건가요? 어처구니없이 싼 다기 세트를 고급품이라는 말에 속아 넘어가 사는 바람에 얼마나 손해를 봤다고 생각하는 건가요? 이제 좀 감정사로서 치명적으로 센스가 없다는 걸 자각해 주지 않겠어요?"

용서가 없는 카라한테 바싹 내몰려, 압도당한 질크가 겁을 먹으며 사과했다.

"죄, 죄송했습니다."

카라는 그런 질크가 쓸모가 없다고 생각하면서도 돕게 했다.

"반성했으면 곧바로 집에 돌아가서 물을 데워 주세요. 자, 뛰어요!"

"네, 넵!"

질크가 집으로 향하자, 카라는 깊은 한숨을 내쉬었다.

"마리에 님, 정신 똑바로 차려 주세요."

눈을 뜬 마리에는 공허한 눈으로 미소 짓고 있었지만, 그 얼굴에 생기는 느껴지지 않았다.

　"오빠한테 연락해서 생활비를 받는 거야. 후훗, 또 변제하기 전에 가불해서 빚이 늘겠네. 또, 안젤리카한테 혼나겠어."

　"정신 똑바로 차려 주세요, 마리에 님! 괜찮아요. 질크 씨의 이름을 꺼내면 이해해 줄 테니까요. 분명! 아마도!"

　마리에는 중얼거렸다.

　"오빠를── 보고 싶어."

◇

　볼데노와 신성 마법 제국은 호르파트 왕국에 패전하고 하나의 변화가 일어나고 있었다.

　"또 기계들이 철탑을 세우고 있다고."

　"어쩐지 꺼림칙하네."

　"왕국에 졌잖아. 받아들일 수밖에 없어."

　제국 수도를 비롯하여 많은 도시에 철탑이 세워지게 되었다.

　가로등 역할이 주어진 철탑이지만, 패전 후에 세워져서 제국 사람들한테서의 평판은 좋지 않았다.

　수도를 걷는 핀은 철탑을 올려다봤다.

　"그 녀석이 하고 싶었던 일이 설마 이것이리라고는 생각지 않았다."

　제국 사람이 불만을 품은 철탑은 리온의 발안으로 준비된 물건이었다.

핀의 팔에 자기 팔을 감아 팔짱을 낀 미아가 그 철탑을 올려다보며 서글퍼하는 듯했다.

"기사님. 결국 저희는 뭘 위해 싸우고 있었던 걸까요."

하늘 아래, 미아는 이전처럼 건강한 생활을 보내고 있었다.

다만, 그것이 가능한 건 리온이 준비한 가로등이 있는 지역에서만이다.

가로등은 불빛만이 아니라 마소를 방출하는 기능도 갖추고 있었다.

제국 사람들은 신인류의 피가 강해서, 대기 중의 마소가 옅어지면 만족스럽게 움직일 수 없게 되기 때문이다.

처음부터 리온은 제국을 멸망시킬 생각 따위 없었다.

어디 그뿐이랴, 제국 사람이 하늘 아래에서 살아갈 수 있도록 계획을 짜고 있었다.

친구를 끝까지 믿지 못한 핀이 미아의 말에 자기 잘못을 뉘우쳤다.

미간을 찡그리고, 잃고 만 파트너를 떠올렸다.

"좀 더 그 녀석을 믿어 줬더라면, 나는 쿠로스케를 잃지 않고 그쳤을지도 모르겠군. 애초에 전쟁 역시 회피할 수 있었을 텐데."

"기사님."

고뇌에 잠기는 핀에게 미아가 안겨들었다.

"그때는 이런 미래를 아무도 예상하지 못했어요. 그러니까, 너무 자신을 책망하지 말아 주세요. 게다가 미아도 잔뜩 폐를 끼쳤어요."

전후, 핀과 미아는 책임을 추궁당하지 않았다.

모든 책임을 모리츠가 짊어졌기 때문이다.

지금 핀과 미아는 기사와 황족의 지위를 버리고 일반인으로 살고 있다.

핀은 미아를 슬프게 해서는 안 된다며, 머리를 흔들고 미소를 지었다.

"언제까지 기사님이라고 부를 거지? 이제 나는 기사가 아니라고."

"그, 그렇지만, 지금도 기사님은 미아의 기사님이어서."

안절부절못하는 미아의 머리에 핀이 손을 올리고 쓰다듬었다.

"그러면, 언젠가 이름으로 불러줘."

"네, 네에!"

두 사람은 제국에서 새로운 인생을 걷기 시작하고 있었다.

세상일이라는 건 어째서 마음먹은 대로 되지 않는 것일까?

호르파트 왕국으로부터 멀리 떨어진 사막의 나라인 오시아스 왕국에서, 나는 마리에가 보낸 절실한 근황이 적힌 메일을 확인하고 있었다.

내 왼쪽 어깨 부근에 떠 있는 엘리시온이 일부러 나를 위해 인쇄해 준 메일 내용은 비참이라는 한마디 그 자체다.

건물 옥상에서 딱 괜찮은 정도로 부는 바람을 쐬며, 나는 깊은 한숨을 내쉬었다.

"임신한 마리에한테 충격을 주다니, 역시 질크는 웃어넘길 수 없는 쓰레기구만."

그런 쓰레기라도 나한테는 생명의 은인이다.

제국과의 싸움에서 질크가 없었더라면 나는 죽었을 것이다.

중요한 상황에서는 활약하는데 평소의 행실이 웃어넘길 수 없는 쓰레기라니, 플러스마이너스로 치면 제로인가? 아니, 약간 마이너스려나?

생명의 은인이라는 사실만 없었더라면 격리했을 텐데, 정말이지 유감이다.

엘리시온이 내 감상을 진지하게 받아들였다.

『그의 행동은 묵과할 수 없으니 제거하지요.』

"흉흉한 발언 하지 마."

『그건 즉, 비밀리에 없애 버리라는 의미입니까? 잘 알겠습니다. 가까운 시일 내에 질크는 병사로 처리하겠습니다.』

"내 발언을 곡해하지 말라고! 질크는 방치—— 그것도 좀 곤란하니까, 노엘한테 부탁해서 설교려나? 안제는 국정으로 바쁜 것 같으니, 이 이상 폐를 끼칠 수 없어."

왕국에 남기고 온 안제와 노엘을 떠올렸더니 눈물이 나오려

했다.

어째서 나는 이국의 땅에 있는 것일까?

게다가, 어째서 교사가 되어 있는 것인가? 하고.

내가 있는 곳은 사막의 나라인 오시아스 왕국의 학교다.

호르파트 왕국 국왕까지 오른 내가 뭐가 아쉬워서 이국의 땅에서 교사가 되어야 하는가?

그건 이 땅이 그 여성향 게임 4탄의 무대이기 때문이다.

신분을 숨기고 교사로서 학교에 잠입하여 4탄의 등장인물들을 지켜보는 것이다.

엘리시온이 빨간 렌즈를 세 번 점멸시켰다.

『올리비아 님으로부터 동영상이 도착했습니다. 지금 재생하겠습니다.』

"리비아한테서?"

고개를 갸웃하는 내 눈앞에서 엘리시온이 투영한 동영상이 재생되었다.

우리가 살고 있는 맨션의 부엌이 비치더니, 에이프런 차림인 리비아가 미소를 띠며 손을 흔들고 있었다.

「리온 씨. 오늘 요리는 생선이니까 일찍 돌아와 주세요. 늦을 것 같으면 제대로 연락해 주세요. 제대로, 연락해 주세요. 꼭이에요?」

생선 요리를 준비하고 기다리고 있겠다는 어필이었다.

미소가 지어지는 흐뭇한 내용에, 어처구니없어하고 있던 나의 얼굴도 어느샌가 부드럽게 풀려 있었다.

마지막에 몇 번이고 거듭 다짐을 받을 때, 묘하게 진지한 얼굴이었던 게 조금 신경 쓰였지만 말이지.

"사랑하는 사람과 함께라는 건 멋지지. 단신 부임이 아닌 게 불행 중 다행이야. 원래라면 아이들의 성장을 지켜보고 싶었지만."

『자녀분들의 성장 기록을 확인하시겠습니까?』

"돌아가면."

『맡겨 주십시오.』

그 여성향 게임의 배드 엔딩을 회피하기 위해서라고는 해도, 단신 부임이었으면 힘들었을 것이다.

리비아가 곁에 있어 주는 건 기쁘지만, 아이들과 만나지 못하는 건 괴롭다.

──아니 그보다, 아이들이 잔뜩 있는 게 문제이지만.

엘리시온은 어딘가 납득하지 못한 기색이었다.

『그건 그렇고, 올리비아 님의 동영상이 신경 쓰입니다. 마스터한테 못을 박고 있는 것처럼 느껴집니다.』

"귀여운 정도지."

『이걸 귀엽다고 말할 수 있는 마스터의 넓은 도량! 엘리시온은 감복했습니다.』

"──너는 반응이 일일이 호들갑스럽다고. 혹시, 실은 나를 바보 취급하고 있는 거냐?"

『아니요. 엘리시온은 마스터가 최고임을 확신하고 있습니다.』

"아, 그래."

비아냥과 비꼬는 말투성이인 루크시온보다도 솔직한 건 좋지만, 엘리시온은 반응이 너무 호들갑스러워서 반대로 바보 취급당하고 있는 느낌이 든다.

아니, 좋은 애라고.

엘리시온은 좋은 애지만—— 문제도 많다.

『아아, 그리고 롤랜드 말입니다만, 무사히 퇴원했다는 것 같습니다.』

"아, 그러냐. 흥미 없어."

왕위에서 물러난 롤랜드였으나 은거해도 그 성격은 변하지 않았다.

연금당하고 있었을 터인 부유섬에서 빠져나오기를 수십 번.

큰 도시로 가서 헌팅을 반복하고, 많은 여성과 관계를 맺고 있었다.

이것만 들으면 괘씸했지만, 너무나도 방탕한 그 행실에, 롤랜드를 쫓아 연금당한 부유섬에 따라온 여성들의 분노가 폭발했다는 결말이 있다.

"한 번 더 찔려서 입원하지 않으려나아!"

그 롤랜드가 여성한테 칼에 찔려 입원했다.

한 번 더 찔려 줬으면 좋겠다는 희망을 큰 소리로 입에 담은 나한테, 엘리시온이 물었다.

『롤랜드가 찔려서 의식 불명이라고 보고했을 때, 마스터는 걱정하고 계셨지요? 롤랜드의 무사를 몇 번이나 확인하고, 생명이

지장이 없다는 말을 듣고 명백히 안도하고 계셨습니다. 그런데도 또 찔려 줬으면 좋겠다는 건 무슨 의미일까요?』

순수한 의문으로서 물어보는 엘리시온한테, 나는 고개를 돌렸다.

확실히 처음에는 놀라서 걱정했다고.

나는 롤랜드가 싫지만, 마찬가지로 여성들한테 둘러싸인 입장이다.

칼에 찔렸다는 화제는 남의 일이 아니다.

"——그 왜, 나도 언제 찔려도 이상하지 않은 입장이고."

『안심해 주십시오. 마스터를 찌르려 하는 녀석들은 이 엘리시온이 존재째로 말소해 버리겠습니다.』

"진짜로 할 것 같아서 무섭구만."

『할 것 같다, 가 아니라 합니다.』

"무거워. 무겁다고. 나에 대한 너의 감정이 너무 무거워."

엘리시온의 반응에 완전히 질색하고 있자, 롤랜드의 화제로 돌아갔다.

『그것보다도 마스터는 롤랜드의 이야기를 남의 일이라고는 생각하시지 않는 겁니까?』

"그래. 나도 아내가 잔뜩 있으니까."

내가 말해 놓고서 최악인 발언이라는 자각은 있지만, 이것만큼은 어쩔 도리도 없다.

지금부터 한 명으로 줄이려 했다간, 그거야말로 날붙이를 꺼내는 사람들이 나올 것 같다.

──이제, 돌아올 수 없는 장소까지 오고 말았다.

후회는 없다. 하지만, 반성은 하고 있다.

내가 좀 더 요령 좋게 처신했더라면, 이런 너무한 결말은 맞이하지 않았을 텐데.

『마스터와 롤랜드는 상황이 다릅니다. 원하신다면, 지금부터 처분하겠습니다만?』

"그만두라고! 롤랜드를 죽이는 건 안 되잖냐!"

확실히 증오스럽고, 칼에 찔렸다는 말을 들었을 때는 조금 웃었지만 말이지!

죽이는 건 안 되잖냐.

『롤랜드에 대한 마스터의 감정이 이해되지 않습니다. 죽었으면 좋겠는 것인지, 죽지 않았으면 좋겠는 것인지.』

"죽었으면 좋겠지만, 죽지 않았으면 좋겠어."

『──이 건은 보류하는 것으로 하지요.』

엘리시온이 빨간 렌즈로 후방을 뒤돌아보고는, 그대로 광학 미채로 모습을 감췄다.

학교 건물 옥상에 누군가가 올라오는 기척이 난다.

계단을 올라, 문을 열고 옥상에 온 건 남학생이었다.

──참고로 내가 교사로 잠입한 학교는 남학교다.

꿈도 희망도 없는 노릇이지만, 그 말을 입에 담았다간 아내들한테서 일제히 힐난당하기에 절대로 입에 담을 수 없다.

옥상에 온 남학생 말인데, 남자치고는 가냘팠다.

중성적인 얼굴을 하고 있어서, 나를 발견하자 미소 지었다.

"또 여기에 계셨던 건가요, 리온 선생님?"

제법 기뻐하는 듯한 그 남학생한테, 나는 교사답지 않은 어조로 대했다.

"옥상을 좋아해서 말이지. 그것보다, 뭔가 용건이냐?"

용건을 묻자, 그 남학생은 기가 막힌다는 표정을 지었으나, 곧바로 환히 웃었다.

"다음 수업은 리온 선생님 담당이잖아요? 지각하지 않도록 부르러 왔어요."

기뻐 보이는 얼굴로 그런 말을 하는 남학생이지만, 실은 그 여성향 게임 4탄의 주인공이다.

남학교에 남장하고 입학했다는 설정인 듯한데── 뭐가 어떻게 되면 남학교에 숨어들려고 하는 거지?

에리카한테서 얻을 수 있었던 정보도 적어서, 저번보다 단서가 적은 상황이다.

일부러 내가 사막의 나라에 와서 교사 일을 하는 것도, 현지에서 엘리시온과 같이 조사하기 위해서다.

"그러면 교실로 가보실까."

기지개를 켜고 건물 안으로 돌아가는 나는 남학생── 주인공과 대화했다.

"아~아, 수업 같은 거 하고 싶지 않다~."

"교사가 그런 말을 하는 건가요."

어처구니없어하는 주인공이었으나, 내 말이 재미있는지 쿡쿡 웃고 있었다.

그러고 있는 사이에 교실 앞에 도착했다.

안으로 들어가자 그야말로 양아치 같은 녀석들이 찌릿 노려봤다.

내가 부담임을 맡은 반인데, 이 학교에서도 문제아 집합소라는 듯하다.

이것 참, 4탄도 상당히 설정을 꽉꽉 채운 이야기인 모양이다.

주인공이 자리에 앉는 걸 확인하고, 나는 종이 울리고 나서 시선을 움직여 학생들을 둘러봤다.

이 중에 주인공의 상대가 되는 공략 대상 남자들이 있는 것이겠지만, 아쉽게도 특정하는 데까지는 이르지 못했다.

현시점에서는 전원이 후보자라는 거다.

"다들 모여 있는 것 같아서 안심했다."

내가 세계를 구한다니, 지금도 그런 건 나한테는 어울리지 않는 짓임을 알고 있다. 하지만 안타깝게도 달리 적임자가 없으니까 어쩔 수 없다.

그리고—— 저세상에서 나를 기다리고 있는 루크시온과 웃으며 재회하기 위해서다.

너의 마스터는 세계를 구했다고, 라며 자랑하는 이야기 하나라도 해주고 싶지 않은가.

그러니까, 이번에도 구해 주도록 하겠어.

"그럼, 수업을 시작할까."

그때까지 앞으로 몇 번 세계를 구하면 될는지.

정말로—— 이 여성향 게임 세계는 나에게 가혹한 세계다.

〈完〉

후기

감개무량 중인 미시마 요무입니다.

여성향 게임 세계는 모브에게 가혹한 세계입니다, 약칭 모브세계가 무사히 완결을 맞이할 수 있었습니다.

수많은 관계자분께서 뒷받침해 주시고, 그리고 독자 여러분께서 여기까지 응원해 주셔서 감사한 마음밖에 없습니다.

모브세계를 Web에 투고하기 시작했을 무렵에는 설마 애니화까지 이뤄낼 수 있을 거라고는 생각도 하지 않았습니다.

쓰기 시작했을 무렵에는 작가로서 데뷔도 했었기에 애니화라는 건 하나의 목표라고는 생각은 하고 있었네요.

어떻게 하면 애니화 될 만한 작품을 쓸 수 있는 것인가? 그런 생각을 하고, 시행착오의 일환으로 본 작품에 착수했습니다.

모브세계를 투고하기 전, 소설가가 되자의 랭킹에서 빈번하게 보인 장르가 있었습니다.

이세계 연애물. 여성향 판타지 소설로, 소위 말하는 악역 영애물이네요.

지금은 인기 장르가 되었습니다만, 당시에는 랭킹을 석권하는 그런 상황은 아니었습니다.

약혼 파기부터 시작되는 이야기입니다만, 이게 남자인 제가 읽어도 재미있어서 충격적이었습니다(웃음).

이 무렵부터 악역 영애물을 남성향으로 만들어도 재미있을 거야, 라고 생각했어요.

곧바로 플롯 제작에 착수했습니다.

참고로 이 시점에서는 왕도적인 악역 영애물의 플롯이 되어 있었습니다.

루크시온은 등장하지 않고, 악역 영애는 안젤리카와 마리에를 합친 히로인이었습니다.

주인공은 공략 대상으로 전생한 남성이고, 히로인은 악역 영애로 전생한 여성이었네요.

처음에는 히로인이 악역 영애는 되지 않겠어! 라며 분전하지만, 주위의 환경이 그걸 용납해 주지 않아 이야기의 원래 히로인과 적대합니다.

자기 의사와는 상관없이 대립하고, 싸우고, 고립되어 가는 악역 영애(히로인)를 주인공이 단신으로 돕는 심플한 구조의 이야기였습니다.

당초에는 하렘 요소도 없었네요.

그러면 어째서 지금의 모브세계가 된 것인가?

──여성향 게임에 악역 영애 같은 건 거의 등장하지 않기 때문입니다.

플롯을 제작했을 때, 저도 여성향 게임을 플레이하고자 생각해서 조사해 봤더니 충격적인 사실이었습니다. 소설가가 되자에서 인기인 악역 영애물이 실은 독자적인 발전을 이룬 장르였다는 건 예상 밖이었네요.

이 단계에서 문제가 발생한 것입니다만, 안타깝게도 다른 작품이 서적화되어 일이 있는 사정상 시간이 없었습니다.

여성향 게임의 지식은 없다. 하지만 지금밖에 쓸 수 없다. 그렇다면, 쓸 수밖에 없다.

궁지에 몰린 제가 취한 선택은 다른 요소를 집어넣는다는 것이었습니다.

달리 준비하고 있던 플롯을 합쳐, 그렇게 탄생한 것이 모브세계입니다.

습작이었기에, 인기가 나오지 않으면 적당히 매듭짓기 좋은 곳까지 쓰고 끝내자.

그런 마음으로 투고하기 시작했습니다.

그래서 여성향 게임이라고 제목에 적혀 있었어도, 내용물은 소설가가 되자 계열이라 불리는 이세계 하렘물에서 남녀 관계를 역전시킨 작품이 되었습니다.

이세계 하렘물은 좋아합니다만, 당시에는 식상한 기미였는지 풍자를 담은 작품을 쓰고 싶어졌었네요. 최종적으로 작품에 담은 풍자는 죄다 저한테 부메랑처럼 날아서 돌아와 꽂혔지만 말입니다(땀). 결국 이세계 하렘물로 끝난 노릇이고요.

다행히 모브세계는 인기가 나왔기에 계속할 수 있었고, Web판의 1권 부분이 끝날 무렵에 GC노벨즈에서 서적화 오퍼를 받았습니다.

이리하여 지금의 모브세계로 이어지는 것입니다만…… 이미 눈치채신 독자분도 계시리라고 생각하지만, 실은 이 작품은——리온과 루크시온의 버디(buddy)물입니다.

당초에는 이세계 하렘물을 의식해서 쓰고 있었습니다만, Web판을 완결시켰을 때 다시 읽어 보니 리온과 루크시온의 만남부터 시작해서 이번 권의 최후를 맞이했으니 틀림없습니다.

초기안의 상냥하고 꼬인 성격이라는 설정을 이어받게 한 리온은 독자분의 시점에서 읽으면 심정이 전해지기 어려운 캐릭터였습니다.

리온을 보충하기 위해, 그리고 독자분이 생각하실 딴지를 넣기 위해 루크시온이라는 파트너가 필요하게 된 것입니다.

받은 코멘트 중에서 제일 확 와닿았던 것은 리온은 신용할 수 없는 화자, 였네요. 자기 자신한테도 거짓말을 하는 리온은 제 안에서는 멍청이 녀석이라는 캐릭터였습니다.

다른 사람한테 태연하게 폭언을 내뱉지만, 그 말의 대부분이 리온 자신에게 돌아옵니다.

스스로를 돌이켜보지 않는 멍청이이자, 거짓말쟁이. 그런데도 상냥하다는 복잡한 캐릭터였습니다.

그런 리온을 돋보이게 하고자 준비한 루크시온이었습니다. 깨닫고 보니 항상 둘의 관계가 이야기의 중심에 있었습니다.

인연을 키워 온 성격 꼬인 두 명이 최종권에 와서 결말을 맞이합니다.

루크시온으로 시작해서, 루크시온으로 끝나는 것이지요.

하렘 요소가 희박한 느낌이 듭니다만, 완결시킴으로써 제가 쓰고 싶은 것이 무엇인지 깨달을 수 있었다는 것이 제게는 큰 보물이 된 것 같은 느낌이 듭니다.

그리고 본편 완결을 기념하여 후일담을 준비했습니다.

두 개의 키워드를 응모 폼에 입력해 주시면 읽을 수 있게 되어 있습니다.

첫 번째 키워드는 「그 여성향 게임은 우리에게 가혹한 세계입니다 3권」에서 확인해 주세요.

두 번째 키워드는 이쪽 【luxon】.

이로써 본편 모브세계—— 여성향 게임 세계는 모브에게 가혹한 세계입니다, 는 완결입니다.

최종권까지 함께해 주셔서 정말로 감사했습니다.

앞으로도 미시마 요무를 잘 부탁드리겠습니다!!

Otomege Sekaiwa Mobuni Kibishii Sekaidesu Vol.13
©2024 by Mishima Yomu, Monda
All rights reserved
First published in Japan in 2024 MICRO MAGAZINE, INC.
Korean translation rights reserved by Somy Media, INC.

여성향 게임 세계는 모브에게 가혹한 세계입니다 13

2024년 9월 15일 1판 1쇄 발행

저　　　　자	미시마 요무
일 러 스 트	몬다
옮　긴　이	주승현
발　행　인	유재옥
이　　　　사	조병권
출판본부장	박광운
편 집 2 팀	정영길 박치우 정지원 조찬희
편 집 3 팀	오준영 권진영 이소의
디자인랩팀	김보라 차유진
디지털사업팀	박상섭 김지연 윤희진
라이츠사업팀	김정미 맹미영 이윤서
영업마케팅팀	최원석 박수진 이다은
물　류　팀	허석용 백철기
경영지원팀	최정연
인쇄제작처	㈜코리아피엔피
발　행　처	㈜소미미디어
등　　　　록	제2015-000008호
주　　　　소	서울시 마포구 토정로222, 502호 (신수동, 한국출판콘텐츠센터)
판매 및 마케팅	(070) 8822-2301

ISBN 979-11-384-8435-0
ISBN 979-11-6507-479-1 (세트)